立足当代

贯通古今

融合新旧

兼顾中外

ZHONGHUA
SHICI
YANJIU

中华诗词研究

中华诗词研究院 复旦大学中文系 / 编

第七辑

中国出版集团 东方出版中心

图书在版编目（CIP）数据

中华诗词研究. 第七辑 /中华诗词研究院, 复旦大
学中文系编. 一上海: 东方出版中心，2024.6
　　ISBN 978－7－5473－2438－7

　　Ⅰ. ①中… Ⅱ. ①中… ②复… Ⅲ. ①诗词研究－中
国 Ⅳ. ①I207.2

中国国家版本馆CIP数据核字（2024）第110188号

中华诗词研究　·　第七辑

编　　　者　中华诗词研究院　复旦大学中文系
责任编辑　赵　明　刘玉伟
封扉设计　钟　颖

出 版 人　陈义望
出版发行　东方出版中心
地　　址　上海市仙霞路345号
邮政编码　200336
电　　话　021-62417400
印 刷 者　上海万卷印刷股份有限公司

开　　本　710mm×1000mm　1/16
印　　张　22
插　　页　2
字　　数　320千字
版　　次　2024年6月第1版
印　　次　2024年6月第1次印刷
定　　价　68.00元

目　录

诗学建构

诗史扫描

诗歌演变

中外交流

诗歌叙事传统的"技""道"与伦理

董乃斌

【摘要】 中国诗歌叙事传统源远流长，既发展变化，又一以贯之。本文的研究，可分三个层面。第一是技巧法度，修辞、赋叙、比兴、抒叙结构和比重分配等，主要通过文本细读来发现并加以概括总结。但不能仅止于此。第二要从技法进至"道"的层面，即分析考察创作者之所以如此抒叙的观念基础，创作观、价值观乃至世界观，深入其主观思想及内心感情世界的层面。顺此，则又会进入第三，即叙事伦理层面，对创作者群体所公约和遵循的伦理规范进行研判，从而更好地认识叙事活动史（以文学史为中心），并对现实的叙事活动有所助益和引导。

【关键词】 叙事传统　抒情传统　叙事技巧　叙事伦理　文化基因

一、关于叙事之技

诗歌叙事传统，从诗歌创作的表层现象看，关涉创作技巧偏重于叙事还是偏重于抒情的问题，也关涉诗歌作品中叙事成分和抒情成分的结构和比重问题。从这个层面说，叙事和抒情是诗歌创作的两翼双轮，它们的存在和相互关系，是一种自然而客观的存在。任何诗歌创作都必然也只能在抒叙两条并行的轨道上推进，而绝不可能单轨只轮独进。对于叙事技巧法度，可以举出许多例子。

以《诗经·卫风·氓》为例。此诗总共六十句，有研究者将其均分为六段，基本上以女性视角叙述从恋爱结婚到婚姻破裂的故事，女主人公是叙述者。叙述次序是：恋爱论婚，嫁娶成婚，男方变心，女子痛诉。其中叙事成分是主要的，抒情议论所占比重仅约五分之一。全诗最主要的抒情部分是第三段"桑之未落，其叶沃若"至第四段首二句"桑之落矣，其黄而陨"，共十二句，属女子的心理独白，具有一定的独立性。诗中另有个别抒情性的句子，实乃叙事的构成部分，但以抒叙相混相融的形式出现。如"及尔偕老，老使我怨。淇则有岸，隰则有泮。总角之宴，言笑晏晏。信誓旦旦，不思其反。反是不思，亦已焉哉"。这些话，用女子口吻叙述出来，坦露女主人公的心理活动，抒情色彩很浓，却是全诗叙事的一部分，我们称之为"抒中叙"。由于这样的抒叙分配，《氓》这首以女性为叙述者也以女性为故事主人公的诗歌，基本上已可列入叙事诗范围，是《诗经》风诗中为数不多的叙事性质很强、很明显的代表，也是诗歌叙事"事在诗中"（而不是"事在诗外"）的一个典型。[1]

当古人尚无"抒情叙事"之类术语时，他们是用"赋比兴"的概念来进行艺术分析的。如朱熹《诗集传》说《氓》诗，从开头到"以尔车来，以我贿迁"是"赋也"；"桑之未落"一段则是"比而兴也"。"桑之落矣"，一段是"比也"；"及尔偕老"至末，则是"赋而兴也"。[2]赋比兴是古诗的三种技巧，或曰三法。在一定程度上，赋比兴与我们所用的抒情叙事概念，可作对应比较，但又非简单的等同和对应。赋大抵相当于单纯叙述，而这种叙述既可用以叙事，亦不妨用以叙（抒）情；比兴其实也是叙述，可又与赋不同，不是明白单纯的叙事，而是为了曲折地抒情，但这种抒情又往往需要借助叙事的途径。抒叙二者常常是融混的，是我中有你、你中有我的，所以才会有所谓"赋而比""赋而兴""比而兴"之类复合的名称。

---

[1] 所谓"事在诗中"，是指诗歌所要叙述的故事基本上就包含在这个诗歌文本之中，读者通过阅读文本即能大致了解这个故事。"事在诗外"与之不同，诗歌文本往往并未直接、具体地讲述故事本身，而只是围绕着故事（或人物遭际）抒发感想和议论，故事本身偶露一鳞半爪，主体则存在于背景资料之中，需要读者用"知人论世"、考据构想之法去拟建或复原。"事在诗中"的诗歌比较易解，争议也少；"事在诗外"的作品比较晦涩难解，对其内容易产生不同理解。
[2] 朱熹集注：《诗集传》卷三，中华书局1958年版，第37—38页。

比如，同是《诗经》作品，《召南·野有死麕》，也是有关男女恋爱的叙事，但具体技巧的运用就另有特色。

"野有死麕，白茅包之。有女怀春，吉士诱之。"朱熹注曰："兴也。"这是从诗句的作用而言的。从修辞技巧角度言之，其实这几句乃是叙事，叙述者告诉我们，一名男子用白茅包了猎来的麕子，去向一名怀春少女求爱。四句诗推出了男女两个主人公，描写了他们的动态，开始了故事。

"林有朴樕，野有死鹿。白茅纯束，有女如玉。"基本上是对前段的重复，但对树林、死麕、白茅，特别是少女作了进一步描述：那少女如花似玉。描写加细，情节则有待发展。也许正因为此，朱熹把这个叙述句仍注为"兴也"。"兴者，托事于物。""兴者，先言他物以引起所咏之词也。"[1]总之，两段起兴，目的是引出下文。

接下来是少女的话："舒而脱脱兮，无感我帨兮，无使尨也吠！"在叙事学里，这三句话被叫作"直接引语"或"准直接引语"。朱熹注为"赋也"，显然也看到了它的叙事意义。从这句话表明故事在进展，我们完全可以想到，那个向姑娘献上白茅包着的死麕的吉士，恐怕已经有了一些热情的言语和动作，这才会引起她的担心而向他发出提醒：别太心急鲁莽啊！

对于这首诗总的抒叙分析，应该充分看到其叙事性质。故事虽然简单，而且叙得含蓄，但画面感、动作感和时间地点变动等因素是很清楚的，其总体的叙事性无可否认，实属"事在诗内"。需要说明的是，这整首诗通常仍被视为抒情诗，因为它的叙事比较简略，而带有鲜明的抒情性，不但青年男女相恋故事本身就很具抒情意味，而且作者采用了叙中含抒的手法来表现，更加深了诗的抒情色彩。这既体现了中国诗歌古老的抒叙融混传统，也给对抒情诗作叙事分析提供了依据。

从《诗经》以来的诗歌史，我们几乎可以找到无数这样的例证。中国诗歌抒叙技巧的表现可谓百花齐放，丰富多彩，层出不穷。限于篇幅，这里仅再举一例。

---

[1] 此处论"兴"，前为郑众语，见《周礼注疏》卷二十三；后为朱熹语，见《诗集传》卷一《周南·关雎》注。

杜甫的名作、被誉为"古今七言律第一"[1]的《登高》云：

> 风急天高猿啸哀，渚清沙白鸟飞回。无边落木萧萧下，不尽长江滚滚来。万里悲秋常作客，百年多病独登台。艰难苦恨繁霜鬓，潦倒新停浊酒杯。

此诗向来被视为古今最杰出的抒情诗。但实际上其中包含着丰富的叙事因素，叙事实乃其抒情的依据和基础。杜甫于大历二年（767）重阳日在夔州创作此诗。九月九日独自登高触动诗人灵感，成为诗歌创作的契机，也是此诗前四句所叙的主要事情。[2]知人论世之法帮助我们顺利地把握了诗歌抒情人（同时也是叙述者）的身份和叙事背景。读者心目涌现出无数与本诗相关的"诗外之事"。而"诗内之事"则落实于诗句，前四句是写景，是描述，诗人把此日登高所见的风光用锤炼精粹、音韵铿锵的句子加以表达吟咏。用古人评说《诗经》的方法，我们可以说它们是赋，或赋而兴，甚至是赋而比。它们既实写景物，本身即属叙事的一部分，而又起了引发下文的作用。"无边落木"两句，还可以视为诗人对自身生命、年岁、遭际、现状和命运，乃至诗人对未来、对前途的形象比拟。这样的描叙既是实的、客观的，又充满感情，叙述之中饱含着由个人主观体验凝练而成的深情，可谓典型的"叙中抒"。此诗后四句，则是"抒中叙"。一方面直抒胸怀，是诗中的抒情成分；另一方面抒情却丝毫没有离开叙事。"万里悲秋常作客"可视为杜甫对平生的概叙，一句话概括了一生；"百年多病独登台"是对眼前状况的切实描述，准确而生动；结句"艰难苦恨繁霜鬓，潦倒新停浊酒杯"，仍是充满感情的描写和叙事，描叙诗人目前的状况：生活

---

[1] 胡应麟：《诗薮》内编卷五，上海古籍出版社1979年版，第95页。

[2] 杜甫《登高》叙事，但并非讲故事，而是"有事情"。我们认为，只要"涉事"，就可成为中国诗歌叙事学的研究对象，"涉事"当然包含讲故事（而且颇重要），但"涉事"的范围要大得多。我们对诗歌作叙事分析，不一定非得把抒情诗读解、阐释成叙事文本，然后用叙事学方法系统分析，我们的兴趣、目标和方法是揭示诗歌中的抒叙因素和它们互动互促、融混为一的过程、特色和效果。

贫困窘迫，身体衰老多病，前途黯淡不明。这样算起来，我们说《登高》是一首叙事意味浓郁，叙事比重几乎过半的抒情诗，应该是可以成立的。

诗是如此，词也是一样。古人之作，如李煜的《虞美人》（春花秋月何时了），柳永的《雨霖铃》（寒蝉凄切），苏轼的两首《江城子》（老夫聊发少年狂、十年生死两茫茫），其叙事性和抒叙融合的性质可谓一读便知，愈读领会愈深。清人蒋士铨（1725—1785）的《水调歌头·舟次感成》不像前面那些作品那么脍炙人口，但即使是第一次接触，我们也不难看出它的叙事性。蒋词云：

> 偶为共命鸟，都是可怜虫。泪与秋河相似，点点注天东。十载楼中新妇，九载天涯夫婿，首已似飞蓬。年光愁病里，心绪别离中。　　咏春蚕，疑夏雁，泣秋蛩。几见珠围翠绕，含笑坐东风？闻道十分消瘦，为我两番磨折，辛苦念梁鸿。谁知千里夜，各对一灯红。

题目表示，作者是在旅途小舟中思念妻子。思念，免不了回忆。回忆必然伴随着具体的时地背景和事情的叙述，于是我们看到"十载楼中新妇，九载天涯夫婿"，这是概叙他们的亲密关系和离多会少的经历，是概括的直叙，但悲苦之情已溢于言表。"首已似飞蓬""十分消瘦""两番磨折""辛苦念梁鸿"则是在这个背景下，作者对妻子形象和心情的描绘。这里既运用了"古典"，又实用了"今典"。"首似飞蓬"，语出《诗经·卫风·伯兮》，"念梁鸿"用汉人梁鸿、孟光夫妇情深故事，是古典；"十分消瘦""两番磨折"是白描和含有丰富"诗外事"的实写。而"谁知千里夜，各对一灯红"则是对两人现状的想象描述，也是叙事之一种。在这些具体叙述的基础上，词开篇的呼喊（直接抒情）才能产生震撼和感动人心的力量。而在以上叙述中，作者运用了白描、直叙、比喻、借代、渲染等修辞手法，也运用了直抒胸臆、强烈呼唤的手法。这些技巧手法的综合运用，达到了舒泄胸中积郁、取得读者共鸣的效果。词论家朱庸斋先生评之曰："以常语道伉俪之情，朴素而无脂粉气，感人至深，非浙派徒标举空灵者所能至也！"[1]用常语和重叙事，确是蒋士铨这首词的明显特色。诗词用常语则朴素淳厚，可免脂粉气；重叙事则内容丰厚、风格扎实，可避空虚浮泛之病。而创作者生活底子雄厚、感情沉挚、文学观念质朴乃是他倾向并善于叙事的必要条件。看来朱先生对有些浙派词人"徒标举空灵"而流于浮泛的词风是颇为不满的。而欲治这种徒标空灵之病，从技术上讲，就是要改掉喜欢空洞抒情、抽象议论的惯习而采取脚踏实地、多写实事实情之法。

中国古代诗歌存量丰富，中国现当代用古体（旧体）创作的诗词数量极夥。对《诗经》以后的诗歌作品，我们都可以用同样的方法进行抒情叙事的结构分析，深入揭示那些优秀作品的技巧性和艺术价值。我们会发现叙事技巧是那么丰富多样，也会越来越清楚深刻地认识到中国诗歌史确实贯串着一条从《诗经》以来就与抒情传统并列互动、经不断发展演进而日趋成熟壮大的叙事传统，抒叙两大传统共铸了中国诗歌的辉煌。所谓传统，其实并不神秘，就是逐步积累、代代相承，具有一以贯之特色的做法和作风而已。传统绵长，传之久远，也就会在古今传承演变中逐步升华为某种为后人尊重而依循的"法"与"道"。

对此，古人在诗文评中已有多方面的探索、总结和论述。而我们应在借鉴古人阅读、鉴赏、批评和理论论述的基础上，运用今天文艺理论的新概念、新术语来重新读解和阐释古代作品，从单篇作品到某些作家专集乃至某个时代、某种文体的总集，把研究的点、面、线相结合，且贯串古今地推进一步。目前我们正在攻坚而将要结项的国家重大课题"中国诗歌叙事传统研究"，就是对此工作的一个尝试。对历代诗歌作品进行叙事分析，具体地探索、总结、概括诗歌创作的各种叙事手法，是我们工作的应有之义，也是工作的第一步和一大内容。我们在这个方面投入了很多的时间、精力。

二、技与道

研究诗歌的叙事和叙事传统，仅仅认识到它与抒情和抒情传统

---

[1] 朱庸斋：《分春馆词话》卷三第十六条，广东人民出版社1989年版，第80页。

的差别，找到它们的种种不同，也找到它们之间的联系，这样还是不够的。

这种研究和比较，使我们深深懂得，叙事传统的存在固然由诗歌和文学的本性所决定，也与创作者的技术性考虑有关。这种考虑可以非常个性化，也可以非常随机，而且变化层出不穷。总之，叙事传统的存在和发展与创作者主观意识和条件的关系甚巨。究竟如何安排抒叙，创作主体有着充分的自由。所谓自由，就体现于作者对题材、主题、抒叙结构安排和修辞方式等的主观选择。既然如此，分析作品抒叙的构成，除以文本为对象和目标，作者的主观方面也是必须考虑的。

任何作者的诗歌创作虽然都会自然在抒叙双轨上运行，但他们究竟更偏于叙事，还是更偏于抒情，不仅仅是一种艺术技巧，即技术的选择，还与他们根本的创作观念（含审美趣尚）有关，而创作观的形成又与更根本的世界观和生活态度有着不可分割的关系。

每个投入诗歌创作的人，无论其自觉程度如何，实际上都不能不思考一下"为何而写"的问题。是把诗歌仅仅当作个人宣泄感情的工具，或甚至仅仅是交往应酬、游戏享乐的玩意，还是多少考虑到创作的社会意义，甚至想得更多？不同的生活境遇，不同的创作动机，不同的灵感来源，不同的创作目的和功用预期，决定着不同的创作态度，同时也就仿佛随机而隐秘实却内在而深刻地制约着创作样式和手法的选择倾向。一个最明显的例子，是每当国事蜩螗、民族危亡之际，总会有一些诗人从往日的闲吟淡咏变为悲愤地纪事载史，不但诗风大变，而且在抒叙成分的分配上，总是自觉不自觉地更多向记叙时事史实倾斜，有意识地为现实（即历史）存照，既用以舒泄自我的愤懑，也用以警醒后人。这时他的文学观念实已发生某种变化，对"诗文何为""为何而写"乃至作为一个诗人的社会历史职责都有了一些新的认识和思考。关注时事与历史，以诗为直笔实录之史，之所以会成为诗歌叙事传统的极重要内涵，抒叙博弈之所以会构成文学史发展演变的一个重要动因，其根本缘由即在于此。一个诗人作品抒叙比重的变化，包括其抒叙内容、色彩、倾向及创作风格的变化，都植根于其文学观的变化，而与其人生观、价值观和世界观的变化均有关系。

诗歌史上的例子很多。如我们熟知的白居易，他意欲关心现实，干预政治，"自登朝以来，年齿渐长，阅事渐多，每与人言，多询时务，每读书史，多求理道，始知文章合为时而著，歌诗合为事而作"（白居易《与元九书》），这就是指导他创作《新乐府》《秦中吟》等诗的思想基础和文学观念。作品的叙事性强，是新乐府诗人的创作同其他诗人的一个明显的区别，这个区别既表现于创作技巧的偏重，更根本的是植根于他们创作观念的差异。白居易后期地位显要而政治热情减退，明哲保身、知足保和的思想占了上风，他的诗歌创作就较多地围绕个人琐事而展开，早期笔触向外、关注他人和民生的趋势便有所弱化，与此同时，诗的叙事成分和色彩，也就相对变轻、变弱了。

诗歌叙事传统在宋代继续演变发展，出现了不少以叙事线索贯串的连章体组诗，著名的如范成大《四时田园杂兴》及其出使金国所作的七十二绝句。而由于国运衰落，灾祸不已，杜甫诗史式的叙事之作也空前地多起来。较早的，有刘子翚的《汴京纪事》二十首；稍晚的，如文天祥的《指南录》；更迟的，则如汪元量的《湖州歌》《醉歌》。这些诗不是正规史著，却构成了宋朝危亡史的"诗录"。[1] 金元之交的元好问编《中州集》，"大致主于借诗以存史，故旁见侧出，不主一格"（《四库总目·集部·卷四十一》），清人之评即指出其有意识地以诗纪史，对叙事性诗歌特予重视。明末清初诗人钱谦益、吴梅村、王夫之等，对诗歌叙事性的理解不一，但在创作中都作了叙事的实践。他们都留下了许多"史性"很强的诗作。至王士禛，距离明亡时间已久，社会氛围、个人生活与作者心境均变，诗歌主要成为富贵生活的高雅点缀和文化消费，而个人心绪又不想（或不宜）太直露地坦陈，于是便去追求含蓄隐晦、清空虚灵的诗风，把"神韵""散淡""放逸"树为诗美的标准。这些诗的叙事性与社会性现实性明显降低。但就在渔阳神韵诗论风靡之后，仍有人专注于以诗纪史，把诗歌创作当作个人的年谱、日录来写，至晚清

---

[1] 参见周剑之《宋诗叙事性研究》第二章"宋代诗歌'纪事'的发达"，中国社会科学出版社2013年版，第69—105页。

国势日衰而诗歌叙事之风愈剧。[1] 由此可见，诗歌的抒叙博弈，与社会环境、生存条件的变化，与诗人创作观念、创作态度的变化，确实都有很大关系。

这里需要补充一下，在上面的论述中，肯定因关注社会现实和他人境遇而偏于叙事的诗歌创作，并不意味着否定那些专注于揭示个人心灵、宣泄自家哀乐的作品。后者即使侧重抒情，但诗外未必没有本事（乃至故事），经过"知人论世"的细致分析和考证，同样可以发现其具有某种社会或历史的意义。即使有的作品仅仅表现个人的小小哀乐，只要有真情，写得美，我们也不否认它的审美价值。抒叙二者都是诗歌创作的必要手段，它们的表现力各有所长，存在差异和博弈，但互补互惠才是常态和理想状态。以往有些论者过于夸大抒情的作用，造成忽视叙事的偏颇，这是我们要纠正的；但我们也应自觉提醒自己，避免矫枉过正，偏于一隅，要站得更高，使观点更为端正。我觉得，这一方面有很好的范例。如章培恒、骆玉明主编的《中国文学史新著》贯串人性觉醒和抗争的文学史主题，比较强调诗歌抒发个人独特情感的功能，但也非常重视诗歌叙事的作用，如在论述吴梅村诗歌时列举了《琴河感旧四首（并序）》《听女道士卞玉京弹琴歌》《过锦树林玉京道人墓（并传）》《永和宫词》《白燕吟（并序）》《鸳湖曲》《悲歌赠吴季子》《圆圆曲》等叙事性强的名篇，并对它们作了十分详细的讲解分析，最后归结到吴氏的创作思想，指出其将主观胸怀与客观素材相互"吞吐"、"出没变化"的特色。由于论述酣畅，吴梅村一节篇幅达到十二页，这在全书中是少见的。不但如此，就是在论述"性灵派"大师袁枚时，所举的诗例也都是社会内容丰富而叙事性较强的七言歌行，如《春雨楼题词为张冠柏作》《相逢行赠徐椒林》，在分析中肯定前者"叙事、抒情合而为一，给予读

---

[1] 如林则徐的外孙沈瑜庆（1858—1918）就认为："人之有诗，犹国之有史。国虽板荡，不可无史；人虽流离，不能无诗。此崦楼之诗所由出也。"（《题崦楼遗稿》）崦楼，沈女鹊应字，鹊应夫林旭死于戊戌政变。汪辟疆《光宣诗坛点将录》评沈瑜庆："爱苍名父之子（瑜庆字爱苍，父葆桢），熟于《左》《史》，其诗结束精严，尤多名作，其小序可备掌故。"引自王培军《光宣诗坛点将录笺证》，中华书局2008年版，第203页。把诗当作年谱日录来写，是陈衍语，见《石遗室诗话续编》卷二。

者以强烈的震撼",并指出其"以叙事为主,诗人的感情是随着所叙之事展开而逐步生发的"特点。对于后者更进一步指出了它的艺术特色,是"显然吸收了通俗小说的手法"。这些都是章、骆之著实事求是论述中国文学抒叙传统关系而非一味夸张抒情之功用的范例,值得我们认真学习。[1]

抒叙博弈,抒叙互惠,到了现当代,也是如此。抗日战争曾使许多抒情诗人写出了叙事诗篇,如何其芳、卞之琳、穆旦等。他们本来都以抒写个人小资情怀见长,但战争使他们走向民间,走向乡村,他们既获得了无数新鲜的创作素材,创作观念和美学趣尚也有所变化。他们的抗日诗篇,生活内容较丰富,叙事性较浓郁,感情更沉着。总之,与叙事传统的关系更为密切,便成了他们诗作的一个明显特点,同时也开启了他们创作生命的一个新阶段。当时,还有人有意识地以诗为史,每天看新闻,每天根据新闻写诗,收聚起来就成了一本《抗战诗史》。中国诗歌叙事传统就这样体现于现代诗歌史之中。

还可以说说更近的例子。当代著名作家雷平阳,有一篇谈自己创作经验的文章《我向自己投案自首》[2],叙述了他的创作观念由只知抒发个人感情到关心世事和体贴他人的变化过程。此文前面讲了一个触发他思考的小故事,后面总结道:

中国当代汉语诗歌写作,多数的诗人似乎都热衷于追求能引起"共鸣"的公共经验,强调虚幻中的经典性。对此,我很惶恐,只能悻悻走开。我对自己的写作没有设定任何可以抵达或不可能抵达的标高,置身于冷僻的地方,看见,想到,写,有感而发。我自认是一个群山后面的行吟诗人,远离红尘也被红尘所弃。多年来,我一直围绕着"云南"进行写作,而且早期的诗歌抒情的成分压倒了叙事,文字里有一个孤独而又快乐的山水郎。后来,心里的世事多

[1] 此处引述,见章培恒、骆玉明主编《中国文学史新著》(增订本第二版)下册,复旦大学出版社2011年版,第253—264页,第444—448页。
[2] 雷平阳:《我向自己投案自首》,载《文艺报》2016年4月25日第2版"文学评论"。

过了烟云，虽然还以云南为场域，但我的诗歌里出现了硝烟一样的叙事，刀戟一样的悲鸣，以及寺庙里的自焚。从《云南记》到《基诺山》，两本诗集中，如巴列霍所言："愤怒把一个男人捣碎成很多男孩。"我则把我捣碎成了无数的人，诗里面的我，是流浪汉、记者、匿名者、樵夫、偷渡者、毒贩、警察、法官、囚徒……然后才是一个诗人。要命的是，我的体内，得供养如此多的角色，得承担如此多的命运。

也许杜甫式的写作不是诗歌大神开列出来的诗歌正道，我却踏上了这艘幽灵船，没有彼岸也没有归途。一个自己不放过自己的人，他决定不了自己的命数。唯一的安慰：他一直是他手中那支笔的主人。

说得真好啊，不愧是个优秀的诗人！他不甘于只做一个孤独而快乐的山水郎，他的诗歌要面向社会，面向世界。他自觉地突破抒发个人情感的有限阃域，把视线投向芸芸众生，投向广阔世界，结果，连他自己也不由自主地变身为"各色人等"了。这样的诗人最有资格成为人类生活的记录者、人类苦难的承担者、人类精神的代言者。他的诗歌当然不可能不抒情，但又自觉而决绝地跨出了单纯抒情之圈，增添了叙事的分量，扩大了描写的范围，加深了对他人心灵的观照和揭示，而且有意识地将抒叙二者的完美融合作为追求的目标。他的创作由此登上了新的高度。诗人的这份自觉，诗人的经常性的反思，使他想起了诗歌史，想起了杜甫，实际上，也就是想起了传统——中国诗歌叙事的传统，诗歌抒叙结合的传统。他懂得，这个传统源远流长而没有尽头，没有彼岸，也没有归途，只有勇往直前！

像这样的作家诗人，今天绝不只有雷平阳一个。在一次研讨会上，我曾说到当代词人李子（曾少立）。他虽用旧式的词体创作，但探索性很强。随着他对诗词社会性和历史价值的自觉追求，他的创作也呈现出明显的叙事化趋势。2022年在四川成都举行的"当代诗词曲创作与批评高层论坛"上，曾少立以"借鉴小说写作诗词的初步实践"为题发言，显示了其探索的核心就在于如何更好地将抒叙二技融会起来，既承继传统，又突破传统，努力使诗词创作在思想和艺术上都达到一个新的高度。这一方面，吉林大学马大勇教授有多年系统研究，研究对象不止李子一个人，其中也涉及中国诗歌叙事传统的问题，值得我们重视。

《文艺报》曾刊载《21世纪诗歌20年的备忘录或观察笔记》一文，指出诗歌界的一个现象："曾经一度'西游记'式取经于西方的中国诗人近年来越来越多转向了汉语传统本身，有了越来越清晰的'杜甫'的当代回声"，而杜甫在人们心目中主要是一个"社会学层面的'现实主义诗人'"，如果历史化地看待现实主义，那么"杜甫是我们的'同时代人'，杜甫是我们每一个人，所以他能够一次次重临每一个时代的诗学核心和现实场域"；既然如此，"杜甫式的'诗史''诗传'正在当下发生越来越深入的影响"，就是必然的了。[1] 所谓"诗史""诗传"传统，实质上不就是我们所说的叙事传统吗？杜甫传统的根本内核，不就是把对时代社会风云、民众疾苦痛痒与自己个人的遭际命运紧密联系甚至浑然一体的思想精神，和在诗歌艺术上侧重叙事载录，而将抒情论议建筑在叙事之上、渗透于叙事之中的创作方向吗？杜甫诗史昭示的不仅是艺术技巧，更是他的生活态度和创作观念。

我们阐述诗歌叙事传统，当然也就不仅仅要提请关注诗歌叙事的艺术和技巧，本文更希望促进诗歌创作观念的变化和评论准则的修正；同时，也要对文学史贯串线作出新的概括和描述。

本文的研究，不仅要论证抒叙两大传统在文学史上的客观存在，而且要进一步指出：谈论叙事传统不能限于文学表现的技术层面，而应该深入更根本的文学观念层面，指出叙事传统的存在和发展与文学思想的健全完整有着极大关系，叙事传统在提高文学的社会性和历史价值上有着重要意义。只有认识到应让这个叙事传统与抒情传统完美结合，中国文学的意义和价值才可称健全完整。对此，任何单一的传统都是不足以承担的。所以我们对于抹杀或贬低叙事传统，把中国诗歌成就统统归之

---

[1] 本段引文均见霍俊明《被仰望与被遗忘的——20世纪诗歌20年的备忘录或观察笔记》，载《文艺报》2020年8月31日第2版"文学评论"，是"21世纪文学20年"专题文章之一。

于抒情传统的观点是不赞成的。在我们看来，其缺陷相当严重，而且有被利用来贬低质朴的现实主义文学的危险。

总之，谈论文学，谈论诗歌，谈论抒情与叙事，当然免不了要谈技艺，但绝不能仅止于技、止于艺，甚至也不能仅止于格、止于法，而是要努力进乎"道"。庄子《养生主》"庖丁解牛"一节讲述了"技"与"道"的关系。当庖丁目无全牛、不伤刀刃地把牛宰杀之后，文惠君曰："嘻，善哉！技盖至此乎？"文惠君对庖丁的高超技艺震惊叹服不已。庖丁对曰："臣之所好者道也，进乎技矣！"意谓：我真正爱好的是"道"，这"道"已深入我的技艺之中。然后就具体解释了他的屠牛之技与他所好、所遵之"道"的关系。原来，他的技艺之所以如此高超，关键是在于技艺之后有"道"的支撑，技不过是道的表现，道才是技的本质内核和精髓。他所掌握、所表现的是一种有道之技，体道之技，而不仅仅是一般的熟练技术[1]。庖丁所言，正是我们对诗人作家运用抒叙技巧的最高期待。诗人作家进行创作无不须用抒叙之技，但背后、内里是否有"道"的支撑，是否有坚实崇高的观念（从文学观到价值观、世界观）的支撑，其表现效果和思想分量是会有很大不同的。

不止于言技，而同时追究技巧法度背后的"道"，这是中国诗歌叙事传统基本内涵十分重要的一个方面，也可能是中国叙事学与西方叙事学研究的一个重大区别。

三、关于叙事伦理

说到叙事之道，就不能不谈叙事伦理的问题。

伦理的含义，顾名思义，指人伦道德之理，其核心是人际相处的道德准则。扩大一点，也包括人与社会、人与自然的关系的道德准则。伦理学研究伦理的本质、形成、构成和发展演变等问题，是哲学的一个分支，即通常所谓的道德哲学。在哲学所关注的真、善、美三者之中，其

---

[1] 郭庆藩《庄子集释》卷三《养生主》"臣之所好者道也，进乎技矣"句下注云："直寄道理于技耳，所好者非技也。"道是主旨，是目标，是根本，是养生之主。屠牛及其娴熟技巧，不过是道的运用、实施和譬喻而已，故庖丁好道远过于技。

主要关注的是与善相关的一系列问题：善是什么？怎样才是善？善与恶如何区分？怎样才能达到善的境界？

伦理观属于世界观的一部分，与价值观、人生观密切相关。不同的人（不同民族、地域、阶级、阶层、职业、年龄、性别的人）会有不同的伦理观，伦理观也随着时代的变化而变化；就个人而言，伦理观也会因主客观条件之变化而有所变化。伦理的覆盖面很宽，可以说，人类生活中处处有伦理问题，故伦理又是多层次的，小而关涉个人品德，大而至于国族运作、国民性格。作为人类，伦理观既有差异，其行为方式自不可能统一，但从根本而言又必有共同、一致的方面，并必须承认有需要努力寻求可能一致的方面，否则世界便无法沟通，无法正常运转，甚至将分崩离析，无法存在。

叙事作为人类文化活动的一种，自有其一定的伦理规范框架。叙述者们为了致善和求美而须自觉遵守某种规矩法度，虽不一定有明确律条规定，但皆约定俗成，违之者常不为公众所接受，且会受到业界批评。

关于叙事伦理，大致有两个方面。

第一，叙事内容的伦理状态。这主要涉及作品的内容，与作品题材、故事情节、人物设置、语言行为和作品所流露的情感、所构建的意境或显或隐地体现出来的社会伦理和价值观有关。既然文学作品表现的是人的生活，而人乃是社会关系的总和，那么作品中的人物几乎都会存在这样那样、或近或远、或深或浅的伦理关系。因此，对一切叙事均冠以"伦理叙事"之名，也许并不周严；但若说一切叙事中都难免多少有些伦理含义、伦理性质，都能够从伦理角度进行分析，却不算过分。听众通过耳闻、读者通过阅读获得感受并参与分析、判断、议论，一般文艺批评虽然并不打出"伦理批评"的旗号，但实际上往往离不开这个方面，即往往有意无意地把文学作品当作"伦理叙事"来进行批评。本文后面将以陈允吉《追怀故老》诗作的评说为例，对此加以阐述。

第二，叙事方式的伦理分析。与前一点所谓的"伦理叙事"不同，此点不妨把语词颠倒过来，称之为"叙事伦理"。其关键则在于研究叙述者如何致善，如何使自己的叙事有利于国族长远、根本的利益，包括叙事者应致力之处以及必要的避忌之类。这应该是叙事学的一个重要方面，论述叙事传统，尤其不能轻忽，故是本文讨论的一个重点。我们先从这后一点开始论述。

不妨先看一下当代作家评论家对此如何论述。

说到当代最重要的叙事文体小说：

> 小说是一种以讲故事的方式对日常世界施行"魔法"的话语伦理行为。当代叙事研究已经意识到，不同叙述活动其实都趋向于同一个目的，就是"传递知识、情感、价值和信仰"。这种传递当然不是观念性的，不能把男男女女从具体社会境遇中抽离出来，趋入"规则、禁律和义务"。诚如马克思主义批评家特里·伊格尔顿所言，"像伟大的小说家来理解道德，就是要把它看成差别细微、性质与层次错综交织的结构"。这就牵涉小说批评如何来理解小说这一媒介的特殊功能，即一种虚拟性叙事建构的伦理意义。[1]

至于在当代地位日益重要的"非虚构"文体，则指出：

> "非虚构"并不是虚构剩下的东西，优秀的"非虚构"作家是能够把事实证据与最大规模的智力活动、最温暖的人类同理心以及最高级的想象力相结合的人……
>
> 任何时代最伟大的写作，都要给当代的困境以启示，给人民带来希望、温暖和美好。"非虚构"的最大价值是要为公众解答人类历史和我们所处时代的主题何在、什么才是我们真正的驱动力，从而来理解和诠释我们生活中的主要矛盾与世界的重大转变，分享对现实和历史的见识。因此，它就必须要讲究表达的艺术。这是一种必须掌握有限度的、有节制的叙述的艺术，也就是思想的艺术。[2]

---

[1] 王鸿生：《伦理性介入：虚构叙事及小说批评的意义》，载《文学报》2020年6月25日第2444期第5版。

[2] 丁晓平：《"非虚构"不是虚构剩下的东西——兼论报告文学创作需要把握的三个问题》，载《文学报》2020年9月17日第2456期第7版。

　　这两段话都是讲当代文学的，而且是讲小说和报告文学（纪实文学等）的，但其所论及的叙事伦理的观念，对于诗歌（包括古代诗歌）和其他文体的文学作品其实也是适用的。这里显示，凡言创作伦理，首先都在于对创作者身份、立场、创作动机和态度的考察，也涉及创作的手法和技巧，包括题材的选择和撷取、想象的程度与方式，虚构与否，抒叙成分如何配比等，并涉及对读者期待的预估等。说到叙事伦理，倘有致善的意图，那么无论什么样式的文学创作（各类诗歌亦然），如上所述，只要与叙事有关，其作者就应该有一个视野宏阔的现实目标，即与时代、社会、人民群众的生活和感情发生紧密联系，触及社会、人生的困境现状，解决疑难，并给予希望，使读者获得知识、情感、价值和信仰等。而这就要求创作者拥有丰富深厚的生活根柢，或通过对现实作切实细致的调查，既了解人间万事，人民心理，更关切世上芸芸众生，努力以诗笔去认真表现之，而绝不仅仅以舒泄一己的牢愁幽怨，或构建清空缥缈的诗境为目标。这些应该是触及了叙事伦理的根本内涵。

　　由此可知，杜甫之所以被公认为千古"诗圣"，根本理由就在于他本人置身于安史难民行列之中，经历了战乱兵燹，走过穷乡僻壤、远道荒村，甚至体验了子女被活活饿死的悲哀，他是以这样的身份进行具有历史叙事性质（史性充沛）的诗歌创作的，他的主体身份就给他的诗歌创作提供了真实可信赖的伦理保证。而且他的创作大多采用非虚构手法，其中穿插着修辞性的虚构，种种描写、比喻及夸张渲染等。这样就使杜甫的诗歌作品，无论是自传型的（如《自京赴奉先县咏怀五百字》《北征》《羌村三首》《茅屋为秋风所破歌》）或他传型的、新闻纪实报道型的（如《饮中八仙歌》《八哀诗》《兵车行》《丽人行》《悲陈陶》《哀江头》），都具有极强的真实性——从细节的真实性、场景的真实性，到宏观背景的真实性和历史本质的真实性。正是这一切使杜甫之诗成为中国诗歌叙事伦理的最高典范。杜甫作品与那些高居庙堂之上或优游庄园、城市的诗人们同情下层民众的诗歌，在叙事伦理的高度上不可同日而语，原因也在于此。至于那些亡国遗民或战乱逃亡中的难民们的诗作创作，有意识载录史事，为历史存照，往往也具有杜甫诗歌的某些特点，在诗歌叙事伦理方面可谓一脉相承。

真实性是叙事伦理的核心要求。对叙事作品（无论诗文）而言，如果身份的真实是先在的，也是外在的，那么作品内容的虚实，就是内在的要素了。[1]

其实，叙事是允许虚构的，甚至可以说是免不了虚构的。虚构有积极、消极之分。消极虚构表现为对事实的选择和省略。这种情况，无论在文史写作中都有。明明发生过、存在过的事实，却不予载录，比如古代史书中惯有的避讳。唐刘知几《史通》一书，最强调述史的直笔实录，但也承认史书的"曲笔"，所谓"盖'子为父隐，直在其中'，《论语》之顺也；略外别内，掩恶扬善，《春秋》之义也。自兹已降，率由旧章"。这里提到的就是自孔子以来的主流观点："父为子隐，子为父隐，直在其中矣！""《春秋》为尊者讳，为亲者讳，为贤者讳。"[2]这种情况，古代多有，现代也未绝迹，将来也会存在。出于功利的考虑，不但史书，就是新闻报道都存在着程度不等的"避讳"现象。这便是一种虚构。做减法，也是一种虚构。

积极虚构与之不同，是做加法，即运用艺术想象假设人物、场景，在假想的时空中编织和叙述故事，因此，广泛联想，移花接木，添枝加叶，合理推演，乃至纯粹幻设编织，描写出一个酷似现实世界的可能世界，或我们以前常说的"第二自然"，都无不可。[3]这是人们更加熟悉的文学艺术创作。我们读的各类小说，看的电影、电视剧，大都是这样的作品。

但是，无论积极虚构还是消极虚构出来的文史作品，包括诗歌，都必须具有真实性。这个真实性还不尽是指微观的、局部的、细节的，而是一种更根本的时代和历史性质的真实。这是为叙事伦理所规定和要求的。胡乱编造、漫天撒谎，是违背叙事伦理而不能被接受的。

因为种种条件限制，本来最应做到真实可信的历史著述，实际上很难完全、绝对地达到这一点，但主观上绝不放弃追求真实，把这作为自

---

[1] 参见王先霈《叙事技巧的伦理维度》，载《华中师范大学学报》（人文社会科学版）2020年第2期。

[2] 刘知几《史通·曲笔》引《论语·子路》《春秋公羊传·闵公元年》语。

[3] 参见董乃斌《中国古典小说的文体独立》，中国社会科学出版社1994年版。

己的永恒理想和不懈追求，却应当成为历史叙述者清醒的自觉意识。

文学（包括诗歌）深知历史叙述的困窘，故无论虚构或非虚构叙事，都更重视和强调本质的真实，即所谓艺术真实。经作者和读者的共同努力，有望将这种艺术真实推至崇高的境地。

叙事伦理冷静客观地承认和重视真实的相对性。世上没有绝对的真实。不同的人看待同一现象、同一事件、同一人物、同一段历史，都有可能产生不同看法。而此类不同看法如果发生争论，其最后焦点，往往便是史料的真实性、全面性及其解读的问题。西方后现代历史学家看到这种情况，宁可承认历史著述实际上乃是一种文学，甚至就是小说。这等于在人类现代和后现代的知识基础上重新提出了"文史一家"的观点，仿佛古代思想在今天的某种回响。当然，这只是当代史学界流行着的一种看法而已。这个看法是否具有一定的道理，是否可以成为当代叙事伦理应该考虑的一个方面，是很值得思索探讨的。

关于虚构叙事的伦理意义，当代学者王鸿生论小说虚构叙事的一段话说得很好，而且实际上也适用于其他叙事（无论虚构或非虚构）文体。为给读者提供参考，兹引述于下：

> 从知觉、智力、情感的解放，到人类自我的审美和文化——精神生产；从需要、依靠想象力，到保持、激活、再生想象力；从参与世界、解释世界、影响世界，到构成世界、重组世界、超越世界；从重构、拓展善恶美丑的历史经验，到认知方式和社会伦理——政治功能的影响；从现实和理想的相互参照、批判，到现实性存在与想象性存在的相互渗透性生成；从感觉、记忆、情感、语言、存在等未知领域的勘探，到生活真理的探索、发现……虚构叙事的重心始终在"现实性"和"可能性"的界面，审理和催化着生存活动的意义及其价值能量。尤其在构筑"共同体"生活方面，虚构叙事一直起着无可替代的作用，"故事"的流传和译介，不仅深化了人与人、民族与民族之间的相互感知和有效交流，而且在世界范围内扩大和提升了人的类意识、悲悯感、同理心。在今天这样一个充满分裂、冲突的时代，团结、友谊已成为重大哲学命题，虚

构叙事能否通过"介入"与"超越"方式来提供民族的和人类的命运共同体话语，当是判断小说是否够得上"伟大"的基本尺度之一。[1]

四、叙事伦理与文化基因

无论对于一国还是一族而言，其叙事伦理都是其社会伦理的一部分。而作为一种社会文化观念，叙事伦理又必然打着文化基因的深刻烙印，具有这种文化基因的丰富底蕴（包括其优缺点种种方面）。从一定意义来说，叙事伦理甚至可以说是文化基因的生成物，一个国族有怎样的文化基因便会有怎样的叙事伦理。贯串着叙事传统的中国文史（文学和史学），实际上被笼罩覆盖在同一个叙事伦理之下。[2]例如，我们的文化基因中包含安土重迁、勤俭致富、热爱和平、反对侵略等因素，这些也都很容易在我们自古以来的许多文史作品中看到，对于世界读者，可以从其中窥见我们民族文化基因的某些侧面。而对我们自己则可以说，这些文史作品反过来也加强、塑造并传承着我们的民族性格。若从叙事伦理衡量，这类作品大抵都是合格的，因而能为我们所认可，所喜闻乐见。如果反过来，竟有文史作品表现轻蔑故土，歌颂奢侈荒淫，鼓吹侵略好战，或者宣扬屈服投降，广大读者是不能容忍的。因为这样的作品背叛了民族文化基因，也违反了叙事伦理。在这层意义上，叙事伦理与民族文化基因竟可以说是二位一体的——只不过民族文化基因的范围更广，叙事伦理只是文化基因的一部分而已，它们联系紧密，关系很深，相互映照，常为互文。下面我们即以对陈允吉《追怀故老》组诗的评介为例，具体说明诗歌叙事与叙事伦理、与民族文化基因的互映互文关系。

---

[1] 王鸿生：《伦理性介入：虚构叙事及小说批评的意义》，载《文学报》2020年6月25日第2444期第5版"新批评"。

[2] 中国文史都有叙事传统，但在文学领域，与叙事传统共生互动的是抒情传统；而在史学领域，与叙事传统共生互动的则是议论传统。实际上，抒情传统、议论传统，本质无异，都是文史作者表达主观意识、情绪与观点的部分，在诗文里以抒情形态出现的为多，在历史中以议论出现的为多，但并非没有互渗与交叉。

　　陈允吉先生是复旦大学中文系教授。他1957年入学，1962年毕业留校，现已退休。《追怀故老》是他模拟杜甫《八哀诗》体式创作的一组五言古诗（十首），追怀纪念他曾亲炙的十位著名教授。这些诗篇先单首发表，后集为一书，以"复旦中文系名师诗传"为副标题。[1] 其《小引》以文言骈语写成，不但语言古雅，而且流露出强烈的伦理意识，综观全篇，不啻可为当代诗歌伦理叙事的一个范本。

　　《小引》开篇先叙作者的学术生涯，亦即与复旦中文系的渊源："余数十年修学任教复旦中文系，迭蒙前辈师长抚育栽培。"接叙诗歌创作的深层动机："……萦思往事，殆暗和之象益鲜；默念逝尊，率仰慕之情尤挚。"表达了对师长多年教导培养之恩的深深感激。尊师，是根植于中国文化深层的重要基因，虽历经时世迁易而亘古存在、与日俱新。古有"天地君亲师"的伦理排序，可见师在人伦中的地位；今虽不再这样说，"天地君"似不再那么尊贵，但"亲师"二者地位依然重要。"尊敬师长"仍是普遍循行的道德准则，甚至"一日为师，终身为父"之类说法，也不时可以耳闻。陈允吉先生立志撰写追怀纪念老师的诗篇，出于对老师的感激爱戴，本身就是一种伦理意义鲜明的行为。他的诗歌叙事，自然就是一种饱含民族文化基因的伦理叙事。

　　尤其值得注意的是陈允吉先生的创作方式。《小引》指出，他之所以用十篇五言古诗的形式来追怀十位老师，是在模仿杜甫。"昔杜工部衰龄漂泊西南，滞留夔府，感时伤乱，讴旧吊贤。乃至尽驱五字，启赋咏之胜途；奇撰《八哀》，洵歌诗之别致者焉。"有意识的模仿，有意识的继承，显示了创作上自觉的伦理精神。学以致用，也显示了文学史的一种挚乳延伸。更有进者，是陈允吉作为复旦中文系培养的学生，直接受到朱东润先生的教导；而重视传记文学，正是朱先生学术的一个重要方面。《小引》明确指出了这一点："授业恩师朱东润先生赅览中西，贯通文史，缘倾情于传叙，久肆志于锥探……尝谓子美之《八哀诗》联缀

---

[1] 陈允吉：《追怀故老》，商务印书馆2019年版。此书除小引外，以十首五言古诗为主体，每首以所歌咏的先生名字为题，诗后有注释，数量多在20条以上。每首附照片若干。书后附录文章三篇，后记一则。本文下文多引此书文字，核对甚易，不一一注出页码。

翰章，着力摹容人物，创意纷呈，蚕丛独辟，充之记实则功能卓跞，付之立传则构架森严。诚哉斯议，向获认同；如是我闻，适堪依傍。"他用极为恭敬的语调记录了朱先生的教导，并表示正是在朱先生的指引下，他才决定模仿杜甫《八哀诗》的形式、体例而创作追怀故老的十首诗作："即今为敷仿作若干，规模俱准少陵绳墨……用兹追怀故老。"

诗是怀念诸位老师的，创作的指导思想也来自老师，作者详细交代了其中的渊源，使读者清晰地明了了其间的伦理关系，理解了作者对老师的深切感念，也使读者受到了伦理的教育和感染。这一切正是民族文化基因的彰显。

在具体安排追怀的次序时，作者的伦理观念也是毫不含糊的。《小引》说："顾全帙乃以郭绍虞、朱东润、陈子展、吴文祺、赵景深等先生置前，又以张世禄、蒋天枢、刘大杰、刘季高、王运熙等先生居后，固非关亲远，亦毋论主从，夫虑乎材料编排之切当稳便，谨按众师长出生之年月时次铨衡云尔。"

十首追怀诗，每首诗的具体内容当然依各人情况而有所不同，但《小引》中对此也作了概括，把诗传的核心内容明确道出：一是"指其厒痕"，叙述传主生平简历，作为传记，这是最基本的要素；二是"叹诵清芬"，描述各位先生高雅的风度标格；三是"彰其蛾术"，赞扬诸位在不同学术领域的成就和贡献。从这三个方面入手，就不但抒发了作者对老师的崇敬感恩之情，而且通过刻画他们的个人形象，塑造出前辈们堪为人伦师表的群像，成为学术史、教育史上一笔宝贵财富。

为使读者更好地理解诗句的含义，作者又对许多诗句作了注释。以往历代诗人为自己的诗句作小注，或记本事，或述名物、解语词，也是常见的事，但陈允吉先生《追怀故老》的注释数量特多，且更加系统详尽，虽以条目形式出现，其实乃是传记的雏形。用《小引》的话来说，便是"就中分择体裁，言诗言注；权宜删述，或略或详。称扬简历，辑诗文而安植本根；配合小传，援注释而繁茂枝叶"。这是组诗对总貌的设计安排，作为人物叙传，显得非常井井有条，合乎史传作品要求，而从读者诵读诗文及注释的感受来看，其效果是良好的。陈允吉先生是把本该由后代研究者来作的笺证，由自己承担起来了。

  这里试略举数例。咏郭绍虞先生，有"骋望新天地，表笺马克思。壮行赠秋白，捷赋流星诗"之句，诗句是白描式的实录，注释则介绍了郭绍虞很早就接触马克思主义，倾向革命，与共产党人结为好友。1920年瞿秋白赴苏访问，临行，郭先生捷赋《流星》一诗赠别。这样的记述既真实，又生动揭示了郭先生的觉悟之早。后面记述郭先生在抗日战争时期的表现："守拙烟尘际，坚贞谢磷缁。悯伤讽《黍离》，涕泗乱交颐。"注释云："北平沦陷初期，因燕京大学为美国教会所办，暂可维持正常教课。某日，先生于课上讲授《诗经》中的《黍离》篇，当读到'知我者谓我心忧，不知我者谓为何求'时，无法抑制内心的悲伤，遂至狂歌痛哭，涕泗纵横致使满堂学生随之泪下。"诗注配合，再现了当年课堂之上爱国师生共为日寇入侵痛哭的景象，犹如一幅特写，郭绍虞先生的形象因此而高大感人。至于深刻蕴含民族文化基因的伦理意义鲜明突出，可无须多论。

  咏蒋天枢先生则以大段笔墨贯串性地刻画了他与陈寅恪先生的师生之情，从"爰入清华园……邃研工字邸"，到"倾情援悴萎，岂以炎凉计？懔懔陈夫子，拳拳向所系。延伫受嘱托，畅叙移阴砌。寒柳垂千叶，金明照四裔。功成却报偿，追琢愈精细。师事久陵迟，非公谁为继"，详述了蒋天枢在清华从学陈寅恪先生，一生按老师的治学方法研究学问，老来还几次从上海远道去广州拜望老师，接受老师托付，放下自己手头的工作，花费数年时间不辞辛劳地整理研究老师平生著作，出版后却拒绝报酬的高风亮节。这是把我们民族尊爱师长的传统，师生情谊逾于父子的古道发挥到了极致。

  先生们的人生经历中也有坎坷，有曲折，甚至也有过失，有磋跌，对于这些诗传是如何处理的呢？这也是我们观察文化基因和叙事伦理的一个重要关注点。根据叙事伦理的原则，既要直笔实录，又须于国族有益有利，二者不免存在某种矛盾。古人的解决办法是避讳，为尊者讳，为贤者讳，也就是作减法式的虚构，直接避开某些障碍，不去提那些不想触及的事，等等。这种情况，几乎存在于古往今来一切可见的文史著作之中。不能说《追怀故老》组诗中绝对没有此现象。作者曾告诉笔者：诗传内容是真实可靠的，但有些事不好写，就舍而不提了。这是作者的心声，完全可以理解。但是，这里有个"度"的问题，在合适的程度下，这样做应是允许的，甚至是必要的。而如何处理这个问题恰恰很能见出作者的思想、心地和艺术水平。

语言学家张世禄先生在日伪时期，曾有过一段遭遇。陈允吉在咏张先生诗的一条注释中记述："'八一三'抗战失败后，身处'孤岛'的张先生还在暨（南）大（学）任教。至1939年秋，他因遭敌特之胁迫而'坠入'汪伪组织的圈套。唯先生内心洞悉民族大义，家国之仇未尝暂忘，遂表面虚与周旋，实则密划早日跳出此陷阱。1940年春，他携妻悄然逃出上海，取道香港、河内抵达昆明，随即通过媒体声明与敌伪组织脱离关系。"清清楚楚地记述了这个过程，特意写明时间与几个关节点。且并不于此止笔，然后一连几条注释详细地记述了张世禄先生在脱离敌伪控制后于云、贵、广西、重庆诸地辗转教学的经历，直到抗战胜利，到中华人民共和国成立，高校院系调整，终于来到复旦大学。其诗则写道："狼暴嚣尘起，血腥寇足蹂。脱身离坎阱，避害走边陬。滇黔山飔栗，坪桂水气浮。飘零终作客，板荡益添愁。"没有回避事实，但措辞用语却显示了鲜明的是非爱憎，作者的正义感、善良心和史家意识于此表露无遗。不仅如此，在下面的歌咏中，又特着一笔："颠屯罹运动，肺疾料难瘳。负载逾长坂，挽牵若老牛。"并在注释中说明了张先生在中华人民共和国成立后，积极工作，在语言学和教书育人方面，做出了巨大贡献。作者巧妙地引用先生指导过的后辈严修教授的话："张先生晚年就像一头老牛，任劳任怨，吃的是草，挤出的是奶，终日牵挽着超重的车辆，行走在一眼望不到尽头的山坡路上。"圆满地塑造了张世禄先生的形象。作为后辈，张先生的平生遭际令我们感喟，而他值得学习的那些方面也凸显在我们面前。

刘大杰曾得毛泽东主席接见，其名著《中国文学发展史》颇获肯定，使他深感恩遇。但在"儒法斗争贯穿线"的"紧箍咒"下赶着改写这部书，不但耗费了他太多的精力心血，更在"四人帮"垮台后使他一度成了被批判、被嘲骂的靶子。如何记述刘先生的这段经历，对诗传作者也是一个考验。读了陈允吉先生追怀刘先生的诗，我感想很多。一个就是觉得，也许只有中国传统的古典诗才能最细腻委婉而又准确深刻地叙述出如此复杂多层的意思；另一个则是佩服陈允吉先生正直坦荡的心胸和老练精到的语言艺术。诗的用字精确，感情充沛："颎洞起狂飙，失据沦怅惘。爱经集会批，移就雕笼养。泚笔评儒法，迷途误斥响。紫朱腾物议，斑白焉安放！造化弄才人，必教罹世网。忍从朋辈讪，幸得亲知谅。清晏怀斯老，含酸叹跌荡。"再看注释："1976年1月，周恩来总理逝世，先生含泪写成七绝五首寄托沉痛悼念。同年十月粉碎'四人帮'后，新版《中国文学发展史》受到许多朋友的严肃批评；而一些了解刘先生处境和为人的亲知，都对他的这段特殊境遇予以体谅。其时上海学界流传着一种说法，认为复旦中文系朱东润是一块石头，刘大杰只是一块泥土。朱东润先生听到上述议论立刻表示：'不能这样讲，应该说两块都是石头。虽然现在刘先生身上沾了一点油污，但放到清水里去洗一洗，他依旧是一块石头。'远在北京的茅盾谈到刘大杰先生，亦断言他原来的那部《中国文学发展史》'还可以用五十年'。"诗句与注释可谓珠联璧合，不但刘大杰先生在地下可得慰藉，刘先生的家人亲知包括学生也可对他的遭遇略感释然。

《追怀故老》组诗既是直笔实录为史，又能细腻委婉为文，表达的是对老师的深厚感情，目的在于歌颂前人的贡献与优长，以传承、发展良好的学术传统和人伦关系。这些诗充分地表彰了老师们的学术成就和为人品格，表达了对他们深深的感激思念之情，同时实事求是，没有为尊者讳，而是恰到好处地把握了史与诗的叙事分寸。这也许可以当作我们对其进行伦理叙事批评的一个结论[1]，也可以看作我们对叙事伦理与文化基因关系的一种阐释。[2]

---

[1] 其实，无论是史是诗，适当的避讳——因考虑叙事的效果和影响而对入史入诗的素材有所取舍——不但不可避免，而且还是必需的。无论诗、史，一切叙事都需要考虑家国民族总体和长远的利益，这也是叙事伦理的根本要求。避讳问题比较复杂，自古以来歧见很多，争论很多，不能简单对待，尤其不能望文生义地对待，其要义端的在于放眼历史与世界，明鉴时势把握分寸。这里仅作提示，不能细论。

[2] 我们从《追怀故老》塑造的正面形象这个角度论述其对叙事伦理的践行。叙事伦理并不排除对社会负面甚至丑恶现象的揭示批判和鞭挞，所谓"彰善瘅恶"本来就包括对立的两个方面，由此才能显示和张扬符合伦理观的是非善恶观念，建设和养育全面健康的民族文化心理。限于篇幅，这里不再展开举例论述。

关于叙事伦理，已渐引起学界重视。江西师范大学傅修延教授前不久发表《伦理叙事、差序格局与讲好中国故事》一文[1]，他指出："伦理与叙事存在'互嵌关系'，古往今来的故事讲述大多可归入伦理叙事的范畴。"他引用《毛诗序》"（诗）可以经夫妇，成孝敬，厚人伦，美教化，移风俗"之语，说明中国自古以来就重视叙事伦理的传统，同时也以许多实例说明中国的叙事伦理是深植于民族文化基因之中的。文章强调任何作者都有一个"伦理取位"（ethical positioning）的问题，他采取什么样的伦理立场和态度，对叙事的高下乃至成败会有决定性的影响。这一点我们非常赞成，从陈允吉《追怀故老》的成功也已得到验证。当然，傅教授站得更高，他据此提出，我们应该用讲好中国故事来与世界各民族多交朋友，展示中国的进步有利于世界，我们的目标是要构建一个相互依存、休戚与共的人类命运共同体。显然，遵循叙事伦理，讲好中国故事才有可能。这也是我们重视叙事伦理的根本原因。

【作者简介】 上海大学文学院资深教授，博士生导师。

---

[1] 傅修延：《伦理叙事、差序格局与讲好中国故事》，载《华中师范大学学报》（人文社会科学版）2022年第2期。

旧诗句法与兴的观念对新诗的影响

张　新

【摘要】　新诗运动打破了"有韵为诗，无韵为文"的传统诗学观念，开创了以白话文（现代文）书写的、不拘格律的、自由的诗歌质态。围绕新诗与旧诗这两种不同质态的论争成为现代诗界重要的舆论生态。解决这两种诗歌质态的矛盾的关键在于认识旧诗格律和文字的紧凑性以及句法特点相辅相成而形成的诗歌语言美学。厘清这个问题，有利于消解新诗与旧诗的百年纠结，在此基础上相互学习借鉴，共同进步。旧诗美学除了格律体系之外还有一个从《易经》的易象和《诗经》的兴象以降形成的诗歌意象体系。它对于新诗的意象营造同样提供了积极的借鉴作用。

【关键词】　旧诗　句法　兴象　新诗　白话　意象

　　1917年兴起的新诗运动，是中国诗史上一次最具有颠覆性的"革命"，开启了"新诗"时代。新诗是一种以白话文（现代文）书写的、不拘格律的、自由的诗歌质态。新诗打破了"有韵为诗，无韵为文"的传统诗学观念，以至于从新诗诞生伊始，围绕这一核心观念的论争从未停息过。谢冕先生在一次访谈中表示：今天我们从容面对新旧诗的"百年和解"。[1]然而，提出"百年和解"问题本身恰恰说明冰冻三尺非一日之寒，解决这个问题绝非轻而易举。

　　百年来，新诗界内部也有过多次"新诗格律"的尝试，比较著名的是20世纪30年代前后由新月诗派闻一多、徐志摩等发起的"新诗格律"运动。但是此"格律"借鉴了英美格律诗即从"音顿"演化而来的观念和方法，走的不是旧诗格律的路线。20世纪50年代，何其芳等提倡

---

[1] 谢冕：《今天，我们从容面对新旧诗的"百年和解"》，载《解放日报》2018年7月12日。

"现代格律诗"，这是融入了一些传统诗歌元素而改良的闻一多的"诗的格律"路线。然而所有"新诗格律化"的观念和实践都鲜有影响，改变不了新诗是自由诗的主流。

解开这个谜团，必须从根本上认识旧诗与新诗各自的性质，厘清旧诗与新诗的关系。

质言之，旧诗格律具有汉字的两个特殊功能或优势：其一，西文单音字、复音字错杂，难以兼顾意象与词句的对称。所以西文诗虽然也强调对称，但音义对称在英文中是极其不易的。汉字具有单音的特点，词句易趋于整齐划一。"我去君来""桃红柳绿"，稍有比较，即成排偶。而意义排偶与声音对仗是律诗的基本特征。汉字另一个优势是句法造成"组义性"的灵活多变，句子构造可以自由伸缩颠倒，使句子对得工整，不会因句法而产生歧义。而西文文法严密，不能省略构成句法要素的词，闻一多举过一个翻译例子："'峨眉山月半轮秋'（the autumn moon is half round above Omei Mountain，闻一多依据小畑薰良译本），把那两个the一个is一个above去掉了，就不成英文；不去，又不是李太白的诗了。"[1]中国文字的这种功能与优势，加上其他种种因素，而使传统诗歌走上了"律"的路。新诗是用现代文写的诗，由于现代文字的发展趋势是一义多音，句法上也失去了旧诗那种灵活多变的"组义性"和省略法，因此新诗求音义对称是小概率，其难度不亚于西文诗。鲁迅虽然也希望新诗"先要有节调，押大致相近的韵"，然而他也承认"白话要押韵而又自然，是颇不容易的，我自己实在不会做，只好发议论"（《致窦隐夫》）。

事实上，"新诗格律化"很难成功的原因，恰恰也是新诗运动能突破旧诗句法与格律束缚，实现"诗体大解放"目标的原因。胡适的《尝试集》就清晰地呈现了这一观念演变的路径。

胡适曾经表示："中国诗史上的趋势，由唐诗变到宋诗，无甚玄妙，只是作诗更近于作文！更近于说话。宋朝的大诗人的绝大贡献，只在打破了六朝以来的声律的束缚，努力造成一种近于说话的诗体。我那时

---

[1] 闻一多：《英译李太白诗》，载《晨报副刊》1926年6月第10号。

的主张颇受了读宋诗的影响。"（胡适《〈中国新文学大系·建设理论集〉导言》）他在美国留学期间开始尝试作"白话韵文"，就是受了宋诗"以文为诗"观念的影响。他在《五年八月四日答任叔永书》中说："施耐庵、曹雪芹诸人已实地证明作小说之利器在于白话，今尚需人实地试验白话是否可为韵文之利器耳。我自信颇能用白话作散文，但尚未用之于韵文。""我此时练习白话韵文，颇似新辟一文学殖民地。可惜须单身匹马而往，不能多得同志结伴同行。然吾去志已决。"（《尝试集》代序一）与之观念对应的作品即收在《尝试集》"第一编"里的《蝴蝶》一类诗歌。《蝴蝶》一诗中出现不少像"不知为什么"句中的"为什么"，"剩下那一个"句中的"剩下""一个"，《赠朱经农》中"见时在赫贞江边"句中的"赫贞江"等多音节词。白话文字"词组"化的特征，与建立在单音字基础上的音义对仗和平仄的韵律质素与形式结构发生冲突。同时《蝴蝶》里"不知为什么""剩下那一个"句中的白话词和词序，《赠朱经农》中"见时在赫贞江边"句中的"在……边"的白话句式等，不得不遵循白话文的句法结构，因而明显缺失旧诗句法的省略优势和灵活的"组义性"，出现鲁迅关于"白话要押韵而又自然"这种顾此失彼的困境。

其实胡适较早就认识到旧诗文字、句法这种特殊性。然而他对"以文为诗"的偏好，促使他对旧诗的"诗之文字"、句法产生误解与偏见。他回忆早年读旧诗时的感觉："七律中最讨厌《秋兴》一类的诗，常说这些诗文法不通，只有一点空架子。"[1]同时他又肯定旧诗中另一类"文之文字"的诗歌："如白香山诗：'城云臣按六典书，任土贡有不贡无。道州水土所生者，只有矮民无矮奴！'李义山诗：'公之斯文若元气，先时以入人肝脾。'……此诸例所用文字，'是诗之文字'乎？抑'文之文字'乎？"所以"'诗之文字'原不异'文之文字'：正如诗之文法原不异文之文法也"[2]。胡适对"诗之文字"与"文之文字"和"诗之文法"与"文之文法"含混且颇显矛盾的见解，使"白话韵文"既丢失了旧诗文字的紧凑性和声律之美，又妨碍了向自由诗的跨越。《尝试集》第一

[1] 胡适：《我为什么要做白话诗》，载《新青年》1919年第5号。
[2] 同上。

编里大多数诗歌就处在这样一种内在冲突之中。而晚清"诗界革命"就在此止步了。

促使"白话韵文"向自由诗跨越的重要因素是胡适真正厘清了"诗之文法"与"文之文法"的区别以及中文字特性对旧诗格律形成所起的关键作用。

他在对"白话韵文"进行深刻反思后说道："美洲的朋友嫌'太俗'的诗，北京的朋友嫌'太文'了！这话我初听了狠觉得奇怪。后来平心一想，这话真是不错。我在美洲做的《尝试集》，实在不过是能勉强实行了《文学改良刍议》里面的八个条件；实在不过是一些刷洗过的旧诗！这些诗的大缺点就是仍旧用五言七言的句法。句法太整齐了，就不合语言的自然，不能不有截长补短的毛病，不能不时时牺牲白话的字和白话的文法，来牵就五七言的句法。音节一层，也受狠大的影响：第一，整齐划一的音节没有变化，实在无味；第二，没有自然的音节，不能跟着诗料随时变化。因此，我到北京以后所做的诗，认定一个主义：若要做真正的白话诗，若要充分采用白话的字，白话的文法，和白话的自然音节，非做长短不一的白话诗不可。这种主张，可叫做'诗体的大解放'。诗体的大解放就是把从前一切束缚自由的枷锁镣铐，一齐打破：有什么话，说什么话；话怎么说，就怎么说。这样方才可有真正白话诗，方才可以表现白话的文学可能性。"[1]他在《谈新诗》一文中再次强调了这个观点："五七言诗不合语言之自然"，"诗变为词，只是从整齐句法变为比较自然的参差句法"；而"白话里的多音字比文言多得多，并且不止两个字的联合，故往往有三个字为一节，四五个字为一节的"，因此随着文字与句法的这种演变，诗歌必然走向"诗体的大解放"的必由之路。

至此，胡适关于新诗形式革命的核心理念已经形成。打开《尝试集》第二编里的诗，面貌焕然一新，他用这样不失诗的质素的纯粹的白话在写诗了：

---

[1] 胡适：《我为什么要做白话诗》，载《新青年》1919年第5号。

云淡天高，好一片晚秋天气！
有一群鸽子，在空中游戏。

我大清早起，
站在人家屋角上哑哑的啼。

——《老鸦》

一个严肃的问题随即显现出来：从旧诗格律系统里挣脱出来的新诗如何在现代文基础上建立自己的诗歌形式体系？

坚守"有韵为诗，无韵为文"观念者，主张退回到五七言体上去。早先的胡先骕、吴芳吉等都持此观念。直至20世纪50年代，仍然有人主张现代格律诗采用五七言体。对此，连当时提倡现代格律诗的何其芳也明确地表示此路不通。他认为，旧诗的"句法是和现代口语的规律不适应的"，"文言中一个字的词最多。所以五七言诗的句子可以用字数的整齐来构成顿数的整齐"，"现在的口语却是两个字以上的词最多"，"五七言诗的句法和口语有很大矛盾"。所以，"在格律上我们要从五七言诗借鉴的主要是它们的顿数和押韵的规律化，而不是硬搬它们的句法"（《关于现代格律诗》）。

"在格律上我们要从五七言诗借鉴的主要是它们的顿数和押韵的规律化，而不是硬搬它们的句法"，这句话很要紧。这正是当年闻一多、徐志摩等新月诗派提倡的"诗的格律"运动的核心观念。

从闻一多前面所举关于翻译的例子，可见闻一多与胡适一样非常了解旧诗文字、句法与新诗采用的现代文的内在矛盾。但是与胡适推崇宋诗的"以文为诗"观念和误解《秋兴》一类诗歌为"文法不通"不同，闻一多对旧诗句法的魅力赞不绝口。他说："中国的文字尤其中国诗的文字，是一种紧凑非常——紧凑到了最高限度的文字。'鸡声茅店月，人迹板桥霜'这种句子连个形容词动词都没有了；不用说那'尸位素餐'的前置词，连续词等等的。这种诗意的美，完全靠'句法'表现出来的……温飞卿只把一个一个的字排在那里，并不依着文法的规程替它们联络起来，好像新印象派的画家，把颜色一点一点的摆布在布上，他的工作完了。画家让颜色和颜色自己去互相融洽,互相辉映。"[1]李东阳的《怀麓堂诗话》在分析这两句诗时说:"人但知其能道羁愁野况于言意之表,不知二句中不用一二闲字,止提掇出紧关物色字样,而音韵铿锵,意象具足,始为难得。若强排硬叠,不论其字面之清浊,音韵之谐舛,而云我能写景用事,岂可哉!""所谓'闲字',指的是名词以外的各种词;所谓'提掇出紧关物色字样',指的是代表典型景物的名词的选择和组合。这两句诗可分解为代表十种景物的十个名词:鸡、声、茅、店、月、人、迹、板、桥、霜。虽然在诗句里,'鸡声''茅店''人迹''板桥'都结合为'定语加中心词'的'偏正词组',但由于作定语的都是名词,所以仍然保留了名词的具体感。例如'鸡声'一词,'鸡'和'声'结合在一起,不是可以唤起引颈长鸣的视觉形象吗?'茅店''人迹''板桥',也与此相类似。"(见《唐诗鉴赏辞典·商山早行》,上海辞书出版社1983年版)

闻一多一方面对旧诗格律持欣赏而非排斥态度,另一方面又深谙旧诗文字、句法与现代文相抵牾的特性,以及现代文与西文诗拼音文字多音节和严密句法的特征的相通之处,因此他选择了借鉴英美格律诗的路径。这确实是一个聪明的主意。以其《死水》为例。《死水》有一处曾经作过改动,最有助于我们对"诗的格律"理念和技巧运用的理解。原稿的两句诗是:

小珠/笑一声/变成/大珠
又被/偷酒的/花蚊/咬破

修改稿为:

小珠们/笑声/变成/大珠
又被/偷酒的/花蚊/咬破

---

[1] 闻一多:《英译李太白诗》,载《晨报副刊》1926年6月第10号。

很显然，修改稿把第一句的第一个二字尺"小珠"换成三字尺"小珠们"，而把第二个三字尺"笑一声"换成二字尺"笑声"，这样做是为了分别与原先下一句对应的字尺数形成一种变化。此两句子采用单个音尺字数（二字尺、三字尺）灵活，整体音尺数（每句三个二字尺，一个三字尺）固定的方法，且"音尺"又借鉴了旧诗平仄"粘对"原理。

闻氏等的实验走的是英美格律诗的路线，同时"戴着脚镣跳舞"的"豆腐干体"也存在形式与内容的冲突和表现的束缚，因此甚至连闻氏自己也不能一贯地坚持下去。20世纪50年代何其芳等重新提倡现代格律诗时也无奈地承认："我们应该以作品来建立新诗的形式。""建立现代格律诗，正是不但有一些理论问题需要解决，而且更重要的是必须写出许多成功的作品。我很不愿意对新诗的形式问题发议论，就因为我苦于至今还不能用实践来证明我这些看法是否正确，谈多了近乎空谈。"（《关于现代格律诗》）

戴望舒早年也着迷于格律诗的创作。著名的《雨巷》走的是鲁迅所说的"先要有节调，押大致相近的韵"，形式大体整齐的路径。这是《雨巷》的首节诗句：

> 撑着雨纸伞，独自
> 彷徨在悠长、悠长
> 又寂寥的雨巷。

从"独自"至"雨巷"，其实就一句话，说"散文分行"也不冤枉，然而却分得奇妙！此句分行同样借鉴了西文诗"音顿"和"上下关联格"的手法。其实，中国词里也有用此手法的句子，例如辛弃疾的"舞榭歌台，/风流总被，/雨打风吹去"。只是中文单音字特征用此手法的概率小，也没有形成系统理论。西文的多音字特征，决定了格律诗在求音义完整、对称的情况下，不得不把上句"多余的"音节挪移到下句，这就是所谓的"上下关联格"。然而《雨巷》不是被动而是主动地运用这种诗格。诗的断句不仅仅是为了句式的对称工整，更考虑了情感表达。例如，"自"是现代汉语四声里的去声，突兀、干脆。诗在此处断行，要凸显撑伞人的伫立独行、孤苦无告的情景。而"悠长"的"长"是阳平，舒缓。在此停顿，留出时空，让寂寥情绪缓缓滑过雨巷，像晨钟暮鼓应和着淅淅雨声，伴随撑伞人且行且远。《雨巷》显示了现代文具有的丰富表现力，又不失旧诗韵律的那种音乐性，是融合中西诗学元素的典范，因此被叶圣陶赞誉为"替新诗底音节开了一个新纪元"。然而之后戴望舒转向了自由诗的创作。他觉得"诗的韵律不在字的抑扬顿挫上，而在诗的情绪的抑扬顿挫上，即在诗情的程度上"[1]。而刻意模仿旧诗格律会损失现代文自由表现的广阔空间，从效果上，"刻意求音节的美，有时候倒还不如老实去吟旧诗"（杜衡《〈望舒草〉序》）。

值得重视的是，20世纪40年代，朱光潜、冯文炳（废名）都详细论述了中文字、句法的特质以及与诗歌格律的关系。

朱光潜从古今中西的广阔美学视野，在胡适、闻一多等研究的基础上，对此问题作了比较全面的论述。朱光潜说："西文的文法严密，不如中文字句构造可自由伸缩颠倒，使两句对得很工整。比如'红豆啄余鹦鹉粒，碧梧栖老凤凰枝'两句诗，若依原文构造直译为英文或法文，即漫无意义，而在中文里却不失其为精炼，就由于中文文法构造比较疏简有弹性。再如'疏影横斜水清浅，暗香浮动月黄昏'两句诗没有一个虚字，每个字都实指一种景象，若译为西文，就要加上许多虚字，如冠词、前置词之类。中文不但冠词和前置词可以不用，即主词动词亦可略去。在好诗里这种省略是常事，而且也很少发生意义的暧昧。单就文法论，中文比西文较宜于诗，因为它比较容易做得工整简炼。"（《诗论·中国诗何以走上"律"的路（上）》）他认为："诗的形式是语言的纪律化之一种，其地位等于文法。"（《诗论·诗与散文》）所以没有形式的纪律约束的"自然音节"等于没有，因为说话也有自然节奏，但是说话不是诗。他的《诗论》虽然主要讨论的是旧诗，事实上他所有的论证都自然地推导出旧诗格律形式的不可废，以及新诗"散文化"的不成立。50年代他在《光明日报》组织的关于新旧诗的论争中站在提倡旧诗创作的立场，也间接反映了他的态度。

---

[1] 戴望舒：《望舒诗论》，载《现代》1932年第1期。

　　冯文炳对此诗歌现象同样非常清楚，他说："中国诗里简直不用主词，然而我们读起来并不碍事，在西洋诗里便没有这种情形。西洋诗里的文字同散文里的文字是一个文法。故我说中国旧诗里的文字是诗的文字。（还有一个情形可以令我们注意，三百篇同我们现在的歌谣都是散文的文法。）"（《新诗应该是自由诗》）然而他的态度却与朱光潜截然相反，他甚至公开表达了"新诗应该是自由诗"的鲜明观点。他认为，胡适等人早期的白话诗普遍存在的只有白话没有诗这一弊端，与自由诗无关，而与胡适一味推崇以宋诗为代表的"以文为诗"的路线有关。冯氏说："旧诗向来有两个趋势，就是'元白'易懂的一派同'温李'难懂的一派，然而无论那一派，都是在诗的文字之下变戏法。他们的不同大约是他们的辞汇，总决不是他们的文法。至于他们两派的诗都是同一的音节，更是不待说的了。胡适之先生没有看清楚这根本的一点，只是从两派之中取了自己所接近的一派，而说这一派是诗的正路，从古以来就做了我们今日的白话诗的同志，其结果我们今日的白话新诗反而无立足点，元白一派的旧诗也失其存在的意义了。我前说，旧诗的内容是散文的，而其文字则是诗的文字，旧诗之诗的价值便在这两层关系。"（《新诗应该是自由诗》）冯氏对"元白""温李"两派的评论以及"旧诗的内容是散文的，而其文字则是诗的文字"的论点似有偏颇，有待商榷；但是，这段话里却包含了关于我们所讨论的问题的新颖的见解。旧诗里确实存在着被韵律和"文法"这些"诗的文字"包裹起来而实质却是散文的内容。例如刘克庄"'使李将军，遇高皇帝，万户侯何足道哉'的句子，都是痛快地写起散文来"（《新诗应该是自由诗》）。

　　从冯文炳所表述的逻辑自然引申出这样的推论：其一，新诗应该是自由诗，因为自由诗所采用的现代文与旧诗所采用的"诗的文字"、句法迥然不同。其二，胡适所推崇的"以文为诗"的路线，尤其是被胡适用来证明其"作诗如作文"观念的那些极端例子并不是旧诗的主流，也不是好诗，甚至不能称之为"诗"；其三，自由诗的方向没有错。"以文为诗"一路的白话诗之所以被人诟病，是因为它把作诗当成作文。而在"以文为诗"的路线之外，则是一条从《易经》的"易象"、《诗经》的

"兴象"延续下来的休现传统文化哲学观念的诗学路线。在这条路线上，自由诗是可以大有作为的。

周作人是新诗运动最早的倡导者和实践者之一。与当时许多散文化的白话诗不同，朱自清认为一方面"鲁迅氏兄弟全然摆脱了旧镣铐，周启明氏简直不大用韵"；同时他表示当时许多新诗"缺少余香与回味的多"，而周作人的《小河》"便融景入情，融情入理。至于有意的讲究用比喻，怕要到李金发氏的时候"（朱自清《〈中国新文学大系·诗集〉导言》）。

李金发是早期重要的象征派诗人，被时人称为"东方之鲍特莱"（波特莱尔）。当时许多人对这种"舶来品"并不理解，而周作人敏锐地意识到象征主义这种"最新"的舶来品和"最旧"的传统兴体诗之间存在着共通性。他在为刘半农《扬鞭集》作序时，就有的放矢地借题发挥说，诗的"写法则觉得所谓'兴'最有意思，用新名词来讲，或可以说是象征。让我说一句陈腐话，象征是诗的最新的写法，但也是最旧，在中国也'古已有之'，我们上观国风，下察民谣，便可以知道中国的诗多用兴体"。因此说，象征虽是"外国的新潮流，同时也是中国的旧手法"[1]。

之后，闻一多进一步拓展了周作人的观点。他对比了《易经》与《诗经》的例子：

> 枯杨生稊，老夫得其女妻，无不利。（大过卦九二爻辞）
> 枯杨生华，老妇得其士夫，无咎无誉。（大过卦九五爻辞）
> 桃之夭夭，灼灼其华。之子于归，宜其室家。（《诗经·桃夭》）

针对"易象"和"兴象"的相似性，闻一多说："《易》中的象与《诗》中的兴……本是一回事，所以后世批评家也称《诗》中的兴为'兴象'。西洋人所谓意象、象征，都是同类的东西，而用中国术语说来，实在都是隐。"（《说鱼》）

---

[1] 周作人：《〈扬鞭集〉序》，载《语丝》1926年第81期。

　　1934年，梁宗岱又在周作人"象征即'兴'说"的基础上，融入佛学的"因缘和合"等观念和波特莱尔《契合》一诗的思想。经过几代诗人的努力，从周作人的创作手法层面，到闻一多、梁宗岱的传统文化和思维方式的层面，接通了象征主义与兴的观念的联系，从而把象征诗派置于中国诗学文化的语境之中。

　　象征与兴融合而成的现代新诗意象体系也间接地改变了早期白话诗散文式的表达方式，使自由诗语言更具有诗性的呈现样态。例如冰心的《小草》："弱小草的呵！骄傲些罢，只有你普遍的装点了世界。"虽然文字、句法还是散文式，但是意象的丰富联想与暗示性以及意象之间的结构性张力，使作为意象载体的词语、句子之间避免了散文式的直述样态。再看戴望舒的一首诗："我和世界之间是墙，/墙和我之间是灯，/灯和我之间是书，/书和我之间是——隔膜！"[1]无论是章法上的起承转合，用词的变化丰富，还是韵律的抑扬顿挫，不仅离旧诗太远，也不同于大部分新诗的状态。但是不拘泥于一般诗歌章法的这种不同主体之间的递进式排比组合，营造了一个向"隔膜"聚焦的情景的引力场，达到了语气节奏和情绪节奏和谐统一的强烈效果。苏雪林评价李金发的诗时说："原来象征诗人所谓'不固执文法的原则''跳过句法'等等，虽然高深奥秘，但煞风景的加以具体的解释，不过应用省略法而已。"[2]可见，新诗也有自己的"句法"。再比较一下胡适的《蝴蝶》和戴望舒的《我思想》："两个黄蝴蝶，双双飞上天。/不知为什么，一个忽飞还。/剩下那一个，孤单怪可怜；/也无心上天，天上太孤单。"（《蝴蝶》）"我思想，故我是蝴蝶……/万年后小花的轻呼，/透过无梦无醒的云雾，/来振撼我斑斓的彩翼。"（《我思想》）《蝴蝶》虽然不失白话文的素朴与流畅，诗情的清晰而单纯，然而意象欠单薄，言语多直述，文字少凝练，句法不紧凑；而《我思想》，短短四句，文字典雅，句法紧凑，意象稠叠，韵律丰富（句中轻重音相配合，以abba体大体押韵），诗情

---

[1] 此诗系1947年春戴氏在沪时，在"香雪园"茶室应几个文艺青年之邀即席吟赋的。诗歌没有命题。引自程步奎《戴望舒文录》（香港三联书店1987年版）之附录《戴望舒佚诗》。

[2] 苏雪林：《论李金发的诗》，载《中国新诗》1948年第2期。

饱满。

兴的观念还有一个胜过西方象征主义的长处，即少有象征主义常常附着的神秘主义因素。兴体诗所谓"先言他物，以引起所咏之辞"的架构特征，是"兴"作为一种思维方式的普遍表现。它的好处是使诗歌在产生一种朦胧美的同时避免了诗意的晦涩，从《桃夭》到《登高》皆是如此。但是梁宗岱在诠释杜甫《登高》时却单取前四句为例，说："即使我们不读下去，诗人满腔底穷愁潦倒，艰难苦恨不已经渗入我们底灵府了吗？""有人会说：照这样看来，所谓象征，只是情景底配合，所谓'即景生情，因情生景'而已。不错，不过情景间配合，又有程度分量底差别。有'景中有情，情中有景'的，有'景即是情，情即是景'的。""前者物我之间，依然各存本来的面目"，后者"不知何者为我，何者为物"，所以"严格说来，只有后者才算象征底最高境"（梁宗岱《象征主义》）。然而《登高》的前四句和后四句是不可分割的整体，没有后四句的"本事"，前四句就可能暧昧不清，甚至产生歧义。过度追求这种极端的"象征底最高境"，往往会背离兴体诗含蓄而不晦涩的、有节制的、朦胧的诗风（当然象征派诗也有其独特的、富有创造性的意象营造方法），这也是象征派诗常常受到批评的原因之一。不过确实也因为象征派诗才引起诗界对传统"兴"观念的关注。在这种持续的关注、研究甚至论争中，不仅促进了象征派诗自身的发展，也推动了整个新诗的不断进步。

回到"百年和解"的问题上来。

新诗与旧诗之间存在着如此长久和严重的误解与矛盾，除了以上所述的诗界对于新诗与旧诗的语言本体的差异缺少认真的、平和的、持久的和针对性的探讨之外，从新诗界一面说，这与胡适的"历史的文学进化观念"密切相关。胡适诗歌变革的理念深深地受到进化论的革命潮流的影响。他说，早在1915年和1916年间，"那时影响我个人最大的，就是我平常所说的'历史的文学进化观念'，这个观念是我的文学革命论的基本理论"[1]。胡适为中国诗歌的历史发展描绘出一幅清晰的进化谱系

[1] 胡适：《我为什么要做白话诗》，载《新青年》1919年第5号。

图。他认为："文学革命，在吾国史上非创见也。即以韵文而论：三百篇变而为骚，一大革命也，又变为五言七言，二大革命也。赋变而为无韵之骈文，古诗变而为律诗，三大革命也。诗之变而为词，四大革命也。词之变而为曲，为剧本，五大革命也。何独于吾所持文学革命论而疑之？"[1]胡适还认为，中国文学如果"不遭明代八股之劫，不遭前后七子复古之劫，则吾国之文学已成俚语的文学；而吾国之语言早成为言文一致之语言"；"五百余年来，半死之古文，半死之诗词，复夺此'活文学'之席，而'半死文学'遂苟延残喘以至于今日"[2]。在《谈新诗》这篇重要论文中，对此观点又作了展开：新诗运动鼓吹的"这种解放，初看去似乎很激烈，其实只是《三百篇》以来的自然趋势。自然趋势逐渐实现，不用有意的鼓吹去促进他，那便是自然进化。自然趋势有时被人类的习惯性守旧性所阻碍，到了该实现的时候均不实现，必须用有意的鼓吹去促进他的实现，那便是革命了"[3]。

胡适的"历史的文学进化观念"是一种"进步主义"和当时流行的科学主义的观念和思维方式，把诗歌史想象成类似于自然科学发展史的模型。在自然科学的发展过程中，最后胜利的永远是被证明是科学的选项。而其他最终被证明是不科学的选项以及曾经被认为是科学的内容都会被否定和淘汰。于是中国诗歌史，就像是在我们面前展开的一幅精致的诗歌"物种"发展进化的谱系图像，一棵由三百篇、辞赋、乐府、五言、七言、词、曲、白话诗连接起来的"进化树"。按照这个逻辑，诗歌的发展始终是沿着低级向高级的路径发展，是否定之否定的自我否定重生的"涅槃"。它们不是朝着更加丰富、多元的前景发展的，而是"活文学"不断取代"半死文学""死文学"的过程。

形式是界定不同文学样态的尺度。以彻底否定旧诗为目标的新诗运动，在事实上已经割断了与旧诗的血缘联系。其后果是，把旧诗与新诗看成"活文学"取代"死文学"的关系，这不仅对旧诗是不公平的，新诗也因此而自设了作为"直系血缘"承传者的历史负担。新诗可能就陷

---

[1] 胡适：《我为什么要做白话诗》，载《新青年》1919年第5号。
[2] 同上。
[3] 胡适：《谈新诗》，载《星期评论》纪念专号，1919年10月10日。

入一个悖论之中：一方面，既然自诩新诗处在"进化树"的顶端，新诗就为自己树立了一个包括格律质素在内的需要处处比对的参照系；而在面对"现在攻击新诗的人，多说新诗没有音节"的质疑时，胡适也顺从地说："不幸有一些做新诗的人也以为新诗可以不注意音节。这都是错的。"[1]这实际上是对自己提倡的"自由的，不拘格律的"理念缺乏底气。另一方面，面对旧诗缜密且精致的形式体系，在批评新诗是"不讲格律，散文分行"的论者眼里，带着自由诗先天"缺陷"的任何"现代格律诗"的尝试都是不值一哂的。长期以来，新诗就处在这种进退失据的尴尬处境之中。

是到了甩掉这个包袱的时候了。章太炎曾说："诗之有韵，古今无所变……诗之名，则限于古今体诗，旁及赋与词曲止耳……只以诗本旧名，当用旧式。若改作新式，自可别造新名。如日本有和歌、俳句二体。"撇开此话含有的轻蔑、否定新诗之义，这话也确实引人深思。想想，现在谁能否认俳句也是诗呢？笔者很赞赏"作为传统诗词的写作者"的周啸天在《敬畏新诗》一文中所持的精当且中肯的见解。他能够平心静气地、客观地评价新诗与旧诗的各有所长与不足，甚至对新诗表示"敬畏"，实属难能可贵。作者认为，新诗抛弃了旧诗的格律，获得了形式的自由；舍弃了典雅陈古的文辞，获得了语言的自由；放逐了曲达宛喻的传统，获得了意趣的自由。当然旧诗的不少质素也是新诗缺少的。关于新诗与旧诗的不同，作者引用了冯文炳的一个观点："已往的诗文字，无论旧诗也好，词也好，乃是散文的内容，而其所用的文字是诗的文字，我们只要有了这个诗的内容，我们就可以大胆地写我们的新诗"（《新诗应该是自由诗》）。作者认为这个观点"令人耳目一新"，却"讲得有些含混"。而作者的诠释同样令人耳目一新。他认为，"内容"应该由"诗思"这个概念来替代它。诗思，就是诗的思维。诗的思维首先是语言的思维。新诗的思维语言是白话，诗词的思维语言是文言。"在语汇上，白话比文言更丰富；在表达上，白话比文言更具张力。"作者甚至认为："新诗较之诗词，在诗思上更有意识地追求陌生化、非散文

[1] 胡适：《谈新诗》，载《星期评论》纪念专号，1919年10月10日。

化。"作者还指出，虽然新诗抛弃了诗词的格律，但是新诗仍然有"内在韵律"[1]。在诗界充分理解新诗与旧诗特质的基础上，在诗界营造一个丰富的、多样化的诗歌平台的愿景中，新诗与旧诗携手前进，共同发展。

【作者简介】 复旦大学中文系副教授。

---

[1] 周啸天：《敬畏新诗》，载《诗刊》2011年第19期。

沈曾植与"学人之词"的异变

赵家晨

【摘要】 同光体领袖沈曾植填词遵循"学人之词"隶事用典、审音严律、寄托遥深等谱式，摆脱了"教化"和"敦厚"的思维束缚，选用险韵涩调、冷辞僻典，再融入玄言佛理，追求"险丽""奇崛"的审美情趣，用词书写时势、关注世运衰微、流露内心隐忧，促使"学人之词"发生异变。这一异变与沈氏考证、义理兼备以学术转移世运的治学思想有关，与同光体诗派"奇崛险涩"审美趣旨同构，更与晚清以来兴起的金石古玩赏鉴风气以及沈氏融碑铸帖后形成欹侧险绝、纵横奇趣的书法风格密不可分。异变后的"学人之词"日趋雅致深奥，走入象牙塔之绝路；然随着知识结构日趋现代的民国学人的崛起，他们以词涵盖现代学科体系下的知识学问，为"学人之词"蹚出新范式，促使这一类型词走向更宽博的境地。

【关键词】 沈曾植　曼陀罗襄词　学人之词　异变

　　"学人之词"概念是比附"学人之诗"而来，最早出现在晚清[1]，衍生为"学人之词"与"词人之词"。民国词坛大家夏敬观对学人词与

---

[1] 晚清谭献及王国维、冒广生等皆提出过"学人之词"概念，如谭献在《复堂词话》中云："阮亭、葆馚一流，为才人之词。宛邻、止庵一派，为学人之词"，又云："近世经师惠定宇、江艮庭、段懋堂、焦里堂、宋于庭、张皋文、龚定庵多工小词，其理可通"；陈庆年《百仙词后序》云："近代经学家能词者，张皋文、陈兰甫二家最著，继者阒如。江宁程一夔先生，吾同徽老友也……吾乃叹先生以经学家而工词，尤为难能可贵，将继皋文、兰甫而三矣。"冒广生在《小三吾亭词话》（卷二）云："京卿之词，则学人之词也。京卿邃于说经，品诣高雅，所著东塾丛书，风行于世。"可见谭献、陈庆年、冒广生等皆认为学人之词出自经师，词中能观照经史。然上述诸家并未对"学人之词"概念内涵及外延作详尽阐述。

词人词二者之关系作过详实论述，云："有学人之词，有词人之词……词于文体为末，而思致则可极无上。学者虽淹贯群籍，或不能为……强之则伤其格。若于学无所窥者，但求诸古昔人之词，又浅薄无足道，弥卑其体，其上焉者，止于词人之词而已。君学人也，亦词人也，二者相济相因不相扞格，词境之至极者也。"[1] 在这里，夏敬观推崇学人之词与词人之词合，然对"学人之词"这一概念之具体内涵却未能言明。

20世纪80年代钱仲联云："清词人之主盟坛坫或以词雄者，多为学人，朱彝尊、张惠言、周济、龚自珍、陈澧、谭献、刘熙载、俞樾、李慈铭、王闿运、沈曾植、文廷式、曹元忠、张尔田、王国维，其尤著者也。盖清贤惩明人空疏不学之弊，昌明实学，迈越唐、宋。诗家称学人之诗与诗人之诗合，词家亦学人之词与词人之词合。"[2] 他虽点出清代"学人之词"代表作家，然亦未对"学人之词"概念进行界说。进入21世纪以来，学人沙先一、刘兴辉、谢永芳等尝试给"学人之词"下定义，有从词创作上性情、学问与胸襟统一的角度界定的，有从"学人之词"外在形态特征界定的，亦有从"学人之词""词人之词""诗人之词"三个概念的差异界定的。[3] 总结当代学人对此概念界定，可知"学人之词"特征有二：第一，从外在形态上来看，"学人之词"喜引经据

---

[1] 夏敬观：《张孟劬遐庵乐府续集序》，载《制言》1939年第57期。

[2] 钱仲联：《全清词序》，《全清词·顺康卷》卷首，中华书局2002年版，第2页。

[3] 沙先一云："学人之词，则一为作者之学人身份，对于宇宙人生、世情伦理，执著而不沉溺，入而能返；二是创作上将词人之心与胸襟学问结合，既有词人之词的深婉缠绵，又有学人的疏越高致。即王国维所说的'诗人对于宇宙人生，须入乎其内，又须出乎其外。入乎其内，故能写之。出乎其外，故能观之。入乎其内，故有生气。出乎其外，故有高致'。"见沙先一《推尊词体与开拓词境——论清代的学人之词》，载《江海学刊》2004年第3期。刘兴晖更是总结出"学人之词"的三种表达方式：一为"掉书袋"、隶事用典；二为将学入词，词成为学的负载形式；三为学养与胸襟的自然融合，"涵之以学问，出之以性情"，并认为学人之词"动辄几百字的长序附着在词前"，还会"负载与词学相关的内容"。见刘兴晖《从郑文焯前后期词之变化看晚清"以学入词"的现象》，载《船山学刊》2007年第4期。谢永芳将"学人之词""词人之词""诗人之词"三者对比，总结"学人之词"基本特征为："倡言寄托中强调学问；格律愈趋于精严；酬赠词、和韵词的大量出现；词人的学者化；词艺的学术化；词多倾诉主观世界以求自我宣泄、自我慰藉。"见谢永芳《广东近世词坛研究》，上海古籍出版社2008年版，第188页。

典、以词论学、喜用代字、标拟词题、雕琢字句，且用叙事、议论、写景、抒情等多种手法将字句以陌生化方式聚合；第二，从内在意蕴上看，"学人之词"以"教化"思想为正统，以"温柔敦厚"为审美标准且"审音正律"，词境厚实、博大，表现出学人胸襟或人生境界、哲思。在此需要指出的是，"学人之词"概念提出已长达百余年，然学人之词所反映的内容却大相径庭："学人之词"中的"学"在晚清主要指传统学术中经、史、考据内容；晚清至民国中国学术现代转型后，"学人之词"中的"学"所反映的内容则为现代学科体系内的一切学问，不再局限于传统之经、史。这就为判定沈曾植《曼陀罗㘚词》性质发生异变提供了可靠依据。

沈曾植的《曼陀罗㘚词》在清朝末年、民国初年尤为引人关注，它不仅是当时"学人之词"之典范，更促使"学人之词"发生异变，走向另一审美维度。于此，探讨沈曾植与"学人之词"异变的关系，以及沈氏词作异变的具体表现、异变之缘由以及异变后的"学人之词"命运成为亟待解决的问题。

一、沈曾植《曼陀罗㘚词》异变之表征

词创作于沈曾植而言是学术研究的另一表达工具，其《曼陀罗㘚词》无论从外在形式还是思想内蕴来看，彰显着浓重的学术气和现实性。夏敬观云"沈寐叟，学人也，《曼陀罗㘚词》，学人之词也"[1]，对沈曾植词属性作明确判断。总体来看，沈氏词作一方面保有"学人之词"长于考据、隶事用典、审音正律、大量唱和词等特色，另一方面又广征佛禅玄言，关注世运衰微，追求奇崛、险丽的审美境界，促使"学人之词"内质发生异变。

首先，《曼陀罗㘚词》广采典故，将多个来自不同学科领域的典故放置在一起，词作观照的重点不再是晚清之前学人所拘泥的经学、史学、小学，而是侧重于佛禅、诸子、神话等经师轻视的领域，更靠近现代学术界定的学问范畴。如词《琐窗寒·追悼半塘，用玉田悼王中仙

---

[1] 夏敬观：《逖庵乐府序》，载《同声月刊》1941年第1卷第7号。

韵》[1]中的"招魂""山鬼"语出《离骚》,"苍梧谒帝"出自上古神话《山海经》,"劫波三世"来自佛典,"辽海鹤归"出自南朝《搜神记》,而"铜仙"则出自《三国志》,一首词作集合源自史、佛、神话传说等典故,不可谓不密集。用典繁多正是"学人之词"的显著标志之一,而典故频繁出自百家、说部、佛玄等却是沈氏率先开启的。

沈氏尤善用佛典,往往不取典故原意,造成词作主旨迷蒙、晦涩。如词中常取佛家意象或语词如"莲社""逃禅""松下老僧""残劫""三生""僧伽""诗禅"等。而这些意象营构出的词意彰显出清遗民隐逸、逃禅的真实面貌:他们并非真心向往这种隐逸、逃禅生活,只不过想借助这种方式来完成自己对遗民身份的体认,同时借助佛老、山林表达内心的哀痛。张尔田曾言,"寐叟用典多不取原义,而别有所指。即使尽得其出处,而本意终不可知"[2],钱仲联更是指出,沈氏词作"佛典僻典满纸,古奥难解,像西藏曼荼罗画那样光怪陆离,越到晚年,这种趋向越显著"[3]。张、钱二公指明沈曾植词喜欢用生典、僻典的事实,又善于加工典故,改变典故原义,这样一来,直接后果就是词作主旨过于艰涩、深奥,故而被时人称之为"词中之玉川(卢仝)、魁纪公(樊绍述)也"[4]。概沈氏词作与卢、樊二公诗文皆以险怪、艰涩为风尚。[5]清代学人填词典故取自经史较多,然大量引用佛禅玄道意象、语词入词者在沈氏之前较为罕见。

其次,沈曾植继承常州词派比兴寄托填词法反映意内言外之旨,与

[1]《琐窗寒·追悼半塘,用玉田悼王中仙韵》全词:"尘梦烟消,虫天漏尽,招魂江外。沈吟玉笋,难挽此才尘里。怆冥冥,骖鸾去时,苍梧谒帝蛮云碎。把牢愁万古,劫波三世,怨申知致。 绝代。诗骚意。尽卧病漳滨,行吟湘水。姬姜憔悴,肠断礼魂山鬼。问何年,辽海鹤归,铜仙蚀尽清铅泪。便他方,弹指相逢,滞愿船一苇。"
[2]张尔田:《与夏瞿禅书》,见夏承焘《夏承焘集》(第5册),浙江古籍出版社1997年版,第486—487页。
[3]钱仲联选注:《清词三百首》,岳麓书社1992年版,第313页。
[4]叶恭绰选辑,傅宇斌点校:《广箧中词》,人民文学出版社2011年版,第190页。
[5]唐人卢仝诗歌被历代评论家冠以"险怪",如《唐诗品》言"仝山林怪士,诞放不经,意纡词曲,盘薄难解";《唐才子传》亦云卢仝诗作"自成一家,语尚奇谲,读者难解";《麓堂诗话》亦云"卢仝诗有怪句"。樊宗师诗文亦以诡诞、艰深著称,清人王应奎《柳南随笔续笔》云"其文诘曲艰涩,殆不可句,可谓怪于文矣"。沈曾植的词作也是以险怪、诡谲著称,故而叶恭绰将其比喻为词学领域的卢仝、樊宗师。

常州词派张惠言、周济等学人词作不同的是：沈氏词作关注现实，词旨皆影射具体时事，现实针对性更强；而常州学人忧世之心多局限于书斋，词作多虚指，并无具体史实。沈氏词作隐隐透露出对国家世运的担忧，这种情绪集中反映在他与文廷式、王鹏运、志锐的唱和词中。如作于光绪二十一年（1895）词《渡江云·赠文道希》[1]，指陈甲午之后朝廷奸佞当道，打压排挤秉忠进言的清流言官之事实，词作中流露出对清王朝不可挽回的倾颓及国家前途未卜的忧虑。[2]这一类关于国家命运的担忧的词作尚有许多，诸如《八声甘州·送伯愚之乌里雅苏台》[3]即反映甲午战争时朝廷堵塞言路，一意孤行，精忠苦谏官员遭贬黜，国家前途在甲午之战中恐陷危殆。又如词句："怕百变、鱼龙未了。白项鸦啼经惯否，念月明、惊鹊南枝绕。"（《金缕曲·寄半塘》）反映戊戌变法期间，康梁等人推行新法操之过切，恐将国家引入歧途。总之，沈氏在京师时期的词作，特别是甲午战争至戊戌变法期间的词作无不反映对时局变化的关切，对国家前途的担忧。尤其在辛亥鼎新后，沈氏常用"铜仙垂泪"意象代指清王朝覆灭的现实，常用"高楼"意象以表坚守忠贞大节的志气。其词作中的故实有着极强的现实指向，而早沈氏百年的常州词派虽倡导比兴寄托、意内言外，然他们词作中常用"西风""衰柳""残阳"等意象笼统陈述清王朝日薄西山的颓势，并未影射具体史实。可以说传统学人词仍侧重表现主观个人化一面，沈氏词作走出书斋，关注世事、书写时势，这亦是其词异变标准之一。

---

[1]《渡江云·赠文道希》全词："十分春已去，孤花隐叶，怊怅倚阑心。客游今倦矣，珍重韶光，还共醉花阴。长亭短堠，向从来雨黯烟沉。人何处，匣中宝剑，挂壁作龙吟。　　登临。秦时明月，汉国山河，尽云寒雁嘫。行不得鹧鸪啼晚，苦竹穿林。寻常总道归帆好，者归帆愁与潮深。苍然暮，高山流水鸣琴。"

[2] 钱仲联、沈轶刘、富寿荪、段晓华诸先生皆评点过此词，皆认为沈氏此词是影射慈禧打压朝中主战派，流露出沈氏对政局的担忧。（参见钱仲联《清词三百首》，岳麓书社1992年版，第312页；沈轶刘、富寿荪《清词菁华》，安徽文艺出版社1986年版，第329页；段晓华《清词三百首详注》，百花洲文艺出版社2002年版，第253页。）

[3]《八声甘州·送伯愚之乌里雅苏台》全词："送萧萧征马向边州，都护出安西。正啼鸦噪晚，惊沙击面，烟树凄迷。灞上回头南望，鸐鹊夕云低。谁识阳关意，兀坐渔师。　　揽辔而今焉向，黯兰生荪苦，天上相思。偎回风北溯，乐莫乐相知。莽千里龙沙雁碛，借天山砥锷浮鲸鲵。归须早，今年金印，斗大提携。"

息相关,"其忧世之深,有过于龚、魏"[1],学术研究内容的转移及学术祈向的转变与国家、社会需要紧密结合,"从诗文、书法、音乐、学术等学艺各方面'觇世运'……是这一时期京师士大夫圈子中盛行的话题"[2]。在沈氏看来无论是诗词、经史、佛道、金石、碑帖、律法等都以实用为根本,都应起到振弊救衰之功效。故而沈氏词作显现出与传统学人词的不同,其词更注重反映现实、博采佛典,促使学人词发生异变。

不得不提的是沈氏深受晚清佛学经世思潮影响,在精研佛典义理基础上,主张以佛禅入儒教以达到拯救世运人心的目的,这也是其词作中佛典、佛语泛滥之主要缘由。沈氏治佛学"不专宗一家,于华严、天台、三论、慈恩、禅、密诸家,无一不深入探讨,不为拘墟之见"[3],对佛教各家宗派秉着一视同仁的态度,并以"史"的方法贯串于佛教研究,考订了印度佛教史、禅宗史中诸多讹误,阐发沟通佛家各派义理的同一性。沈氏统摄儒佛,试图融佛济儒以达到安定人心的目的。如诸如阐释佛家所言"性",沈氏云:"'久修集心,则名为性。'按此则成实师所说性,明是儒家之习。"(《成实师说性》)他将佛教僧众之佛"性"的界定为儒家之习气。如论述佛家生死观云:"通世间、出世间法言之,文山死而宋不亡,正学死而程、朱学定……暨诸以身殉道者,皆菩萨之方便生死也耶?"(《变易生死有四》)他将儒家倡导的殉道与佛家方便生死一一对应,目的在于引导佛学为世间所用。同时,沈氏还与杨文会、欧阳竟无等佛教界名士交往,曾在南京与杨文会创佛学研究会,为佛教济世做了大量的实践工作。由于"沈氏较多选取其(佛教)中摆脱世缘、柔化民心的部分,期望通过佛教入世的淡泊意味来实现其出世的救世功能"[4],当这种主观的理想愿望与徒劳的实践随着清王朝的覆灭一同被时代抛弃时,沈氏只得以诗词为载体逃禅入佛,以达到自我安慰、自我消

---

[1] 王国维:《沈乙盦先生七十寿序》,见《王国维先生全集 初编》(第3册),台湾大通书局1976年版,第1165页。

[2] 陆胤:《政教存续与文教转型——近代学术史上的张之洞学人圈》,北京大学出版社2015年版,第248页。

[3] 钱仲联:《海日楼札丛前言》,见沈曾植著,钱仲联辑《海日楼札丛 外一种》,上海古籍出版社2009年版,第4页。

[4] 潘文哲:《徘徊于新旧之间——中国近代学术思想史上的沈曾植》,浙江大学硕士论文,2013年,第37页。

解的目的。辛亥之前词作满是偈语玄言，用以劝世，沪上遗民时期词中则用"莲社""老僧""三生"等意象以自我麻醉、自我劝慰。这也是沈氏词作满眼佛禅字眼的原因。

其次，沈氏词作异变的表征之一是审美风格奇崛怪诞、生涩奥衍，这与沈氏诗学趣旨、书法美学高度一致，其同构性不言而喻。沈氏词学思想与其诗学思想趋近，皆主张奇崛、怪诞、险涩。沈氏论诗尚怪，从其诗学札记中可见一斑。诸如"元、白、张、王之讽刺，韩、孟、刘、柳之崛奇，实宪宗倡之，今遂无一字之传，可惜也已。"（《唐帝王诗文》）对引导中唐尚奇诗风的唐宪宗诗文未能流传深表遗憾。又如"元和诗风尚怪也"（《元和体》），"公好古文奇字，宜有此意想"（《韩愈岣嵝山诗》），"作一帧西藏曼荼罗画观"（《韩愈陆浑山火诗》）等，对韩愈及其所处中唐时代诗风以"怪"字作总结。尚奇崛、生涩的诗学趣旨与其词论之"险丽""香弱"一脉相承。沈氏倡导"诡谲险丽"的词学审美趣味：在语言上沈氏力求接续花间、北宋传统，语词绮丽、情感柔婉；在词旨上力求怪诞深奥，以达到出人意料的奇崛审美效果。《菌阁琐谈》对这种词风屡屡推重。如对贺裳以"险丽"概括宋人词风，沈曾植说"伊川许小晏鬼语，而黄公不许荆州亭鬼语，然则词客迂僻，过于道学乎"[1]，又有"'词家境界隘于诗，然鬼语亦复何妨。'黄公此论，乃不如伊川评小晏词之当行"[2]语，对贺裳不够包容的词学审美观念表示批评，认为其还不如宋代理学家程颐那般通达。沈氏坚持认为词人不应理学气息过重以至于限制词风的多元化，为"鬼语"词张目。他自己对这种"诡谲险丽"的词风极其偏爱，其词善用僻典、佛典，意象密丽而词旨晦涩，将"学人之词"引入另一种审美维度。究其原因，"盖魁儒硕师，出其绪余，一弄狡狯，若以流派正变之说求之则俱矣"[3]，博古通今的大儒为逞才学，往往追求与众不同，在诗词中以怪诞、突兀、陌生化等方式来展现自己渊深的学识，故而沈曾植以"险丽相诡"为审美情

[1] 沈曾植：《菌阁琐谈》，见唐圭璋编《词话丛编》，中华书局1986年版，第3606页。
[2] 同上书，第3623页。
[3] 钱仲联：《近百年词坛点将录》，见《当代学者自选文库：钱仲联卷》，安徽教育出版社1999年版，第704页。

趣，不但贯串其诗作中，亦移植至其词作里。

此外，沈氏词作奇崛、险涩的审美风范与其融碑铸帖以欹侧险绝、奇趣纵横的书学趣旨高度一致。沈氏曾言"诗家句法，即书家笔法"（《海日楼遗札·与谢复园书》），又云"书中有碑有帖二分，相对于诗，也有唐有宋之分"（《海日楼遗札·与谢复园书》），这表明沈氏有意将诗与书两种艺术形式提炼出共性以勾连串通，这种同构也存在于沈氏的词与书中。辛亥之前沈氏以学帖为主，受钟繇、黄庭坚、欧阳询、米芾四大家影响颇深，推重米芾"四面""八方"之笔法；入京师后受晚清碑学兴盛潮流影响，书法取径包世臣、吴让之，行笔多中段逆锋，实践"中画圆满"之理念。辛亥寓居沪上后，"冶碑帖于一炉，又取明人黄道周、倪鸿宝（倪元璐）两家笔法，参分隶而加以变化。于是益见古健奇崛"[1]，善用方折、内擫，用笔生涩、点画浑厚苍茫。1915年后，他又学习唐人写经、《爨宝子碑》以及新出土的《流沙坠简》，用以写章草。最终形成自己"拙""生""不稳""奇侧"的书风，成为近代章草之开创者。在用笔上，沈氏善用方笔、侧锋，起笔处多用尖峰，收笔处多重捺；在结体上，沈氏将碑版中内擫与法帖中外拓有机融合，结体夸张奇崛；在章法上，减弱字与字之间纵向联系，呈现出字字独立的面貌。其字上部开张宽阔、下部收敛紧促的不稳形状，呈现出奇险跌宕和稚拙古朴的风貌。"奇侧""奇险""厚重""古朴"的书风与沈氏词作"奇崛""险涩""沉郁""顿挫"的词作趣旨有着惊人的一致。

晚清以来新兴的金石古玩收藏、品鉴、赏玩、题跋等风气对沈氏"奇崛""沉郁""生涩"的词作风貌的奠定也有着相当的影响。清代的金石考古尤为发达，延至晚清之际，大量的碑版、篆刻、瓦、币、青铜彝器被爱好收藏的士大夫们把玩、品题，直接促使了他们尚"遒劲""枯涩""瘦硬""生奇"的审美趣味的养成。沈氏任职京师时"余事多能，殚精评鉴，游心艺圃……考利州之帖，订误于覃溪，哥岩山之

---

[1] 王蘧常：《忆沈寐叟师》，见书法编辑部编《书法文库——流光溢彩》，上海书画出版社2008年版，第46页。

碑，折中于东观"[1]，对碑帖、金石特别热衷。仅以碑版为例，他收藏的历代名碑原件或碑拓即有曹魏《皇女墓记》（罗振玉赠并跋）、北魏《张安姬墓志》（罗振玉赠并跋）、北魏《刁遵墓志》、东魏《高湛墓志》、旧拓唐《昭仁寺碑》、旧拓唐《李靖碑》及《怀仁集王羲之书圣教序》《文林郎爨君墓志》《大证禅师碑》《贾使君碑》等，题跋的碑记有《题钝斋所藏拓龙藏寺碑》《为章行严题旧馆坛碑》《姚文献公碑题诗》《多宝塔跋》《圣教序跋》等，与沈氏交游的金石大家有王懿荣、吴郁生、章士钊、金兆蕃、罗振玉、王国维、谢复园等。以碑版、碑帖为媒介，这些藏家、金石家在切磋学问、探讨艺术的过程中，逐渐形成了晚清艺术整体尚"奇"、尚"劲"、尚"金石气"的审美趣旨。对于知识结构仍处浑融状态、知识分科意识尚未养成的沈曾植来说，移植艺术习气入诗词是再正常不过的事。况且文学作为艺术的分支之一，本身就与艺术有着天然的同构性，这也是沈氏词作奇崛、险涩艺术风格养成的重要原因。

三、变异后"学人之词"之走向

以沈曾植《曼陀罗𡩋词》为代表的异变后的"学人之词"在清朝末年、民国初年曲高和寡，随着时事变迁及新文学运动的冲击，一度被边缘化。然伴随着中国现代学术的建立，一批批民国学人接棒沈曾植等晚清学人，以新知识、新语句、新意象、新境界创造出新一代的"学人之词"，将"学人之词"带入一个新的历史高度。特别是作为近现代美术家、文物鉴赏家、收藏家的吴湖帆，其《佞宋词痕》以文学之词体将中国绘画学、考古学、鉴赏学等现代学科知识展现得淋漓尽致，让这一长达百年的文学现象浴火重生。

晚清风靡一时的以经史、考据、佛玄为主要内容的"学人之词"在民国一度遇冷，其私人性的特征以及深奥艰涩的审美风尚在白话诗词风潮的冲击下越来越不为人所认可。与文学公共性、开放性特征相背离的是，晚清学人词往往具有隐秘性、自慰性、书斋化的特点，恰如陈铭所言，"近代词从广泛的社会创作活动走向学人之词，它的书斋化和自

---

[1] 钱仲联：《沈曾植集校注自序》，见沈曾植著，钱仲联校注《沈曾植集校注》（上），中华书局2001年版，第4页。

慰性，使词创作在大势衰微之下还有一个小圈子的生存空间，顾影自怜"[1]。自辛亥鼎革后，以沈曾植为代表的遗老们从政治舞台中央顿时被边缘化，失去"治统"的士人们也不再占据"文统""道统"，文学不再用于经世、教化，无须考虑词体所须承担的"载道"功能。他们词作的主题从担忧世运转向吟咏遗民内心的痛楚，不再具有强烈的时代感。词成为自我慰藉的工具，艺文制作越发趋向私密、自娱、自慰。与此同时，现代新兴的白话诗词的蓬勃发展使得"学人之词"生存环境进一步恶化。1917年胡适发表《文学改良刍议》，呼吁用白话进行文学创作，此种风气波及诗词领域，促使白话诗词创作如火如荼，浪潮日猛。白话诗词大体遵循了胡适"不用典、不避俗字俗语、不讲对仗"[2]等要求，不但满足了接受新知的青年学子低门槛的创作欲望，也因内容明白晓畅迎合了广大底层民众的阅读需求，故而作家群体和读者数量远非旧体诗词可比。在这种大势下，晚清士人们创作的"学人之词"日趋没落。

然"学人词"这一类型词体文学并未因时代变迁而埋入历史尘埃，它在知识结构日趋现代的民国学人手中重新焕发生机。伴随严复、梁启超、王国维、胡适之等一大批现代学术开创者的努力，现代学术体系在民国渐趋成熟，一大批自幼接受学堂教育或西学熏陶的现代学者在治学同时不废旧体诗词创作，促使"学人之词"发生了转向。从创作主体来看，民国学人之词作者群体[3]从治学思想、治学目的、治学方法、治学内容以及学科意识等均与晚清士人迥异，他们是现代学术体系建立后在分科教育、学堂教育、分层教育、班级教育、海外教育等多重环境下成长的知识分子，而非传统之"士人"；从填词内容来看，他们的词作

---

[1] 陈铭：《论近代学人之词的基本特征》，载《学术月刊》1991年第2期。
[2] 胡适《文学改良刍议》中要求从八个方面进行文学改革：一曰，须言之有物；二曰，不摹仿古人；三曰，须讲求文法；四曰，不作无病之呻吟；五曰，务去滥调套语；六曰，不用典；七曰，不讲对仗；八曰，不避俗字俗语。
[3] 民国学人之词代表性作者群体有夏承焘、龙榆生、唐圭璋、詹安泰、钱仲联、顾随、刘永济、汪东、乔大壮、张伯驹、俞平伯、缪钺、卢前、丁宁、沈祖棻等，从近代词学传承谱系来看，他们属于第三代；从身份来看，绝大部分为高校教授；从知识结构来看，他们是接受现代教育而长成的知识分子。他们在"文学"成为一门独立学科后，又促使"词学"学科走入课堂，成为一门获得独立地位的学问。

摆脱了经史、佛玄、考据桎梏，承载现代学科内的知识，强调性情、学问、襟抱有机融合以期达到浑然词境；从填词目的来看，他们词作更多承载个人心灵世界，无关乎经国、教化等；从词作传播手段来看，他们更善于借重现代印刷出版和报纸杂志达到快速流传的效果，《学衡》《词学季刊》《同声月刊》即是他们重要的阵地。谈及民国学人之词无法绕开王国维，静安词以词人之笔融入哲人之思，开词史未有之境。他以哲学家的身份来关注全体人类之情感、命运，探讨短暂人生中种种变化无常而又无法避免之悲剧，借用词体将这种哲思表达释放。[1]缪钺云，"王静安诗词中所蕴含之人生哲学为何。一言以蔽之：极深之悲观主义"[2]。词中的悲观主义源于何处？自然与王国维早年深度浸淫于斯的尼采、叔本华之悲观人生哲学有关。

如果说对于作为中国现代学术发轫者的王国维，因其学术门类博杂，我们无法对其学人身份进行学科归类以至其词作中学术素养与其学术专长略有错位的话，那么将长成于民国之际专攻绘画的吴湖帆认定为艺术学之美术专家则是很容易的，其《佞宋词痕》将其作为艺术学专家之学术背景、学术造诣、学术趣旨表露得淋漓尽致。[3]吴氏"平生以画师驰名中外四十余年，其所为词多阐画理"（冒广生《佞宋词痕·跋》），其多达一百一十六阕的题画词或叙述画作内容，或讲述画作背后的流传递藏情况，或阐发画作主人的幽情高志，或寄寓自己内心之情志，画与词呈现典型的互文特征。以吴氏旧藏宋刊画册《梅花喜神谱》为例，吴氏赋此画册词作有《疏影·读梅花喜神谱感赋，次姜白石韵》《暗香疏影·宋刻梅花喜神谱，次吴梦窗韵》《柳梢青·书宋本梅花喜神谱后》，

---

[1] 彭玉平教授对王国维《浣溪沙》（天末同云黯四垂）、《蝶恋花》（昨夜梦中多少恨）、《蝶恋花》（百尺朱楼临大道）、《蝶恋花》（春到临春花正妩）四阕词进行了详细的释读，认为此四词或写生命之无力、飘忽、迷茫，或写理想与欲望在现实面前的困顿，宇宙悠悠，自然永恒，而人生短暂，且悲欢无据。这其实是王国维当时从哲学高度借填词而表达出来的人生感悟。参见彭玉平《以哲人之思别开词史新境——王国维词四首并释》，载《文史知识》2017年第4期。
[2] 缪钺：《缪钺全集》（第2卷），河北教育出版社2004年版，第198页。
[3] 吴氏《佞宋词痕》多达十卷，加上《佞宋词痕补遗》六阕，《佞宋词痕外篇·和小山词》，词作总计五百六十阕。其中的题画词多达一百零六题，一百一十六阕，占其词作总量的20.7%；如果再加上词中的金石真迹、金石拓片题咏十七阕，书法真迹、法帖题咏六阕，则占其全部词作比重高达24.8%。

此三阕词除展现梅花高洁清寒之气质外，亦叙写出梅花之幽香、清癯、可人、多彩之神态，更以梅花喻佳人，追忆早年夫妻赌书泼茶、琴瑟和鸣之生活。[1]除自己题咏外，吴氏还以《梅花喜神谱》画册广泛征题，朱祖谋、叶恭绰、吴梅、赵尊岳等一时词坛名家纷纷题咏，或赋《暗香》，或题《疏影》，以词笔展现梅花之神韵，跨媒介叙事的直接效果是诗、画同一，美术学的知识、理论、审美倾向被文学之词体完美呈现出来。

如果说吴氏题画词作将其作为美术家的知识涵养完美展现，那么其金石题咏词则将其作为文物鉴赏家、收藏家的学识展露殆尽。吴湖帆作为近代金石大家吴大澂之孙，继承了吴、潘、沈三大家族多达一千四百余件的文物，其词集中有十七阕词展现出他在碑志、书帖、古钱币、金文方面的丰富学识。龙榆生云《佞宋词痕》"中多有关金石书画之作，考订绝精"（《石湖仙·依白石声韵奉题》），"集中所题金石文字若齐侯壶、邾钟、吴季子剑、孙吴大泉以至汉沙南侯获碑、魏石门铭、梁萧敷敬太妃双志、隋常丑奴墓志、董美人墓志、怀素圣母帖、王居士砖塔铭、苏书大江东去词、蜀先主庙碑、七姬权厝志，太半宋金元明旧拓，改跋尾为倚声，几使明诚金石录与漱玉词合而为一"（冒广生《佞宋词痕·序》），冒氏除介绍了吴氏词作考订之具体名物，更是对吴氏词作能融合金石考据而不失词体本色赞叹有加。不同于古代金石学之"著录、摹写、考释、评述"之四端，吴氏的金石题咏词作更多地展现出现代考古学、文物学方面的知识。如词作《沁园春·孙吴大泉五千泉》[2]除介绍古钱币之出土时间、地点外，还对古钱币之品相、铭文、钱币本身标

---

[1] 吴氏旧藏南宋孤本《梅花喜神谱》为其夫人潘静淑三十岁生日时潘父所赠之礼物，吴氏将此画册列为"吴氏文物四宝"之一，并将寓所命名为"梅景书屋"。夫人潘静淑为苏州望族潘世恩之曾孙女、潘祖荫之侄女，工诗书，善画花鸟，吴氏"梅景书屋"旧藏一千四百余件文物皆由其逐一校录。

[2] 吴湖帆词《沁园春·孙吴大泉五千泉》全文："此币何来，出上虞乡，值壬子年。正圜泉一品，铜华剥落，阳文四字，土晕斑斓。制作无疑，五同五百，又合黄千之字千。应详考，惜陈书遗志，张录亡篇。　新传。金错刀镌。好引证孙吴铸大泉。问曹刘谁敌，英雄安在，独留宝化，未毁风烟。李汇应羞，瞿山堪笑，搜集寻常不足言。谁藏者，溯姚江旧令，休父遥源（金山程文龙云岑所藏，曾任余姚令）。"

识价值、铸造工艺、铸造年代及铸造者身份作了介绍，词尾还介绍了此钱币之收藏情况，活脱脱一篇完整的现代考古发掘之报告。此类词作尚有《满江红·魏毋丘俭纪功刻石》[1]《水调歌头·魏石门铭》[2]等，不一而足。

总之，作为民国知识分子的吴湖帆"工书画，精于鉴识，为人题碑帖图卷，遂亦以词为之，叹咏而外，兼涉考据"（汪东《佞宋词痕·序》），"之于词，其亦诗家之覃溪矣"（冒广生《佞宋词痕·序》），犹如清中叶"学人之诗"典范翁方纲再现于民国。与吴湖帆同一时期能将学问熔铸词作者尚有马一浮、沈轶刘、饶宗颐等，他们成功地将"学人词"之"学"转移为现代学科背景下的知识、观念、方法，与传统之"经史之学"分道扬镳，促使"学人词"的内涵发生了质变，为"学人词"的延绵不绝奠定了坚实的基础。反观被誉为"民国词学四大家"之夏承焘、唐圭璋、龙榆生、詹安泰词作，反而刻意避免将学问作为词料，学术研究与词创作实践分途而行，他们词作更多接续南北宋名家，以畅达、真情、通俗为尚，无关乎书本，让人颇感疑惑。

四、余论

有清一代文学"辨体"行为越发盛行，延至晚清，随着西方文学的介入，中国分体文学创作与研究得到了长足的发展。特别是随着清朝末年、民国初年中国现代学术体系的建立以及学堂中各色中国文学史教材的应用，文体分类观念已深入人心，这也是民国词学四大家能恪守学术研究与词体创作分途之缘由。学术研究之论说文与文学创作之美文本质

---

[1]《满江红·魏毋丘俭纪功刻石》全文："一角残碑，是正始、三年镌刻。出土在、板石岭南，辑安县北。曾著观堂金石录，遍传海国声名籍。忆毋丘、当日纪功辞，三题壁。　朝鲜境，难搜觅。不耐畔（不耐城），成陈迹。只丸都山下，片琼未蚀。密韵称尊清秘阁，访碑好继蓬莱屐。赋归来、千里话辽东，歌生色（石藏吴兴游氏密韵楼）。"

[2]《水调歌头·魏石门铭》全文："秦塞褒斜道，此路号崎岖。石门天险，犹是一线锁通衢。汉室永平题凿（石门汉永平时所凿），魏代永平铭刻（此铭为魏永平二年刻），千古二难俱。陵谷感迁变，常绕帝王都。　第一字，还未损，墨花映。行空天马，不似锋露郑羲书。羊祉之功安在，王远之名可识，欧赵憾何如（此名集古录、金石录俱未载）。宝簠盦成梦，相对只欷歔（浭阳端方宝簠盦旧藏）。"

上的差别即在于是否具有"审美"特征。词作为审美的文体，身处东西文化交汇中心之沪上的沈曾植不可能不明白。沈氏之所以冒着"破体"之险以词述学，除了上文中所论及的传统学人学问浑融面对不同文体难以自由切换外，最根本缘由仍在于其推尊词体，欲为词争取等同于诗、文之地位。入民国后，词学堂而皇之地走进大学课堂，成为现代学科门类之分支，拥有专门之研究群体、专业之学术期刊，词之尊体运动宣告完成。这时冒着"破体"之险以词述学也就显得毫无必要了，词应还原至要眇宜修、朦胧婉约之本色。

然检索民国词坛，固然有大批奉南唐、五代、北宋为正宗的填词家们，但也诞生了诸如王国维、马一浮、吴湖帆等以词体承载现代知识的"学人词"。"学人词"并未因现代学科的建立、现代知识分子的养成以及"词学尊体"运动的完成而宣告结束，这不得不令人深思。此外，以沈曾植为界，学术现代转型前的"学人之词"除了经史外，还涉及金石碑帖、书画、音律、方舆、历算等学问。这些知识如何被妥善安置到传统知识"四部"分类中？如果它们被划入子部、集部，与清代"学人词"关涉经史的内涵产生背离，清人词作反映上述知识的能否称之为"学人之词"？传统学术现代转型后，民国及现代的"学人之词"概况如何？民国以后的"学人词"除牵涉绘画、考古、文物鉴定外，还涉及哪些现代学科知识？另外，"学人词"具有极强的专业性，非具有相关专业知识的读者往往难以读懂，读者群体相对较窄，这又涉及"学人词"的接受、传播问题。诸多疑惑，静待于方家。

*　本文系江西省哲学社会科学基金一般项目"媒介转型视域下同光体赣派诗人词事活动考论"（21WX05）阶段性成果。

【作者简介】 江西师范大学文学院讲师。

"深思至情"与"以世为体"

——黄侃、劳思光的诗写"无题"及儒学进路

秦燕春

【摘要】 本文经由黄侃与劳思光对"无题诗"传统的继承与扬弃,探寻近现代思想文化裂变中的诗学转折与演进,亦从不同向度展示了这一类型诗体现"言情"或"言志"传统的具体形构,同时也体现了"章句"之儒与"义理"之儒"处情"的各自局域。

【关键词】 无题诗 黄侃 劳思光 情性 儒学

一、两种"无题诗"

"无题诗"写作是否有一传统存在?如果存在,是什么样的传统?该传统在本文涉及的时段之前,呈现何种面貌?

广义论"无题诗"传统,大抵除了作品普遍具有明确直接的自我抒情性这一特征,并不容易构成研究的类型。王国维就认为,凡《诗三百》《古诗十九首》、五代北宋小词之类,皆属"无题"之作;盛唐诗人如陈之昂之《感遇》、李白之《古风》,亦属"无题"之诗。"无题"之称谓,一则出于文学滋萌初期作者开口成腔,不必依题成韵;二则出于早期作品属权汗漫不清,统以"无题"名之。实际上,这一诗学传统在文学成熟期依然有所延续。例如,宋儒张载(1020—1077)生平不以诗名,但亦有诗传世,其中多数就是这类"广无题诗",《圣心》《老大》《有丧》诸作皆为拈首句首二字为题。[1] 宋代及以后,以《无题》为题之诗数量不少且体裁不一,七言、五言、律、绝、古体皆有。诗人身份

---

[1] 张载:《张载集》,中华书局1981年版,第368页。

更是跨度甚大，既有儒者如朱熹，遗民如郑思肖，也有文人如苏轼、唐寅，辛弃疾词作在词牌外也有不少名之以"无题"。"广无题诗"诗学风格难以类归，故并非本文论述主要对象。

狭义论"无题诗"传统，即唐人李商隐所开创，并在其身后成为中国诗歌史上鲜明代表的类型诗。即使玉溪全部诗作中专以《无题》命名的作品占比不算太高（六百余首中的十六首），但最能代表其艺术风格者，历代都认为是《无题》诗与"准无题诗"——清人纪昀所言"李义山有摘诗中二字为题者，亦无题之类"——李商隐自身的"无题"传统也有"广"的一面。从义山本人开始，此类型诗中密布的"美人芳草""楚雨含情"的丰富象征，即被谓为饱含深纳政治隐喻，不少富有索隐精神的研究者还致力于还原、落实其中的"寄托"。[1]但究其接受史实际，"无题诗"能吸引当时与后世读者的主要原因，很多时候并非基于"寄托"的具体内容，而是其惝恍迷离的意境、丰艳雍容的意象，甚至不必讳言其设色男女的意绪。故晚唐之后，效法义山"无题诗"者可谓兵分两路，强调"寄托"、用典绵密一脉发展成为宋诗派的主流；强调写情、意象华美一脉虽不易被视为正宗，承继者却代不乏人。[2]直至晚清与民国，此风不仅犹未消歇，且在转进之后有所加强。本文要处理的即是近代与章太炎并世而称"章黄之学"的黄侃（1886—1935）与当代海外儒学重镇劳思光（1927—2012）二人的《无题》诗写作的相关问题。

黄、劳虽然在专业、年代乃至个人情性上看起来均较为疏隔，但笔者认为他们不仅代表了"无题诗"在近现代思想文化裂变中的某种转折与演进，亦从不同向度展示了这一类型诗体现"言情"或"言志"传统的具体形构，同时也体现了"章句"之儒与"义理"之儒"处情"的各自局域，故并而观之亦不失其意义甚或能深化其意义。

---

[1] 徐复观：《环绕李义山锦瑟诗的诸问题》，见《中国文学论集》，台湾学生书局1989年版。

[2] 叶嘉莹尝认为，后者的选择"无题"，又有"不可说"与"不能说"两种维度。

二、黄侃的《无题》诗与"无题"思

（一）《无题》诗：独运深思写至情

黄侃短暂的一生以学名世，为一代"选学""龙学"开山巨匠，学问之余创作了一千五百余首诗、四百余首词，其中颇多直接以《无题》命名以及"准无题"之作。[1]汪辟疆《光宣诗坛点将录》称，"季刚诗初效选体，律诗有玉溪意格""至近体则出入杜公、玉溪、临川、遗山、蒙叟之间，不名一家。盖以好之不专，又务求胜于人故也"[2]，均极力指认其与李商隐之间的师承渊源。因为黄侃诗词写作的某种日常性与随意性[3]，在文学价值颇为可观的同时，亦提供了特殊的史料价值，尤其经由他的《无题》之诗让后世得以窥见他的"无题"之思。

李商隐创"无题诗"体后，虽然历代拟者、和者、集者络绎不绝，但在近代之前，却大抵仍要装在"盖托宫怨之情以寓思君之意，其引物托兴有国风楚骚之旨焉"的筐子里，才方便示众，即使这种君臣之喻之于玉溪原作也是可疑处甚多。但在黄侃这里，情况有了明确的变化。其中当然有时代因素，例如章门弟子包括黄侃本人的政治立场均颇为激进，自然不会接受这类以男女之情喻君臣之道的套路，同时，诗人的个体情性亦甚关键。一般而言，诗多"无题"，往往意味着作者容易沉湎于某种鸿蒙之情而不假辨思。笔者认为，就黄侃的生命状态而言，其笔下的"无题"诗多数时候变成了一种"春情"诗，此"春情"非狭义的当代所谓"爱情"，而是一种生命力的无方向的蠢动与混茫。关于中国文人特擅铺写"春情"这一特质，牟宗三（1908—1995）在《五十自述》中有过深刻的解释[4]，以为"春情"的根本性质正是其"无着处"：

---

[1] 据统计以《无题》为题者约二十四首，取首二字为题亦有二十二首。参见李婧《黄侃文学研究》，中国社会科学出版社2016年版，第1、51页。

[2] 收入舒位、汪国垣等《三百年来诗坛人物评点小传汇录》，中州古籍出版社1986年版，第97页。

[3] 黄季刚：《黄季刚诗文钞》，湖北人民出版社1985年版，第2页。

[4] 亦可参考拙作《春·苦·悲·觉：牟宗三"情问"三昧》，载《读书》2017年5月。

春情则是生命之洄漩，欲歧而不歧，欲着而无着，是内在其自己的"亨"，是个混沌洄漩的"元"。中国的才子文学家最敏感于这混沌洄漩的元，向这最原初处表示这伤感的美。这里的伤感是无端的，愁绪满怀而不知伤在何处。无任何指向，这伤感不是悲哀的……春情之伤却只是混沌无着处之寂寞，是生命内在于自己之洋溢洄漩而不得通。[1]

这种状态神似黄侃身上的"圣童"气质：颖悟璀璨，气性发越，却经常难得笃定，最终落得"冤枉过一世"[2]。黄侃笔下的"无题诗"具有这种情绪化的高度类同性，意象与意蕴皆是如此。从其诗集中首次出现的"春晚垂杨映画楼，玉人微拨钿筝篌""仙人昨夜下瑶台，广厦笙歌绣幄开"，到排序最后的"习气消除梦已醒，空持片纸忆娉婷"[3]，其试图追摹玉溪的痕迹很浓，但诗之意脉肤浅空洞、浅白乏味。典型的像如下这首：

> 佳人十五字金兰，曾向琼宴子细看。
> 化绶自怜输赤凤，传书何事待青鸾？
> 灯摇帘影人初去，风送弦声夜已阑。
> 莫怪刘郎倍惆怅，铜荷蜡泪几时干。[4]

钱仲联《近百年诗坛点将录》不客气地认为黄侃"诗故渊雅，然亦赝体八代，无真面目"[5]，此非过苛之论。又因黄侃作词比作诗更要随意

---

[1] 牟宗三：《五十自述》，鹅湖出版社1990年版，第10—11页。
[2] "冤枉过一世"是英年早逝的黄侃的临终遗言，蕲春话谓之"白活一辈子"，其痛何如。"圣童"赞誉源自黄侃早岁即能"颖悟绝人，读经日逾千言"。但倘若一生为"童"（非"童心"之谓），毋宁更是灾难，此意在"六十神童"易顺鼎的生命悲剧同样见得透彻。参见拙作《仙童之殇：易顺鼎"真性情"说与"晚唐体"诸问题》，收入秦燕春：《诗教与情教：新文化运动别裁》，上海古籍出版社2020年版。
[3] 黄季刚：《黄季刚诗文钞》，湖北人民出版社1985年版，第12、285页。
[4] 同上书，第15页。
[5] 钱断收入舒位、汪国垣等《三百年来诗坛人物评点小传汇录》，中州古籍出版社1986年版，第163页。

很多，故其词较之诗个人面目更不鲜明。论者以为二者均未免"熟词过多，个人造语较少，难以形成独特的个性风格"[1]，大抵是平情之断。这当然也多少要考虑黄侃本身学术模式之重"发明"不重"发现"的潜在精神影响。篇幅所限，此题另文再议。

黄侃天赋清才又能力学，其工于学术、美于辞章，毋庸讳言，留给世人的恶评实亦不少。他的好色、好酒、好骂似乎不全是坊间无稽的传说。[2] 黄侃一生最善之友刘成禺（1876—1952）著《世载堂杂忆·纪黄季刚趣事》尝直言不讳：

> 季刚少溺女色，晚更沉湎于酒，垂危呕血盈盆，仍举酒不已。醉中狂骂，人不能堪。予常规之曰："学者变化气质，何子学问愈精，脾气愈坏，不必学汪容甫也。"季刚曰："予乃章句之儒。"……能使早年绝嗜欲，平意气，其所得必有大过人者。[3]

尽管此处黄侃自称"章句之儒"并非全为自我否定，多少还有负气意味[4]，然正是"嗜欲"与"意气"，尤其前者，构成黄侃悲剧一生的主因，此见诸黄氏本人日记在在多有。他英年早逝而著述无成，可大半归之酗酒戕生。即使最难落实与定性的"好色"问题，纵然"一生九娶"这种流言未必可靠，其婚姻一波三折却是实况。但被《黄侃评传》作者误认"自言嫖妓之明证"则是桩冤案，出自《量守庐遗墨》"己巳年（1929）作"的《无题》诗，"病骨难堪玉带围，钝根仍落箭锋机。只因乞食歌姬院，故与云山旧衲衣"，乃是黄侃抄写苏东坡《以玉带施元长老，元以衲裙相报次韵》二首之一，并非夫子自道语。[5] 这一"误认"

---

[1] 司马朝军：《黄侃评传》，湖北人民出版社2019年版，第389页。
[2] 拙作《圣童之痛："章句之儒"的"真情至性"》（收入《诗教与情教：新文化运动别裁》），于此有详致分析，兹不赘述。
[3] 转引自司马朝军、王文晖《黄侃年谱》，湖北人民出版社2005年版，第429页。
[4] 黄侃生平治学对黄以周（1828—1899）"凡学问文章皆宜以章句为始基"的意见甚为推重，故有此自拟。具体参见拙作《圣童之痛："章句之儒"的"真情至性"》。
[5] 司马朝军、王文晖：《黄侃年谱》，湖北人民出版社2005年版，第299页及注释2。

的意义即在，正因黄侃一生爱写、多写《无题》诗，才使得后世学者发生了误判。

黄侃天性多愁善感是不争的事实，他容易"泫然"下泪，"悲涕自零"常见诸日记。善惊、怕蛇、怕狗，对雷声的恐惧遍见日记甚至成了学界笑谈。[1]其传世文字风格的清丽柔脆，真实反映了黄侃生理生命的基本状态：纤细、孱弱、敏感。被外界传为惯会使酒骂座的黄侃日常生活又频露温柔细腻一面。他常是细致入微的负责父亲，对苦难人生时而也会有温度地介入。但黄侃生平最令人棘手的话题，应该还在其处两性之"情"的态度，其中即充斥着蠢动混茫的"春情"意味。

黄侃一生数易妻，室家之乐不甚平坦。原配夫人去世之后与彭清缃（1883—？）、黄菊英（1903—1984）的两段婚姻是板上钉钉的事实，原配尚在之时即与黄绍兰（1892—1947）同居生女也算一桩铁案，诗词中颇多怀念的王氏夫人早早为其背叛，而他和黄绍兰的相遇对后者堪称灾难。即使据说他诗词中大量写"梅"写"兰"的缠绵悱恻之作都是写给黄绍兰的[2]，甚至还有直接缅怀"痴梅"的所谓"忽忆六年前此际，正偕痴梅寄迹沪滨夷落中"[3]——民国初年上海那段生活简直呼之欲出了。朋友嘱他赋写"盆兰秋晚，一花幽异"，他也魂不守舍一般念叨"因怜芳草，复忆嘉名。悱恻之怀，庶斯能喻"，或者"窗前梅花二盆……触忆嘉名，因成二首"[4]。但胡思乱想无以弥补对方生命的实际悲剧意味。黄侃和许多擅写"春情"的文章之士类似，他们乐于也擅长在文字当中抒发情思爱意，却裹足不前于对他者与伦理严肃踏实不惮琐碎的担当承荷，往事余哀对他们的意义经常仅仅停留在"岁月迁流，悲欢变幻；独行荒径，追感华年；衰柳寒蝉，似并

---

[1] 参见刘成禺《世载堂杂忆·纪黄季刚趣事》，转引自司马朝军、王文晖《黄侃年谱》，湖北人民出版社2005年版，第428—429页。

[2] 参见黄季刚《黄季刚诗文钞》，湖北人民出版社1985年版，347页。黄绍兰"原名学梅，字梅生"，参见司马朝军、王文晖《黄侃年谱》，湖北人民出版社2005年版，第171页及注释1。

[3] 黄侃：《风入松》小序，见《黄季刚诗文集》，中华书局2016年版，第402页。

[4] 黄侃：《木兰花慢》小序，《触忆》，见《黄季刚诗文集》，第373、51页。

助余凄抑也”。[1]何况“短缘偏令我销魂”“温柔又惜是他乡”[2]，黄侃对于眼前的短暂诱惑恐怕从来没打算拒绝过。与这一生命状态相映照的文学状态，就是黄侃偏爱的诗写“无题”、词多“艳科”。黄侃才气飞扬而情绪激烈，又经常缺乏与世共感的足够的耐心隐忍，温文尔雅而又满地鸡毛的日记之外，从他的诗与词，读者同样能解出一番情性天地。

而本文更进一步认为，黄侃喜爱诗写“无题”，天赋情性之外，文学的与经学的两方面的具体影响，都需要注意。

（二）“无题”思：廿五骚经思美人

有关文学的影响，即是基于黄侃诗学创作主观上受李商隐影响匪浅，所谓“辛亥后与旭初同居上海二年有余，当时所谈，非玉溪诗即片玉词”[3]，他本人直称“剗诗谁及玉溪生，独运深思写至情”，或者“只有玉溪能体物，舞如意接钿箜篌”[4]。但和“情深调苦”（纪昀语）的李商隐不同，黄侃的《无题》诗读者轻易就能读出清晰的两性之情，意蕴单薄，甚至不乏轻薄。纵然音韵用典都在步趋义山，可就是少了深度与苦感。例如下诗：

> 露瓦灯帘望未明，回阑倚遍恨难平。
> 原知楚佩非真意，空遣秦箫作怨声。
> 小阁乌龙偏有福，神山青雀竟无情！
> 可怜漏断香残后，绣被归眠梦不成。[5]

不仅“无题诗”，黄侃其他体式的诗词中言“情”的密度也很高，这在儒者或经生中都比较少见，且其所言情亦多为感性的即兴的两性

---

[1] 黄侃：《风入松》小序，见《黄季刚诗文集》，中华书局2016年版，第402页。
[2] 黄侃：《瘲语》，同上书，第271页。
[3] 黄侃：《黄侃日记》（上），中华书局2007年版，1922年3月12日，第143页。
[4] 黄侃：《李义山》，见《漫成三首》，《黄季刚诗文集》，中华书局2016年版，第36、95页。关于黄侃所受李商隐影响乃至撰写《李义山诗偶评》，参见李婧《黄侃文学研究》，中国社会科学出版社2016年版，第51—66页。
[5] 黄侃：《黄季刚诗文集》，中华书局2016年版，第18页。

之情铺写。[1]无论"却为伤春怜杜牧，人间谁识此情深"[2]，还是"会因难得兼甘苦，情到能深杂爱憎"[3]，大抵这类模糊了明确书写对象、更像一种喁喁独白，是黄侃诗词中最为精彩的部分——但也少有雍容正大之相，正符合其富有"春情"的天性气质。黄侃之词"绝少豪放之作，专事婉约之体"根源并非基于他"对词体功能的认识"，而更多是情性所近——犹如他的"表情达意过于直露浅白"[4]同样是情性所致。李一氓（1903—1990）直言黄侃"词格"不高，认为其老友如汪东等人主张黄作"出自性情"乃是敷衍语，这是到位的评价。[5]体现在黄侃自家言语，便是"华年易去，密誓虚存。深恨遥情，于焉寄托。茧牵丝而自缚，烛有泪而难灰。聊为怊怅之词，但以缠绵为主"[6]。

而要准确理解以小学、经学名世的黄侃何以如此热衷诗写"无题"，另有一个少人注意的线索，则是与经学传统有关的两段轶闻，皆为1917年11月14日黄侃从刘师培处听闻得来。

轶闻之一，关乎同样以经学名世的清儒戴望（1837—1873，字子高）一段生平轶事。黄侃尝为此专著《题戴子高诗后》，极尽赞美之词，说的却是一个格外别致的话题——"经学"与"殉情"貌似两截的诡异相遇：

> 长康之痴长卿慢，古盖有之今不见。廿五骚经思美人，续以欢闻子夜变。孤灯荧荧雪拂几，读君此诗泪渗纸！男儿无成头皓白，何似琅琊为情死？遗事传闻感恻深，把君诗卷一沉吟。九原倘许为知己，一曲居然见古心。我闻郑康成，死入辅嗣室。彼以后生诋前

---

[1] 像《醉太平》："无情有情，亲卿怨卿，楼头对数飘零！有箫声笛声。　灯青鬓青，愁醒梦醒。深宵倦倚云屏，听长更短更。"又像《浣溪沙·江干却寄四首》之一："欲借柔情度此生，锦长书重语丁宁。只怜幽意总难明。　莫遣秋风悲画扇，空教深夜掩云屏，望赊翻觉是无情。"《黄季刚诗文集》，中华书局2016年版，第345、348页。
[2] 黄侃：《夜坐》，同上书，第18页。
[3] 黄侃：《无题》，同上书，第43页。
[4] 李婧：《黄侃文学研究》，中国社会科学出版社2016年版，第79、83页。
[5] 李一氓：《关于黄侃的词》，载《读书》1982年第1期。
[6] 黄侃：《黄季刚诗文集》，中华书局2016年版，第372页。

贤，我情私淑非真匹。虚幌摇摇夜气凄，谛麟灵鬼疑相即。[1]

据刘氏所言，相传戴望"未婚于凌氏时，与其表妹相娈慕，既以人事牵缠，不偿如愿。子高婚后即客游于外，未尝还家。或传与凌氏离婚，非其实也"，据说戴氏集中"无题诸作，皆为若人而发，如'王母翩翩下翠旄'数首，则不啻显言也"[2]。而其中特别值得注意的，就是黄侃对此事的态度：

> 子高没时才三十六，以彼之材，足以上嗣宁人，下侪先戴，而所怀不遂，殉情以终。夫孰谓精研性道者必断绝恩好乎？人能弘道，无如命何，此古人之所以发愤陨生遗弃一切也。[3]

宁人即明儒顾炎武（1613—1682），先戴当指清儒戴震（1724—1777），二者都是经学史上的重镇，足以成为戴望表率的前贤，黄侃却独感动于戴之"所怀不遂，殉情以终"，"精研性道"与沉湎恩好似乎也因此成了黄侃一生的"鱼与熊掌"——虽然精通经学与"精研性道"尚非纯为一事，黄侃说的仍是外行话。[4]

与此类似，黄侃从刘师培处听来的轶闻之二，虽是刘之家事，却亦与此题紧密相关。刘氏之祖伯山先生（即刘毓崧，1818—1869）的继妻，乃是其母黄氏女侄，少伯山二十余岁，却大概在未婚前，二人已经"始相娈悦"：

> 其后嫡配王夫人没，伯山先生年四十八九矣，请于其母，欲续娶黄氏，其母以伯山年已老，子妇满前，力阻之，曰："此事岂治经术者所为耶？"伯山不听，卒娶之。娶五年而伯山没。黄太夫人

[1] 黄侃：《黄季刚诗文集》，中华书局2016年版，第302页。
[2] 黄侃：《笔记》（一），武汉大学图书馆藏稿本，转引自司马朝军、王文晖《黄侃年谱》，湖北人民出版社2005年版，第116页。
[3] 同上。
[4] 本文此处不容展开。具体可参见杨儒宾《从五经到新五经》，台湾大学出版中心2013年版。

至宣统二年乃终。[1]

故此，这又是一桩欲将"精研性道"与沉湎恩好得兼的故事。黄侃下文引证刘师培的说法，道其祖（即伯山）尝因此事"为绝句百首，自加注释，作诗时黄太夫人尚未来宾也"，而刘氏"家刻伯山诗文独此未入录"，可见其家普遍对此事有负面看法。但伯山这位经师却不以为然，甚至动用了几世传经的功力，论证"中表母族可以通昏，援据甚博，足以破俗说"[2]。

刘毓松在近人王森然（1895—1984）笔下品行极高，不仅"弱不好弄，长益博通，能尽读父书"，以"淹通经史"而"有声江淮间。诸司鉴者皆愿得为举首"，时两淮云司郭沛霖（1809—1859）延其课子之余"知赏极深，至以家寄托"，连曾国藩（1811—1872）都要"殊礼异之"[3]的。

黄侃钟情这两段轶闻绝非无意记录，不仅颇能新异我们对"治经术者"的刻板传统印象，尤其可能对我们理解黄侃"处情"的心理倾向有所深入。黄侃此处刻意强调的"孰谓精研性道者必断绝恩好"正是他一生刻苦问学而不废声色的一种取态。即使释读《文选》也尤能特重"意窘词枝，总由无情"。[4]可见，由"情"上见，还是最能见黄侃之性，以及他和他的老师章太炎一样、对清代经学的某种特别的反动之思。[5]

黄侃明确知道自己"忘情实难"[6]的情性状态。1922年2月10日忆及白居易《不能忘情吟序》中所言"予非圣达，不能忘情，又不至于不

[1] 黄侃：《笔记》（一），武汉大学图书馆藏稿本，转引自司马朝军、王文晖《黄侃年谱》，湖北人民出版社2005年版，第116页。
[2] 同上。
[3] 王森然：《近代名家评传》，生活·读书·新知三联书店1998年版，《刘师培评传》，第316页。
[4] 评颜延之《宋文皇帝元皇后哀策文》，见黄侃《文选平点》，中华书局2006年版，第631页。
[5] 参见拙作《"情圣"章太炎:〈影观诗稿〉内外篇》，收入《诗教与情教：新文化运动别裁》。
[6] 黄侃：《记梦》，1922年2月7日，见《黄侃日记》（上），中华书局2007年版，第101页。

及情者，事来搅情，情动不可柅”，当即自认：

> 香山达人也，尚有此言，况乎性多挛著，容发未衰如蒙者乎。
> 省识鹅笼之屡幻，愁闻骆马之一鸣。追忆前尘，能无怆恍。[1]

早岁题诗中自叹“戎幕栖迟杜牧之，愁来长咏杜秋诗。美人红泪才人笔，漂泊情怀世岂知”的黄侃常被时人拿来与写下名文《吊马湘兰》的清中才子汪中（1745—1794）比拟，他也有愿“文才远愧汪容甫，也拟摛词吊守真”[2]。此言当然见及了黄侃对于理想学术的态度、可以“兼具才学识三长”[3]，但也未尝不特别包含了其对于“情”尤其两性之情的态度。

不过，在黄侃的主观认知中，尤其对儿女的婚姻大事上，我们依然经常会看到一个相当传统、理性的儒者：

> 为儿女求婚姻，皆宜审慎，若子娶不肖之妇，固为家道之忧；而女适非人，乃无异沉沦狴犴。尔时预干与则已迟，不干与则不忍。进退维谷，不亦伤乎？[4]

虽然自惭且自居于“章句之儒”，他一定还是以某种“儒”自我定位的，例如《感事》诗中他会自称“长贫良不愧儒生”[5]，他甚至会一本正经表彰节孝旌表的嫂氏如何“身执勤苦，小小恭敬”，并且希望“举一门为例，而天下可知也”[6]。

也正因此，黄侃之词（诗）的确只能算作“情词（诗）”，并不淫艳。基于眼光与心性的某种聪明，黄侃对不够雅驯的文学表达格外敏感

---

[1] 黄侃：《记梦》，1922年2月7日，见《黄侃日记》（上），中华书局2007年版，第104—105页。
[2] 黄侃：《无题》，见《黄季刚诗文集》，中华书局2016年版，第27页。
[3] 参见缪钺《汪容甫诞生二百周年纪念》，转引自司马朝军、王文晖《黄侃年谱》，湖北人民出版社2005年版，第3页。
[4] 黄侃：《黄侃日记》（上），中华书局2007年版，1922年2月20日，第112页。
[5] 同上书，1922年3月17日，第121页。
[6] 黄侃：《黄侃日记》（下），中华书局2007年版，1932年10月21日，第843页。

而反对，例如指责杨无咎《逃禅词》"诸词直是淫哇"[1]；对于"艳诗连篇"的写作明确表示"可厌"[2]。黄侃个性有相当纠结的一面，犹如其充满忏悔自责情绪的日记[3]，对于自己诗词创作的态度，也是类似的游移，其弟子常任侠（1904—1996）回忆：

> 当二年级我住高师宿舍时，黄师曾将《撷英集》诗集交我附录，后来他又叫潘重规同学向我索回，说是诗多艳体，老师后悔，不要传出。我亦未尝一询，此谜终亦莫解。[4]

按覆目前问世的《黄季刚诗文集》，并无《撷英集》此卷出现，我们无从判断其"艳"到了何种程度。像如下《浣溪沙·萧寺秋夜》之类，所谓"顶礼空王一瓣香，死生流转费推详。爱河觉路两茫茫。但得团圆甘堕落，为他忏悔更思量。残灯清磬易回肠"，虽然没有易顺鼎式的"礼罢空王礼花王"泼辣露骨，精神基调却也是一致的。他的爱拟六朝民歌，尤其惯摹欢场女子声口，也不必讳言。

和一生多嗜欲的黄侃相校，其师章太炎近乎是一生"无嗜欲"的另外一个极端例子[5]，兹不赘述。太炎将中国文化的命运与自己的命运一体而共的性格与毅力，因此带上了一种相当奇异的宗教色彩。黄侃却未能避免轻飘飘的文人气。虽然黄侃一度对宋明理学也有所接受，例如1931年11月6日他开始阅读《宋元学案》[6]——本年6月30日还曾在日记中摘录黄宗羲（1610—1695）诗"至文不过家书写，艺苑还从理学

[1] 黄侃：《黄侃日记》（上），中华书局2007年版，1922年4月17日，第148页。
[2] 黄侃：《黄侃日记》（下），中华书局2007年版，1931年3月17日，第690页。
[3] 参见秦燕春《"冤枉过一世"：读〈黄侃日记〉》，载《书屋》2019年第12期。
[4] 参见常任侠《忆黄侃师》，转引自司马朝军、王文晖《黄侃年谱》，湖北人民出版社2005年版，第271页。
[5] 参见拙作《"情圣"章太炎，〈影观诗稿〉内外篇》（收入《诗教与情教：新文化运动别裁》）。
[6] 黄侃：《黄侃日记》（下），中华书局2007年版，第749页。之前他已经有接触《濂洛风雅》（元·金履祥）。不过根据作于1929年的《文学纪微·标观篇》（发表于《晨报·副刊》）判断，当时他视理学风味的文学观念如《文章正宗》（宋·真德秀）和《濂洛风雅》为"文彩不彰"，是比较负面的判断。转引自司马朝军、王文晖《黄侃年谱》，湖北人民出版社2005年版，第300页。

求"，并言"此语余甚爱之"[1]。11月13日写信给弟子也是日后的女婿潘重规（1907—2003）即称：

> 若夫养心制行，非问道宋、明先儒不可。近日日读宋元、明《学案》一卷，对于生平行事，悔咎多矣。何术以晚盖？尚不能知也。[2]

他简直都要在学术立场上改换门庭了。此后不久，该年12月5日，章太炎写下著名的《与黄季刚论理学书》，其中提及"理学需取其少支离者""王门高材，多在江西""然因是谓理学可废，佛法可专尊，则又不然。人世纪纲，佛书言之甚略。五戒、十善，不如儒书详备多矣"[3]等观点。12月10日黄侃特意摘录"晦翁（朱熹）读书法六条"："循序渐进。熟读精思。虚心涵泳。切己体察。著紧用力。居敬持志。"[4]12月17日续读《明儒学案》，19日甚至"枕上习静，颇有所得"——开始了工夫实践，然后为自己提出了"主养和"的修身要求，其中包括"终日无疾颜遽色。乐道而忘人之执。无情之物不足以烦恼；无情之人[5]不足以烦恼；无可奈何之事不足以烦恼，不能思之理不足以烦恼。人有不及，可以饶恕；非意相干，可以理遣。往事不可悔，徒悔无益；修来，则改之、补之矣"[6]等细致条目。只是从他生命最后几年的实际情况看，他是看得到却未必行得到，尤其是难以坚持。至于所言"看学案至泰州颇有省""看泰州学案，王一斋似有可取"[7]，既能看出黄侃"重情"的

---

［1］黄侃：《黄侃日记》（下），中华书局2007年版，第717页。

［2］转引自司马朝军《黄侃评传》，湖北人民出版社2019年版，第323页。

［3］载《制言》第16期，转引自司马朝军《黄侃评传》，湖北人民出版社2019年版，第324页。1932年避寇北上期间，章、黄师徒之间亦曾针对明儒之学有所评骘，见日记3月1日、4日，黄侃《黄侃日记》（下），中华书局2007年版，第756—757、780—781页。

［4］黄侃：《黄侃日记》（下），中华书局2007年版，第759页。

［5］耐人寻味的是，此语之后黄侃自注，"自妇子佣人以至所接者大抵属焉"，何以他认为自己身边皆是"无情之人"？此亦是进入黄侃"情性"世界的要点：与他诗词世界的"无题"的"独语"类似，他和他人的情感沟通显然并不顺畅。

［6］黄侃：《黄侃日记》（下），中华书局2007年版，第760页。

［7］同上书，第762页。

倾向依然故我[1]，同时也不能太把他此言当真——例如之前他曾将"泰州教"和"义和团"相提并论。[2]也就难怪《汉唐玄学论》中他诋毁宋人"（朱子）不悟其思虑之纷纭，议论之支离"[3]；日记中也有针对《论语》中"子罕言利，与命与仁""性与天道，不得而闻"等观点，认为"宋明儒者，常言之矣。学其学者，备闻之矣"为"可怪"[4]。黄侃的精神主调确实只能算作文士——或如其言"章句之儒"，精思博辩所得甚浅，遑论真修实证。虽然他自己同样不满"文士可贵不当为。文章毕竟是何物"（《题〈归潜志〉》）。[5]这一关键处章太炎也早看得透彻，以为"佛法义解非难，要有亲证，如足下则近之（笔者按，指吴承仕），季刚恐如谢康乐耳"[6]。

三、劳思光的《无题》诗与"兴亡"感

劳思光（1927—2012）是当代具有相当名望的哲学专才[7]，又擅长文艺，能诗，甚至因此被海外学界指为"既用清晰精严的笔法，撰写传世哲学经典，又在诗作中，表现敏利的诗作情怀"的近当代中国哲人中的唯一人选。[8]笔者此前撰文《经·史·世：劳思光的思与诗》略

---

[1] 关于晚明泰州学派，可参见黄文树《泰州学派的教育思想及其影响》，载《汉学研究》2000年第1期。

[2] 黄侃：《黄侃日记》（下），中华书局2007年版，1922年1月18日，第55页。

[3] 文载《制言》16期，见司马朝军、王文晖《黄侃年谱》，湖北人民出版社2005年版，第365页。

[4] 黄侃：《黄侃日记》（下），中华书局2007年版，1931年12月28日，第763页。

[5] 同上书，第937页。

[6] 1918年11月13日章太炎与吴承仕书，参见《章太炎全集·书信集》（上），上海人民出版社2015年版，第414—415页。

[7] 本名劳荣玮，1950年发表《从文化史上看国家价值》后以笔名"思光"行世。先后就读于北京大学哲学系、台湾大学哲学系。曾长期任教香港珠海书院、香港中文大学崇基书院、台湾"清华大学"、东吴大学、华梵大学等。劳氏积二十年之力而成《中国哲学史》四卷本，业内影响昭昭。故虽余事为诗，却著作颇丰，生前即整理出版了《劳思光韦斋诗存述解新编》。其诗作之艺术特色与思想精义亦颇有专文分析发覆。参见《劳思光韦斋诗存述解新编》，万卷楼图书股份有限公司2012年版。

[8] 参阅蔡美丽《百年风雨催诗笔，江湖何处托钓矶——读思光先生诗作有感》，收入《万户千门任卷舒：劳思光先生八十华诞祝寿论文集》，香港中文大学出版社2010年版，第490页。

为发覆,其中简单提及劳思光与李商隐相反相成的特别渊源[1],篇幅所限,未尽意处诚多。本节并非仅为补足之作,经由韦斋诗与唐宋诗的渊源论其"无题"诗写作的正与变,归结于劳思光的德性我主体观与兴亡论文化观;更因劳先生弟子曾以其师一生治学不谈"死亡"与"爱情"为憾,本节将经由劳氏诗艺世界建构其对"情"的体认,以丰满劳氏思想,略明儒者处"情"的多重向度。

(一)沧桑写艳:"宋诗派"的《无题》诗

就诗学趣向论,劳思光生前身后其诗皆大抵被归入理则瘦硬的江西宋诗一脉。[2]劳思光在所著《中国文化要义》中也直呈其对两家诗风的断制好尚,兼备"理境与技巧"的宋诗更为其称赏。究其极则,劳思光作为甚为看重和追求生命转化的哲学人,看重和追求的诗意同样是"精神意"。唐宋诗间的文学旨趣可以他经由哲学立场提倡的"情意我"与"德性我"的关系贞定为:只有"德性我"重建文化秩序的生命感受,才值得成为"情意我"艺术表现的大宗要点。[3]宋诗绵密深雅实得益于晚唐不少,但劳思光的立场和黄侃不同,在《中国文化精神要义》中不惜贬抑晚唐体的代表作、李商隐的"纯美诗"一脉,认为"只算一种技巧成就,并未表现一艺术精神",而对杜甫、白居易的作品更多推崇肯定,因为后者才能体现儒学立场上"诗言志"的"道德教化"标准。

此论虽未必能深入玉溪三昧,却颇可备一说。劳氏甚至因此"精神性"的不足,而对历史上的词的表现不如诗而另有微词。[4]这些都是他与黄侃的文学思想与实践反差极大之处。

但劳氏于诗艺有天赋的敏感与体贴,他深知理境亦需要"技巧"来呈现。性理之美如何得以可触可摸立体表现,不至流为面目可憎的魔道?劳氏之诗用典绵密意象丰沛,实得益于晚唐尤其李商隐颇多。况兼劳氏伯兄劳榦(贞一。亦是史学名家)在汉简研究之余,尝于1958年

---

[1]秦燕春:《经·史·世:劳思光的思与诗》,载《心潮诗词》2020年第3期。
[2]目前针对韦斋诗的研究基本都保持这一定位,兹不赘述。
[3]林碧玲:《劳思光"韦斋诗"的喜情乐境》,收入《万户千门任卷舒:劳思光先生八十华诞祝寿论文集》,香港中文大学出版社2010年版,第423页。
[4]劳思光:《中国文化要义新编》,香港中文大学出版社1998年版,第235页。

发表《李商隐诗之渊源及其发展》。二劳关系甚密、更多唱和之作[1]，即使劳思光在理性上排斥玉溪体，其风调之潜移默化，却未必无之。对于稔熟玉溪诗的读者来说，韦斋诗用典乃至用韵的习惯，都与玉溪诗有着频度极高的呼应。

与此相映成趣的即是，劳氏惜墨如金的"韦斋诗"总量不足二百七十首，其中居然保留了十三首《无题》诗，另外尚有一些"广无题"诗。论比例，在玉溪之上，亦在黄侃之上。"诗家总爱西昆好，独恨无人作郑笺"（元好问《论诗》三十首之十二），此正劳氏自谓"内在气质与心态并非学究"之佐证欤？张灿辉教授曾著文遗憾自己的老师一生学问少论"死亡"和"爱情"。关于"死亡"尚勉强找到1950年一篇短文《死亡的正反观》，"对爱情的哲学分析"却只能"阙如"了，并推想这是因为身为儒者的劳氏认为"爱情"是"不值得探究的男女私人问题"："是故自孔子以降，中国哲学传统中，并无任何哲学家如柏拉图般将爱情视作严肃的哲学课题研究。劳先生似乎并不例外，对爱情并无多费笔墨。"[2]本文则认为，所谓劳氏缺席了"对爱情的哲学分析"，除了"不值得探究"这一可能取态，另外必须考虑到，是否在并非"学究"的劳氏看来、"爱情"并不适合"哲学分析"？犹如"自孔子以降，中国哲学传统"或许未将"爱情视作严肃的哲学课题研究"，中国哲学传统却有极大丰富针对"情·欲·理·性"的倍周严密的层层深析。这种精神在劳思光诗作中，有着特别呈露。

犹如"无题诗"元代之后越来越多描摹两性之情且在近代以来越发窄化一样，出生于"新文化运动"后期的劳氏，此类诗在早期也常聚焦此意，如《韦斋诗存》第一首"准无题诗"《画中》：

　　　　画中浑欲唤真真，眉黛分明识旧鬟。

---

[1] "庚子（1960）冬，伯兄贞一拟过港小留，嗣因签证不顺而作罢，惘然有作"中，劳氏特意提到劳榦的研究"阙文遍注流沙简，逸兴新征锦瑟篇"，见劳思光《劳思光韦斋诗存述解新编》，万卷楼图书股份有限公司2012年版，第117、486—488页。

[2] 张灿辉：《不朽与不息：劳思光的言外之境》，收入《万户千门任卷舒：劳思光先生八十华诞祝寿论文集》，香港中文大学出版社2010年版，第44页。

已绝此生偿债念,早知前命负情身。

江流日夜年华逼,歌馆楼台姓字新。

争怪樊川诗笔懒,扬州梦尽是残春。[1]

《韦斋诗存述解新编》因作于劳氏生前,且注者多半是其晚辈同事,"为长者讳"的程度经常至于颇为匪夷所思。此诗的鉴赏部分,同样写得拘泥不当。其实,无论用典的"偿债负情""扬州春梦",还是画中人"歌馆楼台"的职业暗示,大抵均可见得劳氏少年亦未免稍有彼时贵介子弟流习。此并非孤证。紧接此诗的《赠史韵芬》即是注脚,所谓"津门旧记接香尘,十载星霜忆尚新",艺名"白光"的史韵芬为劳氏初见正是1946年抗战胜利后劳氏北上就读北京大学之时。直接的证据尚有本年11月劳氏见到八年未见的表兄檐樱(程靖宇),赠诗中同样提及"鸿泥劫后记犹难,画里婵娟忍再看""长街燕子巢应旧,檀板红儿曲已阑",注释中明言此为程氏任教天津南开大学时所眷京剧名旦,当为源出劳氏的如实自解。[2]难得的倒是劳氏处理此类题材态度皆能端庄,所谓"兴废金瓯怜若梦,颜色相窥正晚春""桃李几家都嫁尽,花王珍重护灵真",艳冶与沧桑浓缩于五十六字,犹如其一生诗作最显豁的性格就是历史感,劳氏即使言情写艳,同样是在"兴亡满目"的时代背景中展开的。[3]此三诗均作于1956年,劳氏时年二十九岁,注释者称其少年老成,能对彼时中国知识分子的沉沦与堕落发出警语,是公正断。[4]如果比勘上节黄侃的生平与处情,更令人何止一叹而已。

劳先生缔姻甚晚,约1967年始成婚,其妻首次出现在劳氏诗中也是1967年。[5]早岁离台(1955),独居香江,依其人品才资,自然不乏"艳遇"。韦斋存诗此类留痕剥离细读之后,亦极见身份。如1957年

[1] 劳思光:《劳思光韦斋诗存述解新编》,万卷楼图书股份有限公司2012年版,第25页。
[2] 同上书,第32、34页。
[3] 同上书,第25页。
[4] 同上书,第37页。
[5]《有寄》以及之后的"丁未初度,适慧莲寄柬来贺,诗以答之",见上书,第192、200页。

《立秋日即事》之"绝怜飞花频扑鬓，那堪顽石久忘情"，该诗题解中谓"某奇异女子独钟情于劳氏，于立秋此日约劳氏至其寓所会面，劳氏衡情量理之后，决意不去"，如此言之确凿，也只能来自劳氏本人确认。但偶遇的艳冶再次被劳氏嵌入了沧桑，放在"一天碎叶作秋声，庭院灯寒夜气清。积病易伤年不再，偶闻方悟学无成。人间毁誉看枭吓，枕上恩仇听剑鸣"的自然的肃杀与人世的苍凉之后，艳冶也凝固为悲情的驿站，一抹暗淡的艳色也因此显出确实不乏"出自人情的珍惜、体贴与设想"[1]。

　　1959年，严格意义上的《无题》诗出现于劳氏笔下。虽是他一如既往的纳艳冶于沧桑，艳冶仍然要在"枯禅生涯""午夜孤吟"中自我呈现，但"酒边哀乐""残山偷活""芳草流连"云云，使得这"乞谢壮怀舒醉眼，朦胧朱碧且成怜"显出韦斋诗中绝难一见的颓废感。[2]这也是韦斋诗中明确标注日期的两首之一（己亥六月十二日），而且作者本人特别强调"不予解释"。

　　劳思光出身世家，母氏亦为衡阳巨族。高祖劳崇光（1802—1867）曾任清同治年间两广总督、云贵总督，代表清廷签署过《北京条约》[3]，《清史稿·列传》称其为人为政"沉毅有为,不避艰险"[4]——劳氏为自己所取笔名"思光"，因此颇耐人寻味。正因劳氏系出名门、长于望族，也就最为尖锐地遭受了近代之变中的风吹雨打王谢无家：中国传统文化的自毁性转型。此即频现于其诗中的"兴亡身世两难论，万感茫茫步日昏。同辈宗支余二客，殊方岁月长诸孙"[5]。"曾是重门严戍卫，岂期白首走风尘"的隔代衣冠之怅，一直深藏于他的生命底蕴[6]，其诗词中与生俱来的清华清贵之气，大抵也与此有关。如上节所见，在劳思光之前的时代，《无题》诗已经更多明确化为、也是窄化为乃至矮化为单薄

[1]《有寄》以及之后的"丁未初度，适慧莲寄柬来贺，诗以答之"，劳思光：《劳思光韦斋诗存述解新编》，万卷楼图书股份有限公司2012年版，第39、41页。
[2]同上书，第73页。
[3]参见劳氏1950年存世第一首诗"题解"，同上书，第1页。
[4]此所以劳氏自谓"自承庭训，早学呕吟，及长后亲历丧乱，郁郁终年，遂每以诗词自遣"，同上书，《序》。
[5]参见《己酉初秋，晤伯兄于洛城，共步街衢，闲话旧事，归成二律》，同上书，第230页。
[6]参见壬午（2002）《旧游杂咏》，同上书，第425页。

的两性之情。但基于劳氏清晰的理性精神,其笔下的《无题》诗即使言情儿女,也绝不是朦胧取态,而是依然将自我悲欢嵌入时代兴亡中而显出特别的象征意义。和充满"春情"气息常给人冲动泛滥印象的黄侃不同,劳思光为人为文甚早就显得法度谨严,甚至"秋意"俨然。其《无题》组诗中最长的一组(六首,1960年),因诗中铺写对象的身世背景与劳氏极为相似(北洋大户,名门飘零,气质出众,文采超群),而使得这一对于两性之情亦惜亦怅的自悼气息最显劳氏青年时期的精神状态:

一

未必余情恋落花,偶然春尽怅天涯。当时款语心犹曲,遥夜亲陪分已奢。兰芷泥中伤气类,龙蛇腕底惜词华。朱栏指点黄昏路,顿觉尘生七宝车。

二

魏其自喜武安骄,纷杂虞初说逊朝。姊妹赵家传粉墨,笙歌粤市出娇姚。人间几免登场笑,天末生怜落叶飘。无赖媚川珠满眼,种花谁护上林苗。

三

镜中仿佛玉妃姿,比坐流连日影迟。细雨钟楼人醉后,垂帘茗盏客来时。莫为鸩鸟中悬怨,久失枯桑再宿痴。自别天台缘豆尽,刘郎争复解相思?

四

凋落诗心逐岁华,词章今厌说名家。云生海上观游蜃,月满天南起暮鸦。换羽移宫才曲半,辞秦过楚总天涯。诞狂魏野徒夸世,红袖何曾胜碧纱?

五

梁氏眉妆若可俦,一番浅笑一番愁。最宜通语三更月,乍听呼名七夕秋。鳌禁帖书怀玉几,星家术数演金钩。清才自昔人间累,阿母帘前莫怨尤。

六

荧惑狂侵局已非,补天大小愿同违。云深是处迷黄鹤,斗转谁家卜紫薇。新酿不成前日醉，轻罗仍念旧时衣。频年杨秉安淳白，肯化蒙庄蝶乱飞？[1]

诗中频频使用"兰芷泥中""上林苗""玉妃姿"等比拟伊人，怜惜之情郁然。组诗读来的确"言深意深，题难尽意"。

但"频年杨秉安淳白""久失枯桑再宿痴"云云，固然可能基于劳氏强大的理性与严格的自律，对于尚未超拔于两性情感中的个体，也可能只是基于尚未遇合"对的人"。果不其然，隔年（1961）劳思光再赋《无题》，已然光景大变：

一

弹折吴钩自壮图，银筝曲转客心孤。燕姬越女风流尽，怀抱相怜合浦珠。

二

红粉千家倚俗装，众中我已倦清狂。幽兰晚日垂帘坐，一种尘寰未识香。

三

罗裳锦簟净无尘，海碧天青证宿因。从此清辞休写恨，年年彩笔赋迎春。

四

蚕丝缘豆两难知，耳鬓相依欲语迟。十载流离忘老大，对君方惜少年时。[2]

组诗意思再明白不过，也是韦斋诗中最热情外溢的诗，一向落笔自负谨严的青年难得的甚至是唯一地向外扑出了自己。其设色浓艳，视为闺情诗亦不为过。奇怪的是注解者居然套之以"鸢飞鱼跃的生生不息"，谓其荒腔走板，也并不冤枉。与此类似的，还有作于次年（1962）另外

---

[1] 劳思光：《劳思光韦斋诗存述解新编》，万卷楼图书股份有限公司2012年版，第97页。
[2] 同上书，第121页。

一组《无题》，同样是劳氏笔下难得的旖旎之作：

一

双鹊枝头噪日曛，群鱼喋水起层纹。前宵酒力留残醉，懒向妆
台理鬓云。

二

好惜春游遣客思，新凉盈袖酒盈卮。玉兰手折佳人佩，隔坐香
生一笑时。[1]

诗"之二"完全可以视为诗"之一"的前奏。也许囿于劳氏生前种
种不便，注释者似从未联想或未便表明，此处如意亲密之"佳人"与前
年"证宿因"之"合浦珠"，是否一人？尤其与再隔年（1963）的《惊
梦》之间，是否有隐秘可抉：

含笑相看忽断肠，梦迴惊起夜苍茫。漫言白傅歌长恨，竟似微
之叹悼亡。河鼓天孙伤语谶，锦裳罗袜锁尘箱。剧怜旧巷前宵过，
满架花枝失旧香。[2]

相隔三年光阴，"河鼓天孙伤语谶"与"海碧天青证宿因"未尝就
没有内在联系，"锦裳罗袜锁尘箱"与"罗裳锦簟净无尘"未尝就
相辅相成。可惜注解者又大跑野马，这次居然跑到《牡丹亭·惊梦》去
了——此诗与杜丽娘何尝有半点关系呢。

笔者如此欲将韦斋诗中的"无题"诗落于实地，当然不至于无聊
到要一心踏寻劳氏年少情事，而是这种曾让孤高年少心仪心许的"从此
清辞休写恨，年年彩笔赋迎春"依然迅速就结束了。诗中人只是"似悼
亡"，考虑到"合浦珠"（广东人？）的身份，以及20世纪60年代初的
局势，[3]"河鼓天孙伤语谶"很大可能是"生别离"。无论如何，这种身

[1] 劳思光：《劳思光韦斋诗存述解新编》，万卷楼图书股份有限公司2012年版，
第130页。
[2] 同上书，第135页。
[3] 参阅拙笺《思复堂遗诗》中所言唐君毅与其母别离之事，上海古籍出版社2018
年版，第260—261页。

心彻底的热情投入此前此后再也不见于韦斋诗中。颇让人联想到多年以后丁卯（1987）《退居吟》其七所自道的"诗酒当时忆放癫，朱颜云鬓对华宴。海桑急换闲情尽，不赏笙歌二十年"，[1]正是明言了艳冶与沧桑的彼此嵌入与绝决断裂。两组《无题》一首《惊梦》如连缀观，即使不去落实是否属于一个完整的故事，却足以象征天崩地裂的时代解体中无法自主的个体命运，也足以成为劳氏诗作中一生都挥之不去的"兴亡"主题的心境投射。

可为这一心境再添凭证的，还有韦斋诗常有心思绵密的写情咏物之作——这一热衷"体物"的好尚，也颇近玉溪。不仅"无题"之情相当低徊，"有寄"之物亦堪同调。例如，作于1968年的《碧玉》诗前特有小序以状其情："寓所不远，有小院植碧桃一株，横枝当风，色作微红，虽秋日无花而风姿可喜，车过见之。明日往寻，则重扉深掩，竟不得复见矣。诗以记之。"诗云：

> 碧玉真怜出小家，不披绮绣自风华。轻车夜过香侵梦，半臂秋寒色映霞。嫩叶有缘承雨露，坠英无奈辱泥沙。桃源忽失渔郎路，惆怅长街起暮鸦。[2]

"坠英无奈辱泥沙"正与"种花谁护上林苗"同属无可如何，尾联则让人联想到1963年的"剧怜旧巷前宵过，满架花枝失旧香"。甚至韦斋诗中另外一首"准无题诗"《有寄》（1967年，写给后来的妻子）依然结之以"昨夜买花经曲巷，繁枝照眼不成香"。[3]且这种体物情调在其在早岁即有同题之作、同类行径。例如，作于1958年的《乌夜啼》词前同样有小序，忆及"儿时居故都，庭中玉兰经雨零落，辄亲拾之，不忍见其委泥沙也。戊戌流寓香岛，忽于友人处见玉兰满枝，感而谱此"：

---

[1] 劳思光：《劳思光韦斋诗存述解新编》，万卷楼图书股份有限公司2012年版，第368页。
[2] 同上书，第205页。
[3] 同上书，第192页。

闲庭曲槛流霞，旧时家，记得雨中亲拾玉兰花。　　　红羊劫，青衫客，负琼葩，一样可怜颜色在天涯。[1]

不仅与1960年《无题》组诗中接连使用“兰芷泥中”诸喻同称色授神与，与1963年“玉兰手折佳人佩”之隔坐生香对读，又是痛何如之。这一惜怜之情，指向落花，亦指向流人，更指向“花果飘零”中而能“灵根自植”的中国文化精神。正因劳思光在宋体唐韵之间无论用典意象还是情意倾向经常都在暗度陈仓，韦斋诗方才具有了虽瘦硬而不干枯，嶙峋之骨常现膏腴之姿的意态风姿。也因此风调，他似乎比号召“宋骨唐面”、兼采“晚唐北宋”的晚清“同光体”的多数诗人，更为入流出色。

（二）艳写沧桑：“兴亡”感与文化观

劳思光的家世、修养与诗学风格，非常容易予人“没落王孙”“旧时王谢”的直观印象。此最见于得知白崇禧去世之后他绝不客气的讥弹，所谓“尚记趋庭面使君，兴亡缄口独论文。石崇有婢窥帘笑，又是狂言一老军”。[2]其他又如“劫尘改尽旧衣冠，我已无家去住难”“昨宵梦踏金陵月，磷火荒台蔓草生”“前宵梦入中原路，满座猴冠不忍看”，这类对逝去家园的凭吊与粗粝现在的不满，也充满其诗章。[3]但劳氏涵养学问均相当可观，而且一生以“气节”自矜，如果以为他凭吊的仅是个人与家族失去的物质地位的显贵优渥，也委实不能尽其一生对中国历史发展与文化命运的真切关怀与不息探问。甚至依其传统学养的要求，能担当现实政治、规划国计民生，方才符合真实愿心——抑或这正是其1950年在台湾为自己取名“思光”、追怀其才堪封疆大吏的高祖“崇光”的原因之一？劳氏的“郁郁终年”很大程度与此自我预期不能舒展有关。所谓“自嘲缚虎擒龙手，误得经师末世名”。[4]郁郁终年之后，必须出

[1] 劳思光：《劳思光韦斋诗存述解新编》，万卷楼图书股份有限公司2012年版，第468页。
[2] 同上书，第150页。
[3] 参见《步千石移居诗原韵书怀，即柬诸友》《夜坐偶成》（1960），同上书，第110、112页。
[4] 此诗失收于韦斋存诗，乃劳先生1988—1989年间写与弟子之作。转引自关子尹《韦斋诗缘》，《华人文化研究》2018年12月第6卷第2期，第260页。

路别寻，每当天地变色的"易代之际"，前朝贵胄往往托命文化或艺术以自求上出，亦必然，亦无奈。诚如劳氏在《思辨录：思光近集》"序"中的自我告白：

> 即以从事哲学研究而论，我并不是像现代学究人那样一味只重视外在表现。反之我所真正关切的是我自己所见到的理境及所达到的自我境界。我治学之基本目的在于自己的所成与所得，至于对外表现只是"余事"。……我所关切的哲学问题，本是哲学现有的危机问题，与未来的希望问题。[1]

基于这一旨归，虽一生多数时间栖身海外，劳思光的哲学理念毋宁仍是非常"中国"的，亦是颇为"古典"的：从不单纯视哲学为纯智性的概念游戏。而是认为哲学最重要也是最崇高的功能在于达成生命本身的转化。就个人而言，这是成德之路及生命境界的升进跃迁；就集体而言，这是人文建树与文化成果的开拓累积。[2]也因此，对于劳先生这类气质的哲人，切入其生命内核的精稳之径，最佳选择，很可能并非哲学表诠，而是诗学表达——后者更直接、更整全、更现量直呈。尤其后者本为作者并无"立言""不朽"之显性意识的日常书写、生命实感，[3]于中往往更少做作、虚饰之嫌。

---

[1] 是书由台北东大图书公司出版于1996年。转引自彭雅玲《开创诗歌抒情传统的新猷：劳思光先生的学人之诗与诗人之思》，载《万户千门任卷舒：劳思光先生八十华诞祝寿论文集》，香港中文大学出版社2010年版，398页。

[2] 同上书，《序》。

[3]《劳思光韦斋诗存述解新编》共收入劳氏诗作263首。其中包括挽联5则以及少作数首、新诗一首。即使犹有遗珠，也不会太多。劳氏之落笔谨慎，可见一斑，不少年份只有一组诗流传，均衡地分布于其生命自然流程本身，可见对劳氏而言这一诗性书写的本真性，无论从诗词内容还是写作场景，都可看成其自我表达的素朴需要，写后即随手置放，既无"应世"之实用、亦无"名世"之企图，大抵只是基于诗礼传家的古典训练以及劳氏本身颇富艺术气质的生命形构。其得以整理出版基于偶然（所谓"晚年再来台岛，授课华梵，中文系王隆升、林碧玲诸同人以为数十年中感时忧国，言志寄情之作，亦可以持赠后人"，《劳思光韦斋诗存述解新编》"序"）。另请参阅王隆升《论韦斋词的生命情怀：以感伤为基调的呈现》，收入《万户千门任卷舒：劳思光先生八十华诞祝寿论文集》，香港中文大学出版社2010年版，第486页。

韦斋诗整体构成不仅有很强烈的个人自传色彩，而且与其“无题诗”类似，皆成功地将此一己悲欢容纳进家国兴亡，咏史诗也构成了其创作题材的大宗，原本寥廓杳渺的历史悲欢因与一家一室的具体遭际融为一体获得了格外的动人之力。1969年陈寅恪去世于广州，此年初春在美国普林斯顿访学的劳思光很可能听闻了此讯，于是写下《日暮独步忆寅恪先生诗有感》：

> 昔传陈叟伤春句，灯火英伦感岁华。我亦孤怀当去国，谁容大难更谋家。五年奇劫乡书绝，一枕危楼鬓雪加。兴废待争风雨急，黄昏旷野立天涯。[1]

诗中提到的“陈叟伤春句”，即陈寅恪于抗战胜利后赴海外治疗眼疾写下的《卧病英伦七律二首》之二：“金粉南朝是旧游，徐妃半面足风流。苍天已死三千岁，青骨成神二十秋。去国欲枯双目泪，浮家虚说五湖舟。英伦灯火高楼夜，伤别伤春更白头。”[2]

《劳思光韦斋诗存述解新编》前有一短“序”，据作者自谓作于“辛卯小寒（2012年1月）”的“台北客寓”，距离本年秋冬之际劳氏去世，已来日无多。此种终身为“客”他乡的深层悲慨是涵纳于劳氏作品的普遍之情。在其离开台湾三十三年之后首次返回任教之初，1990年写下《庚午中秋，与清华诸生登人社院高台望月，口占一律抒怀》，此情依然溢于言表：

> 恰似坡公远谪身，随缘樽酒庆佳辰。讵知入海屠龙手，来作登楼望月人。箫管东南天一角，槐柯上下梦千春。衰颜苦志茫茫意，剩向生徒笑语亲。[3]

---

[1] 劳思光：《劳思光韦斋诗存述解新编》，万卷楼图书股份有限公司2012年版，第238页。

[2] 同上书，第240页。

[3] 同上书，第392页。

台湾不是家乡。他供职与生活时间最久的香港同样不是。2001年《新正即事》如此写道：

> 满城火树岁华新，小案瓶兰一室春。逝去悲欢余自笑，归来花鸟尚相亲。诗肠久涩无奇句，世味多艰念故人。万里梦回关塞路，清歌渺渺最伤神。[1]

如何在清醒地深察种种现实苦难为吾人不可逃避的历史债务之后，仍然拥有精神出路的可能，即超越即承当，对于哲人而言，永恒回归往往有着特别的管道。但对于纵横"经史"而又不难忘"经世"的劳氏而言，杳杳冥冥的超越之界大抵非其兴趣所在，而大地上的故乡并不遥远，只是拘于现实种种，他的"返乡"一直受阻，他的愿望却一直在诗中凸显。此即1998年《戊寅岁暮感怀》中道出的心曲：

> 厌看群儿较重轻，残书高枕度深更。世途九曲成何事？人海孤行竟一生。观化凤知身是患，忘言方契道无名。前宵梦觉中原路，冻雨玄霜满凤城。[2]

又七年之后，2006年《丙戌七月，返港小住，与生徒闲话，偶成一律》，劳氏已经年近八十，心境却仍然"兴亡"满目：

> 赵州行脚不知休，且向香城问旧游。充耳缶鸣谁解事？惊心潮急又临秋。衰羸久失回天志，客寄还分覆鼎忧。尚述兴亡供史乘，平生怀抱此中留。[3]

经由劳氏的哲学研究、历史批评、文化论述三者互为犄角形构起来

---

[1] 劳思光：《劳思光韦斋诗存述解新编》，万卷楼图书股份有限公司2012年版，第417页。
[2] 同上书，第408页。
[3] 同上书，第430页。

的责任意识，[1] 使得其诗作中出现频率极高的“兴亡”意象[2] 就并非一种理性的冷眼静观，而是成为一种“继绝兴亡”的行动的导引，并不单纯指向中国文化的路向、更指向世界文化的发展。此即“韦斋诗”虽躬自高标而特能动人的秘籍所在。故他笔下的“无题诗”始终不失其正当与深切。他到底是热的，尽管是潜流。

四、“章句”输于“义理”

一如劳思光《挽殷海光先生诗序》中所叹，“乃值正学之消沉，谁能免弊”，[3] 每个人都未必能轻易冲出自己的思维向度，黄侃与劳氏的“无题”诗写作亦如此。

虽然天赋情性感性而自恣，黄侃因为“一生劬学”“临终手不释卷”[4] 的精神使其基本底色毕竟有别于“儇薄”的登徒子，[5] 但薄弱的自控能力使得他任情纵性、师心使气的行径被放大，不仅成为其悲剧之生的基本原因，某种程度也为“世之言国学者必称章黄”[6] 留下了黯淡不华的心理阴影。所谓“独不能吞罗什之针者，必败阿难之道。故曰：学我者死”。[7] 尽管一度亦尝试涉猎宋明理学，但“惟务养情性”“与天地

[1] 参阅黄冠闵《飘零乎？安居乎？——土地意象与责任意识》，收入《万户千门任卷舒：劳思光先生八十华诞祝寿论文集》，香港中文大学出版社2010年版，第277—308页。

[2] 据统计，劳氏诗作中关怀国族命运、文化前途的词汇，诸如“兴亡”（14出）、“兴废”（8出）、“剥复”（2出）、“剥极”（1出）。另如出现频率同样很高的“世运”“成败”“是非”等，兹不赘述。参阅彭雅玲《开创诗歌抒情传统的新猷：劳思光先生的学人之诗与诗人之思》，收入《万户千门任卷舒：劳思光先生八十华诞祝寿论文集》，香港中文大学出版社2010年版，第399页。

[3] 此文为残稿，约作于1969年，参见《劳思光韦斋诗存述解新编》，万卷楼图书股份有限公司2012年版，第459页。

[4] 参见1935年10月26日《王子状日记》，转引自司马朝军、王文晖《黄侃年谱》，湖北人民出版社2005年版，第427页。

[5] 参见《原刻量守庐词钞曾缄序》，黄侃《黄季刚诗文集》，中华书局2016年版，第338页。

[6] 居正《蕲汉大师颂》，转引自马朝军、王文晖《黄侃年谱》，湖北人民出版社2005年版，第425页。

[7] 参见《原刻量守庐词钞曾缄序》，黄侃《黄季刚诗文集》，中华书局2016年版，第338页。

同其大"（程伊川语）的儒者细密的践行与见性功夫应该说从未深入过黄侃的思考领域；"情归于性，是为至情"[1]的理学至言亦从未进入黄侃的关注视野；至于"致知者，惟归寂以通感，执体以应用"[2]这类阳明学最为经典的理念更是从未介入过黄侃的修学实践。无论愿望与语言上如何"惟期养性深山里，坐看秋林叶返根"（《送陈敦复》），黄侃的材性终究停留在了"夜挈子听金少山唱大面，洵称妙声"[3]"临楼玩夕照，旋步庭中，赏垂柳，向暝持螯，今日秋光差不负也"[4]——他敏于声色长于声色也至死没有超越声色。他的《无题》之诗与"无题"之思也因此停留在了未能继续超逾的溺情向度。主观上追慕李商隐的黄侃并没有写出具有个人风格与情性高度的代表作。

劳思光个性狷介，亦颇自负，三十而立之年的《答友》（1957）中有谓：

> 平生学不守常师，少日虚声只自嗤。稍解诗书于画拙，难争德爵况生迟。百家出入心无碍，一海东西理可知。花鸟渐怜催老大，人前何意斗华辞？[5]

对于纳中国于世界、纳中国文化于世界文化，实现"圣人无常师"、出入百家、东西同理意义上的自由愿景，他坚持了一生。1979年劳氏积二十年之力完成《中国哲学史》，该年留诗三组六首。其一即《己未孟秋，史稿既成，夜坐无聊。偶成一律，即柬端正》：

> 故纸堆中暂息肩，青灯独夜意茫然。信知正学常违世，坐见横流竟拍天。牛马任呼随俗例，风云变观感华年。伊川逝后思杨谢，

---

[1] 王畿：《答王敬所》，《王畿集》卷十一，凤凰出版社2007年版，第277页。

[2] 聂豹：《赠王学正云野之宿迁序》，见《双江聂先生文集》卷四，《聂豹集》，凤凰出版社2007年版，第95页。

[3] 参见黄侃《黄季刚诗文集》，中华书局2016年版，第220页；黄侃《黄侃日记》（下），中华书局2007年版，1933年9月20日，第926页。

[4] 黄侃：《黄侃日记》（下），中华书局2007年版，1934年9月28日，第1109页。

[5] 劳思光：《劳思光韦斋诗存述解新编》，万卷楼图书股份有限公司2012年版，第49页。

何日寒斋一论禅？[1]

“端正”即唐端正，唐君毅先生弟子，亦是曾经全香港最穷的大专院校新亚书院哲学系第一位学生。[2]本为学人书斋论学的“体己诗”，因为作者对于世俗横流的操心与敏感，经由宋儒家风与当代学术的挂搭，其无论历史时间的图像还是现实空间的图像都丰富具体起来，诗也因此避免了枯槁滞涩。收到唐端正期待其“道义担承仗铁肩，领袖群伦莫恋禅”的步韵之后，劳氏写下了他性理诗中颇为自负的性理境界：“迩来渐证圆通理，万户千门任卷舒。”[3]以及同年《山居即事》中的“频年勘破升沉理，始信伊川境始安”——“礼境”与“乐境”，“理”与“情”，至此豁然贯通。[4]此所以戊子（2008）年韦斋诗集中收录最末一诗，“严寒卧岛城，更休说河清”的暮色垂老中，他犹自矜持于“余年矜大节，垂暮畏浮名”，[5]此正与集中收录最早一诗“书生清节霜为骨”[6]遥相呼应。《萧萐父自武大寄诗，以二律答之》中劳思光明言自知“理境无涯”而选择“文章有限”：

> 平生进学拟登山，踽踽徘徊只等闲。残景丘迟空怅望，彩毫郭璞久追还。无涯理境归言外，有限文章付世间，成坏华严参胜解，不妨啼鸟听关关。[7]

---

［1］劳思光：《劳思光韦斋诗存述解新编》，万卷楼图书股份有限公司2012年版，第340页。

［2］所谓“校舍缴不出房租，教授拿不出薪水，学生缴不出学费”，此正是彼时钱穆、唐君毅等人“赤手争文运”的现实基础，同上书，第336页。

［3］“端正步韵答前寄之作，有劝予勿谈禅学之意，再作长句谢之”，同上书，第342页。

［4］伊川即宋儒程颐，生平以严谨著称，时人好奇其终生守礼是否劳苦，伊川则以守礼为至乐之境。同上书，第345页。

［5］同上书，第432页。

［6］“庚寅（1950）春谒李啸风丈于台湾，侍谈竟夕。亲长者之高风，顾前尘而微怅”，同上书，第1页。

［7］己巳（1989）年作，劳思光：《劳思光韦斋诗存述解新编》，万卷楼图书股份有限公司2012年版，第378页。

　　真理如离言绝思，但仍要有所言说。此正劳氏哲学思想与文化理念中至为关键的"引导"（orientative）意识、"承担"意识。[1]也因此使得治学特为强调"陆王学上望儒宗"[2]的劳氏之学同时呈现出奇异的"与世为体"的强烈的现实关怀的性格——"与世为体"本为明儒黄宗羲在《明儒学案》中对顾先成、高攀龙"东林学风"的裁定，世间俗儒亦颇有以"东林"之学为宗程朱而诋陆王者，此见不足取。[3]此处劳氏之两取，则不仅可以史为鉴，亦可以之鉴史，更两相形构了劳氏之诗的基本特色。这一点也鲜明体现在了他的"无题诗"中。

　　【作者简介】　中国艺术研究院中国文化研究所研究员。

---

[1] 参阅陈旻志《自我境界与"圣""人"接受模式的贞定：劳思光"文化整体观"与诗学中的文化人格图像》、黄冠闵《飘零乎？安居乎？——土地意象与责任意识》，收入《万户千门任卷舒：劳思光先生八十华诞祝寿论文集》，香港中文大学出版社2010年版，第277—308、511页。

[2] 诗见《春兴》（1960）："物我真源境早通，才衰翻喜弄雕虫。亲观万业皆缘有，始会三时首说空。颂论义中虞坎陷，陆王学上望儒宗。百年资具多虚费，解悟干元未济功。"见劳思光《劳思光韦斋诗存述解新编》，万卷楼图书股份有限公司2012年版，第91页。

[3] 有关东林思想的甄别，可参阅邓志峰《王学与晚明师道复兴运动》，复旦大学出版社2020年版。

文派纷争视域下的黄侃诗论与创作

李肖锐

【摘要】 黄侃的诗歌批评与创作与其论文、治学有共通处。《文心雕龙札记》特别反对文派一统之说，主张文采的同时也试图调和桐城派与文选派之间的矛盾；其治学师承皖派，守先待后、不轻诋古人的态度又继承自吴派惠栋。由此黄侃诗不特尊崇某一派别或某种风格，试图矫正时人学宋的弊病则主张以唐诗救之，偏爱李商隐，而闵乱忧生之作也不废以文为诗。他不仅对骈与散有比较辩证的看法，也在诗歌质、文关系的探讨中提倡兼取二者，不能容忍实质内容的缺失。黄季刚的批评理路与创作实践呈现出一定的反传统性，不同于新文学家，又回归传统、表达出对古典文学的守正。虽然诗歌成就之高下今人或有争议，但争议背后的建构失语现象也值得当前的古今演变研究予以重视。

【关键词】 黄侃 量守庐诗 学人诗 《文选》派 演变

    清末民国初，旧式文学的演进以多声部的形态呈现，不排除这样一种"底音"，即反传统的传统主义[1]。趋同于当时的政治经济与思想文化趋势，一部分知识分子选择继承历史遗迹，又因为寻求变革而批判遗迹，与革新势力推重西方文明也反对西化的困境实出一辙，仍旧要回到如何祛旧纳新、对待传统的根本问题。与之相伴得是价值判断标尺的暂时缺位，故近代学界争鸣频发，更往往选择语言文学为切口，对标尺进行反复淘汰与重建。1917年6月《新青年》载钱玄同致陈独秀信，提到"惟选学妖孽所尊崇之六朝文，桐城谬种所尊崇之唐宋文，则实在不必

---

[1] 王汎森解释"反传统的传统主义"："他们也有一种既批判传统，又向往某种他们认为更纯粹的传统的倾向。"见王汎森《中国近代思想与学术的谱系》，上海三联书店2018年版，第244页。

选读"[1]，即后来所谓的"选学妖孽，桐城谬种"，实际指向旧式学派间存在过的论战。虽然桐城派与《文选》派很快沦为众矢之的，在新文化运动的挤兑下迅速沉底，但并不代表一些反传统的传统之声也丧失了价值。黄侃（1886—1935）曾为《文选》派辩护而作有《文心雕龙札记》，其人博学精思却极少著文，诗词理论更显零星，但兼工诗、词、文创作，文学成就在当时学林有一定影响。黄侃的诗坚守传统，既有革命者的豪壮，也具备骈文家的精微。但他于诗体另寻变革，因此不拘泥于某家，不成某种"风格"，由此引发一些关于其诗歌成就高下的争议。争议却恰好映射某种矛盾——欲挣脱传统，亦扎根其中，这或许是近代社会演进特征的具体表征，故还需在思想论争的视野下深度剖析黄侃文艺理念及诗歌作品，以揭示其中细微的成因与侧重。

一、为学与作诗

清朝末年、民国初年的文派大致有三，钱基博《现代中国文学史》分为魏晋文派、骈文派与散文派，周勋初《黄季刚先生〈文心雕龙札记〉的学术渊源》（下简称《学术渊源》）归结为桐城派、《文选》派与朴学派。这两种分法纳入的人物略有差异，魏晋文派以王闿运、章炳麟为代表，朴学派则是章太炎，而剩下两派没有太大争议，即桐城派，和与之对峙的《文选》派，即骈、散两大阵营，可见当时的论争焦点集中于此。《学术渊源》还原了文派论争的现场，总结黄侃的师承关系和主要立场，重点厘清黄侃与桐城派对簿时的骈散观：倾向于从中调和，并继承《文选》派之传统、吸收朴学派的成果，相对阮元、刘师培之说更为圆通[2]。文派实则指向学派，是清代汉、宋学之遗音。桐城派尊宋学，方苞"好述欧阳修'因文见道'之言，以孔、孟、韩、欧、程、朱以来

---

[1] 参见《新青年》1917年第5期。
[2] 周勋初《黄季刚先生〈文心雕龙札记〉的学术渊源》云："季刚先生提出'合笔于文'之说，也是为了阮元持论过严而把笔中的许多名篇排斥在外，且不足以解释文学发展史上的各种复杂现象。但从他对阮元之说的推崇而言，可知他是以此为本而又吸收本师章氏等人之说来补偏救弊的。"参见张晖编《量守庐学记续编：黄侃的生平和学术》，生活·读书·新知三联书店2006年版，第197、207页。

之道统自任，而与当时所谓汉学者互相轻"[1]。时至晚清，宋学渐衰，和初创时相比"以文而论，因袭矫揉，无所取材。以学而论，则奖空疏，阀创获，无益于社会"[2]，势必受人指摘。黄侃师从章太炎，早年积极参与民主革命，故对桐城一脉之说颇多意见，《文心雕龙札记》即表现出很强的针对性。对照黄侃的宏观文论和诗词创作，最显著的一处即不满于桐城派在道统与气格追求"一致"。《札记》释《通变第二十九》"龌龊于偏解，矜激于一致"曰，"彦和此言，为时人而发，后世有人高谈宗派，垄断文林，据其私心以为文章之要止此，合之则是，不合则非，虽士衡、蔚宗，不免攻击，此亦彦和所讥也"[3]，带有破除门派约束的变革精神，但不能就此断然推论黄季刚此说是站在革命者的角度去推翻传统，因为随后他便引用钱大昕《与人书》，申明自己的选派立场。

即如梁启超所言，清末宋学沦于空谈，清初顾炎武等提倡的经世致用本来是经史考订的最终目的，因此不难理解晚清学林再兴此风，这是西方新概念介入之前思想史演进的路径。但汉学本身也存在很大问题，考证的过程往往会偏移其经世致用的初衷，乾嘉之朴学更不敢明倡致用。起初江藩作《国朝汉学师承记》的目的是给阮元编写《国史儒林传拟稿》提供参照，自此汉学谱系基本确立，形成以惠栋（1697—1758）为中心的学术网络，其内又分吴派（惠栋）与皖派（戴震）。黄侃治学兼有两派特点，各取其长，胡小石从他对二派继承的角度总结道："中国说经的所谓汉学，至唐后已亡失。苏州惠定宇，能振起汉学，守先待后，保守汉人之说不妄加一语。于清代可称汉学者，惟惠氏足以当之。徽州戴东原，治学用论证法，能开辟新途，其门人如段玉裁、如王念孙，都是如此。这才是清学。季刚之学虽为徽州戴氏之系，但自戴氏及段而王，至逊清俞氏而至章太炎先生，其师法相承虽如此，而季刚治学态度，则崇尚惠氏。"[4]所谓的治学态度，实指惠栋"不妄加一语"。黄侃治学极严谨，五十岁前不著述即承袭吴派学风，对前人的研究成果也

[1] 梁启超：《清代学术概论》，上海古籍出版社2005年版，第57页。
[2] 同上书，第58页。
[3] 黄侃：《文心雕龙札记》，上海古籍出版社2006年版，第93页。
[4] 张晖编：《量守庐学记续编：黄侃的生平和学术》，生活·读书·新知三联书店2006年版，第21—22页。

不予妄论。皖派后期多疑古人，他认为"读古书当择其可解者而解之，以阙疑为贵，不以能疑为贵也"（黄焯记《黄先生语录》）[1]，可证其审慎之态度。与惠氏相似，对于结论依附于材料、考证性比较强的学科，黄侃的态度趋于保守："无论历史学、文字学，凡新发现之物，必可助长旧学，但未能推翻旧学。新发现之物，只可增加新材料，断不能推倒旧学说。"（《黄先生语录》）[2]相比罗振玉、王国维等人注重"发现"的研究法，黄侃明确自己更着力于"发明"旧义。于文学，季刚也比较保守地看待师古与创新之间的关系，《札记》释《通变》篇阐述道：

> 通变之道，唯在师古，所谓变者，变世俗之文，非变古昔之法也。自世人误会昌黎韩氏之言，以为文必己出；不悟文固贵出于己，然亦必求合于古人之法，博览往载，熟精文律，则虽自有造作，不害于义，用古人之法，是亦古人也。若夫小智自私，讦言欺世，既违故训，复背文条，于此而欲以善变成名，适为识者所嗤笑耳。[3]

刘勰将"通变"正式引入文学理论批评范畴，奠定了文质与古今二分的文学演进观，其中的要义是继承与革新的统一。后不断经人阐发，通变的使用范围和空间得到扩展，逐渐成为解释历史发展脉络、处理现实问题的思维模式[4]。黄侃的通变观格外注重保存古人之"法"，他并非不提倡文学出新，但把坚守古人之法作为创新的前提，并演化为其文学批评的思维模式与创作指导。从字面上看，此说必然会受到新文学家的反对，况且放诸中国古代文学史，也很难解释各文体发展历程上的创变，所以黄侃在这样的语境中解释通变，更有意针对"小智自私"者，故特别强调尊古体的重要性。复观其诗，不乏破体，仿古体诗各得

---

[1] 张晖编：《量守庐学记续编：黄侃的生平和学术》，生活·读书·新知三联书店2006年版，第3页。

[2] 同上书，第3页。

[3] 同上书，第91页。

[4] 李建中、李小兰主编：《中国文论话语导引》，武汉大学出版社2018年版，第283页。

其神，而黄侃又绝不是一个复古论者，贯彻近代新派诗所倡"旧瓶装新酒"，这倒是在当时诗界颇值得注意。

黄季刚治学有明显的吴派遗风，守先待后，不轻诋古人，这种精神多少渐入了他的文学批评和创作。胡小石追悼季刚先生时说其处世"遁世无闷"，严迪昌亦说他无意以诗鸣于世，绝非钓誉沽名之人，可见黄侃在当时思想文学的聚变纷争中独善其身，于学、于诗别有领会。相比新文学的推动者，他选择扎根传统，如与钱玄同不合，二人曾就音韵学与白话文发生论争，但钱玄同所赠挽联仍惺惺相惜，肯定其文字音韵功力与文章学成就[1]。在旧文学的阵营里，黄侃实践"变世俗之文，非变古昔之法"，不仅古近体皆工，又延续了诗界革命者对"新意境"的追求。前人的学说不可贸然推翻，前人的诗文则不必不敢有突破。组诗《漫成》云：

> 江山云物古今同，比拟雕镌术已穷。要识胸情宜直举，后人何必怯争锋。（其二）
>
> 作奏诚宜去葛龚，矫情独造亦无功。候人破斧沿前制，始识文章有至公。（其三）
>
> 文章何苦较崇卑，兰菊英蕤各一时。上采风骚下谣谚，果能真挚尽吾师。（其五）
>
> 歌咏终须本性情，三年刻楮费经营。杜韩同有文章在，只惜《南山》逊《北征》。（其六）[2]

他以为，诗歌创作不必为前人"影响的焦虑"所困，欲创新则应有直抒胸臆的勇气，表达属于这个时代的、个人独有的真实情感，并广

---

[1] "小学本师传，更绅绎韵纽源流，黾勉求之，于古音独明其真谛。文章宗六代，专致力沉思翰藻，如何不淑，吾同门遽丧此隽才！与季刚自己酉年订交，至今已二十有六载，平日因性情不合，时有违言。惟民国四、五年间商量音韵，最为契合。二十一年之春，于余杭师座中一言不合，竟致斗口。岂期此别，竟成永诀！"参见姜德铭主编，钱玄同著《中国现代名家经典文库　钱玄同卷》，中国戏剧出版社2001年版，第301页。

[2] 黄侃：《黄季刚诗文钞》，湖北人民出版社1985年版，第278页。本文所引黄侃诗文如无特殊说明，皆据此书，不再一一出注。

泛吸取众长。而诗中不变之物，即"歌咏终须本性情"，《札记》的《明诗》篇也谈道："诗体有时而变迁，诗道无时而可易，欲求上继风雅，下异讴谣，革下里之庸音，绍词人之正辙，则固有共循之术焉。曰：本之情性，协之声音，振之以文采，齐之以法度而已矣。历观古今诗人成名者，罔不如此。"[1] 黄侃论诗注重缘情，且排斥设门户、立尊卑的做法，即如其治学之道；不论雅俗地兼纳并包，又与他在骈散论争中采取的"调和"策略体现出一致性。季刚欲打破某些传统意义上的守旧，另一方面来说即是从更广泛、更包容的视域重构传统。他自然也注意到了当时诗法宋诗一派存在的问题。

二、"文质两拾"以矫宋诗之弊

清代朴学对文学的辞章产生了比较直接的影响。此派学者擅长考据笺正，熟知典章制度与名物训诂，文字训诂方面的造诣又高，为骈文的书写提供深厚的基础，所以撰文也颇留意巧用典故及表现韵律。黄季刚将他的骈文修养带进了诗歌领域，一方面是个人因素，另一方面也与当时诗坛的风尚有些关系。晚清宋诗派同光体几近主导诗坛，清朝末年、民国初年声势仍旧不小，并夹带一些问题，"近人为诗，积典故发议论二道耳，其弊由宋诗来，救之仍当用唐法"[2]。时人学宋的积弊也被黄季刚一眼识破："大抵宋入者有三弊宜防：一曰率易，二曰纤巧，三曰羸弱。而羸弱之弊尤易生，不能祛之，虽强效苏、黄、陆、元作豪语，犹之浅鲰耳。"[3] 黄侃提出了最直接的方案——用唐法救宋弊，唐法并非刻意模仿唐人诗，而是在文辞和情感习取唐诗之长，即如"诗当以胸襟气韵为主，然字句声韵亦不可忽"[4] 之说。黄侃诗存《云悲海思庐诗钞》《繢秋华室诗钞》《楚秀庵诗钞》《量守庐诗钞》，后经人汇编入《黄季刚诗文钞》（湖北人民出版社1985年版）"劳者自歌"，共1 017首。《劳者自歌》以体式分排，便比较清晰地展示出各体的追迹与取舍。古体多学

---

［1］黄侃：《文心雕龙札记》，上海古籍出版社2006年版，第91页。
［2］黄侃：《黄侃日记》，中华书局2007年版，第330页。
［3］同上书，第307页。
［4］同上书，第330页。

汉魏，近体则最凸显"唐体救宋"，故黄侃"诗至唐人，已臻无上，纵有别径，异乎九达之衢者矣"[1] 应是指唐人近体诗的成就。季刚于唐代诗人最偏尚李商隐，有《李义山诗偶评》，另七言《李义山》云：

> 削诗谁及玉溪生？独运深思写至情。自有微辞同宋玉，何曾艳体比飞卿。华年锦瑟供长恨，别泪青袍负盛名。最悔读书求甲乙，空劳从事亚夫营。

及《题义山诗二首》：

> 语重思纤意转真，陇西一代仅斯人。夫君有恨谁能识？错谤当年赋洛神。
>
> 解人愈众愈纷挐，诗道从来有坦途。可笑拘墟谈《锦瑟》，不从象罔觅玄珠。

李商隐诗重藻饰与用典，易迎合骈文家的审美旨趣，况且玉溪骈文也很有特色。后人学诗取径于玉溪，有助于掌握诗歌的语言规律、提升对诗歌美的感知与鉴赏力，也从其身世遭际中获得些许共鸣。从借唐救宋的角度来看，黄侃尤其欣赏李商隐"独运深思写至情"，别具一格的思致与细腻的情感表现，在他的创作实践中得到了回应。七律《无题》《感事》《寓意》《别意》题诗数量颇多，其中一些作品也颇缠绵悱恻，寄托深重，如《无题》："佳人十五字金兰，曾向琼筵仔细看。化绥自怜输赤凤，传书何事待青鸾？灯摇帘影人初去，风送弦声夜已阑。莫怪刘郎倍惆怅，铜荷蜡泪几时干。"另有部分《无题》诗则讽喻时事："幸会华筵宴甫终，班雅欲去更匆匆。连天芳草迷归梦，拂地垂杨任晓风。车毂竟随肠共转，酒槽还与泪争红。不须苦作箜篌引，回首燕台恨未穷！""露瓦灯帘望未明，回栏倚遍愤难平！原知楚佩非真意，空遣秦箫作怨声。小阁乌笼偏有福，神仙青雀竟无情！可怜漏断香残后，绣被

---

[1] 黄侃：《黄侃日记》，中华书局2007年版，第331页。

归眠梦不成。"纵使表现怨怒，语言也不失绮丽或用前人语典。但黄侃真正能写深思、诉至情的作品，往往与其"忧生"的主题更契合。闵乱忧生，众生亦包括自己，再由己及人，情不能不至深。试举两首：

> 居然一世比孤鹏，惫矣匡床数暮钟。华发飘萧秋色里，故山重叠夕阳中。风狂自振先枯叶，霜冷犹吟待蛰虫。也识浮生无住着，早宜稽首礼真空。(《杪秋寓意》)

> 梦里江南尚宛然，人归欲与燕争先。荒凉北土根难讬，容易东风岁又迁。流水多情怀旧浦，斜阳无力驻残年。迁愁春恨相兼至，岂待花边与酒边？(《写意》)

相比有意模仿玉溪的《无题》，这类自抒胸臆的作品更显沧桑，语言也通透顺达许多，同时不忘以情为主导，即选取合适的意象拓展诗境，在有限生命与无限时空之间的失衡的常恨之间寻找精神的平衡，倒可以寻得些杜诗的痕迹。

黄侃近体诗的语言有意骈化，颔联颈联的对仗颇可圈点，如"落梅点头资朝雪，垂柳扶腰借晚风""江南芳草常盈路，塞北寒梅独恋枝""柳丝榆叶添新韵，云态烟光豁困眸"等，不落前人窠臼，有"后人何必怯争锋"之识，此不赘述。不过在诗体范畴内，他也辩证地看待文与质之间的作用和互动关系，虽然文质属于诗歌批评的经典话题，但不妨参看其说，兹录于下：

> 俚诗有全篇俚者，有数句一句俚者，有数字一字俚者。"平生所娇儿，颜色白胜雪。见爷背面啼，垢腻脚不袜。"此俚语叙真情之佳者也。"斜阳古柳赵家庄，负鼓盲翁正作场。死后是非谁管得？满村听说蔡中郎。"此俚语叙俗事之佳者也。"折得荷花浑忘却，空将荷叶盖头归。"用鄙语而佳。"春心莫共花争发，一寸相思一寸灰。"道闲情而佳。"斫却月中桂，清光应更多。"写景而佳。"夜来春睡浓于酒，压褊佳人缠臂金。"体物而佳。"意态由来画不成，当时枉杀毛延寿。"咏古而佳。"山鸟不知红粉乐，一声檀板便

惊飞。"俚谑而佳。诗用俚言，不必遂不佳也。然而语言文字者，诗之表也；情志学识者，诗之质也。质果美，则表虽不文，无伤，然且益之以文，不愈章龙虎藻蔚之美乎？陆士衡曰："诗缘情而绮靡。"缘情者，质也；绮靡者，文也。后世诗人雅而不艳者有矣。至乃文质两丧，徒以伧父之语被之讴吟，以此为诗，不亦远乎？历观古来俚语入诗，名篇绝尠。卢仝《咏茶》，孟郊《铜斗》，白傅之《上阳白发》，仲车之《大河上天》，或见称传，终非雅弄。又况酒讦伤多，花开鲜翠。从教则云遮莫，不愈或易不斟，苍鹘、参军，不详原起，江豚、苦笋，只记乡风。时地一更，弥老笺诂，是则当时取其滑易，后世病其聱牙。岂独郝隆婳隅，谓之佳谑；越人滥抃，尚费象胥哉！且诗者，志也。志无可取，则不须虚讬歌呼。又诗者，持也。义无所持，则不足垂之久远。此虽篇什之公律，而俚诗则违此特多。故翻《击壤》之编，竟体有少孙之腐；览诚齐之集，累章皆下里之音。颜介有言："必乏天才，勿强操笔。"又何必微吟蚓穷长，枪鸱枋；空染烟墨，以扇浇薄哉！（《感鞠庐日记》壬戌八月，三日）[1]

黄侃从巧用俚语入诗的角度来谈诗之"质"，即情感与学识，又反举一些文质两丧的案例以示不可取处，批评过于追求"文必己出"而偏移古典诗歌根基的诗法，难以成就经典之作。通过这段文字也可看到，黄侃并非一味追求"文"，在情感真实充沛、才学也足以支撑的情况下，文笔稍弱也能说得过去，所谓的"雅而不艳"，大概是说那些以学识来弥补诗才的做法（参照沈曾植的风格追求），相反他更不能容忍丢失"质"的诗歌。延续陆机之说，诗缘情是"质"，绮靡为"文"，排除了宋诗明道言理的功能，黄侃引此或有意强调时人"积典故发议论"也不可取。最后他从声训的角度总结道，"且诗者，志也。志无可取，则不须虚讬歌呼。又诗者，持也。义无所持，则不足垂之久远"。虽然季刚没有直接给出文与质孰胜的结论，但可以推测"质"作为诗之根本，

---

[1] 黄侃：《黄侃日记》，中华书局2007年版，第192—193页。

还是略优先于文。黄侃此说与胡适"以质救文"说的出发点其实颇为相似，胡适早期论文也多用质文代变理论介入新旧文学的比对关系之内，"今日文学大病在于徒有形式而无精神，徒有文而无质，徒有铿锵之韵貌似之辞而已。今欲救此文胜之弊，宜从三事入手：第一须言之有物，第二须讲文法，第三，当用'文之文字'时，不可避之。三者皆以质救文胜之弊也"（《逼上梁山——文学革命的开始》）[1]，可见强调质的优先性不分文学阵营。在这种文学观念的影响之下，量守庐诗的辞藻虽有骈俪之形，但大部分作品终究还是回归情、志，即为表现"质"而服务。这也足以解释他的古体诗——纵笔骋情，甚至不妨以文为诗，来宣泄胸臆。

不过也需注意，黄侃并不一味排斥宋人。虽然他对欧阳修的评介过严，直呼其"诗家之异产"，但读宋人诗并非没有感触，读苏轼、黄庭坚常觉得"有味"，并在日记中举苏轼篇目近百首，大部分是写景古体，"凡文不能序事，诗不能写景，必不能成家"[2]，他所批判的是同时代学宋诗人暴露的诗弊。因此不论效法唐人与否，更重要的是文质兼取，这种策略也能在其论骈散关系的情境中得到印证。

三、纷争：风格的消解与重建

黄侃的诗论与诗法与当时宗宋派的诗家确实存有差异，除了从唐人那里借得救宋之法以外，汉魏六朝诗也是他早期古体创作的参照。这也导致量守庐诗总体风格呈现出"混沌"的样态，况且闵乱忧生、批判时政的政治抒情诗夹杂了大段议论，或过于直抒胸臆，凭借以文为诗的手笔，于古体格外显著，近体也掺入颇多口语，略有些不精致；后期诗歌也喜爱夹带典语，略显生涩，但不及宗宋诗人。所以从传统风格论的角度较难界定黄侃诗之成就，钱仲联先生直接论道，"诗故渊雅，然亦赝体八代，无真面目"[3]，汪辟疆也认为"反不如旧作清绮可诵"，要之，难以得到比较统一的评价。但也存在另一方的声音，严迪昌先生作

---

[1] 何卓恩编：《胡适文集 自述卷》，长春出版社2013年版，第213页。
[2] 黄侃：《黄侃日记》，中华书局2007年版，第330页。
[3] 钱仲联：《近百年诗坛点将录》，《梦苕庵论集》，中华书局1993年版，第372页。

《忧生悼世感无端——读黄季刚先生诗稿》即从传统诗体革新的角度对其加以肯定。不排除严迪昌与黄门存在师承关系，不过文章例证翔实，足够自圆其说，且严迪昌发掘出许多超越个人诗集的诗学价值，或对学人之诗、现代旧体诗的评判标准有所启示。据严迪昌总结，其一，诗有真情，故能为真诗，"有情始有诗，有真情则为真诗，能具至情，则必为可传之诗"[1]，这一点自季刚诗论化来。其二，身为学人却不以学入诗，"尤可称道者，先生虽博闻强识，学富五车，然其诗较少近三百年来学人之诗'错把抄书当作书'，即以腹笥充斥韵语，致使真情汩没难见之病"[2]，此结论道出了黄侃于学人诗的特殊贡献，即与其他学人不同，其诗继承风骚传统，与辈分稍长的沈曾植所崇尚的"雅人深致"互为对立，二者也可类比于唐、宋诗学范式存在的差异。对于前人逐步构建起来的以学为诗、以学入诗的学人诗系统，黄侃又作为"反传统"的角色而存在，也是一个颇有意思的现象。其三，不求门派，"更无清代'自咸同以来，言诗者喜分唐宋，每谓某也学唐诗，某也学宋诗'（陈衍《石遗室诗话》卷十四）出主入奴之习气"[3]，即是说其诗无明显的参照样板，即以往的参照体系不足以完全概括其诗的全部特征。在此，严迪昌借陈衍之说批评传统的批评方式，实际上变相肯定黄侃不屈服于传统的独立特质，分门别派也恰巧为黄侃所不喜，不论针对诗或是文，某种程度亦是追求风格的"独立"。第三点是围绕量守庐诗发生的争论，严迪昌欲将其近似缺点的特征变为长处，并后续补充道："惟真诗人始有真诗说，惟具真见识乃得真诗心。戊午年正值'五四'新文学崛起前夕，旧体诗之所以能于矫枉过正之新文化激荡冲击之后，仍具活力，延续不绝，愚以为除却旧体诗本身自有之生命力外，实与精娴旧体而复卓具特识之诗人如先生等辈躬自实践，'流泉'常在则'妙音'不绝有关。先生诗说与黄公度等'诗界革命'诸老所提主张，相近相通。旧体诗更新，当着重'意'与'情'之开掘，不在于新名辞、洋事物之类列

---

[1] 张晖编：《量守庐学记续编：黄侃的生平和学术》，生活·读书·新知三联书店2006年版，第225页。
[2] 同上。
[3] 同上。

也。'旧瓶装新酒'，所装必为酒，酒则以醇冽芳香为上，失其醇美，瓶虽古雅，斑驳陆离，更无人饮之矣。以此而言，旧体诗之推陈出新，先生所论似较为实在，此观之于近十年诗坛情势，略可知之。"[1]此说自破除门派展开，继而论旧体诗之演进方向，从龚自珍到诗界革命再到当代创作情况，足见严迪昌的诗史眼光与认知深度——围绕近代诗坛所提倡的"真诗"来评介旧体诗更新过程内的诸多现象——或许是他在尝试构建新的批评方式，也是他从黄侃的实践中提取出的重要价值。黄侃所寻求的"不变之物"，传统的批评话语表达为文与质，且质为根基，文亦不可缺（否则不成为诗，与章太炎泛文学观不同），而到近代诗学话语中则过度为"真诗"（陈衍关于真诗的讨论此不赘述），从内涵与逻辑的相似上确实有共通性。

　　但也不应回避，量守庐诗确实给人以"好之不专"的印象，即便不以唐、宋甚至汉魏区分之，也很难单独概括出某种独立的个性，前人总结的醇厚真率、悲慨激荡、绵密流转等叠加一处，相互之间没有太多交集。或许也与诗人前后的革命、治学生涯的经历反差较大有关，以及早期章太炎好古的影响也能在黄侃身上体现。但可以看出，无论在哪一种"风格"里写作，黄季刚都十分用力，用力模仿，又用力将自我之生命感悟以模仿形式呈现，从中以求创新，难掩诗才。黄侃作为一位极富才情的诗人无可争议，各体兼备足见诗功之厚。与其他学人之诗的"雅人深致"相比，季刚诗的"骚人"风范更多表现在语词之间的疏朗以及情性之真醇。疏朗即在用典较少的情况下，表达意义的过程大多通顺畅快，又喜用活字即虚字缀连意象和意义，词句间不过于滞重，即"活字斡旋"（《鹤林玉露》），纵使对偶成篇的诗歌，也很少过于跳跃。如《早秋》"重露高枝蝉欲休，凉风深院燕还留。清砧渐起初遥夜，依旧空床敌素秋"，"欲""还"道出夏末迟迟、初秋欲至的延滞感，句间又用"依旧"串联，强调了时间流逝与季节变换加深的孤独感。黄侃时常将自我代入诗歌，故景物之中常有"我"，或就是"我"眼中的景物，即吉川幸次郎所说"在唐诗，尤其是五言七言的律诗中，即便是吟

---

[1] 张晖编：《量守庐学记续编：黄侃的生平和学术》，生活·读书·新知三联书店2006年版，第226页。

咏人事的场合，自然的风景也总是作为与人的感情同调或相反的东西被点出来"[1]，书写对象服务于情感的走向，故少有阻滞，模仿李商隐的诗虽然用典增加了晦涩，但也不偏移过多。真醇则在畅快表达的基础上自然流出，作为评价真诗的标准之一。黄侃的真诗符合近代诗学语境中提出的要求，即建立在反映现实的基础上言志抒情，他自己概括为"雄心丽想"，继承国风传统，抒写情志，其中闵乱忧生主题诗的思想价值尤高，严迪昌均作阐述，故不赘述。季刚"真诗"的基本要素即此。或许他在兼采百家的过程中找到了不同情绪的表达方式，尝试以不同的书写范式表达升沉哀乐，便不特意为自己设限。更何况，诗为"古人早已攫去"[2]之物。

　　文学演进的过程中势必会有所摒除与创新。《文心雕龙·通变》曰"变则其久，通则不乏"，即解释了文学发展的生命力所在。晚清民国之旧体诗也与历史上的任何时期一样出于诗歌通变的演进历程中，不同于以往即处在逐步构建的现代语境，还需面临去留存亡的问题。旧体诗内部革新的步履不停，前人留下的参照范式或也成为制约之框架，诸多求变的尝试中出现了黄侃这样的挑战者，试图在传统内突破传统禁锢，继龚自珍与诗界革命派后书写时代之"真诗"。他的探索中也不免暴露一些问题，即与解构同时发生的建构体系尚不成熟，故传统批评话语较难进行定位，但不可否认其诗的思想与艺术价值。黄仁生师《中国文学古今演变研究绪论》认为打通古今的文学研究突出"演变"问题，有助于我们把握中国文学发展的轨迹、推进中国古代文学与现当代文学研究、凸显中国文学前进的方向，更有一点即"为我国当前文学在经济全球化背景下与时俱进提供借鉴与参照系数"，黄侃诗"反传统的传统"现象与纷争或可为"参照"的助力。

【作者简介】　复旦大学中国古代文学研究中心博士研究生。

---

［1］［日］吉川幸次郎著，李庆等译：《宋元明诗概说》，中州古籍出版社1987年版，第39页。

［2］张晖编：《量守庐学记续编：黄侃的生平和学术》，生活·读书·新知三联书店2006年版，第225页。

"我非诗人",何以可能

——浅论老舍的人文精神构建与诗歌实践审美向度

王巨川　高嘉文

【摘要】　老舍自1930年回国至1940年抗战的十余年间,其诗歌理念逐渐完善成熟,在诗歌写作方面也获得了量质齐升的成就。与此同时,他又常常表达出一种"不自信"的态度,与胡适曾"发奋读诗、写诗,想要做个诗人"的态度相反,公开表示自己"没有诗的天才",强调"我非诗人"。在这一过程中,实则隐含着老舍面对现代新旧思想冲突、社会复杂文化语境的无奈和期待。其内在原因,既与老舍对中国传统文化思想及古典诗人诗作的接受认知有关,也与现代诗坛新旧阵营间的话语矛盾和观念冲突有关。本文从老舍"我非诗人"的语境入手,深入考察老舍在对传统文化的汲取、接受以及人文精神构建过程中是如何转化为思想资源的。进一步分析抗战时期老舍通过诗歌写作,深刻地表达出自我的本真人格、家国情怀及其爱国主义诗歌的审美向度。

【关键词】　新诗　旧体诗　人文精神　本真人格

1926年9月,在英国旅居工作的老舍得知胡适已抵达英国便诚恳地写了一封信,信中说自己"刚写成一部小说,想求先生给看一看",认为"小说写得非常可笑,可是,是否由滑稽而入于'讨厌',我自己不知道"[1]。有心求教的老舍并没有得到回复[2]。然而在信里可以看到,以

---

[1]　老舍:《致胡适》(1926年9月30日),见《老舍全集》(第15卷),人民文学出版社2013年版,第461页。

[2]　梁实秋在《忆老舍》一文中说:"胡适先生对于老舍的作品评价不高,他以为老舍的幽默是勉强造作的。"此语想必是有根据的,所以当老舍给胡适写信后没有得到回信也属正常了。笔者检阅了老舍和胡适的相关日记书信,发现老舍和胡适之间此后就再也没有信件往来。

“写着玩玩”[1]心态初入文坛的老舍对自己并没有十分的信心，不确定“滑稽”的写作风格是否会得到认可。也许老舍并没有意识到，日后他会成为中国著名的幽默作家。从《老张的哲学》到《猫城记》的陆续发表，老舍小说的幽默文风被逐渐认可。1932年有人评其小说“幽默有趣”[2]，并被授以“幽默家”“笑王”“幽默圣手”“中国幽默的先进”“中国幽默作家”[3]等称号。事实上，“老舍的才华是多方面的，长短篇的小说，散文，戏剧，白话诗，无一不能，无一不精”。[4]在诗歌方面，老舍同样有着不斐的成就，并且显现出与小说戏剧创作不同的精神气质和审美向度，让人越发感受到“老舍先生留下的财富是不可估计的”[5]。本文对老舍诗歌成就的考察[6]，一方面可以再次证明老舍“有诗的天才”和“一颗诗的心”，还原其诗歌作品在现代诗歌历史中的价值和意义；另一方面，通过对老舍诗歌写作源头的辨析和诗歌意义内涵的理解，深入探讨“我非诗人”话语背后隐含的现实问题，可以进一步了解老舍所具有的丰富多元的精神世界。事实上，在“我非诗人”的话语背后，隐含着老舍早期人文精神建构过程中的文化认同，表达出老舍“绝不仰俯随人”的本真人格，蕴含着老舍的家国情怀与忧患意识。

一、“我非诗人”：本真人格呈现与文化身份选择

老舍自1919年4月开始发表诗歌至其1966年8月离世，一生创作400余首新旧体诗歌作品，其中尤以1940年代为其诗歌写作高峰时期。

---

[1] 老舍：《我怎样写〈老张的哲学〉》，载《宇宙风》1935年第1期。

[2] 参见《时代日报》1932年12月12日。

[3] 时任北平《学生画报》记者陈逸飞称老舍为“笑王”，1930年5月26日日记，参见《老舍全集》（第15卷），人民文学出版社2008年版，第469页；准：《老舍的哲学》（上），载《益世报》（天津版）1933年11月5日，第十版；郭世杰：《幽默的老舍》，载《时代日报》1936年2月2日；无聊斋主：《中国幽默作家老舍》，载《社会日报》1934年11月23日，第二版。

[4] 梁实秋：《忆老舍》，见《梁实秋散文集》（第6卷），时代文艺出版社2015年版，第166页。

[5] 舒乙：《我的父亲老舍》，见《文学教育》（下）2015年第9期。

[6] 老舍一生所作诗歌数量因许多未有留存，已无法统计具体数字，目前可见的有旧诗334余首、新诗80余首和散文诗2首。见张桂兴《谈老舍的旧体诗创作》（代序），《老舍旧体诗辑注》，中国国际广播出版社2000年版。

而现代诗坛对老舍"诗名"的遮蔽，一方面如臧克家所言"为他的小说、戏剧所掩"，一方面也是由于老舍的"低调"态度，不然"单凭他的诗创作，也可以立足在诗的园林而且颇为挺秀"[1]。

这是臧克家在1983年8月为《老舍新诗选》所写序言中的评价。事实上，也正是这篇序言才真正引起学界对老舍诗歌的关注。同时，笔者也发现一个有意味的问题，臧克家在序言中毫不掩饰地坦承自己"眼光浅陋，不识老舍。他发表新诗，至少比我还早一年"，认为老舍"确乎无愧于新诗人这顶桂冠"，赞誉老舍的旧诗"写得隽永有情味"，而且"句句动我心"。然而他同时也说自己对老舍的诗歌"知之甚少，或完全无知"，这让人很费解。因为老舍早在1933年曾写过文章评论臧克家的诗集《烙印》发表在《文学》第1卷第5号上。臧克家也说："得到老舍的垂青，并在《文学》月刊上加以评论，当时我既感激，又有点吃惊。"而且1935年臧克家与老舍有过共同编辑青岛刊物《避暑录话》的交往经历[2]，20世纪50年代任《诗刊》主编时也不止一次向老舍约写诗歌文章。那么，臧克家为何在序言中说自己"孤陋寡闻"而不知道老舍写的这些诗作呢？又如何解释这个问题呢？

笔者想到老舍在多篇文章中表达的作诗态度，发现这是很有意思的话题。最早以诗歌写作走上文学之路的老舍[3]，为什么在文章中说自己

---

[1] 臧克家：《老舍先生的新诗——序〈老舍新诗选〉》，见老舍《老舍新诗选》，花山文艺出版社1983年版，第1—2页。

[2] 据王余杞回忆，1935年受《青岛民报》社杜宇和刘西蒙约请办刊一事，"杜和刘请吃饭，参加的有老舍、洪深、王统照、赵少侯、臧克家、吴伯箫、王亚平、孟超和我。"见《忆〈避暑录话〉》，常连霆主编《山东党史资料文库》（第5卷），山东人民出版社2015年版，第808页；臧克家在1947年和1982年也专门谈编辑《避暑录话》的事情，其中谈起他到青岛第一个见的就是"老舍兄，我们在信件上已有过两年的交往，人却是第一次见"，编辑《避暑录话》之后，"每次出刊之前，大家聚餐一次，一面碰杯，一面畅谈，一面凑稿子……老舍先生也能喝几杯，他酒量不大，但划起拳来却感情充沛，声如洪钟"。见臧克家《臧克家全集》（第5卷），时代文艺出版社2002年版，第103、390页。

[3] 老舍最早的诗歌创作始于1917年至1918年，有《过居庸关》等九首，发表于1919年4月的《北京师范校友会杂志》第1期"文苑"专栏；最后一首诗写于1966年4月，为王莹书画题赠："小住郊园百病除，西山爽气入蓬庐。风香云暖松阴外，细读人间革命书。"见谢和赓《老舍最后的作品》，载《瞭望周刊》1984年第39期。老舍夫人胡絜青在《老舍诗选》前言中说："老舍不是诗人，但他爱诗，也常常写诗。他写新诗，也写旧体诗。旧体诗比新诗写得多，而且写得好些。"胡絜青、舒乙：《散记老舍》，十月文艺出版社1986年版，第227页。

只有“极闲在”的时候才会写“不像诗的诗”[1]，并多次强调自己不善作诗、没有诗才，明确表示“我非诗人”呢？这种与事实相悖、有意回避诗人身份的态度，多少让人感觉老舍在诗歌写作方面存在着“自卑感”。相反，老舍对小说写作的态度却从不“遮遮掩掩”。早在1937年，老舍就把“自评作品——打《老张的哲学》说到《牛天赐传》题名《老牛破车》结集出版，专门“谈点作小说的技巧”[2]，俨然是小说创作名家的姿态。老舍自己说，“开始写小说的时候，我虽不知何谓小说，可是文字已相当的清顺，大致的能表达我所要说出的情感与思想。论年纪呢，我已廿七岁，在社会上已作过六年的事，多少有了一点生活经验，尝着了一些人间的酸甜苦辣。所以，我用不着开口‘呐喊’，闭口‘怒吼’的去支持我的文字。我只须用自己的话，说自己的生活经验就够了”。[3]是的，小说写作凭的是“生活经验”，而诗歌却不仅仅有生活经验就够了，这是不是老舍对自己的诗歌不自信的原因呢？是因为“诗最难，诗也最容易，我们要当心”[4]的谨慎，抑或是因为“没有格式管着，写着写着就失去自信么？”[5]具体考量老舍在现代时期的诗学理念和诗歌写作，显然还有更为深刻的内在原因。

“我非诗人”，是老舍在1941年“诗人节”演说中的公开表态：“青年朋友们每问我怎样作诗，我非诗人，不敢置答。”[6]这一次的表态似乎很坚决。因为在此之前，老舍在其他文章中也曾表达过类似的态度，比如1934年9月老舍在《鬼曲》一诗的“后附说明”中不无疑虑地自问：“我能作诗吗？我不知道。”[7]在1941年1月的《三年写作自述》中又说：“在战前，我只写小说与杂文，即使偶尔写几句诗，也不过是笔墨的游戏而已……我有没有诗的天才？绝不出于谦虚客气的，我回答：没

［1］老舍：《三年写作自述》，载《抗战文艺》1941年第1期。
［2］老舍：《老牛破车·序》，人间书屋1937年版，第1页。
［3］老舍：《闲话我的七个话剧》，载《抗战文艺》1942年第8卷第1、2合刊。
［4］老舍：《怎样学诗》，载重庆《国民公报》（诗人节特刊）1941年5月30日。
［5］老舍：《〈剑北篇〉附录——致友人函》，载《老舍旧体诗辑注》，中国国际广播出版社2000年版，第355页。
［6］老舍：《怎样学诗》，载重庆《国民公报》（诗人节特刊）1941年5月30日。
［7］老舍：《鬼曲》（关于这点诗的说明），载《现代》1934年第5期。

有。"[1]十多年后,老舍仍然说:"我到现在还没成为诗人!"[2]在臧克家向他约稿后回信说:"我没有诗才,不但不敢写诗,而且连诗也不敢谈。"[3]即便老舍去世后,他的夫人胡絜青仍坚持认为"老舍不是诗人"[4]。这不禁让人疑惑,对于已经成为著名作家的老舍,为何偏偏对自己的作诗能力和诗人身份有着如此执着而矛盾的态度?

老舍因小说而名世,然而他最早的写作却是写诗。早在他十六七岁时就在1919年4月的《北京师范校友会杂志》第1期上发表了9首旧诗,比他第一篇小说《小铃儿》[5]的发表还早四年。时隔十余年[6],老舍在1931年发表的《一些印象》(三首)仍可看出他对于旧诗写作的娴熟,其中"多少春光轻易去? 无言花鸟夜入秋。东风似梦微添醉,小月知心只照愁"(一)、"花比诗多怜夜短,柳如人瘦为情长。年来潦倒漂萍似,惯与东风道暖凉"(三)等诗句信手拈来,意象丰满奇崛,韵律一气呵成,展现出老舍的诗语天赋与古文功底。后来在国难当头、民族危亡的抗战时期所写的许多诗作也都有出色表现,且佳作迭出,如旧体诗《〈论语〉两岁》《流亡》《述怀》《北行小诗》《潼关炮声》《谒沔县武侯祠》和新体长诗《成渝路上》《剑北篇》等篇什,其中蕴含着深厚的古典气息、娴熟的语言功力和独到的审美感受。

那么,老舍在诗歌耕耘不辍中的质疑与否定就绝非是"谦虚"的

---

[1] 老舍:《三年写作自述》,载《抗战文艺》1941年第1期。

[2] 老舍:《当作家并无捷径》,载《中国青年》1956年第5期。

[3] 老舍:《谈诗》,载《诗刊》1957年5月号。

[4] 胡絜青:《老舍诗选·前言》,载《大地》1981年第3期。

[5] 短篇小说《小铃儿》1923年发表于《南开季刊》第2、3合刊号,署名"舍予"。对于这部作品,他仅有的两次谈起,都透露出对这部短篇的不在意,在《我为什么写〈老张的哲学〉》中说:"除了在学校里练习作文作诗,直到我发表《老张的哲学》以前,我没写过什么预备去发表的东西,也没有那份儿愿望。不错,我在南开中学教书的时候曾在校刊上发表过一篇小说;可是那不过是为充个数儿,连'国文教员当然会写一气'的骄傲也没有。"见《宇宙风》1935年第1期;在《我怎样写短篇小说》中开篇就说:"我最早的一篇短篇小说还是在南开中学教书时写的;纯为敷衍学校刊物的编辑者……这篇东西当然没有什么可取的地方,在我的写作经验里也没有一点重要,因为它并没引起我的写作兴趣。"见徐沉泗编:《老舍选集》,上海万象书屋1936年版,第1页。

[6] 老舍从1919年到1930年回国期间虽然没有诗歌发表和留存,但并不说明他在此期间没有写作诗歌。

态度那么简单了。或许有研究者会认为，诗歌对于因小说名世的老舍而言只是"极闲在"的自遣方式，他自然不会屑于诗人的名号。不过在笔者看来，老舍在诗歌写作行为与公开态度之间的矛盾、犹疑心态仅仅是一种表象的事实和理解的偏见。老舍既然能够坦然接受小说家、著名作家、幽默大师等名号，又何必在乎再多一个"诗人"的名号呢？这自然与当时的文化语境有关，与老舍对现代诗坛乃至现代诗人的认知有关。从这一视阈观照"我非诗人"的话语内涵，自然就会发现丰富的阐释空间和深刻的理解范畴，而揭示话语背后隐含的深层内涵，即老舍对中国诗歌的理解、认知以及面对新/旧冲突时的文化选择，而这也是追索老舍精神世界的丰富与文学空间的多元的路径。

首先，老舍基于对传统文化和古典诗学的认知，对自古以来"压尽三公况九卿"（杨万里）的诗人有着极高的推崇，同时对现代诗坛及其诗人也有着自己清醒的理解，认为真正的诗人"非谓在技巧上略知门径之诗匠"，他说：

> 诗人在文艺上固须有所表现，其为人亦须与诗相配备。诗所以彰正义、明真理、抒至情，故为诗者首当有正义感，有为真理牺牲之勇气，有至感深情支持其文字。诗若是天地间浩然的正气，诗人也正是此浩然正气的寓所，只凭排列平仄，玩耍文字，而自号为诗人，则既不成诗，复不成人，号称什么诗人？有人于此，终身不为一韵语，而爽朗刚正，果敢崇高，有诗人气度，即是诗人。反之，其为人心地狭浊，而终日填词制律，以猎虚名，或以干禄，是诗匠诗贩，非诗人也。[1]

这是老舍对中国文化和中国诗人的态度，也因此认为作诗与做人是一致的："一个真正的诗人，必是手之所指，目之所视，都能使被指的被视的感到温暖。诗人是一团火，文字，言语，行动，都有热力；若只在纸上写些好听的，而在做人上心小如豆，恐怕也写不出最光伟的

---

[1] 老舍：《诗人节献词》，重庆《新蜀报》1941年6月30日。

东西。"[1]可见，老舍对"诗人"有着极高的认同和要求，他在传统"言志""缘情"诗观的基础上赋予了诗人更为具体的本质责任与人格温度，希望诗人的本真人格与诗格诗心相统一，而非仅仅是"我手写我口"（黄遵宪）、"有什么说什么，要怎么说就怎么说"（胡适）的口号，如此才会让诗人有着"一团火"的热力和创造力，因为"诗的一切是创造的……诗的成立并不在乎遵守格式与否，而是在能创造与否"。[2]

从老舍的话语中不难看出，他在努力让自己成为"一个真正的诗人"，并在诗歌写作中做到人格与诗格的统一。一般来说，要想做到本真人格与作品写作达到绝对的统一是非常困难的，它并非关乎诗人的主观愿望。因为个体生命的本真人格是主体意识与潜意识——主观与客观的相统一。在心理学角度来看，人格分为"外倾"和"内倾"（主观和客观）两种相互排斥的类型，它们在人的主体意识与潜意识之间一定是互为排斥的，这是生命个体双重人格倾向的基本特征[3]。比如白话诗倡导者胡适表现出的"中国的我"（主观/意识）和"西洋二十世纪的我"（客观/潜意识）的双重人格特征[4]。对于老舍而言同样很难做到做人与作文的绝对统一[5]，或许正是因为"难"才是老舍所追求的。如果说老舍小说是以"幽默"的外衣来掩盖其内在的"悲观"，那么他的诗才是最能显现其本真人格的书写方式。也正是基于他对诗人主体完美的追求、作品"文调"的在意，才让他能够在具体写作中打通传统与现代、国家与民族、中学与西学和新诗与旧诗之间的壁垒。

老舍在推崇诗人的同时，也注重诗人所创造的"文字"，因为老舍理解的"文字"不仅是诗歌创造中最重要的部分，更是中华文明延绵不绝的重要承载体，其中蕴含着中国人的精神价值尺度、生命情感底线

[1] 老舍：《参加郭沫若先生创作二十五年纪念会感言》，载《时事新报》"青光"1941年11月21日。
[2] 老舍：《文学概论讲义》，见《老舍全集》（第16卷），人民文学出版社2008年版，第75—82页。
[3] 参见荣格的《心理类型学》，华岳文艺出版社1989年版，第399—495页。
[4] 王巨川：《胡适诗学论：双重人格与二元诗格》，载《中国社会科学院研究生院学报》2010年第2期。
[5] "竟把昆明当汨罗，长辞亲友赴清波"的王国维，以及决绝投湖的老舍，他们以自己的生命显示出生命个体是可以做到非双重人格的。

和本真人格气度。诗人创造的诗歌"是以感情为起点，从而找到一种文字，一种象征，来表现他的感情"，"诗是不容把感情，思想，与文字分开来化验的……它是感情找到了思想，而思想找到了文字"。[1]人们"读了文字，也读心情，看不出文字与心灵的分歧处。文字是工具，是符号；思想感情是个人的，是内心的。文字通过心灵的锻炼，便成了个人的"[2]。这或许也是老舍认为诗人所应具有的"温暖"和"热力"所在，诗歌写作是蕴含着本真人格的创造与思想的融合，也就是人格与诗格的协调一致。

其次，现代时期的新旧、中西文化的冲突语境，以及新文化人对传统文化与旧诗的态度也影响着老舍的选择。

自新文化运动以降，许多新文学家都曾或显或隐地表达了对新/旧诗歌的态度，而态度的表达又是决定他处于何种立场的问题。即便是文坛巨擘鲁迅，在面对新旧诗的时候也都无奈地表现出暧昧不清的态度[3]。这在某种程度也代表了大部分新文化人的态度，特别是对于新旧文化交替和社会转型中的知识分子或作家们，他们在处理新旧文化、中西思想之间的冲突时大多会有一种矛盾的心理。这是因为，具有象征意义的白话诗运动不仅使现代中国多了一种白话诗的形式，而且掀起了一场轰轰烈烈、声势浩大的文化革命运动。白话诗与古典诗的交锋实际上也是现代与传统、西学与中学的交锋，当白话诗占据诗坛的主导地位后，那些坚守传统文化并坚持创作旧诗的人多半被批为"选学妖孽""桐城谬种""文妖"，而那些胜利的"弄潮儿"在大潮过去后许多人又像鲁迅一样"勒马回缰做旧诗"，选择"公开反对，私下认同"的双重态度。现在看来，当时大多数的新旧文化人对"诗人"的身份都有着谨慎面对的态度，而我们的文学史中的那些大诗人形象，多半也是出

---

[1] 老舍：《文学概论讲义》，见《老舍全集》（第16卷），人民文学出版社2008年版，第131页。
[2] 老舍：《论创作》，载《齐大月刊》1930年第1期。
[3] 鲁迅在《集外集·序》中说："我其实是不喜欢做新诗的，——但也不喜欢做古诗，——只是那时诗坛寂寞，所以打打边鼓，凑凑热闹；待到称为诗人的一出现，就洗手不作了。"在1934年10月13日《致杨霁云》信中说："我平常并不做诗，只在有人要我写字时，胡诌几句塞责，并不存稿。"

自于史家们的文学想象和精神建构。

那么，老舍面对现代诗坛纷繁复杂的话语斗争又该如何选择呢？作为"中国最后一代传统的知识分子"[1]中的一员，老舍对"诗人"这一身份则显得更加谨慎和小心，并且有意识疏离诗人的身份，既不接受他人赋予的"新诗人"名号，也不承认自己是旧诗人，索性就说"我非诗人"。现在看来，也不失为一种聪明的选择，因为现代新旧诗人身份在某种意义上也体现了新旧文化营垒的选择，而同时创作新旧体诗的老舍自然是两面都不会讨好。一方面，老舍对旧诗有着深切的情感认同，但又与当时主流文化语境之间存在着无法调和的冲突。在以"死文言决不能产出活文学""文言不易达意"以及"律诗更做不出好诗"[2]的反传统、反旧诗语境中，老舍的旧诗自然不能得到新文化人的认可。笔者揣度，以小说名世的老舍或许无意参与新旧文化阵垒的论争。所以我们看到老舍对新旧体诗的讨论话题，也尽量以客观公正、不偏不倚的方式表达自己的观点，并且以"我非诗人"来暗设隐语。在《怎样学诗》中他说："诗最难，诗也最容易，我们要当心……作诗似乎比散文还省着点力气；诗就多起来，诗可也就不像样子了。学旧诗的知道了规矩便可照式填满，然而这只是'填'，不是'作'。喜新诗的便连规矩也不必管，满可以不假思索，一挥而就；然而是诗否，深可怀疑。"[3]这种批评显示他的诗观态度与当时的新旧诗人并不尽相同；另一方面，老舍清醒地知道自己的新诗不可能与"中国新诗人"们比肩[4]，所以他说"我本非诗人，故决不怕你们诗法高明，夺去我的饭碗"。[5]事实也如此，被赞

---

[1] 钱理群在《周作人传》中提出了"中国最后一代传统的知识分子"的命题，认为这一命题有着"双重的含义：这一代人既感受到了传统文化的没落与腐朽，又最后一次直接领悟着缺乏系统的传统教育的几代人所无法感受的传统文化的内在魅力"。见钱理群《周作人传》，北京十月文艺出版社1992年版，第4页。

[2] 欧阳哲生编：《胡适文集》（2），北京大学出版社1998年版，第47、77页。

[3] 老舍：《怎样学诗》，载重庆《国民公报》（诗人节特刊）1941年5月30日。

[4] 老舍在回国后曾下功夫写了许多新诗，这些诗后来以《老舍幽默诗文集》为题由时代图书公司于1934年出版。其中包括《救国难歌》《恋歌》10首，大多诗作都展现了俏皮幽默的语言风格和针砭讽刺的内容。

[5] 老舍：《怎样学诗》，载重庆《国民公报》（诗人节特刊）1941年5月30日。

誉为"既是颂赞祖国大好河山的歌，又是颂赞民族传统文化的歌"[1]的叙事体新诗《剑北篇》发表后虽产生广泛影响，但也有人表达了对"老舍先生的忽儿写剧，忽儿写诗，实在有些不敢苟同"的态度，认为读了之后"瞧不出他是在作诗，而还是在写小说……句子，情感都是冻结了的"。[2]罗常培后来总结说："抗战以来的作品，还得算《剑北篇》魄力最大——虽然有人说：'It is anything but poetry.'……总之，老舍这22年的创作生活，文坛上对他毁誉参半，毁之者大多是文人相轻，誉之者也间或阿其所好。"[3]足以见出诗坛语境和文人关系的复杂性。

虽然"旧体诗与新诗、文言与白话有各自的适应性"[4]，但五四新文化运动影响下的大多数新文化人对传统文化、旧体诗词的态度已不仅仅是文学文体的问题，而是思想问题乃至政治问题。即便是文坛巨擘胡适、鲁迅、郭沫若、茅盾等人在公开表态中也多半强调旧诗只是自遣的方式，很少有人会把旧诗拿出来发表，鲁迅的旧诗在《大同报》上的发表也是基于东北沦陷区的文化语境使然[5]。茅盾后来曾说："谈到诗，我向来提倡写新诗，不主张青年学旧体诗，但作为个人的爱好，却也有时口占几句，聊以志感。二三十年代，随写随丢，都散佚了。抗战时在桂林，与亚子等友人吟咏唱和，才得稍有保存。现在看来，那时写的旧体诗倒比我在桂林写的其他文章更显露了自己的情感。"[6]梁实秋所写老舍的文字中也可窥见一斑："老舍自从离开北碚，感情生活即不平静，心情苦闷，所以以旧诗自遣，为什么不能以新诗自遣呢？此中必有道理。"那么，是什么道理呢？是老舍所说"新诗过难，未敢轻试"么？[7]梁实秋在文中努力寻找新诗之传统文化资源的同时，却又简单地把新文学家写旧诗的活动理解为"新文艺作家纷纷写旧诗遣怀，大概是因为旧诗比

［1］关纪新：《老舍评传》，重庆出版社1998年版，第326页。
［2］鲁阳：《谈老舍写诗》，载《青年文学月报》1944年第2卷，第16页。
［3］罗常培：《我与老舍——为老舍创作二十周年》，见《中国人与中国文》，开明书店1945年版，第120—121页。
［4］刘纳著：《嬗变》，中国社会科学出版社1998年版，第241页。
［5］王巨川：《鲁迅旧体诗与东北沦陷区抗日精神的符号化建构——以〈大同报〉刊登鲁迅旧体诗的编辑活动为中心》，载《现代中文学刊》2015年第4期。
［6］茅盾：《桂林春秋——回忆录》（29），载《新文学史料》1985年第4期。
［7］老舍：《诗三律》，载《青岛民报·避暑录话》第10期，1935年9月15日。

较容易成篇，多少有文字游戏的意味"[1]。可见当时新文学家们对旧诗的成见已无法改变。现在已经有很多研究证明，当时这些新文化人的旧诗写作不仅仅是简单"容易"和"游戏"问题。

事实上，"我非诗人"话语隐含着老舍的智慧。进一步说，否认"诗人"身份既可以"谦虚"地撇清自己与旧诗的关系，又不会招来无端的"麻烦"，同时也在诗歌与时代关系的思考中构建了"诗是创造的"与"以人为本"的诗学理念。这也是老舍既独立于现代诗坛的纷争又积极参与中国现代诗歌历史的价值和意义。

二、从古典开始：传统文化圭臬与人文精神建构

老舍"一生的创作是从旧体诗开始，以旧体诗结束"[2]。从蒙学开始，老舍接受的是中国传统文化与民族惯习的教育，不仅熟读四书五经，对民族的传统文典、小说、诗词都有浓厚的兴趣，其中学时代所作旧体诗词中即表现出传统"修身、齐家、治国、平天下"人文精神的影响。在这个意义上，老舍的文学写作从古典开始，并且他的人文精神内涵中的国家主义也是在传统文化思想的影响下建构起来的。同时，"五四运动"又让他"看见了爱国主义的具体表现，明白了一些救亡图存的初步办法。反封建使我体会到人的尊严，人不该作礼教的奴隶；反帝国主义使我感到中国人的尊严，中国人不该作洋奴。这两种认识就是我后来写作的基本思想与情感"[3]。概括而言，老舍人文精神的建构基础和生成资源主要表现在两个方面：一是他对传统文化思想和古典人文精神的接受，一是他在民族国家存亡之际爱国主义激情的迸发。二者是相互关联并统一的，老舍的"趋和心态、厚情取向、崇侠气度、尚节风骨"[4]等人格主调，以及其幽默讽刺中隐含的"严肃"[5]、"含泪的笑"和

---

[1] 梁实秋：《新诗与传统》，见《梁实秋论文学》，台北时报文化出版事业有限公司1978年版，第688、700页。

[2] 张桂兴：《谈老舍的旧体诗创作》，见《老舍旧体诗辑注》，中国国际广播出版社2000年版，第3页。

[3] 老舍：《"五四"给了我什么》，载《解放军报》1957年5月4日。

[4] 郭锡健：《老舍文化人格论》，见卢惠余等《中国现当代文学研究论集》（现代文学分册），大众文艺出版社2006年版，第169页。

[5] 虔诚：《老舍》，见杨之华编《文坛史料》，中华日报社1944年版，第178页。

诗歌中的本真人格呈现都是在这个基础上生成的。

　　初写诗歌的老舍正处于中国现代文化解弦更张和新旧诗的冲突爆发之时。随着1917年胡适的《文学改良刍议》《建设的文学革命论》、陈独秀的《文学革命论》和刘半农的《诗与小说精神上之革命》等文章的陆续发表，新文化的思潮犹如星星之火燃遍大江南北，新文化运动的主将们高举反对旧文学提倡新文学的大旗，以《新青年》《每周评论》《新潮》《星期评论》等刊物为平台向传统文化和旧体诗词发起猛攻，推动着传统文化形态和文学样式的现代化转型，引领青年诗人们以写白话新诗为风尚。此时，身处于文化思潮和白话诗运动涡流中心北平的老舍，却在认真地阅读传统文典和练习旧诗写作。或许他只是遵从内心中对传统诗词的喜爱，又或许已清醒认识到"旧诗之保存，不仅保存了些文字，也保存了多少伟大诗人的性格——给民族留下永远不灭的正气，使历史的血脉中老有最崇高纯洁的成分"[1]。也就是说，老舍在写诗之初便与胡适自诩"不更作文言诗词"[2]的志言走着相反之路，这或许也能反观老舍性格中的执着，又或者是一种不随波逐流、人云亦云的执拗。

　　从老舍的自述中得知，他对传统文化和文典诗词的兴趣要远远大于现代科学，"别人演题或记单字的时节，我总是读古文。我也读诗，而且学着作诗，甚至于作赋。我记了不少的典故"[3]。正是因为"对几何代数和英文好像天生的有仇"成就了作家老舍，而自小习得的文典诗词中所蕴含的传统人文精神也让老舍找到了情感共识并潜移默化地影响着他。

　　中学阶段是老舍接受传统文化熏陶的重要时期，据同学段喆人与关实之说："那时，他很喜欢作诗，在方校长和宗老师的指导之下他写作旧诗达到了相当高的水平。""方惟一校长对老舍很赞赏，老舍每次写的短诗都要送方校长看看，方校长常给他改诗，鼓励他写作。"[4]老舍也说自

---

[1] 老舍：《论新诗》，载重庆《中央日报》1941年5月30日。

[2] 胡适：《致任叔永信》1916年7月26日，见《〈尝试集〉自序》，载《新青年》第6卷第5号。

[3] 老舍：《我的创作经验》，载《刁斗》1934年第4期。

[4] 郝长海：《老舍在北京师范学校》，载《新文学史料》1983年第4期。

己"十六七岁练习古文旧诗受益于他老先生者最大"[1]。同时,在阅读和写作中老舍找到了陆游与吴梅村[2]。陆游和吴梅村二人分别是南宋与明清交替时代的重要诗人,南宋四大家之一的陆游"学力似杜甫",有着豪放的爱国主义激情、忧国忧民的意识和明朗瑰丽豪放悲壮的诗风;吴梅村则以"乐境""丽境"诗风寄予人生哀怨悲思,书写命运沉浮。二人对老舍而言,可谓是宋明清时期传统士人风骨浩气和经世之志的缩影,让老舍的文化心理与二人产生了通感契合,二人的诗作也让老舍更为深刻地理解和领悟到民族的精神脉络和风骨浩气。李遇春曾评价老舍旧体诗"无论古风还是七律,均气韵浑茫,格调超拔,既有陆游的雄豪悲壮,又有吴梅村的奇丽沉郁"[3]。可以说,二人对老舍人文精神的建构和诗歌审美向度有着深刻而持久的影响。在老舍的早期诗歌作品中就可以清楚地看到"位卑不敢忘忧国"的影响印记。所以臧克家后来也毫不吝啬地赞誉老舍:"是真正的诗人,他有一颗诗的心!"[4]

老舍中学发表的旧诗虽然有模仿的稚嫩,比如"报国何必高权位"一句取陆游《病起抒怀》中"位卑未敢忘忧国"之意。但诗中的抒怀气象、格调韵律已经不容小觑,已经"达到了相当高的水平"(段喆人),显示出少年老舍的高远志向和不凡诗情。如《野战归来,勇气百倍。路人目为军队移驻者。吾国积习,文武殊途,改正之责在吾辈也,乃成一律》:

> 丹枫白石秋风路,携得西山爽气回。大纛乱翻鸦背影,少年总是凤雏才。三垂冈酒梁王慑,一丈枪威铁杖来。助我军声多壮阔,浑河滚滚卷黄埃。

---

[1] 老舍:《"四大皆空"》,载《文坛》1943年第1期。
[2] 老舍在《老舍选集·自序》中说:"在'五四'运动以前,我虽然很年轻,可是我的散文是学桐城派,我的诗是学陆放翁和吴梅村。"载《人民日报》1950年8月20日。
[3] 李遇春:《中国当代旧体诗词论稿》,华东师范大学出版社2010年版,第240页。
[4] 臧克家:《老舍先生的新诗——序〈老舍新诗选〉》,见老舍《老舍新诗选》,花山文艺出版社1983年版,第2页。

　　这些"以志之""以志胜慨"和"感赋"等为题首的诗作无一不表达出少年老舍的报国之志："岂独文章留锦匹，敢夸身手夺霜旗。他年荷锸归山去，石骨嶙峋是知故。""男子浩气薄云天，夺得山河须眉吐。""来日神州正多难，男儿刺臂仍吞炭。""出山小草有远志，报国何必高权位！""江山离乱惟余恨，肝胆轮囷本耐穷。"颇有陆游《书愤》《长歌行》慷慨豪放的报国之大志向，其诗篇不仅炼字熟虑、音律工稳，而且立意不凡、志向高远，在豪气纵横的雄迈中又少有古代诗人的忧郁悲怀之感。在老舍的诗作中可以感受到他已经把儒家文化精神内核根植到自己的人文精神中，并通过写作实践不断强化着这种精神。

　　有学者曾指出老舍文化心理发展的转型过程："生成于传统味极浓的北京文化，因不满于它的腐朽而'出走'，在西方文化的影响下攀上人类先进文化的高峰，对传统文化进行了猛烈的批判，民族危机的特殊情势激起他的民族感情，其文化心理向传统倾斜。"[1]这是基于老舍的创作经历与社会变革而得出的主观判断，显然存在着局限性。事实上，对老舍文化心理乃至人文精神构建影响最大的仍然是传统文化思想资源，西方文化对于老舍而言可谓是一面镜子，这面镜子让老舍更清楚地看到传统文化中最宝贵的东西和应该摒弃的糟粕。所以，老舍虽然对传统文化有着极高的认同与共鸣，但也并不"盲从"和"迷信自家古物"，而是以理性批判的态度进行考辨。比如，在《论创作》中他说："我们'真'读了杜甫，便不再称他为'诗圣'，因为还要拿他与世界上的大诗人比一比，以便看出他到底怎么高明。这样看出短长，我们便不复盲从，不再迷信自家古物。"认为对待传统应"以我们自己的眼光认识文学"，只有"不因沿才有活气，志在创作才有生命"。[2]这是老舍对待传统的态度，也是他自己创作的基本态度。正如他批判反思自己的《剑北篇》时说，这首诗"用韵设词，多取法旧规，为新旧相融的试验。诗中音节，或有可取之处，词汇则嫌陈语过多，失去不少新诗的气味。行行用韵，最为笨拙；为了韵，每每不能畅所欲言，时有呆滞之处。为了

[1] 石兴泽：《老舍文化心理发展嬗变轨迹》，载《中国现代文学研究丛刊》1994年第4期。
[2] 老舍：《论创作》，载《齐大月刊》1939年第1期。

韵，乃写得很慢，费力而不讨好。句句行韵，弊已如此，而每段又一韵到底，更足使读者透不过气；变化既少，自乏跌宕之致"[1]。可见，老舍对古典诗词弊端有着清醒认知，这也让他在新/旧诗写作中能够有意识化合陈规陋习，虽取法传统又不拘泥于传统。

茅盾在1944年曾客观指出，老舍"在运用旧形式方面，他亦作了光辉的贡献"[2]，是对老舍旧诗写作成就为数不多的评价。据胡絜青回忆说，老舍在"卢沟桥事变"后"每天看报、打听消息，从早到晚抱着一部《剑南诗稿》反复吟哦。陆游的'楚虽三户能亡秦，岂有堂堂中国空无人！''夜视太白收光芒，报国欲死无战场'等诗句，使他叹气，来回地踱步，有时看着窗外的远天静静地流泪"[3]。此时，不参与政治的老舍写了《〈论语〉两岁》二首：

（一）

共谁挥泪倾甘苦？惨笑唯君堪语愁！半月鸡虫明冷暖，两年蛇鼠悟春秋；衣冠到处尊禽兽，利禄无方输马牛。万物静观咸自得，苍天默默鬼啾啾。

（二）

国事难言家事累，鸡年争似狗年何？！相逢笑脸无余泪，细数伤心剩短歌！拱手江山移汉帜，折腰酒米祝番魔；聪明尽在糊涂里，冷眼如君话勿多！[4]

诗中以老舍特有的语言风格和辛辣讽刺，表达出老舍对侵略者的愤懑之情，以及对国民党政府不抵抗政策的抗议。

仅从诗歌写作来看，老舍自中学开始形成的人文精神在抗战时期获得完满，即如茅盾所评价的"他对于生活的态度的严肃，他的正义感

---

[1] 老舍：《剑北篇》，大陆图书公司1942年版，《序》，第2页。
[2] 茅盾：《光辉工作二十年的老舍先生》，《抗战文艺》1944年9月第3、4期合刊。
[3] 王行之：《胡絜青谈老舍》，见《老舍研究资料编目》，北京市图书馆学会1981年版，第39—40页。
[4] 老舍：《〈论语〉两岁》，载《论语》1934年第49期。

和温暖的心，以及对于祖国的挚爱和热望"[1]，是一种义无反顾的本真的爱国主义精神，诸如《〈论语〉两岁》《流亡》《述怀》《北行小诗》《潼关炮声》《谒沔县武侯祠》等诗作，无一不以最直接、最热烈的情感表达出他面对民族危亡、民众苦难时的忧国忧民情怀，在践行"救国是我们的天职，文艺是我们的本领"[2]思想中映射着老舍的家国情怀和民族正气。

三、为人格书写：文如其人与忧患意识的精神底色

"文如其人"是文学批评中惯常的以文论人观人的方式。如果从这个角度看，似乎也不失为一条审视老舍诗歌的路径。换一句话说，老舍的本真人格是通过诗歌写作来展现的。这里面实际上有一个本质性问题，就是老舍在诗歌写作中不再以"幽默"掩饰他的悲哀，不再以"讽刺"代替他的忧患，而是直接把自己的家国情怀与爱国主义的忧患意识表达出来。

刘勰在《文心雕龙·体性》中说："夫情动而言形，理发而文见，盖沿隐以至显，因内而符外者也。"汉代扬雄在《法言·问神》中也说："言，心声也，书，心画也。声、画形，君子小人见矣。"唐代刘熙载在《艺概》中又说："书，如也，如其学，如其才，如其志，总之曰如其人而已。"可见，人与文的一致性——"文如其人"是中国传统士人的人文素养与精神境界的评判路径。闻一多在《孟浩然》一文中认为"什九人是当如其诗的"，就孟浩然的"貌骨淑清，风神散朗"及"精朗奇素"的印象，"无一不与画像的精神相合，也无一不与孟浩然的诗境一致"。[3]钱钟书在《谈艺录》中提出的"格调"说也与"文如其人"相关，他认为"文"不是指"所言之物"，而是指作品中的格调，是作家或作品艺术特点的综合表现，是作者"本相"的自然流露[4]。邵洵美虽然从批评家的角度对"文如其人"进行了辨析[5]，但他并没有否认写

[1]　茅盾：《光辉工作二十年的老舍先生》，载《抗战文艺》1944年9月第3、4期合刊。
[2]　老舍：《大时代与写家》，载《宇宙风》1937年第53期。
[3]　闻一多：《孟浩然》，载《大国民》1943年第3期。
[4]　钱钟书：《谈艺录》，中华书局1984年版，第161页。
[5]　邵洵美：《文如其人辩》，载1937年《中国文艺》创刊号。

作者的人格对于作品产生的影响力，而是反对那些人云亦云或邯郸学步的文学写作。可见，"文如其人"是中国人文精神中的一个核心命题，自古至今，知识分子们以"文"表达他们本真的志向和道德，彰显他们的人格精神。

由此反观老舍，作为被传统文化浸染并兼受西方思想熏陶的现代知识分子，对人格之于作品的熔炼同样视为第一要义，即"伟大文艺中必有一颗伟大的心，必有一个伟大的人格"[1]。在老舍这里，他把人格在"文"中的显现称为"文调"。在《论文学的形式》中他说："文调是什么东西呢？……文调是人格的表现，无论在什么文形之下，这点人格是与文章分不开的。所以简单的答复什么是文调，也可以应用一句成语：'人是文调'。这似乎比说：'文中宜有人在'，或'诗中须有我'，还牢靠一些。"[2]这是老舍对"文如其人"的一种态度，他也在努力地身体力行，正如他所说"有了人格作根，我们的笔才会生花"[3]。那么，老舍的本真人格之于诗歌写作的塑造基础又在哪里呢？

诗歌较于小说、戏剧等虚构性写作"可以根据不同情况变换叙事角度"（福斯特）的本质性差异在于，诗歌是"言志"和"缘情"，更是"人之性灵之所寄也"（焦竑），或如别林斯基说"没有情感，就没有诗人"。因此，对于诗歌——不论是旧诗抑或新诗，老舍都倾注以真挚的情感和严肃的态度，这与他以幽默的语言和讽刺的意蕴来写小说戏剧等文体形成了强烈的张力。在老舍的诗歌作品中我们可以感受到内嵌于其中的严肃而真诚的人格力量，正如海德格尔把人格提升到对道德法则的感受能力层面时，认为"本真的人格性乃是道德的人格性"。老舍的诗歌写作在彰显其真诚纯粹与本真人格的同时，也是一个道德规约的自我意识自律的过程。也就是说，"如果人格性一般之形式结构包含在自我意识之中，那么道德的人格性就必定表达了自我意识之某种变样，于是它就必定呈现了自我意识的一个固有种类。这一道德的自我意识才是

---

[1] 老舍：《大时代与写家》，载《宇宙风》1937年第53期。
[2] 老舍：《论文学的形式》，载《齐大月刊》1931年第4期。
[3] 老舍：《大时代与写家》，载《宇宙风》1937年第53期。

真正就人格之所是刻画了人格之特征"[1]。因此我们看到老舍的诗歌写作必然是有别于其他文体的，是自我意识中纯粹、自然、本真的人格性呈现，老舍强调说"诗是他自己的，别的都是外来之物"，而且"要成为诗人须中魔啊。要掉了头，牺牲了命，而必求真理至善之阐明，与美丽幸福之揭示"。[2]老舍认为诗人首先要遵从人类共通的道德律约束，也就是朝向真理至善的路径，这样才能获得个人的幸福。因此，对于精神道德的执守对他来说是最重要的，只有如此才能称之为"诗人"。

　　所以，老舍一生都走在不断塑造自我崇高而健康人格的路上，诗歌是他的国家信仰和民族情感的外在表达，在《血点》中他说："爱你的国家和民族不是押宝……而应是最坚定的信仰。文艺者今日最大的使命便是以自己的这信仰去坚定别人的这信仰。"[3]就像他在《二马》中疾呼中国人"到了该睁眼的时候了""到了挺直腰板的时候了"一样。在这样的本真的道德的人格意识驱动下，为人格书写成为他为国家、为民族、为大众书写的表现方式，必然是"以民间的言语道出民族死里求生的热情与共感"[4]。可以看到，老舍在诗歌中浸入了强烈的爱国主义情感，这是他的责任和使命，在他所有的文字表述中，"我们深刻地感受到老舍对国家、对中国的强烈认同，以自己的作品宣扬国家意识，并使自己成为'国家至上'忠贞的信仰者"[5]。所以，文如其人，是老舍的精神本色；为人格书写，是老舍的作文底色。

　　老舍抗战时期的诗歌写作虽然保持着"片言振聩聋"却已无"寸楷含幽默"[6]的风格，而是在充满炽烈的爱国主义情感和本真的精神人格关照中呈现非幽默的现实主义诗意审美。老舍在《"幽默"的危险》中说："幽默的人，据说，会郑重的去思索，而不会郑重的写出来；他老

---

[1]马丁·海德格尔著，丁耘译：《现象学之基本问题》，上海译文出版社2008年版，第174页。
[2]老舍：《诗人》，载《大公报·战线》（第一届诗人节特刊）1941年5月30日。
[3]老舍：《血点》，载《大公报·战线》1938年12月7、14、15、21日。
[4]老舍：《三个月来的济南》，载汉口《大公报》1937年12月4、5、6日。
[5]高云球：《文化记忆与精神信仰的求索者——对老舍精神踪迹及写作世界的一种解读》，载《北方论丛》2018年第3期。
[6]郭沫若：《民国三十三年春奉贺舍予兄创作廿周年》，载《扫荡报》（昆明）1944年4月16日。

要嘻嘻哈哈。"[1]然而，当诗人需要表达自己的本真人格时，面对国家、民族、大众的苦难时，他便不会"嘻嘻哈哈"了，既要"郑重的去思考"，也要"郑重的写出来"。既然是为人格书写，老舍自然不会以写小说的"贫嘴恶舌"和"油腔滑调"来写诗了[2]。老舍说自己很多时候的诗歌写作"本是一时的兴之所至，够自己哼哼着玩的使己满意，故无须死下功夫也"[3]，但从大多诗歌文本上看，其诗歌写作绝非"自遣"也非"游戏"，而是将自我人格融入充满现实人文精神和爱国主义情怀的诗歌写作中。比如早期的《贺〈论语〉周岁》一诗中对国民党政府不作为而带来的"国祸"以及"贤哲士"们的虚伪无能所给予的辛辣讽刺和批判。一年后在《〈论语〉两岁》中同样是这样的一种思考和批判在延续，这是老舍旧诗写作的风格和底色，永远都是直面自己的内心实感与家国苦难言说，永远都会拨开阴霾与虚伪的社会表象而直面弊端，他认为这是他的责任，也充分体现出中国知识分子的风骨与对家国的担当。

比如《流亡》：

> 弱女痴儿不解哀，牵衣问父何去来？语因伤别潜成泪，血若停流定是灰。已见乡关沦水火，更堪江海逐风雷。徘徊未忍道珍重，暮雁声低切切催。

诗中真切地表达出老舍在国难时刻内心的愤慨，以及在奔赴抗战前线的急迫情绪中又不舍"弱女痴儿"的复杂心境。在奔赴武汉后又写《自励》诗抒发抗战必胜的信念以自勉：

> 黄鹤楼头莫诉哀，酒酣风劲壮心来。烟波自古留余恨，烽火从

---

[1] 老舍：《"幽默"的危险》，载《宇宙风》1937年第41期。

[2] 老舍在《老舍选集·自序》中说："油腔滑调是我的风格的一大毛病。我很会运用北京的方言，发为文章。可是，长处与短处往往是一母所生。我时常因为贪功，力求俏皮，而忘了控制，以至必不可免的落入贫嘴恶舌，油腔滑调。到四十岁左右，读书稍多，青年时期的淘气劲儿也渐减，始知语言之美并不是要贫嘴。"载《人民日报》1950年8月20日。

[3] 老舍：《旧诗与贫血》，载《抗战文艺》1943年第3期。

今燃死灰。如此江山空暮雨，有谁文笔奋云雷。奇师指日收河北，
七步成诗战鼓催。

抗战时期老舍所写的“忍听杨柳大堤曲，誓雪江山半壁仇”（《贺
全国文艺界抗战协会成立》），“几生能达人间福，一生应为天下先”
（《“七七”纪念》），“四海飘零余一死，青山尚在敢心灰”（《述怀》）等
诗句，不仅在意境、韵律、情趣等方面呈现出一种非幽默的审美特征，
而且充满着老舍无私的家国大爱和激昂的御敌斗志。

有学者指出，在五四新文化运动影响下成长的一代作家的人格是以
传统伦理“三不朽”——立德、立功、立言——思想为基点，同时“把
西方的、认定是对中国是有用的东西都‘拿来’为我所用”，从而形成
了“传统伦理为体、西方学说为用”的人格结构，其中更多的是强调文
学的“体用观”。[1] 这种论点基本上是符合中国在近现代转型时期作家
的精神向度和思想脉络的，与之稍有不同的是，老舍的为人格书写表现
在诗歌上则把现实性的“体用观”转化为内在的“本真观”，即在写作
中并不追求表象化的口号或呼喊，而是在写作中融入对生命的感悟和思
想的揭示，以此唤醒读者的精神感应，也就是说，诗歌实际上是呈现老
舍本真人格精神的载体。特别是抗战爆发后，随着战火的步步紧逼和不
断地迁徙，老舍为国难而战的信念和激情越发强烈和坚定，创作出五十
余首诗作反映侵略者给民族造成的灾难、抨击统治者醉生梦死的行径和
讴歌民族英雄奋战抗敌的事迹等。从《流亡》中“已见乡关沦水火，更
堪江海逐风雷”的悲苦心境，到《述怀》的“黄鹤楼头莫诉哀，酒酣
风劲壮心来”的报国豪情，再到“死而后已同肝胆，海内飞传荡寇旗”
（《谒沔县武侯祠》）、“奇兵无愧关河险，壮志同消今古仇”“连宵炮火声
声急，静待军情斩贼头”（《潼关炮声》）等诗句，无一不凸显出老舍在
民族危亡关头的忧患、悲壮和启蒙的本真人格。比如，他为自己是一介
书生无法奔赴疆场杀敌而显露出的愧疚，在《北行小诗》中他写道：

---

[1] 参见陈留生《传统伦理与五四作家的人格及其文学创作》，学林出版社2011年
版，《导言》，第14—15页。

> 劳军来万里，愧我未能兵！空作长沙哭，羞看细柳营；感怀成酒病，误国是书生！莫任山河碎，男儿当请缨。

诗中把自己不能亲上战场为国而战的心境表露无遗，这种本真的人格情感通过诗的形式和文字奔涌而出。简单地说，老舍的旧诗能更加凸显其人格与文格的相谐统一，也就是传统儒家文化中可贵的"人文一致""心口如一"精神。在诗作中，他的思考促动着诗的语言，让每一个跳动的词都投射出完整统一的人格魅力。郭沫若曾以"内充真体圆融甚，外发英华色泽鲜"的诗句来赞叹老舍的为人为诗，自然是有道理的。

老舍看到国家遭受侵略、多地沦陷时逃难到武汉的很多人依然一派"纸醉金迷""升平气象"，内心无比感慨和愤怒，写作出《伤心》一诗：

> 遍地干戈举目哀，天南有国亦难来。人情鬼蜮乾坤死，士气云龙肝脑灰。贼党轻言拥半壁，流民掩泣避风雷。更怜江汉风波急，艳舞妖歌尚浪催！

诗中无疑揭露和抨击了当时国统区官吏们的丑恶现象，同时老舍也在反思，并期望这战争能够给这些人一种教训，因为"稍具人心者即没法不替国家担忧：渐渐地也许全部严肃起来，把钱、把力、把功夫都无条件地献给国家"[1]。

四、结语

在中西文化和新旧思想的冲突与融合中成长起来的老舍，对自己的责任有着清晰的判断。在他看来，"诗人"是独立于其他各种称谓之外的存在，它代表着由古至今的中华民族文化精神脉流。在矛盾重重和论争不断的现代文坛中，老舍既不想迎合白话新诗的倡导路数，也不想放

---

[1] 老舍：《到武汉后》，载《大风》1938年创刊号。

弃古典旧诗的文化血脉。并且，从"报国何必高权位"到"一生应为天下先"的思想脉络中可以看到，老舍已经把中国传统知识分子的家国情怀与士人风骨浸透于自己的精神血脉之中，这一点在抗战时期表达得更为明显，诚如有学者指出老舍"在国统区重庆创作的旧体诗围绕抗战主题展开，民族和社会责任是其抗战旧体诗的主要标尺"[1]。诗歌对老舍而言"是表现人类最高真理的东西"[2]，所以抗战时期的老舍才能像郭沫若一样"今朝毕见雄狮醒，举国高扬抗战歌"（《抗日抒怀四首》），追求人格与文调、精神与现实高度一致的同时，以诗歌形式表达出自我的本真人格、家国情怀及其爱国主义诗歌的审美向度。可以说，"我非诗人"这一话语蕴含着老舍深刻而丰富的思想生成空间与诗学实践经验，诗人"不必能作诗"，但诗人一定需要"具有诗人的性格"，这性格中即是中国传统文化中所蕴含着的正义、爱国、不屈服等人文品格，而这些不仅是老舍内化其人文精神中的重要元素和诗歌写作中的强劲底流，也是他"一生把爱国心奉为宗教"[3]和"伟大的爱国者"[4]的精神基础。

【作者简介】　王巨川，北京体育大学人文学院教授；高嘉文，中国艺术研究院中文系硕士研究生。

---

［1］付冬生：《个人生命中的一次旧体诗创作高潮——抗战时期老舍在渝旧体诗创作》，载《当代文坛》2019年第4期。
［2］老舍：《谈诗》，载《读书通讯》1942年第33期。
［3］汤晨光：《老舍与现代中国》，湖南师范大学出版社2002年版，第262页。
［4］巴金：《怀念老舍同志》，见《巴金全集》（第16卷），人民文学出版社2000年版，第158页。

走出同光的余晖

——论钱钟书的诗学道路与诗歌创作

马　骁

【摘要】 在传统诗学背景下，同光体提倡宋诗、主张"学人之诗与诗人之诗合"的诗学理论一直影响着从清末到民国的旧体诗坛。钱钟书的诗学道路与同光体渊源极深，这使他深刻认识到宋诗异于唐诗的审美价值所在，但他选择了自义山而近少陵的不同于同光体经江西诗派而入宋诗的道路，在诗歌创作上形成了与同光体异趣的宋诗风貌。另一方面，钱钟书从自己的学术志趣出发，轻考据以重辞章，立足于文学本位，也走上了一条不同于同光体所提倡的"学人之诗与诗人之诗合"的诗学道路。钱钟书的诗歌创作正是在这样一条诗学道路上逐渐突破了同光体的影响，形成了独特的风格。

【关键词】 同光体　钱钟书　诗学道路　诗歌创作

　　钱钟书在小说《围城》中以友人冒效鲁为原型创造了一个名叫董斜川的人物形象。小说中的董斜川是善作旧诗的大才子，刚由捷克中国公使馆军事参赞任上内调回国，甫一出场便对近代旧诗作了一番评论，对同光体大加赞扬，不但自诩："我一开笔就做的同光体。"又提到其父的两首七绝，其中"不须上溯康乾世，回首同光已惘然"一联，完全从同光体诗人陈宝琛的"不须远溯乾嘉盛，说着同光已惘然"中化出。还评价陈三立道："当然是陈散原第一。这五六百年来，算他最高。我常说唐以后的大诗人，可以把地理名词来包括，叫'陵谷山原'。三陵：杜少陵、王广陵——知道这个人么？——梅宛陵；二谷：李昌谷、黄山谷；四山：李义山、王半山、陈后山、元遗山；可是只有一原，陈散原。"钱钟书在书中借方鸿渐揶揄董斜川的谈吐道："方鸿渐闻所未闻，甚感兴

味。只奇怪这样一个英年洋派的人，何以口气活像遗少，也许是学同光
体诗的缘故。"而方鸿渐对董斜川所效仿同光体的得意之作则感觉晦涩
难懂，"心里疑惑，不敢发问，怕斜川笑自己外行人不懂"[1]。在这一段
充满钱式幽默的描写中，不但表现出近代以来同光体在旧体诗坛中的重
要地位，也透露出钱钟书对于同光体的批判态度。董斜川这一形象作为
同光体的追随者，在小说中的遭遇其实反映了近代旧体诗坛上的一个重
要问题，即作为诗人，如何从同光体的影响中突围，找到适合自己的诗
学道路来创作。

同光体作为中国文学史上最后一个旧体诗派，其余晖笼罩了民国
诗坛，这一诗派不但名家辈出且追随者极众。同光体领袖陈衍在《石遗
室诗话》中说："道咸以来，何子贞、祁春圃、魏默深、曾涤生、欧阳
碉东、郑子尹、莫子偲诸老始喜言宋诗……丙戌在都门，苏堪告余，有
嘉兴沈子培者，能为'同光体'。同光体者，余与苏堪戏目同光以来诗
人不专宗盛唐者也。"[2]陈衍所标榜的同光体标准就是"不专宗盛唐"而
"喜言宋诗"。基于对宋诗意趣的共同追求，陈衍、郑孝胥、陈宝琛、沈
曾植、陈三立等人在光绪中期形成了一个新的诗派，即同光体。其诗学
主张以学宋为基础，出于对"一代有一代之诗"的确信，提倡打通唐
宋，开拓诗歌创作的新天地。陈衍创作了同光体诗论的集大成之作《石
遗室诗话》，加之他对《近代诗钞》的编选，构建出一个完整的同光体
诗学体系。

清末以来，同光体的诗学理论、诗歌创作影响了数代旧体诗创作
者，钱钟书亦不例外。钱钟书少年好诗，表现出极大的创作潜力，但由
于其父钱基博致力于文史研究，志趣不在诗歌创作，便携其拜谒陈衍，
请他审看钱钟书的诗作。此后，在陈衍的指点之下，钱钟书诗艺大进，
作品不断发表在《清华周刊》《国风半月刊》等刊物上。1935年，钱钟
书负笈欧洲，两年后，陈衍病逝。随着时间的迁流，时代的变动，钱
钟书之后的诗学道路与诗歌创作逐渐开始与陈衍异趣，走出了同光的
余晖。

---

[1]　钱钟书：《围城》，生活·读书·新知三联书店2002年版，第90—103页。
[2]　陈衍：《石遗室诗话》，人民文学出版社2004年版，第4页。

一、自义山而近少陵

同光体提倡宋诗的诗学道路，体现于陈衍在《石遗室诗话》中提出的"三元说"：

> 盖余谓诗莫盛于三元：上元开元，中元元和，下元元祐也。君（沈曾植）谓三元皆外国探险家觅新世界、殖民政策，开埠头本领，故有"开元启疆域"云云。余言今人强分唐诗宋诗，宋人皆推本唐人诗法，力破余地耳。庐陵、宛陵、东坡、临川、山谷、后山、放翁、诚斋，岑、高、李、杜、韩、孟、刘、白之变化也；简斋、止斋、沧浪、四灵，王、孟、韦、柳、贾岛、姚合之变化也。故开元、元和者，世所分唐宋人之枢斡也。若墨守旧说，唐以后之书不读，有日蹙国百里而已。[1]

陈衍认为，唐诗的高峰自玄宗开元年间出现，名家辈出，开启了有唐一代诗歌的全盛时代；宪宗元和年间，唐诗在元白手中出现了中唐继往开来的风貌，所谓"诗到元和体变新"；宋哲宗元祐年间，在苏、黄的推动下，宋诗也形成了一代之规模。"三元说"在中国诗歌发展史上选出开元、元和、元祐这三个里程碑式的时代，说明了唐宋诗歌一脉相承的联系，在由苏、黄而杜、韩的诗学道路上找到了同光体"不专宗盛唐"的源头。另一方面，陈衍在赞扬开元、元和、元祐三个时代在诗歌领域所具备的开拓精神的同时，对宋诗推本唐人、力求变化的精神予以肯定，进一步泯灭唐宋分野，提倡宋诗，以元祐诗歌来认识宋诗，将学习目标放在了江西诗派身上。

江西诗派以黄庭坚为代表人物，致力学杜，最终形成了影响一代文学的诗歌流派。黄庭坚的诗学理论有著名的"点铁成金"和"夺胎换骨"之说，是江西诗派诗歌创作的理论纲领和指导原则，并对宋诗风格的形成产生了深远的影响。但总体来看，杜诗对于江西诗派的影响重在

---

[1] 陈衍：《石遗室诗话》，人民文学出版社2004年版，第7页。

形式而轻于内涵，江西诗派在演变中逐渐远离了杜诗的风格。同光体诗人在对江西诗派进行学习的过程中所产生的宋诗风貌也成为他们受到批评的原因所在。

钱钟书的诗学道路发轫于他幼年时读书的兴趣所在，他在《槐聚诗存》序中说：

> 余童时从先伯父与先君读书，经、史、"古文"而外，有《唐诗三百首》，心焉好之。独索冥行，渐解声律对偶，又发家藏清代名家诗集泛览焉。[1]

在这一阶段，钱钟书从喜读《唐诗三百首》到大量阅读清人别集，诗学道路可以说是始于唐诗而入于清诗。此后的诗学道路，钱钟书曾对友人吴忠匡这样说过：

> 十九岁始学为韵语，好义山、仲则风华绮丽之体，为才子诗，全恃才华为之，曾刻一小册子。其后游欧洲，涉少陵、遗山之庭，眷怀家国，所作亦往往似之。归国以来，一变旧格，炼意炼格，尤所经意。字字有出处而不尚运典，人遂以宋诗目我。实则予与古今诗家，初无偏嗜，所作亦与为同光体以入西江者迥异。倘于宋贤有几微之似，毋亦曰唯其有之耳。自谓于少陵、东野、柳州、东坡、荆公、山谷、简斋、遗山、仲则诸集，用力较勤。[2]

钱钟书诗学道路的第二阶段，学习对象开始由清诗名家黄仲则上溯到李商隐，对这类作品缘情绮靡，风格秾丽的诗人产生兴趣可能是大多数人在少年时期共同经过的心路历程，然而钱钟书却将这种"初心"一直保留到了晚年。他少年时代所创作的"西昆体"诗虽然不易见到了，但从收入《槐聚诗存》卷末作于晚年的《代拟无题七首》中仍然可看出李商隐对他产生的巨大影响。钱钟书诗学道路的第三阶段源于其赴欧洲

---

[1] 钱钟书：《槐聚诗存》，生活·读书·新知三联书店2002年版，第1页。
[2] 吴忠匡：《记钱钟书先生》，《随笔》1984年第4期。

留学的经历，此时中国正遭受着日本侵略者的蹂躏，由于"眷怀家国"之思，兼以自义山而来，钱钟书开始"涉少陵、遗山之庭"，学习杜甫、元好问，诗歌创作开始转入因丧乱产生的忧患与深沉中，境界由此扩大。1938年归国后，钱钟书的诗学道路"一变旧格"，转入了第四阶段，开始广泛学习唐宋以来名家，其中他重点提到的有：杜甫、孟郊、柳宗元、苏轼、王安石、黄庭坚、陈与义、元好问、黄仲则。正是这一转益多师的阶段，使得钱钟书走出了同光的余晖形成了自己的风格。

虽然钱钟书也承认他的诗"字字有出处而不尚运典，人遂以宋诗目我"，但他的诗学道路确实不同于"喜言宋诗"的同光体，如他自己所言"亦与为同光体以入西江者迥异"。推究原因，在于钱钟书诗学道路的第二阶段中对李商隐的学习。钱钟书这种经义山而近少陵所体现出的宋诗感，与同光体学习江西诗派所体现出的宋诗感存在着诗学道路上的异趣。

诗学道路上的异趣源于诗人在继承前人艺术风格上的不同追求，这是李商隐和江西诗派学杜的分野之所在。李商隐因卷入"牛李党争"而备受排挤，所谓"一生襟抱未曾开"。终生理想的幻灭与自身价值的不得实现，是促使李商隐深受杜甫影响的原因之所在。就其诗学渊源来说，宋人王安石认为："唐人知学老杜，而得其藩篱，惟义山一人而已。"[1]清人管世铭说："善学少陵七言律者，终唐之世，惟李义山一人。胎息在神骨之间，不在形貌。"[2]明人吴乔则说："于李、杜、韩后，能别开生路，自成一家者，惟李义山一人。"[3]清人钱良择也说："义山继起，入少陵之室，而运之以秾丽，尽态极妍，故昔人谓七言律诗莫工于晚唐。"[4]李商隐在诗歌创作上所取得的成就很大程度上是师法于杜甫而自成一家的。李商隐有明显拟杜的作品，如《杜工部蜀中离席》。虽然从风格来看，显然不是李商隐本色当行之作，却也显示出李商隐对杜诗风格的理解。后人论李商隐诗，多以杜甫的后继者视之。李商隐诗受杜甫

---

[1] 胡仔纂辑：《苕溪渔隐丛话前集》，人民文学出版社1981年版，第146页。
[2] 管世铭：《读雪山房唐诗序例》，见郭绍虞编选，富寿荪校点：《清诗话续编》，上海古籍出版社1983年版，第1555页。
[3] 吴乔：《围炉诗话》，同上书，第467页。
[4] 钱良择：《唐音审体》卷第十，清光绪九年后知不足斋刻本。

影响主要显露在内涵与风格两个方面，这也是钱钟书深得李商隐学杜三昧之所在。

首先，就诗歌的政治内涵而言，李商隐涉及时政又含有讽喻之意的写法明显受到了杜甫的影响。"前人评价李商隐诗，每谓其上承杜甫，并特别指出李商隐的七律，与杜诗有着直接的渊源，是杜诗在唐代的最好继承者。的确，我们检索李商隐那些表现政治内容的七律时，可以发现杜甫所开创的这一传统，正是在李商隐诗中得到了真正的继承，并在某种程度上得到了发展。即使认为李之学杜取得显著成功的正在这一点，也不为过。"[1]这一点还表现为李商隐在精神内涵上与杜甫的深度契合，从他青年时代的《重有感》《曲江》《安定城楼》等作品到他中年时期的《行次昭应县道上送户部李郎中充昭义攻讨》《赠刘司户蒉》《哭刘蒉》等作品，再到晚年时期的《井络》《杜工部蜀中离席》等作品，李商隐诗中关注家国天下的这种精神内涵正是继承自杜甫。这一点在钱钟书的诗中也屡见不鲜，如：

> 无恙别来春似旧，其亡归去梦都迷。（《新岁感怀适闻故都寇氛》）
> 艾芝玉石归同尽，哀望江南赋不成。（《哀望》）
> 相传复楚能三户，倘及平吴不廿年。（《巴黎归国》）

这是钱钟书在学杜时经李商隐而得其三昧的最好例证。

其次，就诗歌的风格而言，杜甫往往能在一首诗中极尽颠倒纵横之能事，在自由驰骋中演绎出无数风格，示后人万千法门，但其中沉郁顿挫的风格代表了他的最高成就，也是最具杜甫艺术个性的一种。就沉郁顿挫一端而言，后堪为继者只有李商隐一人。他的一些作品，诸如《安定城楼》《哭刘蒉》《筹笔驿》等，从字法句法到章法结构，乃至风格兴象，都与杜甫的《秋兴八首》《咏怀古迹》诸作极其类似。而这种风格的作品，我们也可以从钱钟书诗中发现，如《哀望》《将归》等。此外，

---

[1] 程千帆、张宏生：《七言律诗中的政治内涵——从杜甫到李商隐、韩偓》，见程千帆、莫砺锋、张宏生《被开拓的诗世界》，凤凰出版社2020年版，第38—39页。

李商隐诗在清丽流畅上也可以看到杜甫的影子，且笔法句法与杜诗极为相似。就字法而言，如虚字的使用。诗歌以表情达意为主，而虚字的使用可以加强诗句之间的联系，为诗歌构建流动之美。杜甫善用"自"字，如：

映阶碧草自春色，隔叶黄鹂空好音。(《蜀相》)
自去自来梁上燕，相亲相近水中鸥。(《江村》)
同学少年多不贱，五陵衣马自轻肥。(《秋兴八首》其三)

"自"这个虚字的巧妙运用在李商隐诗中的例子有：

钧天虽许人间听，阊阖门多梦自迷。(《寄令狐学士》)
枫树夜猿愁自断，女萝山鬼语相邀。(《楚宫》)
灞陵夜猎随田窦，不识寒郊自转蓬。(《少年》)

而在钱钟书诗中也很容易见到：

已怯支风慵借月，小园高阁自销凝。(《古意》)
每自损眠辜远梦，未因赚恨悔多情。(《古意》)
心事流萤光自照，才华残蜡泪将干。(《刘大杰自沪寄诗问讯和韵》)

　　风格上的流畅还与特殊句法有关。杜甫自庾信处继承了"当句对"这一句法，在其七言律诗中，例子比比皆是，如"桃花细逐杨花落，黄鸟时兼白鸟飞"(《曲江对酒》)。由于受杜甫影响，李商隐的七言律诗对这一句法也运用自如，如："相见时难别亦难，东风无力百花残"(《无题》)。此句法钱钟书在七律创作中也惯于使用，如："熟知重死胜轻死，纵卜他生惜此生"(《哀望》)，这一联还可以看到从李商隐诗"海外徒闻更九州，他生未卜此生休"中化出的痕迹，这又是钱钟书在诗歌风格上自义山而近少陵的明证。
　　正是钱钟书少年时代在诗学道路上对李商隐的学习，使得他的诗歌创作开始向杜诗靠近，钱钟书在《中国诗与中国画》一文中提到"诗尊子美"，并说："中唐以后，众望所归的最大诗人一直是杜甫。"[1]可见这一段诗学道路最终将钱钟书导向了尊杜、学杜的道路，而杜甫又是唐人中最先开宋调者，钱钟书的诗歌创作最终呈现出不同于同光体的宋诗风貌正源于这样的诗学道路。

二、轻考据以重辞章

同光体诗学道路的另一大特色在于"学人之诗与诗人之诗合"的主张。陈衍在《瘿庵诗叙》中，针对严羽"诗有别才，非关学也"的看法发出了这样的议论：

> 严仪卿有言，"诗有别才，非关学也"。余甚疑之。以为六艺既设《风》、《雅》、《颂》之体，代作赋、比、兴之用，兼陈朝章、国故、治乱、贤不肖，以至山川、风土、草木、鸟兽、虫鱼，无弗知也，无弗能言也。素未尝学问，猥曰，吾有别才也，能之乎？汉魏以降，有《风》而无《雅》，比兴多而赋少，所赋者眼前景物。夫人而能知，而能言者也，不过言之有工拙；所谓有别才者，吐属稳，兴味足耳。若《三百篇》，则朝章、国故、治乱、贤不肖之类足以备《尚书》、《逸周书》、《周官》、《仪礼》、《国语》、《公》、《谷》、《左氏传》、《戴记》所未有，有之必相吻合。有其不合，则四家之师说异同，《齐》、《鲁》、《韩》之书缺有间者也。未尝学问，猥曰，吾有别才也，能为之乎？……故余曰：诗也者，有别才而又关学者也。少陵、昌黎，其庶几乎。然今之为诗者，与之述仪卿之言则首肯，反是则有难色。人情乐于易，安于简，"别才"之名又隽绝乎丑夷也。[2]

如果把同光体放到清诗的大背景中加以考量，清诗之所以能够超越元明而与唐宋并峙，原因在于同光体所不愿偏废的"学人之诗"。清代

---

[1]钱钟书：《七缀集》，生活·读书·新知三联书店2002年版，第22页。
[2]陈衍：《石遗室诗话》，人民文学出版社2004年版，第806页。

乾嘉时期学术繁盛，迨至道咸年间，"学人之诗"在诗坛蔚然成风，这一方面是以朴学为代表的清代学术集大成的表现，另一方面也是清代诗坛学宋风气的影响。对于宋诗的评价从宋代开始，焦点就在于宋诗的"以文字为诗、以才学为诗、以议论为诗"。

在陈衍所构筑的同光体诗学理论中，诗与学的关系是一个重要命题，这一命题不仅出自对宋诗的理解，更来自同光体诗人的创作实践中。上溯源头，更是《文心雕龙·神思》所提到的："积学以储宝，酌理以富才。"杜甫诗中的："读书破万卷，下笔如有神。"黄庭坚主张的："诗词高胜要从学问中来。"朱彝尊诗中的："诗篇虽小技，其源本经史。必也万卷储，始足供驱使。别才非关学，严叟不晓事。"陈衍在这样的诗学背景下提出诗歌创作要体现出学问，"学人之诗与诗人之诗合"也成为同光体诗歌的审美标准之一，陈衍所提出的"诗也者，有别才而又关学者也"在学宋诗的同时又形成了同光体诗学道路的另一个特色。

在同光体余晖的笼罩下，近代以来的宋诗派受考据学影响，走上了一条明确的"以学为诗"的道路。对于入诗之学，陈衍这样解释道："证据精确，比例切当，所谓学人之诗也。而诗中带着写景言情，则又诗人之诗矣。"对学的具体要求是"证据精确，比例切当"，这带有非常明显的考据学特色，是对于诗歌写景言情的理性化分析。要求诗人在创作过程中，把理性化分析融入感性化表达中，将二者同步进行，并且紧密地联系在一起。

这样的诗歌理论虽然看似没有什么问题，但在实际创作中却存在巨大困难，想要二者兼顾往往顾此失彼，结果损失了诗歌作为文学作品本身的艺术价值。而钱钟书无论从家学渊源还是从学术志趣上，都偏向于辞章而非考据，他的诗学道路的特点是重视文学本身的价值，而不愿将其他价值作为欣赏、创作文学作品的标准，这一点正是他的诗学道路与同光体产生分歧的原因之一。虽然产生了分歧，并最终走上了截然不同的另一条道路，但这种突破并不是一蹴而就的，而是随着钱钟书诗学道路的不断发展而出现的。

钱钟书早年的诗学道路受陈衍影响较大，对于诗歌用典的认识就是

一个很好的例证。用典作为诗人学问的体现，当然受到提倡"学人之诗
与诗人之诗合"的同光体诗人的高度重视。陈衍在《石遗室诗话》中对
体现学问的用典大加称赏，如称赞龙榆生用典"自然工切，落落大方"，
评论张亨嘉诗："张铁君侍郎。素不以诗名，然偶为之，必惨淡经营，一
字不苟，所谓学人之诗也……二诗不过数百字，凡用经史十许处，几于
字字皆有来历。"但是这种为了体现学问而刻意用典的手法也带来了弊
端，即使再雅切的典故也难免使得诗歌晦涩难懂，从而影响读者对诗歌
的阅读欣赏，容易带来《围城》中讥讽董斜川的问题。陈衍晚年认识到
了这一点，他说："大概作诗不用典其上也，用典而变化用之其次也，明
用一典，以求切题，风斯下矣。"认为诗歌不用典才是最高境界，这种
观点对钱钟书的影响正如他自己所说："字字有出处而不尚运典。"虽然
钱钟书在诗歌创作中大量用典，但从审美追求上来说，绝不是"以学为
诗"的刻意卖弄，这一点与很多追随同光体而最终画虎不成反类犬的诗
人有着截然的区别。

　　另一方面，钱钟书的诗学道路受到了学术志趣的极大影响，从其父
钱基博的《中国文学史》到他自己的《谈艺录》，都体现出注重辞章的
特点。钱钟书作为大学者，毫无疑问是看重学问的，也欣赏那些真正体
现出作者学问的优秀文学作品。但是从辞章出发，而非考据，就使得他
在对诗与学在创作中的关系以及诗人之诗与学人之诗的评判上出现了与
陈衍不同的看法。钱钟书在《谈艺录》中说：

　　　　随园《论诗绝句》已有夫己氏"抄书作诗"之嘲。而覃溪当时
　　强附学人，后世蒙讥"学究"。以诊痴符、买驴券之体，夸于世曰：
　　"此学人之诗"；窃恐就诗而论，若人固不得为诗人，据诗求，亦
　　未可遽信为学人。[1]

　　他认为在诗歌创作中，就诗与学的关系而言，诗是第一位的，如
果不为诗人，又怎能在诗中体现学问。这一看法从诗歌的本位否定了将

――――――――――
[1] 钱钟书：《谈艺录》，生活·读书·新知三联书店2007年版，第464页。

学问与诗歌自身价值并列的"学人之诗与诗人之诗合"的诗学道路。他又引《晚晴簃诗汇·序》为证:"'看核坟典,粉泽苍凡。证经补史,诗道弥尊。'此又囿于汉学家见地。必考证尊于词章,而后能使词章体尊。"[1]指出了以考据学之学问作为诗歌审美标准是清代以来汉学家的习气,而非诗人应有之看法,作为诗人应以词章为第一标准。钱钟书从这一看法出发,将诗人与学人区分看待,指出诗与学之间没有必然联系。诗人不一定能做好学问,学人也未必能成为诗人,诗人与学人是两类截然不同的人。他引《颜氏家训·文章》:"但成学士,自足为人。必乏天才,勿强命笔。"[2]将诗与学各自的价值区分开来,避免了同光体提倡"学人之诗与诗人之诗合"所带来的价值杂糅,进而损失诗歌艺术价值的弊端。

钱钟书的诗学道路以诗为本位,重视辞章而非考据的特点也体现在他和陈寅恪在诗学观点的差异上。钱钟书在清华读书期间,出于狷狂也好,出于学术追求的异趣也罢,并未对同光体大诗人陈三立的公子陈寅恪的学问产生过兴趣,这一点可能也与他的老师陈衍对陈三立的批评有关。1951年陈寅恪的重要著作《元白诗笺证稿》出版,不但标志着他"以诗证史"的研究方法之成熟,也形成了他独具特色的新考证学。而对于陈寅恪赠送的《元白诗笺证稿》一书,钱钟书略经翻阅就束之高阁了,还在致友人的书信中评价道:"不喜其昧于词章之不同史传,刻舟求剑,故未卒读也。"又在致傅璇琮的信中更明确地表示:"弟今春在纽约,得见某女士诗词集印本,有自跋,割裂弟三十五年前题画诗中两句,谓为赠彼之作,他年必有书呆子据此而如陈寅恪之考《会真记》者。"在钱钟书看来,"以诗证史"的《元白诗笺证稿》其实是"书呆子"的无聊考证之作。钱钟书在《宋诗选注》的序中明确提出文学与史学具有各自独立的意义,文学的真实不能等同于历史的真实,文学与史学分属不同领域,应有相互独立的价值判断,他说:"诗史的看法是个一偏之见……假如单凭内容是否在史书上信而有征这一点来判断诗歌的价值,那就仿佛要从爱克司光透视里来鉴定图画家和雕刻家所选择的人体

[1] 钱钟书:《谈艺录》,生活·读书·新知三联书店2007年版,第464页。
[2] 同上。

美了。"[1] 其实钱钟书反对陈寅恪"以诗证史、史诗互证"的研究方法，就是他在诗学道路上以诗为本位、重视辞章映射到诗学研究上的具体表现。

同光体诞生于清代重视考据学的诗学背景之下，钱钟书在他诗学道路的开端吸收了陈衍同光体诗歌理论的营养，然而他最终能走出同光的余晖，正是缘于他重视辞章。他认识到诗歌作为文学作品，就价值判断而言自然是以文学为第一价值，而不应将考据学的学术价值混淆进来。正是因为这样，在自义山而近少陵、轻考据以重辞章的诗学道路上，钱钟书的诗歌创作也呈现出异于同光的风貌。

三、钱钟书的诗歌创作

钱钟书自十九岁开始作诗，直到晚年仍在进行旧体诗创作，作品经削弃后录为一册《槐聚诗存》。此书所存钱钟书的旧体诗虽然数量不多，但均是作者自选之作，有一定的艺术水平和文献价值。纵观钱钟书一生的诗歌创作，基本印证了他诗学道路上所经历的三个时期。第一个时期自钱钟书十九岁开始作诗起，终于钱钟书1935年赴欧洲留学。在这一时期，钱钟书的诗学道路主要学李商隐、黄仲则，多缘情绮靡之作。第二个时期从1936年起，终于1949年中华人民共和国成立。在这一时期，钱钟书的诗学道路经李商隐而到杜甫，随后变得广阔起来，学习对象遍及唐宋以来的诸多名家，创作别开生面，作品呈现出不同于同光体的另一种宋诗风貌，其诗歌创作也真正开始走出同光的余晖。第三个时期起于1949年，直到钱钟书逝世。在这一时期，钱钟书的诗歌风格已经走向成熟，没有产生新的变化，但由于外部环境的改变与他本人的性格因素，作品数量开始变少，而他早期学李商隐的风格也在一些作品中得以体现。

1996年，钱钟书将他与陈衍在1932年除夕之夜长谈后所做笔记出版，名为《石语》。在这次谈话中，陈衍评论钱钟书早年的诗歌创作说："世兄诗才清妙，又佐以博闻强志，惜下笔太矜持。夫老年人须矜

---

[1] 钱钟书：《宋诗选注》，生活·读书·新知三联书店2002年版，第3页。

持，方免老手颓唐之讥，年富力强时，宜放笔直干，有不择地而流、挟泥沙而下之概，虽拳曲臃肿，亦不妨有作耳。"[1]钱钟书下有按语云："丈言颇中余病痛。"钱钟书诗早期所体现出的"清妙"即是通过学李商隐、黄仲则而来。读钱钟书作于1934年的《还乡杂诗》七首可大致领略此风格，如"乍别暂归情味似，一般如梦欠分明""深浅枫如被酒红，杉松偃蹇翠浮空""未花梅树不多山，廊榭沉沉黯旧殷"诸句，皆有李商隐、黄仲则的影子在。而《薄暮车出大西路》一诗直接用李商隐《登乐游原》诗意："义山此意吾能会，不适驱车一惘然。"其《沪西村居闻晓角》一诗颈联作："乍惊梦断胶难续，渐引愁来剪莫除。"更是深得李商隐诗法三昧。陈衍以"博闻强志"相许，批评钱钟书"下笔太矜持"，鼓励他"放笔直干，有不择地而流、挟泥沙而下之概"，实则以"学人之诗与诗人之诗合"的诗学道路指点钱钟书。而钱钟书虽然认为"丈言颇中余病痛"，却并没有走上陈衍给他指点的诗学道路，而对于陈衍所作"清妙"之评论还是内心受用的，不然这一风格也不会保留到晚年仍可为之。钱钟书在《题某氏集》中评论汪氏作品云："扫叶吞花足胜情，钜公难得此才清。"亦以"清"赞之，亦是一证。

从钱钟书1935年留学欧洲到1949年，正是国家危亡，旧体诗坛笼罩在同光余晖下的时代。由于"眷怀家国"，钱钟书没有选择同光体经江西诗派而入宋的诗学道路，承义山而转"涉少陵、遗山之庭"，归国后又转益多师，自成风格，这是他在诗歌创作上走出同光余晖的关键时期。就学杜而言，钱钟书于七言律诗用力最勤，他这一时期的七言律诗创作呈现出三个特点：其一，大量化用杜诗。如"今夜鄜州同独对，一轮月作两轮看"（《中秋夜作》），"行藏只办倚栏干，勋业年来镜懒看"（《生日》），"茫茫入梦应迷向，恻恻吞声竟断闻"（《乡人某属题哭儿记儿从军没缅甸其家未得耗叩诸乩神降书盘曰归去来兮胡不归》）等。其二，学习杜诗句法。如"一声燕语人无语，万点花飞梦逐飞"（《午睡》），"蔷薇吹老堆庭刺，桃李飘残满院苔"（《病起》），"迎送由人天梦梦，故新泯界夜茫茫"（《庚辰除夕》）。其三，模仿杜诗风格。

---

[1] 钱钟书：《写在人生边上·人生边上的边上·石语》，生活·读书·新知三联书店2002年版，第480页。

如《哀望》《午睡》《夜坐》诸诗。除此之外，钱钟书在这一时期还作了《读杜诗》七言绝句二首和《少陵自言性癖耽佳句有触余怀因作二首》七言律诗来吟咏杜诗，表达出他学杜的感想和处于当下时空背景中的心境。

钱钟书的名著《谈艺录》也创作于这一时期，其中"五一"一节专门谈到杜甫的七言律诗，出版时周振甫将其命名为"七律杜样"。在这一节中，钱钟书将杜甫的七言律诗作为诗歌范式放在中国文学史上加以论述，如"少陵七律兼备众妙，衍其一绪，胥足名家。譬如中衢之尊，过者斟酌，多少不同，而各如所愿"[1]，说明了杜甫七言律诗为后人开出无数法门，其影响由唐及宋，一路延伸到晚清，以杜甫七言律诗之无所不有，得其一端，亦可卓然成家。之后他又解释"杜样"说："然世所谓'杜样'者，乃指雄阔高浑，实大声弘，如'万里悲秋长作客，百年多病独登台'……一类。"[2]体现出他对杜甫七言律诗风格的总体掌握，也影响到了他的诗歌创作追求，这一不同于同光体学习江西诗派的风格追求，正是他开始形成自己的宋诗观，突破同光体诗学理论的关键之所在。如果将同光体的某些追随者，如《围城》中的董斜川之伦的七言律诗与钱钟书的七言律诗的风格相对比，正如杜甫在《戏为六绝句》中所说："或看翡翠兰苕上，未掣鲸鱼碧海中。"在"雄阔高浑，实大声弘"的风格上，显然不可同日而语。

钱钟书的诗歌创作在这一时期显得别开生面，得益于他的转益多师。《杂书》《游雪窦山》《新岁见萤火》诸五言长诗可见孟郊之深思凝重，至于"当门夏木阴阴合，绕屋秋花缓缓开""孤萤隐竹淡收光，雨后宵凉气蕴霜""花气侵身风入帐，松声通梦海掀床"诸联中又可见柳宗元之清新冲淡。作于1939年的《叔子寄示〈读近人集题句〉，媵以长书，盍各异同。奉酬十绝》谈诗论艺，由近代诗人溯及唐宋名家，可以作为钱钟书在这一阶段诗歌创作中转益多师的又一例证。其九云："雏凤无端逐小鸡，也随流派附江西"表达了钱钟书对同光体经江西诗派而入宋诗的诗学道路的基本看法，这也正是钱钟书的诗歌创作能遵循自义山

---

[1] 钱钟书：《谈艺录》，生活·读书·新知三联书店2002年版，第455页。
[2] 同上书，第455—456页。

而近少陵的诗学道路，走出同光余晖的关键原因之一。钱钟书此时期的创作虽然别开生面，但是总体风格偏向于宋诗，这为他后来创作《宋诗选注》打下了坚实基础。正如陈衍所说："论诗必须诗人，知此中甘苦者，方能不中不远。"

1949年以后，由于时代的变化，钱钟书的诗歌创作随着文坛上旧体诗的没落一同走向消沉，作品数量大为减少。在这一时期，钱钟书不再写小说，也很少作旧体诗，他的志趣开始从创作转向研究。而此时的旧体诗坛很难说还残存着多少同光体的影响，所有诗人都自觉或者不自觉地走出了同光的余晖。这一切使得像钱钟书这样成长于传统文化背景下的知识分子显得"一肚皮不合时宜"，加之1949年之后生于旧时代的诗人开始步入中年、晚年，这些心境映射到诗歌创作上就显示出某种人诗俱"老"之感。《槐聚诗存》中留下了很多这样的例子，如作于1953年，写给董斜川原型，诗人冒效鲁的《答叔子花下见怀之什》有句云："槁木寒岩万念灰，春回浑似不曾回""兔毫钝退才都尽，马齿加行鬓已苍""怅绝一抔花下土，去年犹是赏花人""映河面皱看成翁，参到楞严法相空"。钱钟书此年四十三岁，可诗中却已见衰老、萧瑟之态，虽然春来却心似"槁木寒岩"，不但"才都尽"而且"鬓已苍"，去年赏花的李宣龚已做花下土，而自己临河自照亦觉有苍老之态。这是钱钟书这一时期创作旧体诗的常见心态。直到创作于八十年代末的《阅世》一诗云：

> 阅世迁流两鬓摧，块然孤唱发群哀。星星未熄焚余火，寸寸难燃溺后灰。对症亦知须药换，出新何术得陈推。不图剩长支离叟，留命桑田又一回。

记录了暮年诗人在时代风云中的凄惶，阅世伤怀而倍增怅惘，使得全诗笼罩在沉郁之中。这种诗歌创作内涵与风格一直弥漫在钱钟书最后一个时期的诗歌创作中。

在偶然的诗歌创作之余，同陈寅恪一样，钱钟书晚年最关心的也是将自己的学术研究成果整理出来。从五十年代的《宋诗选注》到七十年代的《管锥编》，钱钟书的心力大多付之研究，不同于陈寅恪在著述中明白显露的焦虑，钱钟书的表达则要相对隐晦得多。这种立言时的隐晦心态使他重新找回了青年时学习李商隐诗的心理状态，创作出一组绝类李商隐的无题诗：

纵说疏疏落落，仍看脉脉憧憧。那得心如荷叶，水珠转念无踪。

风里孤蓬不自由。住应无益况难留。匆匆得晤先忧别，汲汲为欢转赚愁。雪被冰床仍永夜，云阶月地忽新秋。此情徐甲凭传语，成骨成灰恐未休。

辜负垂杨绾转蓬。又看飞絮扑帘栊。春还不再逢油碧，天远应难寄泪红。炼石镇魂终欲起，煎胶续梦亦成空。依然院落溶溶月，怅绝星辰昨夜风。

吴根越角别经时。道远徒吟我所思。咒笋不灵将变竹，折花虽晚未辞枝。佳期鹊报谩无准，芳信莺通圣得知。人事易迁心事在，依然一寸结千思。

远来犯暑破功夫。风调依然意态殊。好梦零星难得整，深情掩敛忽如无。休凭后会孤今夕，纵卜他生失故吾。不分杏梁栖燕稳，偏惊塞雁起城乌。

愁喉欲斳仍无着，春脚忘疲又却回。流水东西思不已，逝波昼夜老相催。梦魂长逐漫漫絮，身骨终拼寸寸灰。底事司勋甘刻意，此心忍死最堪哀。

少年绮习欲都刊。聊作空花撩眼看。魂即真销能几剩，血难久热故应寒。独醒徒负甘同梦，长恨还缘觅短欢。此日茶烟禅榻畔，将心不必乞人安。

虽然是代杨绛所构思小说中人物所拟，但风流蕴藉，缘情绮靡本是诗人少年时本色当行之风格。钱钟书此时人诗俱老，对此风格的把握已经不让古人了。这组诗的创作，是钱钟书在自义山而近少陵的诗学道路上最后留下的痕迹，不仅代表了钱钟书的诗歌成就，也是他在同光余晖中"力破余地"，奋力突破的最好例证。

四、结论

从清末到民国，一直到中华人民共和国建立前夕，同光体以其名家、名诗、诗学理论体系，一直影响着旧体诗坛。在传统诗学唐宋之争的大背景下，同光体诗人对明前、后七子关于"文必秦汉，诗必盛唐"的极端文学复古主张进行了批判，最终在提倡宋诗的同时，依据清代诗学氛围，又提出了"学人之诗与诗人之诗合"的主张，使诗歌创作达到了新的艺术高度。但在时代的变迁中，中国古典文学逐渐式微，新文学开始发展兴盛，时代推动着文学向前发展，也无可挽回地唱响了旧体诗的挽歌。同光体的影响力在光绪中期达到高峰，此后便走向衰落，笼罩诗坛的不过是其余晖而已，落日当然有其衰败的一面，有理想的诗人都会产生出离感，力图突破同光体的影响。

钱钟书的诗学道路与诗歌创作就起步于这样的背景之中。他的诗学道路因陈衍而与同光体渊源极深，这使得他认识到了宋诗异于唐诗的审美价值所在。但他选择了一条不同于同光体经江西诗派而入宋诗的道路：自义山而近少陵，形成了与同光体异趣的宋诗风貌。另一方面，钱钟书从自己的学术志趣出发，轻考据以重辞章，立足于文学本位，也走上了一条不同于同光体"学人之诗与诗人之诗合"的诗学道路。

在诗歌创作上，钱钟书沿着自己的诗学道路不断前进，从学李商隐到学杜，再到转益多师，形成了自己的独特风格，也确实从某种程度上脱离了同光体的影响，走出了同光的余晖。但从取得的艺术成就上来看，钱钟书的诗歌创作未必超越了同光体本身。这一点正如他自己所说：

批评该有分寸，不要失掉了适当的比例感。假如宋诗不好，就不用选它，但是选了宋诗并不等于有义务或者权利来把它说成顶好，顶顶好，无双第一，模仿旧社会商店登广告的方法，害得文学批评里数得清的几个赞美字眼儿加班兼职，力竭声嘶地赶任务。整个说来，宋诗的成就在元诗、明诗之上，也超过了清诗。[1]

与宋诗类似，钱钟书的诗歌创作成就在同光体之下，但超越了笼罩在同光余晖之下而无法走出来的绝大多数人，他在诗歌创作中所体现出的那些不同于同光体的地方，正是他的独特价值所在。

【作者简介】 中华诗词研究院学术部职员。

---

［1］钱钟书：《宋诗选注》，生活·读书·新知三联书店2002年版，第10页。

"不变唯此变，渤海半扬灰"[1]：论刘柏丽词

赵郁飞

【摘要】 刘柏丽是"新时期"词坛的独特存在：一方面，她忠实而深细地承继了辛弃疾一脉，生平以辛派传法为己任，专事豪放词创作，是稼轩风在当今仍具有健旺生命力的重要表征；另一方面，她是"通变"文学史观的实践者，作品大力糅合古典资源与时代精神，在新与旧、中与西、科学与文艺的交汇处拓展了词体审美的向度。文章通过对刘柏丽个案的考察，以期稍稍呈现女性/学人词之创作生态，并为当代词史提供别一视角的建构。

【关键词】 刘柏丽　当代诗词　女性词　稼轩风

如果说"新时期"词界如同星座弥天的夜空，那么刘柏丽就是其中光耀迫人的北斗大宿，在20世纪的最后二十年横绝坛坫。柏丽（1928—2001）原名伯利，湖南长沙人。周南女中毕业后入北京师范大学外文系，1953年投笔从戎，任军委联络部翻译。1958年至1962年被错划为"右派"，下放唐山柏各庄，后调往吉林桦甸基层中学。"摘帽"后辗转豫、鲁各地水电站，1982年调水利部天津勘测设计研究院，从事英语研究工作至退休，有《柏丽诗词稿》、小说《人间只有情难死》，译著《怒涛译草》由钱钟书、施蛰存题签。柏丽词夭矫腾跃、郁勃淋漓之声色足称当代词史奇观，使人辄生"诗人例作水曹郎"之叹。（按：柏丽词往往直接于原文加详注，本篇为助理解本事及寓意，不予删去。）

---

[1] 柏丽词《水调歌头·书张惠言〈春日赋示杨生子伋〉五首后》其五句，全词见后文。

一、当代学辛首功

刘柏丽生平"怕向针神称弟子""大放金莲量地脚"[1]，存词凡二百七十四首（包括八首译英诗之词），几乎无一首所谓"婉约体"。除了"湘女多情天界与"（刘柏丽《玉楼春·一九八三年五一，贺长沙周南女中母校八十大庆》句）的文化基因与军旅生涯影响外，刘柏丽词的思想、艺术资源应自以稼轩为首的辛派而来。作者在"词坛青兕，辟地开天。已超靖节，凌清照，越苏髯"（刘柏丽《行香子》句）[2]的认识下，宣称"辛青兕及王家拗相公亦吾崇拜偶相"（刘柏丽《1992年11月桂林"李商隐学术研讨会"作》下自注）、"犹剩香菱痴一点，偏好辛陈标格"[3]。如：

> 何处不相逢，九派参差总向东。莫道苍茫无变化，鱼龙。扬激何干造化功。　赫日自当中，彪炳明河照太空。天地洪炉谁扇鞴，鲲鹏。击水抟霄九万风。

"莫道苍茫无变化""击水抟霄九万风"正是站在时代桥头迎接八面来风的那一代知识分子混杂着迷惘、憧憬、感奋、渴望的心态的再形象真切不过的表达。词中"何处""天地"盖陈亮原句，足见作者对辛派词人的熟习。《渔家傲·1976年红10月》则全集稼轩句，将多声部的雄浑声响调和为一手："老马临流痴不渡，联翩万马来无数。众里寻他千百度。夸翘楚，几人真是经纶手。　且喜青山依旧住，玉环飞燕皆尘土。莫问兴亡今几许，风雷怒。截江组练驱山去。"至《贺新郎·书辛陈唱和词后，即用其韵》最能见倾倒追慕：

> 八百年传说。叹辛陈、壮怀一世，殷忧覃葛。胡辔仆姑征讨

---

[1] "怕向"为柏丽词《定风波》句，系引顾贞立句；"大放"为《满江红·壬寅有赠》句，全词皆见后文。

[2] 柏丽词《行香子》句。

[3] 柏丽词《贺新郎》句，全词见后文。

梦，膻腥几时湔雪。空白了、冲冠英发。痴孝愚忠谁具眼，叩帝阍、枉费年和月。靖胡虏，柱胶瑟。　　情知造物心肠别。唯尔汝、胸襟激荡，云烟开合。西北神州今一统，堪慰鹅湖英骨。长短句、读来奇绝。安得庄生能起死，看今朝、华夏真如铁。共工活，不周裂。

安坐？浑胡说！耻酸儒，研精阐细，滥拉藤葛。万古心胸开拓处，烈雨迅雷崩雪。奇气在、粗豪英发。猬磔鸿毛俱已矣，拨浮云、终见团圆月。经春暖，恨秋瑟。　　隋珠鱼目宁无别。谙倚伏、何须磊块，哭歌遇合？百世之长一朝短，谁解千金市骨。淝水破、战歌雄绝。正好长驱无反顾，进洪炉、百炼分金铁。燕雀死，蛰龙裂。

佳气东南说。怀北固、孙权孺子，敢当刘葛。六百诗余多警句，最爱松枝微雪。垂天翼、昆仑朝发。歇脚潭州梳羽翰，引吭鸣、驱策风雷月。榆塞角，楚灵瑟。　　诗情难再诗肠别。年少事、回旋万马，气吞六合。杀贼连呼南岳动，此老忠贞到骨。与同父、一时双绝。火种千年燃不熄，转丹砂、点化寻常铁。镰斧举，庙堂裂。

辛陈鹅湖之会及其后的长歌唱和是千年词史最具气魄和血性的章节，他们的悲叹、笑语和呼啸穿透了八百年的时空，至今仍能震荡出崩云裂岸般的回响——这一组词就是与之同频共振的曲调中最强劲的音符之一。第一首中"西北神州今一统""看今朝、华夏真如铁"的正大题旨自然是和词应有之义，然也不乏"痴孝愚忠谁具眼""靖胡虏，柱胶瑟"地站在现代多民族国家立场上的深刻省思。辛、陈"殷忧罩葛"一生的意义，在于留下了"胸襟激荡，云烟开合"的词篇，在于把守住了那个时代所剩无多——也是词场上前所未有的英雄豪杰气。次首起句"安坐"指辛弃疾《美芹十献》中"苟朝廷不以为然，择沉鸷有谋、厚重不泄之人，付以沿边州郡，假以岁月，安坐图之，虏人之变可立而待"[1]之论。边火燃眉之际，"安坐图之"实是消极抵抗的下下策，稼轩

---

[1] 刘乃昌编：《李清照志·辛弃疾志》，山东人民出版社2009年版，第344页。

安有不知？柏丽即借此发挥，对庙堂上嫉功害能的主和派“酸儒”“研精阐细，滥拉藤葛”的行径直予痛骂。其后长驱直下，“万古心胸开拓处，烈雨迅雷崩雪。奇气在，粗豪英发”……至后首“镰斧举，庙堂裂”，高视阔步，神完气足。其实被“千年燃不熄”的“火种”“点化”者，毋宁就是自指？组词固是对稼轩传奇经历、峻伟人格与词业成就的表彰，更可直目为辛派传人的传法宣言。

柏丽集中又多摹稼轩以文为词一体，皆由豪情逸兴推动“若水之就下”，两起句“伯也”完全是稼轩口角：

> 伯也毫之末。为诗颠，京华憔瘁，山东落魄。犹剩香菱痴一点，偏好辛陈标格。何敢望，诸公清沏。我是杂家穷撷拾，不耐烦、两句三年得。披肺腑，吐心膈。　　文人相重还相隔。叹年前，斯文骨肉，扫地搽黑。邂逅诗刊逢赵叟，独具识人青目。况邻接、王翁芳泽。肖学乐天何学杜，信潭州自古诗人国。祈惠我，楚吟册。

> 伯也何曾利。探麓山、烟封雾锁，胸中灵气。白鹤泉头兰未展，扣辨二南碑字（张南轩、钱南园）。寻不见，魏源踪迹。等是有家归未可，咽离愁、万斛娱亲泪。明日过，暮云市。　　儿时景色非耶是。倏飞车、珞珈山没，昙华林逝。红色钢城留我憩，握别苍颜兄姊。谁解我，天涯心事。轨迹斑斑从头画，料行程、五万差相似（长征二万五，四化谅倍之）。掉头北，澄胸次。

> ——贺新郎·一九七九年二月由德州返长沙寿父八十生辰，湘潭访妹特利，过武汉见可姐宾哥。曾偕斐妹爬岳麓山，看兰花展览未得，匆匆北返赴京看结论。火车上回想半百韶华，不禁痛哭。口号寄赵甄公、何泽丈、王克老、肖彻翁，平仄工拙，不暇计也。

学辛若只学到高声大嗓、狞髯张目，止皮毛耳，须知稼轩是也能“敛雄心，抗高调，变温婉，成悲凉”的。柏丽早年下放柏各庄时所作《浣溪沙》“非不为也不能也，既已来之则安之”句其实已微透出坎壈抑塞气，在以“主旋律”“正能量”为主的《柏丽诗词稿》中，此格不多见，然亦精彩。读《卜算子·学韦陀步稼轩韵》三首：

> 调级慢如牛，涨价惊同马。谁是腰缠十万金，跨鹤扬州者。
> 下匮栎樗材，上盖琉璃瓦。不料批金只见沙，岂得豁如也。
> 天道亦转蓬，世法如亡马。扰扰京华宛洛尘，谁是长年者。
> 金谷已无珠，铜雀焉存瓦。不腐长生只至文，永劫难销也。
> 椽吏自他坟，款段非吾马。日御羲和月望舒，往复骎骎者。
> 已碎赤矶砂，空顾长平瓦。一事差堪自慰诸，善走书橱也（《后汉书·马援传》：从弟少游曰："士生一世，但取衣食裁足，乘下泽车，御款段马，为郡椽吏守坟墓，乡里称善人，斯可矣"）。

不管是"下匮栎樗材，上盖琉璃瓦""扰扰京华宛洛尘，谁是长年者"对世相的揭讽，还是"一事差堪自慰诸，善走书橱也"的自嘲口吻，愤激牢骚情态都不在辛作之下。刘柏丽对辛弃疾的接受是全面的，在专力创作的第七年即关注到了稼轩"平生滑稽怪伟之最"[1]的《沁园春》"止酒"二首，效作《沁园春·词仙问答，学稼轩体》，真可谓学到了细处、学到了根柢：

> 词！负余乎？飞马行空，且驻若骖。甚颐颔气使，于君安忍；发髡面墨，谓我何堪。平仄难调，短长不葺，大吕黄钟得未谐。供驱使，愿神游玉兔，汗渍银蝉。　　为人性僻偏耽。怪幼妇黄绢作笑谈。写新愁旧恨，黄添绿减［新愁旧恨，莎翁剧《第十二夜》中作"青愁黄恨"（"green and yellow melanchol"），余甚爱之］；晨歌晚啸，宋馥清醰。汗简无门，垂青有目，自断今生作茧蚕。能弹指，吐古香今艳，织霭裁岚？
> 刘！小哉言！怡情养气，不亦善乎？按亮节崔巍，楚濡晋染；清词警策，月积年储。学忌无恒，文须有骨，廿纪旁搜得裕如。无他诀，似山蜂酿蜜，海蚌胎珠。　　词源阔接天衢。况黑洞银河有

---

[1] 马大勇师：《晚清民国词史稿》，华中师范大学出版社2016年版，"'直逼稼轩'的半塘词"一节，第108页。

尽无。若万吨筛矿，得铀些许（马雅可夫斯基认为：造句炼词。如
从万吨矿中炼取几微克精品）；频年观虱，命中须臾。国步安危，
时潮进退，史笔词流痛切肤。功夫到，会水清鱼出，霓聚云舒。

　　稼轩创奇体后，踵事增华者代不乏人，清末王鹏运之《岛佛祭诗，
艳传千古。八百年来，未有为词修祀者。今年辛峰来京度岁》可推为个
中翘楚，[1]柏丽此二篇亦与词问答，灵感应源自王作[2]。词虽不如辛作之
纵横排奡，王作之深曲重大，然"自断今生作茧蚕""国步安危，时潮
进退，史笔词流痛切肤"的痴诚和担当感却很能打动人，"词源阔接天
衢。况黑洞银河有尽无。若万吨筛矿，得铀些许；频年观虱，命中须
臾"数句尤出奇翻新。在《沁园春》"止酒"二首的接受史中，刘柏丽
是开当代先河的一位[3]。

　　柏丽晚年甚爱《定风波》一调，常一作数首，极跌宕潇洒之致，如
见其人高谈大笑于前。又以多摹写自家创作、研究心境，特具知识分子

---

[1] 详见马大勇《辛稼轩〈沁园春〉"止酒"二首接受考述》，载《中国诗学》（第
　　十三辑），人民文学出版社2008年版。辛词曰："杯汝来前！老子今朝，点检形
　　骸。甚长年抱渴，咽如焦釜；于今喜睡，气似奔雷。汝说刘伶，古今达者，醉
　　后何妨死便埋。浑如此，叹汝于知己，真少恩哉！　更凭歌舞为媒。算合
　　作、平居鸩毒猜。况怨无大小，生于所爱；物无美恶，过则为灾。与汝成言，
　　勿留亟退，吾力犹能肆汝杯。杯再拜，道麾之则去，招则须来。""杯汝知乎，
　　酒泉罢侯，鸱夷乞骸。更高阳入谒，都称蒇曰；杜康初筮，正得云雷。细数从
　　前，不堪余恨，岁月都白麹蘖埋。君诗好，似提壶却劝，沽酒何哉？　君言
　　病岂无媒。似壁上、雕弓蛇暗猜。记醉眠陶令，终全至乐；独醒屈子，未免
　　沉灾。欲听公言，惭非勇者，司马家儿解覆杯。还堪笑，借今宵一醉，为故人
　　来。"王词曰："词汝来前，酹汝一杯，汝敬听之。念百年歌哭，谁知我者；千
　　秋沉潫，若有人兮，芒角撑肠，清寒入骨，底事穷人独坐诗。空中语，问绮情
　　忏否，几度然疑。　玉梅冷缀莓枝。似笑我、吟魂荡不支。叹春江花月，竞
　　传宫体；楚山云雨，枉托微词。画虎文章，屠龙事业，凄绝商歌入破时。长
　　安陌，听喧阗箫鼓，良夜何其。""词告主人，醹君一觞，吾言滑稽。叹壮夫有
　　志，雕虫岂屑；小言无用，刍狗同嗤。捣麝尘香，赠兰服媚，烟月文章格本
　　低。平生意，便俳优帝畜，臣职奚辞。　无端惊听还疑。道词亦、穷人大类
　　诗。笑声偷花外，何关著作；情移笛里，聊寄相思。谁遣方心，自成呫舌，翻
　　讶金茎不入时。今而后，倘相从未已，论少卑之。"
[2] 柏丽后有集半塘句之《定风波》，集入"词亦穷人大类诗""笑我吟魂荡不支"
　　句，可知对此二词熟悉。
[3] 当代又有马大勇师作《与钱问答》三首，网名"东海客""芊若"者于菊斋论
　　坛、天涯诗词比兴板块发表《戒烟》《戒诗》等。

情怀趣味，卓然学人词林，应无愧色。故不惜篇幅，全引二组如下：

把酒花前祷玉壶，苔纹乞倍洒琼琚。瑟瑟秋深枫树叶，羞怯。饶添妩媚碧成朱。　深探玉溪心忐忑，无胆。迷宫苦诱摘骊珠。天岂无情生百怪，当代。晨星犹幸绛河趋（试译义山诗为英格律诗，殊难把握）。

把酒花前月上弦，情移心碎觅桑田。海水崩澌回棹处，奇遇。伯牙琴妙仗成连。　铺垫泥犁玫瑰路（吕碧城词"苦向泥犁，铺垫蔷薇路"），谁悟。华鬘兜率奈何天。千载文章知己少，倾倒。阑珊灯火剧堪怜。

把酒花前月似钩，伤春伤别望重楼。黄金台夜燃兰烛，停足。怀素狂书在上头。　江河难实金卮漏，空怒。乐游原暗使人愁。漆室涂山挥泪雨，无语。天倾西北漫黄流（伤苏联解体）。

把酒花前月又圆，追欢端欲日如年（中书君名句）。载鬼同车悲往昔，呵壁。不能成佛懒生天（黄人摩西句）。　怵翻百万蛮夷字，无恃。斜阳乞照学青莲。转折人生知几许，吾汝。相将赶路趁星妍。

到此宁甘死便埋？燕昭市骨可怜台。铁树不花容有待（苔纹句），澎湃。月明珠涌大潮来。　江上空怜商女曲（顾贞观妹贞立[1]句），昂鬞。我思吹律动葭灰。怕向针神称弟子（顾贞立句），深耻。干邪脊背漠生苔。

三尺青蛇七宝缨，兜鍪不羡五侯鲭。四十年来悲急景，奇冷。昔时盛鬋已鬤鬖。　知己文章千古业，胡越。只余清梦到黄陵。歌笑原堪珠玉赏，迷惘。糟糠养士石坊旌（李白诗"珠玉买歌笑，糟糠养贤才"）。

稗史翻残落蠹虫，情为何物叩天公。芸阁痴嫌银汉浅，无忝。深情我辈独能钟。　风雅不亡缘善变，生面。酿雷蕴霭碧翁翁。我见青山多媚妩，何补。青山见我笑凡庸。

---

[1] 按：应为贞观姊。

　　醉素蕉书敌万钱，郁葱葱室[1]发云烟。千载犹能生意满，春暖。尖荷陡绽古时莲。　　须把洛城花看尽，天性。春风话别始怡然。标格清华梅菊色，缄默。虫多言语不能天。

　　有清一代词宗亦终生学辛的陈维崧亦尝为史惟圆评论为："及观吾子之词，湫乎恤乎，非阡非陌乎！何其似两山之束峭崒，窜蠢阨塞，数起而莫知所自拔乎！抑众水之赴夔门乎，旋涡湍激，或蘁之而转轮，或矶之而溅沫乎！"[2]在稼轩风流脉处于陈维崧"下游"处的刘柏丽"水势"固不如迦陵壮大，亦能饶"吐吞沙岛、剥蚀岩礁"（刘柏丽《八声甘州·看电影〈大浪淘沙〉后》）之气派。1990年，在赴江西上饶"辛弃疾850岁诞辰国际学术会议"前，柏丽为她毕生的偶像如是"庆生"云："谁谓稼轩死？凛然哉、俊词六百，烟霞腾纸。锽鞳大声雷震耳，旖旎星娥月姊。青兕力，叹为观止。肌理范苏庄骚骨，莽苍苍、宇宙相终始。胸不让，片云滓。"是啊，稼轩不死，热血永存。刘柏丽以三十年专力学辛，略无旁骛，至为当代首功。当然，这位"穷摭拾"的"杂家"的作品中时见浅率词句与格律上的疏失，或也正因此粗头乱服面目不为方家所喜，其实泥沙俱下、菁芜杂生之病求诸稼轩、其年且不免，应取优长处辩证看待，不可一笔抹倒。

二、"风雅不亡缘善变"

　　如果说前举《沁园春》还只是"古香今艳"的略一吐绽，那么《定风波》之"风雅不亡缘善变"句就是对生平创作理念的回顾与总结。自二十世纪八十年代始，柏丽有意识地自我革新，将"通变"践行得格外全面和彻底，"实验""先锋"感强烈。如坚冰之消泮必为春风催化，"变"亦绝非偶然，有其深刻的内在驱动力，"从事科学研究工作，复受欧西文学影响至深"[3]只能算作诱因。先读其《水调歌头·书张惠言〈春日赋示杨生子掞五首〉后》：

[1] 按："郁葱葱室"系柏丽书斋名。
[2] 转引自严迪昌《清词史》，江苏古籍出版社1990年版，第199页。
[3] 刘梦芙：《二十世纪名家词述评》，安徽文艺出版社2006年版，第316页。

春夜夜班冷，炉炭敛余温。不知南极北极，仍否雪为坟。告别十年恶梦，乍听龙蛇蛰动，凌汛挟冰崩。掩卷携琴剑，青鸟致昆仑。　谒太白，叩疑义，析奇文。斗杓东指，卫星出没测天津。毕竟迎来青帝，酝酿明晨绿意，淑气渐氤氲。笑劝团圆月，休泫旧啼痕。

春眠不觉晓，汽笛苦催予。津沽马路争渡，流水自行车。忽诧杨梢转绿，不似严冬拘束，朝露渗醍醐。消息花期定，九十只须臾。　蜂舞未，蚕市否，燕归欤。山茶老杏，春分点缀粉姑苏。回首岱宗初旭，海角涌金喷玉，青岛更青无。不必传钟铎，遍地事犁锄。

春午尤应惜，秉烛得毋迟。何能坐愁怫郁，当复待来兹。纵不生年满百，忧虑千秋万国，肝胆岂求知。红雨和香絮，甘化护花泥。　桐花凤，翠竹笋，白琼卮。春深南国，先荣龙血入云枝。莫与青春背弃，毋负清明节气，休再误农时。稻麦超天演，蜂蝶决雄雌。

棠棣棣棠俊，春晚晚春嫣。四季蝉联取代，地轴转须偏。浇尽千年血泊，赢得十围苍翠，云锦灼红棉。欢乐颂交响，悲怆曲回旋。　瞰川黔，骋河洛，翥幽燕。阳春有翅，银柳飞嫁古穷边。唐汉驼铃雁字，今又丝绸舶市，芳草更芊芊。纵说黄昏近，霞彩欲烧天。

不变唯此变，渤海半扬灰。京垓宇宙皆尔，何必为春悲。十八姨虽多妒，香雪海偏潮怒，错铸九骖追。春亦旅游惯，或去乌拉圭。　由春去，留春住，待春归。斯须涓滴，五洋终古汇奔豗。日怒云危长夏，黍熟果繁秋夜，天道喜循回。曲折征遐迩，纡转探宏微。

茗柯五首水调向为论家推美，谭献评曰："胸襟学问酝酿喷薄而出，赋手文心，开倚声家未有之境"，陈廷焯盛赞云："……既沉郁，又疏快，最是高境。陈、朱虽工词，究曾到此地步否……热肠郁思，若断仍连，全自风、骚变出。"[1] 柏丽词爽骏不逊原作，更能横涂竖抹，机变万

[1] 转引自严迪昌《清词史》，江苏古籍出版社1990年版，第433页。

端，将"南极北极""卫星""汽笛""自行车""地轴""欢乐颂""悲怆曲""宇宙""乌拉圭"等现代语缀嵌其中，并无凌杂伧攘感，反而"提亮""激醒"了大段文本。词作于1983年，此时的"春"既指节序轮转中的一季，亦是"思想解放"，"抢回为'极左'路线耽误的十年光阴"风气中酝变出的乐观昂扬的时代主旋律。"告别十年恶梦，乍听龙蛇蛰动"，明朗温润的"春气"沾沐全民，当然也毫无偏私地吹拂到词人案头。身兼科技、文学之能的刘柏丽自然要挣脱窠臼，不作凡响。她的思绪从夜班的办公室起飞，由俯览津沽到叩访祖国边陲，最后纵目"五洋"、驰想"宇宙"，这种神游或为古人笔下所有，但品格、精神都是崭新的。"稻麦超天演，蜂蝶决雄雌""浇尽千年血泊，赢得十围苍翠""京垓宇宙皆尔，何必为春悲"中传达出的意蕴，则是词人在大笔疾书的同时，随手泼染出的现代人文主义的星点光芒。

更迥特奇创者如《定风波·读顾随苦水先生仿醉翁把酒花前之什，深叹其美。颇不自量力，丁卯上元，对月戏发诸问。并呈苦水先生高弟叶嘉莹教授一粲。——破折号后，乃姮娥答语》：

把酒花前欲问君："颦眉阅世怨何深？"——白日炎蒸宵酷冷，谁省？环峦都被死氛吞。"人境花期应尚记，多丽。映山红醉媚朝暾"——百五韶光容易了，昏晓。地长天久不无垠。

把酒花前欲问渠："广寒清夏近何如？"——挥汗吴刚淹桂斧，何补？深谙太始月盈虚。"闻说银河千数亿？"——谁计。渐知天外有天衢。"晚露晓珠徒痛泣"——何必？菱缠藕叠出芙蕖。

把酒花前问素娥："一生圆月几嵯峨？孤另自寻缘窃药？"——猜着。璇机云锦入天魔。"射日枭雄非怨偶？"——无咎。世间儿女怎如他（文廷式句）？错许长生天却妒，回顾。西番莲颤橡哆嗦〔希腊神话：厄律西克同（掘地者）斧砍神圣森林，挂着感恩牌的橡树亦不免，诸神怒罚砍树者永恒饥饿，终至擘食自己内脏而死〕。

把酒花前欲问伊："消寒可有辟寒犀？"——午夜罡风吹玉兔，奇瘦。此时仙阙等泥犁。"璇宫背面唯卿见？氢箭。徐妃全息摄无遗。"——俯看孤山梅正冽，清绝。剧怜天上夜凄其。

把酒花前问月华："几生修得到诗家？"诗路历程高且陡，难走。狄安娜境必清嘉（月神狄安娜，已成志行高洁的淑女之同义词）。——枝空月桂颁冠冕，芽浅。老瘤丹桂剩丫叉。境界天人为底设？驰掣。诗词新意本无涯。

把酒花前问月皇："中西诗道可相妨？"——亚波罗亦诗歌主，跋扈。长庚无赖掩天狼（天狼星，全天最亮的恒星，但因距地球8.7光年，虽直径倍于太阳，表面温度摄氏万度，视星等只-1.45；远不如距日亿公里，直径小于地球5%之太白金星，其亮度仅次于月、日。它朝名启明，暮号长庚）。"桃金娘对仙人掌（桃金娘花，西方名花，即番石榴，一名爱神木，古希腊人以之在酒宴中传枝吟诗，如我国击鼓传花。仙人掌多刺，然生命力强。周采泉丈以之誉拙诗，愿勉力），天壤。人为局限惹忧伤。好趁银潢航电子，宁死。不为诗狷定诗狂。"

于浅语中传达人生真味是苦水长技[1]，"镜里星星难整顿。双鬓。今年已比去年新""明岁花如今岁好。人老。悲今吊古总成痴"的思致虽较永叔原作翻进一层，然毕竟没有突破感时伤怀的古典语境。柏丽词则只沿用其体，言辞意趣可称旷古未有。新名词、新思维倏往忽来，令人目不暇接，若观万花筒，若乘旋转木马，抵得一篇科普奇文：怀抱着浪漫想象与姮娥问答，仙子却据实相告："白日炎蒸宵酷冷""此时仙阙

---

[1] 顾词云："把酒东篱欲问公，菊黄何似牡丹红。依样看花依样醉，相对。花香沁入酒杯中。 今日花开明日落，萧索。东风原不让西风。记得留春无好计，垂泪。秋来着意绕芳丛。""把酒东篱欲问君，十分秋比几分春。记得春花零落处，尘土。秋英未肯惹黄尘。 莫对佳花还坠泪，无味。空教花笑有情人。镜里星星难整顿。双鬓。今年已比去年新。""把酒东篱欲问他。秋来底事着愁魔。北地晴天尘不起，千里。一轮明月澹银河。 君道春光容易老，烦恼。送春无计奈春何。寒雨一场霜霰至，憔悴。请君起看有秋么。""把酒东篱欲问伊，忍教辜负菊花时。万物逢秋摇落尽，争信。山前尚有傲霜枝。 明岁花如今岁好，人老。悲今吊古总成痴。尝得酒中真意味，沉醉。樽前听我唱新词。""酒醒扶头曳杖行，依依残照上高城。住得尘寰三十载，堪怪。今秋秋意忒分明。 自笑怜花无好计，惯会。山泉汲水共银瓶。采得黄花归去后，回首。四山无语只青青。"

等泥犁"，作者亦恢复科学工作者的谨严，告曰："璇宫背面唯卿见？氢箭。徐妃全息摄无遗。"——这种亦庄亦谐的格调是属于现代人的、高级的俳谐。除了纳新入旧，词中还有关于"中西诗道"的严肃一问——"长庚"与"天狼"、"桃金娘"与"仙人掌"、"银潢"与"电子"的对决，其实正是中西诗歌"打通"过程中所呈现出的"错位之美"。尽管刘柏丽已经用包括这组词在内的成功尝试为此问作答，但她还是明确提出，"境界天人为底设？驰掣。诗词新意本无涯"。这应是此期词坛最具理论自觉与自信、也最有价值的声音之一。惜其时苦水老已谢世近三十年，不然定当闻言心喜、颔首微笑也。

作为毕生"结案陈词"的《满江红·壬申有赠》则从心所欲，拊合新旧典、眼前事，以阅历学养趋厚，气息亦转沉郁老健：

> 一掷何尤，能几度、武夷酬酢？书斗大、钟繇字妙，蔡邕碑卓。酒阵骞旗牌免战，诗城斩将图行乐。慰卅年、羁怨故山云，平峰壑。　　黑漆漆，君网脱；苦兮兮，吾胆割（余1989因结石作胆切除手术）。悟腐史膑孙，刑余刀斫。银晶晶随山雪下，郁葱葱共芳芽苗。定猴年、马月雾翳开，欣相酌。

> 落落平生，年六四、冷渊热薮。都阅遍、楚榆京柏，鲁槐沽柳。大放金莲量地脚，全皈玉楮钩沉手。纵词心、七窍比干输，巴河藕。　　人去往，离合钮；心向背，开关牖。数今生契阔，得未曾有。袁虎（袁宏，小字虎，月夜于估客舟上朗咏其咏史诗，为镇西将军谢尚所赏）之余皆鸟鼠，董龙（《南北史》："董龙是何鸡狗"）以外非鸡狗。才一滴、差足酹波斯，葡萄酒。

女性词史出一刘柏丽，亦"得未曾有"也！柏丽词颇以"炫奇"见讥[1]，余不谓然。盖诗道之大，浮载万物，何来新即鄙拙、古必高雅之

---

[1] 刘梦芙评曰："……意象过于稠叠，章句尚未浑融，乍读之新鲜，细品则乏味。盖倚声一道，贵在情长，若一味炫奇，不在情韵上着力，终觉色艳而香微，鲜能沁人肺腑。"参见刘梦芙：《二十世纪名家词述评》，安徽文艺出版社2006年版，第317页。此评语不应简单看作风格论，究其深层原因，乃刘柏丽于"婉约""蕴藉"之"性别期待"打破过于彻底，易引人不适也。

论？岂不闻"刘郎不敢题糕字，虚负诗中一世豪"？又"新""旧"本是相对而言，好诗人大抵不离古，不忌新，弥缝补罅，兼收并蓄，驰骋于今古两间。龚鹏程《晚清诗话》中说得通透不过：

> 诗家搜罗物象，本无之而不可，所谓牛溲马勃，尽成雅言，岂有新材料旧材料之说？自妄人不知谁何者，揭出此义，世遂哄哄，若诗果不宜于用新名词，果不能写当时事，偶或用之，则以为以新材料入旧体制，如于山水画中着一飞机轮船者然。于是马远夏珪四王八大，竟只可为马远夏珪四王八大，不可于其中入一今时衣冠人物矣。于是为唐为宋为汉魏六朝，遂只能为唐宋六朝，不得于其间着一时代语言事类矣。此弊自明人好用古官名地名始，以为用唐以下名物为不雅。夫雅俗自有品格，岂着一古衣冠即以为雅耶？唐宋人写秋千写玻璃，又岂非当时之物耶？[1]

又，柏丽九十年代酷耽集句，"痛读诸家，撷其妙句"[2]，尝一年中集义山、东坡、半塘、芸阁、定庵乃至今人林锴诗句作《定风波》二十四首。此调句式较整饬，易纳入七言诗，使作者"有余裕开掘抒情的深度"[3]。在强烈的审美偏好影响下，刘柏丽对前人诗句的拣选、裁截、安排皆带有鲜明的个性，这种再创造——毋宁直接说是创造力——足为集句词史添上一笔异彩。选五首：

> 倾盖相逢胜白头，乞浆得酒更何求。顾我已无当世望，愚妄。堆墙败笔如山丘。　四十三年如电抹，须豁。岁寒松柏肯惊秋。望断碧云空日暮，蟾度。会看光满万家楼。集苏轼
>
> 词亦穷人大类诗，文章何处不骈枝。蜡烛有心灯解语，蛾舞，笑我吟魂荡不支。　好句自来还错过，无那。许事人间未要知。

[1] 王翼奇等：《当代诗词丛话》，黄山书社2009年版，第593—594页
[2] 柏丽词《定风波集句一打》自注，参见刘柏丽《柏丽诗词稿》，中州古籍出版社1994年版，第103页。
[3] 参见马大勇师《朱彝尊〈蕃锦集〉平议——兼谈"集句"之价值》，载《南京师范大学文学院学报》2003年第3期。

歌哭无端燕月冷，憧憬，刀圭难已有情痴。集王鹏运

可解骚人万古情，不情端恐负神明。指点齐州烟点外，慷慨。一杯举手劝长星。　　似锦年光浑忆旧，悠谬。十年踪迹楚江萍。人生只有情难死，奚止。哀猿啼急雨冥冥。集文廷式

谁识秋河几许深，天花落满月中身。碧透须眉清透骨，思哭。千鬟万笏来纷纭。　　一碗琼浆凝百感，苍莽。我思吹律助东君。大宙真魂何处觅，长揖。起抖衫月白纷纷。集林锴《苔纹集》

依旧掀髯画里仙，有云数亩故山颠。自有心香自焚祷，三宝。几人面壁道心坚。　　直上与天通呼吸。惊觑。星镶云屭月如钱。蓦然豁朗惊回首。狂走。斧柯烂尽矗枰边。集林锴《苔纹集》

【作者简介】 吉林大学文学院副教授。

"五四"后新旧体诗和合观念的产生及影响

——兼评沈家庄《三支翅膀》新旧诗体
并创的当代意义及价值

【摘要】 "五四"以后,新旧文学之争长期被人浓墨重彩地加以描写,却忽视了当时提倡新旧文学并存、文学无分新旧的声音,这种声音其实对当时文坛产生了巨大影响,表现在部分现代诗人新旧体诗并创,并将己作的新旧体诗合刊于一集,这表明当时产生了融合新旧体诗隔阂的思想,只可惜这一思想在当代被阻断了,部分现代诗人泯合新旧体诗的努力也被中止。故沈家庄新旧体诗合集《三支翅膀》的出版,显示出了其在诗学史上的意义及价值,即继承了现代诗人新旧体诗并创、并刊的传统,为新旧体诗融合发展重新找到了前人走过的探索之路。

【关键词】 新体诗 旧体诗 和合观念 沈家庄 《三支翅膀》

20世纪中国新文学与旧文学的论争是人们普遍熟知的文学现象,但当前学界过于看重这种新旧文学之争,忽视了当时部分学者、文人为新旧文学融合所作的努力。而且,新旧文学之争的紧张状态某种程度上是当时人以及后人建构出来的,实际上新旧文学的对立并没有那么严重,比如吴宓在《空轩诗话》四十九"近贤之诗至关重要"中说:"十余年来,所谓爱国革新之文化运动,已使文言书少人读,旧体诗几于无人作。"[1] 所谓"爱国革新之文化运动"自然指的就是五四新文化运动了,吴宓认为"五四"以后旧体诗几乎无人作,这其实是夸大不实之

---

[1] 吴宓著,吴学昭整理:《吴宓诗话》,商务印书馆2005年版,第254—255页。

词，真实情况与之恰好相反。仅笔者所寓目的现代旧诗别集刊刻情况而论，1919年之后近三年刊印的旧诗别集就有数种，包括陈夔龙《花近楼诗存三编》二卷、《四编》二卷（1920）、陈霞章《戊戌诗存》一卷（1921）、陈曾寿《苍虬阁诗存》三卷（1921）、高凌雯《过江集》一卷（1922）、金天羽《天放楼诗集》九卷（1922）等，而这仅仅是冰山一角，实际数量远远不止。也就是说，1919年五四新文化运动后新旧文学的发展态势并不是吴宓所说的那样此消彼长，而当时与吴宓持相同观念的人不少，1931年瞿秋白在《鬼门关以外的战争》中说："文言诗词的集子，在最近十年来也许一本也没有出过；而新式白话诗的集子，至少已经有一百五六十本，而且正在大大的出版。"[1]说旧体诗词集"一本也没有出过"显然也是臆断，上面所举陈夔龙、陈霞章、陈曾寿、高凌雯、金天羽的旧诗别集就是在"最近十年"刊行的，还有旧体诗词总集，如1925年邹弢（字翰飞）刊印了《希社丛编》（第八册，见南江涛辑《清末民国旧体诗词结社文献汇编》第3册，国家图书馆出版社2013年版），只是这些旧体诗集刊行的现象被人为遮蔽了，以致得出的结论是新文学战胜了旧文学，并以"现代文学"作为新文学的代称，完全抹杀了现代时期旧体文学的存在。

如果抛开新旧文学的成见，以当时人的言论及诗作而论，"五四"后一直存在融合新旧诗体隔阂的声音，并有个体诗人新旧诗体兼顾的文学创作活动，这是需要引起学界关注的文学现象。特别是当时出现了新旧体诗合集刊印的情况，此与新旧体诗和合观念现象的产生不无关系，对于当代新旧诗体创作者而言，也有历史借鉴意义。故对"五四"后的新旧文学尤其是新旧诗体的关系要重新加以审视，以还原一段被遮蔽的文学史实。

一

所谓新旧体诗和合观念指的就是融合、调和新旧体诗之间人为设置的鸿沟，这种鸿沟是由当时秉持西方科学实证主义思想的人制造的，他

---

[1] 瞿秋白：《瞿秋白文集》（第三卷），人民文学出版社1989年版，第630—631页。

们以进化论为基调，论证新体诗取代旧体诗的合理性，其代表就是胡适。然而，文艺体裁的发展不可用生物科学的进化理论去论证，这是不言而喻的。事实上，文艺内部的发展变化是承前启后，无法完全割裂的，更无所谓优胜劣汰，正如词与乐府诗有历史继承关系，但无人说词优于乐府诗一样。故调和新旧体诗之间由实证主义者制造的隔阂，就显得尤为重要。这种和合观念其实是古代文论中"通变"思想的自觉表现，刘勰《文心雕龙·知音》曰："是以将阅文情，先标六观：一观位体，二观置辞，三观通变，四观奇正，五观事义，六观宫商。"[1]也就是说"通变"是鉴赏文本（将阅文情）的六个方面之一，要看清作品的因袭和变革，新诗与旧诗之间其实就是因袭、变革的关系，而且二者创作时会受到对方的影响，这在当时已有人承认。因此，新旧体诗和合观念不仅包含着对新旧体诗关系调和的看法，也包括对新旧体诗创作方法相互影响的认知，以下述论之。

对新旧文学关系进行调和的声音最早出现在1922年，这一年在南京创刊的《学衡》对新旧文学论争发表了一系列的调和文章，梅光迪在1922年1月1日《学衡》创刊第1期上发表的《评提倡新文化者》中说："盖文学体裁不同，而各有所长，不可更代混淆，而有独立并存之价值，岂可尽弃他种体裁，而独尊白话乎？"其中所说的"独立并存"就是调和新旧文学对立的观念，同年缪凤林在《学衡》第3期《文德篇》中进一步强调说："自新文化运动以来，顺应世界潮流之声浪，喧盈耳鼓，因有旧文学皆死文学等谬论，岂知文学之可贵，端在其永久性，本无新旧之可分。"[2]可知在学衡派看来，文学无分新旧，只是这种调和新旧文学的声音并不被新文化运动者接受，胡适在1922年3月写的《五十年来中国之文学》中就说："今年南京出了一种《学衡》杂志，登出几个留学生的反对论，也只能谩骂一场，说不出什么理由来……《学衡》的议论，大概是反对文学革命的尾声了。我可以大胆说，文学革命已过了讨论的时期，反对党已破产了。从此以后，完全是新文学的创造时期。"[3]这是

---

[1] 王运熙、周锋撰：《文心雕龙译注》，上海古籍出版社2012年版，第330页。
[2] 缪凤林：《文德篇》，载《学衡》1922年第3期。
[3] 胡适：《胡适全集》（第2卷），安徽教育出版社2003年版，第340—342页。

新文化运动者人为割裂新旧文学关系的宣言，不仅如此，周作人仍然对当时能不能作旧诗这个问题发表了否定的说法，他在1922年3月以"仲密"为笔名写的《做旧诗》中说：

> 我自己是不会做旧诗的，也反对别人的做旧诗；其理由是因为旧诗难做，不能自由的表现思想，又易于堕入窠臼。但是我却不能命令别人不准做，不但是在我没有这个权威，也因为这样的禁止是无效的。我所能做的只是讽劝他，叫他自己省悟。[1]

表面上周作人不禁止别人作旧诗，是他自由、宽容思想的表现，其实他是在讽劝别人不要作旧诗，贯彻了他早年提出的关于"旧派的不在宽容之列"[2]的态度。不过这种独尊新文学的观点并不被当时人普遍认可，其中包括传统文人，代表有南开校父严修。

严修，字范孙，号梦扶（一说为字），别号偍漏生，天津人。生于清咸丰十年（1860），卒于民国十八年（1929）。他曾在民国七年（1918）游历美国考察教育，翌年归国创建了南开大学。或许是历史的巧合，严修在1922年写的《寿林墨青六十》一诗中也表达了对新旧文学关系的看法，其诗云：

> 新学与旧学，交攻如对垒。我思不必然，实事但求是……论文更聚讼，文言或语体。我思宜并存，不必相丑诋。借曰废文言，四部当尽毁。数十圣留贻，数千年积累。外人且探讨，谓中多要旨。岂有吾国人，反弃同散屣。语体为通俗，辅助功亦伟。香山所为诗，可以喻灶婢。宋儒著语录，后人谁敢訾。[3]

其中"语体"指的就是新文化运动者提倡的白话文，严修认为自古

---

[1] 周作人：《做旧诗》，载《晨报·副镌》1922年3月26日第4版。

[2] 周作人：《文艺上的宽容》，见张明高、范桥编《周作人散文》（第二集），中国广播电视出版社1992年版，第203页。

[3] 严修著，杨传庆整理：《严范孙先生古近体诗存稿》，天津古籍出版社2015年版，第79—80页。

就有白话通俗语体，他举的例子是白居易的诗和宋儒的语录体著作，所以在严修看来，白话与文言也就是新学与旧学是可以"并存"的，不存在交攻对垒的关系，这也是调和新旧文学关系的和合观念。

因此，在五四运动之后，当时的文学圈里出现了调和新旧文学关系的声音，其基本观念就是新旧文体"并存"，这类声音在当时很普遍，遭到如周作人这样的新文学家的猛烈攻击，但是当前现代文学研究界以新文学为正统文学，对当时调和新旧文学的声音未予以重视，这种调和之声被屏蔽掉了。其实，此种调和之声对当时文坛产生了巨大影响，首先表现在诗坛出现了个体诗人新旧诗体并创的现象。这群诗人主要分为两类，一类是旧文学家作新诗，代表是南社成员林庚白和沈尹默，二人遗集《丽白楼遗集》和《沈尹默诗词集》（书目文献出版社1982年版）都有旧体诗和新体诗作品；另一类是新文学家作旧诗，有学者统计："俞平伯1925年以后共创作了530多首古诗词；朱自清一生共创作了260多首古诗词，全部为'五四'文学革命落潮以后所作；郭沫若更是创作了1000多首古诗词，而且绝大多数是在'五四'落潮以后所作。鲁迅1930年以后重新开始创作古诗词，约有47首……"[1]这种新旧体诗并创的现象，本质上是对新旧体诗并存关系的认可，正如王敖溪在《读新诗人王独清之旧诗》一诗中所云：

> 娶妻与做诗，不能并论之。我闻娶妻者，无事不自私。一旦得新妻，自必弃旧妻……又闻做诗者，无宜无不宜。虽讲做新诗，仍可做旧诗。新诗固自好，旧诗未全非。即讲做旧诗，偶亦做新诗。新诗纵学好，旧诗未忍遗。[2]

王敖溪所评正是新文学家作旧诗者，他认为新诗、旧诗均可作，就是承认新旧诗并存的关系，而他之所以有这种调和新旧体诗关系的观念，与他的旧体诗创作特点有关。

---

[1] 钟希高：《勒马回缰写旧诗——"五四"新文学作家古诗词创作现象简论》，载《潍坊学院学报》2008年第3期。
[2] 王敖溪：《读新诗人王独清之旧诗》，载《社会月报》1935年第9期。

　　王敖溪所作的这首诗,表面上看是一首旧体诗,然而分析此诗的平仄却发现该诗多处地方不合平仄,如"新诗固自好"是三仄尾,犯了诗病,且整首诗用白话创作,所以这首诗严格意义上来讲不是旧体诗,而是一首形式为旧诗,实则是白话语体的新诗。不过王敖溪本意肯定是在作旧诗,因为他是在给别人的旧体诗作评价,他自认为自己写的也是旧体诗。这说明,王敖溪所作的旧体诗其实受到新体诗创作的影响,而且他还反对传统诗歌的创作方法,他批评王独清的旧诗说:"我读独清作,劝君不必悲。何物是太阳,何物木仍(按应为'乃',原文误)伊。何物是乔木,何物是萝丝。欲求女为妻,自向女吟诗。那可将诗意,用以论夫妻。"[1]其中"乔木""萝丝"乃古代文学常用意象,以喻婚姻,王独清的诗作便借用了这个意象,王诗云:"男谓木乃伊,今始见太阳。女谓如丝萝,永托乔木旁。"[2]诗作明显运用了古代诗歌创作的比兴手法,可这种创作方法却遭到王敖溪的批评,他认为诗歌就应该直抒胸臆(欲求女为妻,自向女吟诗),这与当时新诗的创作观念是一致的。

　　所以王敖溪的旧诗创作方法就是用新诗来创作,这在当时也是普遍现象。叶圣陶在《俞平伯旧体诗钞序》中引俞平伯的话说:"他(按指俞平伯)说,他后来写的旧体诗实是由他的新体诗过渡的,写作手法有些仍沿着他以前写新体诗的路子。"[3]则俞平伯后来写的旧体诗就如王敖溪的旧体诗一样,有传统诗歌的形式,但语言用的还是新诗,也不太讲究格律,而俞平伯评价自己的新体诗时又说:"即以最近所做的而论,其中或还不免有旧诗词底作风。这是流露于不自觉的,我承认我自己底无力。"[4]由此可见,在民国时期新旧体诗创作有时是相互影响的,而正因如此才会产生对新旧体诗并存的观念,诚如徐钰茹所言:"他们写新诗得益于古诗词的修养,写旧诗仍延续新诗的方法,这就不自觉地打破了新旧诗之壁垒。"[5]

［1］王敖溪:《读新诗人王独清之旧诗》,载《社会月报》1935年第9期。
［2］王独清原作,载《社会月报》1935年第9期。
［3］叶圣陶:《俞平伯旧体诗钞序》,载《读书》1986年第4期。
［4］俞平伯:《做诗的一点经验》,载《新青年》1920年第8卷第4号。
［5］徐钰茹:《民国诗坛"新"与"旧"之变奏——以"身份错位"的诗人诗歌创作为中心》,载《中华文化论坛》2020年第1期。

这种打破新旧体诗壁垒的和合观念对当时文坛产生的另外一个巨大影响就是新旧体诗合集刊行，这是需要引起重视的地方，因为将自己创作的新旧体诗合编在一起出版，就证明了诗人具有新旧诗体文体地位等量认同的观念，新旧诗体在作者自身看来也就不分优劣了，那么对于"五四"后新旧体诗论争的描述自然也需要重新加以认知。

二

文人自编别集，肯定是将自己满意的诗文编在一起，由此可看出文人自己的文体观。而古人一般不会将词编入自己的别集中（后人整理的遗集不论），故词学虽盛，但词体地位一直不高，这是不争的事实。"五四"后新旧体诗的论争其实就是新旧诗体尊卑的论争，虽然有新旧体诗和合观念的产生，但当时新旧诗体地位高卑的观念仍需要进一步探究。可以说除了完全站在新旧文学立场上的人才会偏执地创作一种诗体，那些具有新旧体诗和合观念的人，不仅新旧体诗并创，还自编新旧体诗别集，这是需要重点揭示的"五四"后新旧文学发展的现象。

就笔者所寓目的新旧诗体合刊别集而论，主要有三类情况：一是新诗集附录旧诗；二是新旧诗各为一卷，其中有的是新诗卷编排在前，旧诗卷编排在后，有的则相反；三是新旧诗合为一卷，多半按创作时间先后顺序编排。需要特别指出的是这些新旧体诗合集都是作者自编的，是能够反映作者文体观的可信文献资料。以下分论之。

新诗集附录旧诗者，有康洪章的1921年版《草儿在前集》，他在1924年上海亚东图书馆刊行的《河上集》序中说："约五年前，时辈倡文学革命论，闻其风而慕之，乃新旧杂作。积二年，新诗成《草儿在前集》，旧诗附焉。"[1] 故《草儿在前集》初版是有旧诗附录的，只是他在1924再版《草儿在前集》时将原先附录的旧诗单独刊行了。

此外，还有徐雉的《雉的心》也是新诗集附录旧诗，天津新中国印书馆1924年油印本，该集就目录而言分为五集（诗集正文未分集），诗集末附录旧体诗《少年集》，诗集卷首还有叶圣陶、黄俊序，以及徐雉

---

[1] 康洪章：《河上集》，亚东图书馆1924年版，《序》，第1页。

自作的序诗（新体诗）二首。该集后于1929年由上海光华书局再版，
题名《酸果》，取徐雉《雉的心·序诗二》"果子未熟就摘下来，怎能
免酸涩的滋味"[1]之意。《酸果》与《雉的心》相比，改《雉的心》竖排
形式为横排，并且删除了叶、黄二人之序以及部分《雉的心》所刊新
诗作，如《雉的心》中原有的新诗作《我的母亲》《哀求》《失恋》《希
望又来了》等，《酸果》均删除，然而《雉的心》所附录的旧诗《少年
集》，再版的《酸果》却一首也未删除，仍为22题39首[2]，只是更改了
旧诗集题名，为《童年集》。附录的旧诗未注创作时间，但从诗题可以
判断有两首创作于民国以后。一首是《十六书怀》，徐雉生于1899年，
故该诗创作于1914年（前人普遍将出生当年作一岁）；另一首是《赠王
君蓉塘》，该诗自序云："自民国成立以来……"[3]则该诗亦创作于民国
之后。

　　或许有人会认为这类新诗集附录旧诗者，正是当时人贬低旧诗诗体
地位的证据，其实不然，如果深入分析这类编排方式产生的原因就会发
现，诗集作者正是出于新旧诗体并存的观念才如此编排的，此正好反映
了作者新旧诗体地位相当的观念。如康洪章《草儿在前集》之所以将旧
诗附录于新诗之后，是因为康洪章在整理《草儿在前集》时本来就是把
这部诗集当成新诗集看待的，他在诗集初版序中说："《草儿在前集》是
著者去前年间作的新诗集……《草儿在前集》是去前年间新文化运动里
随着群众的呼声，是时代的产物。"[4]既然如此，作者将旧诗附录于新诗
集之后也是合理的，同时也反映出作者并未因新诗而摒弃旧诗，相反是
将新旧诗体等同看待，这从康洪章后来重刊《草儿在前集》时将原先附
录的旧诗单独刊行的行为中可以看出来。康洪章在1924年版《草儿在
前集·三版修正序》中说："修正稿删去初版的新诗二十几首，加入出
国后所作没经发表过的若干首，分为四卷。旧诗另刊《河上集》，以端

[1] 徐雉：《雉的心》，见刘福春、李怡主编《民国文学珍稀文献集成·第二辑·新
　　诗旧集影印丛编》（第51册），花木兰文化事业有限公司2017年版，第31页。
[2] 《雉的心》目录中漏掉了《少年集》中的一首旧体诗题名《再赠王君蓉塘》，
　　《酸果》目录中予以补齐。
[3] 徐雉：《酸果》，光华书局1929年版，第119页。
[4] 康洪章：《草儿在前集》，亚东图书馆1924年版，《序》，第1页。

体制。"[1]他在旧体诗集《河上集》序中也说:"既居美利坚,制作日少,旧诗略喜四言。比以新诗集三版,旧诗亦久成帙,于是增汰旧作,别镌专集,用端体制。"[2]可知他是比较看重文体体制的,而他新旧体诗并创、并刊,正是他新旧诗体文体地位等同观念的表现。

同理,将新旧诗作各为一卷,并合编于一集的人,同样具有这种新旧诗体文体地位一致的观念。这类诗集有高山的《苔痕集》,1933年上海景行社刊行;郑贞文的《笠剑留痕》,1941年铅印本;罗家伦的《西北行吟》,1946年上海商务印书馆刊行。其中,《苔痕集》是上集为新诗,下集为旧诗;《笠剑留痕》和《西北行吟》是先旧体诗、后新诗。不过,这种新旧诗体编排先后的方式与新旧诗体地位尊卑观念无关,因为这些新旧体诗合集中,无论新旧体诗数量如何,都单独为一卷,这已能证明作者新旧文体地位等同的观念。至于新旧体诗编排先后顺序的问题,与诗集中新旧体诗篇幅大小有关,旧诗多、新诗少,则将新诗编排于末,反之亦然。如《笠剑留痕》共三卷,前两卷是旧体诗,共179首,而卷三新诗(主要是歌词)才17首;《西北行吟》共四卷,前三卷为旧体诗,新诗只有一卷,但只有5首诗,如此篇幅大小,自然是将诗歌数量多的文体排在前,数量少的文体排在后。《苔痕集》将新诗排在前,就是因为旧诗篇幅小的缘故,高山在《苔痕集》下集卷首写有一则序言云:

> 这是一些非"内行"的人偶然作的不很旧的"旧诗"。轻易写来,未尝刻画,(多类小诗),当不值"内行"的一看。附录于此,只为保留过去一些心痕而已。[3]

其中"多类小诗",是指他所创作的旧诗多为绝句,这些旧诗合在一起的篇幅还不如一首几十行的新体长诗,故将旧诗"附录"于新诗后是从诗歌篇幅大小来考虑的,不涉及诗体地位尊卑的问题。

[1]康洪章:《草儿在前集》,亚东图书馆1924年版,《序》,第1页。
[2]康洪章:《河上集》,亚东图书馆1924年版,《序》,第1页。
[3]高山:《苔痕集》,景行社1933年版,第68页。

　　而那些按诗歌创作时间先后顺序编排的新旧体诗合集，最能表现作者新旧诗体地位等同观。这类诗集有甘乃光《春之化石》，1924年上海民智书局油印本；熊闰同《白莲集》，1924年12月广州光东书局油印本。这两本诗集中的诗作后均标有创作时间，其编排方式是按诗歌创作时间先后排列的。如《春之化石》第一辑“菜香诗”中，前11首均为新诗，创作时间从1923年3月19日（《溪边》）始，至1923年11月27日（《夜里的行程》）止，第12首《游罢江南》为七言绝句组诗，共六首，创作于“甲子暮春下浣”[1]，即1924年4月下旬。而《白莲集》最大的特点就是新旧体诗交替编排，给人留下深刻印象，如上卷《雪和伊》开始为数首新体诗，至《答心一》却变为旧体诗，乃六首七言绝句，创作时间是1923年10月12日，该诗之后是《浴的三部曲》，又为新体诗，创作时间是1923年10月27日，而此诗之后的《晚妆》又是旧体诗，乃三首七言绝句，创作时间是1923年11月5日。这是最能表现现代诗人新旧体诗并创、并刊的诗集，反映了那个时代尤其是在“五四”新文化运动衰落的背景之下，当时人对新旧体诗态度的一个侧面，证明了当时新旧体诗关系还存在当代教材未被言说的一面。

　　可以说，正是由于“五四”后新旧体诗和合观念的产生，才使得新旧体诗合集开始出现，如林仙亭的《血泪之花》，1926年上海启智印务公司油印本，该集为新诗集，后附录旧体诗作《敝帚》，而作者之所以要在新诗集后附录旧诗，正是因为当时产生的文学无分新旧的观念。林仙亭于1925年1月写的《敝帚》自序便云：

　　　　我以前所作旧诗，本无发表的意思。因友人主张文艺无分新旧，如果做的不错，都可发表，所以选录若干首如下。题曰敝帚，亦未能割爱之意云尔。[2]

---

[1] 甘乃光：《春之化石》，见刘福春、李怡主编《民国文学珍稀文献集成·第二辑·新诗旧集影印丛编》（第52册），花木兰文化事业有限公司2017年版，第37页。

[2] 林仙亭：《血泪之花》，见刘福春、李怡主编《民国文学珍稀文献集成·第二辑·新诗旧集影印丛编》（第55册），花木兰文化事业有限公司2017年版，第41页。

　　"文艺无分新旧"正是缪凤林在《学衡》1922年第3期《文德篇》中提出的观点，可知这种观点在1922年后已被当时部分人接受，进而使当时人对新旧体诗合集刊行扫除了新旧之分的心理障碍。

　　这种无分新旧的文艺观，正是新旧体诗和合观念的总体表现，它使新旧诗体的隔阂泯合于无，并让人们找到了新旧诗体的共通性，故当时新旧体诗并创的诗人往往对诗歌作总体评价，而不分新旧诗之别。如郑贞文在1941写的《笠剑留痕序》中说："若夫抒情纪事，去陈旧之思，屏浮华之词，绝纤靡之音，矫虚夸之气，所心写矣。"[1]这是郑贞文对诗歌的总体看法，而他在写新旧体诗时均是按这种诗学思想创作的，其《笠剑留痕》第一卷"西南旅吟"是纪行旧诗，创作内容如该卷序言所说"写实景，纪实事"，无浮华、纤靡之音，其第三卷"歌"为新体歌词，多为抗战所写，如《抗敌》：

　　　　轰　轰　轰
　　　　赶敌长城
　　　　砰　砰　砰
　　　　杀敌沪滨
　　　　有力的拼铁血
　　　　有钱的输金银
　　　　四万万人同一心
　　　　轰轰轰　砰砰砰
　　　　一举收平津
　　　　再举复辽宁
　　　　台湾旧恨平
　　　　中华国耻雪
　　　　世界正义伸
　　　　东亚狮吼第一声[2]

[1] 郑贞文：《笠剑留痕》，1941年自印铅印本，第1页。
[2] 同上书，第45页。

这首新体抒情诗无虚夸之气,只是将心中之愤懑喷薄而出,纯粹为心所造,给人振奋之感,此与郑贞文旧体诗的创作内涵一致,故他的新旧体诗方能合于一集。

又如罗家伦在1944年写的《西北行吟·自序》中说:"余尝谓诗必有诗意、诗情、诗境三者乃成,盖无意则空,无情则死,无境则低。余固未逮,窃以此自勉。至于韵脚,不过便歌咏耳,未可以前人之声带,缚今人之心灵也。余于诗毫无所长,惟常求写景必真,写情不伪。虚构之词,无病之呻,窃非所取。"[1]这显然是罗家伦对新旧体诗创作提出的标准,即诗须有意、情、境,且不被声律束缚,但求真景、真情,实为心造,此与郑贞文的诗学观竟然暗合,这说明当时有的人已经越过了新旧体诗尊卑讨论的初级阶段,径直探讨新旧体诗共同的本质特征,这使得当时的新旧体诗创作及诗集编排上产生了与之相应的结果,即新旧体诗并创、并刊的现象得以出现。

不过遗憾的是,这种新旧体诗并创、并刊的传统在当代被长期阻断了,新旧体诗和合观念也被现代文学即新文学的观念所中止,因新文学是完全排斥旧体文学的,以致当代诗人中,倾心新文学者只创作新体诗,喜爱古代文学者只创作旧体诗,很少见当代诗人新旧体诗并创的现象,当代新旧体诗合集刊行的诗歌别集更是难得一见,故如果出现一部当代新旧体诗并刊的诗集,其意义就不同寻常了。

三

就当代新旧体诗并刊的诗集而言,虽然之前有如沈尹默的《沈尹默诗词集》(书目文献出版社1983年版),其中就有新旧体诗作,但这部诗集是后人整理本,并非沈尹默本人所为,且诗词作品多为民国时期所创,故当代新旧体诗并刊的别集以沈家庄《三支翅膀》为最早。

沈家庄,字子庄,号竹窗,1946年生于湖南洪江。中国当代词学家。曾为广西师范大学中国古代文学教授、博士生导师,现已退休,旅居加拿大,为加拿大中华诗词学会创会会长、加拿大华裔作家协会会员。代表诗

---

[1] 罗家伦:《西北行吟》,商务印书馆1944年版,第1页。

词集便是《三支翅膀：沈家庄诗词自选集》，陕西人民出版社2018年出版。该集按形式分为三部分：第一为新体诗（包括自由体新诗、散文诗），第二为旧体诗（包括格律诗、古歌行和小赋），第三为曲子词。这应是当代第一部自选新旧体诗词别集，表现了沈家庄新旧诗体文体等同观，此接续了现代新旧体诗和合观念，因而该诗集具有重要的当代意义及价值。

沈家庄新旧体诗并创，这在当代诗人中确实少见，之所以会如此特别，与他早年的诗歌创作实践有关，他在《三支翅膀》自序中说："到1968年末与同学们一道去湘西永顺县接受贫下中农再教育，其间经常有些诗情涌动，偶尔写写旧体格律诗和七言四句自由韵体，大多数为自由体抒情的政治诗，也不乏标语口号之类。"[1]其中"自由体抒情的政治诗"指的应是新体诗了，可知他早在1968年就已经开始新旧体诗并创了，这一方面源于他早年曾有意识地学作旧体诗，如他在诗集序言中说的："真正开始写诗，应该是小学五年级吧。那是1958年，经常出校劳动。洪江市郊'铁溪'新开了一个铁矿。我们就是每天早晨去学校集合，跟着班主任老师去'铁溪'挑矿……每天早晨到学校集合时，班主任杨永生老师总要将他写的关于参加劳动的七言诗读给我们听，并且，要我们就这个为题材，也模仿着写。"[2]另一方面也是因当时的社会形势，需要新体诗创作，故而有这样的新旧诗体并创实践。

不过，能将新旧体诗创作坚持到如今，则与沈家庄先生通达的文体观相关，他曾说："写作风格追求多样化，诗歌体裁也多样化：新体诗、旧体诗词都写；且无论新体、旧体，在语言上力追质感、热烈、优美、睿智而不乏幽默，从古典诗词美学中吸取原生态营养。"[3]可知沈家庄将新体、旧体诗均视为古典诗词的流，这是他通达文体观产生的一个基石，在具体的创作中他也确实是以古典诗词为底蕴，来创作新、旧体诗歌的，以他悼念两位老师的新旧体诗为例。新体诗《纪念一位真诗人》，是追悼"七月派"诗人彭燕郊先生的：

---

[1] 沈家庄：《三支翅膀：沈家庄诗词自选集》，陕西人民出版社2018年版，第9页。
[2] 同上书，第8页。
[3] 同上书，第9页。

网上看到彭燕郊老师于3月31日凌晨去世的消息。突然感到一阵伤感。仿佛又回到湘潭大学，仿佛又听到彭老师谈诗论词……写下几句话，纪念我崇敬的老师。

一位真正的诗人走了
他走得孤独、走得洒脱
他留下一串？？？？？？
他遗失一路泪滴……
他用血泪初开出混沌中的有序
他用生命的全部
沉吟着人性的呼唤
诗人走了——
走进春天、走进阳光、走进灿烂
可我们还活着
——我们该怎样写诗？[1]

沈家庄曾于1979—1982年在湘潭大学攻读中国古代文学硕士研究生，彭燕郊恰在这一段时间执教湘潭大学，遂结下这么一段师生之缘。这首悼念老师的新体诗，结构前后呼应，开头说“他走得孤独、走得洒脱　他留下一串？？？？？？”，结尾便以“可我们还活着——我们该怎样写诗”与之对应，以疑问开头，又以疑问结尾，形成前后闭合的结构，给人整饬之感。该诗还有明显的章节复沓的地方，如“诗人走了”出现了两次，读来便有重章叠句之感。所以沈家庄新体诗的一大特点是结构严谨，不像某些现代新诗追求自由奔放、不受约束的结构。另外，此诗表达的情感并未因老师的过世而刻意悲哀，有一种节制与深思在其中。这些毋庸置疑是受古典诗词熏陶的结果，古典诗歌讲究严谨的结构，感情表达要求哀而不伤，沈家庄先生的这首新体诗显然都具备了，而他哀悼另外一位老师的旧体诗作也具有相同的特征，该诗《泣悼唐老

[1] 沈家庄：《三支翅膀：沈家庄诗词自选集》，陕西人民出版社2018年版，第100页。

圭璋恩师》云：

> 讣告南来动地哀，词翁鹤驾遽仙回。遗篇烨烨心光聚，桃李夭夭手自栽。附骥金陵惭忒晚，谈经病榻惠无才。遥祈虎踞关头月，照我愁心拜祭台。[1]

此诗仄起平收，平仄合律，为一首标准的七言律诗。该诗结构上也是前后闭合，首联道出唐圭璋先生的逝世，尾联则以"遥祈""拜祭台"呼应，结构完整。情感表达方面同样是哀而不伤，如诗题为"泣悼"，但诗句中并未写到泪，感情抒发被节制。故沈家庄先生之所以能坚持新旧体诗的创作，就是因为"从古典诗词美学中吸取原生态营养"，这正是他新旧体诗并创的当代意义所在。

当代新旧体诗创作明显分为两个群体，正如任京生所言："现实社会中，写旧体诗和写现代诗的人各写各的，分类出两大不同的人群，井水不犯河水。"[2]这样一种局面并不利于新旧体诗的发展，吴小如早在1991年就曾指出：

> 从本世纪二十年代到今天，近四分之三世纪过去了，而我们几代新诗人所写的恒河沙数作品，却极少脍炙人口传之永久之作。其实这原因也很简单。我以为，一是诗人们没有认真溯求我国悠久而优秀的古典诗歌传统，从中深入细致地汲取精华；二是不少写新诗的中青年作家很少下苦功夫去钻研西方诗人的外文原作（不是翻译作品）。尽管说前人的诗篇也是"流"而不是"源"，但只有个人所经历的生活之"源"，而没有前人大量瑰丽而伟大的作品作为补充作家艺术素质的营养品，则生活之"源"是很容易枯竭的。"源"既涸矣，"流"自然也就不能永留人间了。[3]

---

［1］沈家庄：《三支翅膀：沈家庄诗词自选集》，陕西人民出版社2018年版，第162页。
［2］任京生：《立足于大地而向天空敞开的境界——沈家庄诗歌创作刍论》，载《诗探索》（理论卷）2019年第4辑。
［3］吴小如：《俞平伯先生的新旧体诗》，载《读书》1991年第5期。

　　尽管这是针对新诗而言，但旧诗创作同样如此，也需要诉求古典诗歌传统，并应打破新旧的界限，追求诗歌体裁的多样化，而不应限于一种诗体创作，这样中国诗歌才能源远流长。

　　至于《三支翅膀》的当代价值，便是传承了现代诗人新旧体诗合集刊行的传统，延续了现代诗人对新旧体诗融合发展的探索，为当代新旧体诗创作发展重新找到了前人曾经走过的路。这是一条兼容并包、富有开拓精神的路，只是前方荆棘丛生，仍需要披荆斩棘地走下去。

【作者简介】　苏州科技大学文学院副教授。

论晚清民国时期的蜀派诗歌

王　春

【摘要】　在晚清民国的旧体诗坛，以赵熙、林思进、庞俊等四川人为核心所形成的蜀派，是不可忽视的一支。他们在继承川蜀地域性诗学余脉的同时，也深受当时流行的唐宋兼采派、汉魏六朝派和宋诗派等的影响，由此形成了博综约取、转益多师的特征。他们以清远苍秀的风格为基础进一步开拓了诗境，探索了诗歌的表现力；同时高举宗杜的旗帜，与诗坛遥相呼应，共同使杜诗精神在国难深重的背景下重焕光彩，并成为杜诗接受史上重要的一章。

【关键词】　赵熙　林思进　蜀派　庞俊　杜诗

汪辟疆在《近代诗派与地域》中曾说："蜀中夙称天府之国，北走秦凤，有铁山剑阁之塞；东下荆襄，有瞿塘滟滪之险。南通六诏，西拒土番。山水襟束，自为藩篱。"[1]与此地理环境相表里的，是以顾印愚、赵熙、林思进等四川人为核心形成的蜀派，亦能在清末民国的旧体诗坛别张一军，胡迎建先生《民国旧体诗史稿》指出："以赵熙为首，林山腴、庞石帚、向楚等为辅，思深力厚，卓然名家，可与岭南、江浙诗歌并驾齐驱。不为同光体所束缚，却又与同光派遥相呼应，论者以为'唐神宋貌'。"[2]正显示出此一诗派的不可忽视。

一、多重影响下的蜀派诗风

巴蜀在历史上即为人文渊薮，涌现出的诗家如陈子昂、李白、苏

---

[1]汪辟疆：《汪辟疆说近代诗》，上海古籍出版社2001年版，第44页。
[2]胡迎建：《民国旧体诗史稿》，江西人民出版社2005年版，第480页。

轼、苏辙等均在文学史上地位甚高，所谓"蔚为正声，腾踔一时，衣被百代"云云并非溢美，诸家之诗"继往开来，总集众制；又能善出新意，自成一家，巨刃摩天，固不必载蜀山蜀江之青碧而出也"[1]。由此构成了川蜀地域性的诗学渊源，既有太白之唐音，又有东坡之宋调，他们作为乡贤形塑着蜀派诗风。如赵熙论诗便颇推重苏轼，其《答曾进书》曰："于唐后能自行胸臆，开径独行者东坡也。东坡七律妙处，气局纵横，情景深透，而流风回雪，深微婉至，尤足启人良悟，都非欧阳永叔、梅宛陵、王介甫诸公所及，诸公非无佳句，而才趣不能有余，故逊耳。"[2]可见一斑，此外，又有不少诗坛巨擘曾流寓蜀中，如杜甫、李商隐、黄庭坚和陆游等，均以他们的创作实践和诗学观念影响了巴蜀诗坛的演进，林思进《黄山谷传略》"贬涪州别驾，黔州安置……蜀士慕从，凡经指授，笔皆可观"、《陆放翁传略》"游少负诗名，入蜀后益工"[3]云云，均指出流寓诗人与巴蜀地缘的关系，早有论者指出，赵熙诗作好用前人成句，"主要是唐宋名家之作，尤其对李白、杜甫、李商隐、苏轼等人诗句化用甚多"[4]，其中杜甫与黄庭坚同属江西诗派的"一祖三宗"统系，东坡与山谷又有师生之谊，因此，从渊源上看，蜀地诗人天然地与江西诗派所代表的宋调有着密切的关系，故而在以宗宋为主流的晚清民国诗坛，他们多能与其桴鼓相应，笔下的风骨气韵，均有相似之处。不过与浙派、赣派等地域特色明显的学宋派相较，同样雅重宋人，但蜀派并未导向生涩奥衍之途。这里需要注意的是，有清一代，蜀派诗人最重要的乡贤自然非张问陶（1764—1814）莫属。作为性灵派的殿军，徐世昌《晚晴簃诗话》认为其诗作有"空灵沉郁"和"独辟奇境"的美学特质，"有清二百余年蜀中诗人无出其右者"[5]。我们在后面的讨论中，也不难看出晚清蜀派也多承续了这种"空灵沉郁"的

---

［1］汪辟疆：《汪辟疆说近代诗》，上海古籍出版社2001年版，第44页。
［2］赵熙著，王仲镛主编：《赵熙集》，浙江古籍出版社2013年版，第1114页。
［3］林思进著，刘君惠、王文才等编：《清寂堂集》，巴蜀书社1989年版，第680—681页。
［4］李树民：《赵熙文学论稿》，西南交通大学出版社2012年版，第148页。
［5］钱仲联主编：《清诗纪事》（乾隆朝卷），江苏古籍出版社1989年版，第6755—6756页。

风格，而符葆森《寄心盦诗话》指出了船山的诗学道路，为"以放翁门径，上攀少陵，取其雄快之作，而芟其剽滑之篇"[1]，可见张问陶的创作离不开唐、宋川蜀诗人的交织影响。所以在评价清诗之时，蜀派便与推尊道咸以降诗歌的同光体异调，赵熙《香宋杂说》云："乾嘉多沉丽之作，咸同而虚伪之风郤郤相尚，光宣以来，嚣嚣者竞出乎其伦矣。"[2]这沉丽而不虚伪的乾嘉时期代表，自然是指向以袁枚、张问陶为核心的性灵派诗人，如船山《论文八首》其七："诗中无我不如删，万卷堆床亦等闲。莫学近来糊壁画，图成刚道仿荆关。"[3]便强调诗的根底当在于"真"，而其余波流衍，亦为晚清蜀派所承续。章士钊《论近代诗家绝句》有云："八字宗风有服膺，赵岐笃老说师承。后生枉噪同光体，初解袁枚最上乘。"并注云："四年前君（赵熙）到渝，对称诗者以高格、正宗、古韵、雅言相标榜。曾履川请示有清诗家谁为第一，君曰：'袁枚。'"[4]正体现出了蜀派对性灵派的推崇和吸收。当然，赵熙等人能于同光体外别树一帜，也离不开张之洞、王闿运等对四川诗坛的影响。

同治十二年（1873），张之洞奉旨充四川乡试副考官，"及放榜，所拔者皆学行超卓之士，如吴谦、吴德潇诸人。出闱后，奉旨简放四川学政"[5]，由此开始了他在四川的仕宦生涯，其中最重要的是，同治十三年（1874），在退居乡里的工部侍郎薛焕等荐绅先生十五人的倡议下，四川总督吴棠与学政张之洞筹划、创办了尊经书院，为川蜀在晚清培养了大量的人才。张之洞于书院颇用心，除撰写《四川省城尊经书院记》外，复依照"古来世运之明晦，人才之盛衰，其表在政，其里在学"[6]的重教原则制定院规，并先后完成《书目答问》《輶轩语》二书指导学生就

---

[1] 钱仲联主编：《清诗纪事》（乾隆朝卷），江苏古籍出版社1989年版，第6754页。

[2] 引自林思进著，刘君惠、王文才等编：《清寂堂集》，巴蜀书社1989年版，《前言》，第5页。

[3] 张问陶：《船山诗草》，中华书局1986年版，第230页。

[4] 汪辟疆著，王培军笺证：《光宣诗坛点将录笺证》，中华书局2008年版，第190页。

[5] 吴剑杰编：《张之洞年谱长编》，上海交通大学出版社2009年版，第43页。

[6] 张之洞：《劝学篇》，上海书店出版社2002年版，《序》，第1页。

学，即便卸任四川学政，亦"身虽去蜀，独一尊经书院，惓惓不忘"[1]，可见其重视程度。而张之洞唐宋兼采的诗学观自然也会影响书院学子，较具代表性的如顾印愚，其在书院创立时便以"华阳附生"的身份就读，自此开始了与张氏的密切交往，其诗风亦有广雅影子，能兼宗唐宋。汪辟疆《光宣以来诗坛旁记》载："陈石遗云：印伯与杨叔峤同为张文襄入室弟子……梁节庵以为工晚唐体，及见其门人程穆庵所辑手稿，皆宋人语也。"[2]宗唐祧宋虽未必能概括顾印愚诗歌全貌，但梁鼎芬强调的工晚唐云云，恐怕正意味着其学诗乃从广雅一派入手。而光绪四年（1878），王闿运应四川总督丁宝桢之邀入川，执掌尊经书院至光绪十二年（1886），则为蜀地注入了汉魏六朝派的因子。一时出于湘绮之门的士子甚夥，著名者如杨锐、刘光第和宋育仁等，均能取法汉魏三唐，隽永有味。像庞俊便曾说宋育仁"骈文诗歌，皆入湘绮之室"[3]，可见传承。

　　四川虽然地理环境较为闭塞，却成了晚清最重要的三大诗派——同光体、汉魏派和唐宋兼采派风云激荡的中心；再加上其地域性诗学渊源，由此形成的蜀派自然能博综约取，既吸收各派之优长，又力破门户之见。如林思进论学便颇主阃通，尝有诗曰："自吾操觚来，雅不门户喜。是是与非非，丹素各有美。"[4]（《长夏排闷，率尔言怀，成十诗》）又说："同光派攒眉债脉，但以苦语争胜。江西派多门户之见，一祖三宗之说，更为不伦不类。"[5]此处不妨参照赵熙《再题后山集》："亡清别树帜，如史矜断代……溺心南北宋，此外一例废。何与古人事，见影犬群吠……论宋惜不逞，古意畏破碎。即举后山作，苦语斫肝肺……林子于我厚（山腴），谈艺不相悖。南泊曾几何，流

[1] 张之洞：《致谭叔裕》，见赵德馨主编《张之洞全集》（十二），武汉出版社2008年版，第15页。

[2] 汪辟疆：《光宣以来诗坛旁记》，见《汪辟疆说近代诗》，上海古籍出版社2001年版，第213页。

[3] 庞俊著，白敦仁纂辑，王大厚校理：《养晴室遗集》，巴蜀书社2013年版，第275页。

[4] 林思进著，刘君惠、王文才等编：《清寂堂集》，巴蜀书社1989年版，第492页。

[5] 同上书，《前言》，第5页。

光不能贷……自叹前朝人，论诗聊寄慨。"[1]"林子于我厚，谈艺不相
悖"说明二人诗观大体相似，其抨击同光体或晚清宋诗派的原因，在
于其"溺心南北宋，此外一例废"，而并非不取法宋诗，陈声聪《兼
于阁诗话》便指出山腴诗"唐神宋貌"的特征[2]，至于赵熙更是于宋
诗用力甚勤，曾选钞东坡、山谷七律之作百余首，山谷诗约有三分
之一，卷末附以放翁及遗山七律各二十余首[3]，袁祖光《绿天香雪簃
诗话》称："尧生官御史，四川荣县人，诗格古澹，纪其《送人之绥
山》云……《汇福寺僧飦》……置之《涪翁集》中，殆不能别也。"[4]
可见他在江西诗派上下过苦功。而追随张之洞的顾印愚，其自号居
所"双玉庵"，表明对玉溪生李商隐和玉局苏轼的推崇，体现其唐宋
兼采，且于唐中尤重视中晚的一面。他又有《论诗》："五字天然擅胜
场，最难携手上河梁。古今多少销魂作，临水登山极不忘。"[5]流露
出对长于描写登山临水的汉魏五言诗歌的倾心，即能由广雅沟通湘
绮，而《次韵答鹿泉翁》："西江图派联仙井，我附涪皤或小宗。"[6]则
点明了他和以黄庭坚为代表的江西派间的关系，体现了蜀派取法的
复杂性。

因此，放在晚清民国诗坛，论者均注意到蜀派的特殊性，汪辟疆
《近代诗派与地域》所说的"张广雅督学川中，以雅正导其先路；王湘
绮讲学尊经，以绮靡振其宗风。风声所树，沾溉靡涯"，较为宏观地介
绍了晚清蜀地的文化背景。但是汪氏同样看到了蜀中诗学的地域性渊
源，张之洞、王闿运虽有启迪诱导之功，但"蜀人未能尽弃其所学而学

[1] 赵熙著，王仲镛主编：《赵熙集》，浙江古籍出版社2013年版，第277页。
[2] 陈声聪：《兼于阁诗话全编》，上海交通大学出版社2018年版，第41页。
[3] 赵熙著，王仲镛主编：《赵熙集》，浙江古籍出版社2013年版，《答曾进书》案
语，第1114页。
[4] 引自汪辟疆著，王培军笺证：《光宣诗坛点将录笺证》，中华书局2008年版，
第194页。
[5] 顾印愚著，伍晓蔓、王家葵整理：《顾印愚集》，巴蜀书社2020年版，第
145页。
[6] 同上书，第111页。

之"[1]。以赵熙为例，汪氏《汪翊云〈庚寅诗稿〉跋》说："荣州诗派，以清切典韵四字为主旨。香宋一派，故能卓立颓流，不为宋派所移，却又与宋派遥遥相接。"[2]沈其光《瓶粟斋诗话》说："香宋诗胎息少陵，而极其变化于诚斋、放翁，在越缦、樊山之外，别树一帜。"[3]前者表明了他有近于同光体处，后者暗示他于张之洞、樊增祥为代表的唐宋兼采派亦相通，而又同中有异，不宜归置一类，能自张一军。王树楠评邓镕诗作的《荃察余斋诗序》曰："吾读守瑕之诗，面非一面，等之于唐，则李义山之环妍，温飞卿之绮靡也；等之于元与清，则杨铁崖之巧丽，吴梅村之婉凄也。虽然，兴象也，风神也，格调也，词采也，守瑕之诗，适自成为守瑕之面，不可强而同也。"[4]正可用来说明蜀派之于其他各派"不可强而同也"。而陈三立论顾印愚诗："约旨敛气，洗汰常语，一归于新隽密栗，综贯故实，色采丰缛，中藏余味孤韵，别成其体，退之所称能自树立不因循者也。"[5]"别成其体""能自树立"云云，也强调了蜀派的特殊性。

　　总体来看，蜀派诗人颇能得江山之助，笔下多写四川山水，风格上，"此派诗家，体在唐宋之间，格有绵远之韵，清而能腴，质而近绮"[6]，博综约取，既不学宋而流于晦涩，亦不学汉魏而专事模拟，以赵熙为魁首，故有径目之为香宋诗派者。同调的有顾印愚、林思进、邓镕、曹经沅等，值得注意的是，他们多曾入京为官，又热心教育，故一方面交游甚广，另一方面又指导诗弟子众多。如赵熙门下杰出者便有向楚、庞俊等，庞俊门下又有周虚白、白敦仁、王仲镛等，遂实现了流派内部的传承，并扩大了蜀派在全国的影响。

[1] 汪辟疆：《汪辟疆说近代诗》，上海古籍出版社2001年版，第46页。
[2] 汪辟疆：《汪辟疆文集》，上海古籍出版社1988年版，第642—643页。
[3] 引自汪辟疆著，王培军笺证：《光宣诗坛点将录笺证》，中华书局2008年版，第194页。
[4] 同上书，第528页。
[5] 汪辟疆：《近代诗派与地域》，见《汪辟疆说近代诗》，上海古籍出版社2001年版，第47页。
[6] 同上书，第46页。

中华诗词研究·第七辑
ZHONGHUA SHICI YANJIU

二、以清远苍秀为主导的诗境开拓

"蜀中山水，青碧嵌空，奇秀在骨；灵芬所发，乃在高文。"[1]山川与文章相发，蜀派诗人每每亦于笔下雕琢巴蜀景致，而呈现出清远苍秀的风貌，在晚清民国的诗坛颇具特色。一方面，他们吸收了王闿运所标举的六朝诗歌，所谓"庄老告退，而山水方滋；俪采百字之偶，争价一句之奇，情必极貌以写物，辞必穷力而追新"[2]（《文心雕龙·明诗》），"体制渐变，声色大开"[3]，正代表了此一时期对刻画山水的诗艺探索，蜀派不乏能承续此种笔致者，如林思进《重经巫山寄题神女峰》："轻舟泛平流，重揽巫山胜。帝仙不秘踪，故遣灵鸦媵。天岫既玲珑，兹峰尤秀艳。昔年残雪会，光颜玉交莹。仿佛孤篷征，迥瞻见瑶孕。方意赏心惬，岂谓余寒凝。神期偶未忘，梦想发高兴。江山易晴霏，空音若相赠。扣舷欲与答，渺渺去犹凭。将寻东海归，更引夔西径。风涛悦无端，云壑肯食听。"[4]描写精工，明丽清新处，近于谢灵运，"昔年残雪会，光颜玉交莹。仿佛孤篷征，迥瞻见瑶孕"，注意表现光线变化，是其"色"；"江山易晴霏，空音若相赠。扣舷欲与答，渺渺去犹凭"，则又诉诸"声"，于水光山色中呈现出高远诗境，显示了高超的描摹技巧。像《南台春望》中的"桃杼竞发花，榆柳各含春。绿莎被冈脊，青萍延涧湣"[5]，状绘自然，对偶工整，刻意选用色彩词汇，洵是写景佳制。

另一方面，这种极貌写物往往与宋诗的讲求雕镂相通，而蜀中风景的奇险也常须借江西派的锤炼功夫表现，如赵熙《宿乌尤》："白鹭欹风处，乌尤爱晚晴。大云韬日色，古石炫星精。佛火经初寂，江雷夜作声。淙淙林壑响，崖瀑到天明。"[6]《曹家园看雨》："飞雨晚而至，小堂人乍醒。檐声逐崖瀑，潮势汩山庭。食顷天容净，花前土气腥。潇潇还数

[1] 汪辟疆：《近代诗派与地域》，见《汪辟疆说近代诗》，上海古籍出版社2001年版，第44页。
[2] 黄叔琳注，李详补注，杨明照校注拾遗：《增订文心雕龙校注》，中华书局2000年版，第65页。
[3] 沈德潜选：《古诗源》，中华书局1963年版，《例言》，第2页。
[4] 林思进著，刘君惠、王文才等编：《清寂堂集》，巴蜀书社1989年版，第9页。
[5] 同上书，第253页。
[6] 赵熙著，王仲镛主编：《赵熙集》，浙江古籍出版社2013年版，第449—450页。

点，蓝玉夜嵌星。"[1]描写蜀中山水雄奇之象，气势宏大，注重声色的表现，对悬崖瀑布的呈现也颇契合宋诗之注重锻炼。尤其是后一首具有典型的以文为诗的特征，每句之中多用连词以使诗意连贯。不妨再看庞俊的《崇丽阁》："危阁壮长流，绝顶渺一杯。倒景呈孤摇，微风澹江浦。极眺莽芊绵，千里春楚楚。交阡引若浮，田秀疑可抚。云气凭虚飞，高鸟依天去。远碧森峨峨，近翠摇烟树。泠然望清江，滔滔穷何许。即此足慨慷，临风徒延伫。"[2]能将六朝诗的雕刻与宋诗的晓畅结合，将巴蜀风光的壮丽融入自然明丽的意境，与同样师法宋人的同光体之写景往往追求生涩奥衍的风格判然有别。此处不妨略加比较，都是描写长江，欲在宏大的自然面前衬托个体的渺小乃至无力，我们很难从蜀派诗人笔下看到类似陈三立《江行杂感五首》（其一）"暮出北郭门，蹢躅万柳影。载此岁晏悲，往溯大江永。涛澜翻星芒，龙鱼戛然警。峨舸掀天飙，万怪伺俄顷"[3]的幽深怪异乃至森然鬼气，他们似乎并不在刻画自然时表现出过分的神经敏感，以显示外物对内心的压迫，而更多地着眼于景色本身的壮阔。同样是泛舟江中，赵熙《夜泊》云："江雨薄寒增，沙原住驿丞。滩声排万马，风力折孤鹰。旷野行人小，残宵缺月升。宛然光绪末，夜火泊丹棱。"[4]陈三立《十一月十四夜发南昌月江舟行》云："露气如微虫，波势如卧牛。明月如茧素，裹我江上舟。"[5]二者对比，显然陈诗传达的苦闷更为沉郁敏锐，蜀派诗人很少直接表达这种自然状态下的内心战栗，诗风亦不如陈氏般倾向艰深。

蜀派融合了六朝的声色与宋人的以文为诗，不可忽视的还有唐诗的影响，缪钺尝论唐宋诗的区别，"唐诗之美在情辞，故丰腴；宋诗之美在气骨，故瘦劲……譬诸游山水，唐诗则如高峰远望，意气浩然；宋诗

---

[1]赵熙著，王仲镛主编：《赵熙集》，浙江古籍出版社2013年版，第477页。

[2]庞俊著，白敦仁纂辑，王大厚校理：《养晴室遗集》，巴蜀书社2013年版，第2页。

[3]陈三立著，李开军校点：《散原精舍诗文集》，上海古籍出版社2003年版，第35页。

[4]赵熙著，王仲镛主编：《赵熙集》，浙江古籍出版社2013年版，第440页。

[5]陈三立著，李开军校点：《散原精舍诗文集》，上海古籍出版社2003年版，第85页。

则如曲涧寻幽，情境冷峭”[1]。实际上，蜀派诗人也确多高峰远望之作，追求深情远韵之致，音调浏亮谐和，并不似宋诗派以曲折瘦劲见长。或许正因有此内蕴，不少论者称其“唐神宋貌”。如在对游赏寺庙这一常见题材的处理上，“同光体”的夏敬观《云栖寺竹径》云：“理安长楠直插地，云栖大竹高参天。二寺夐然止圣处，楠不蠹朽竹愈坚……倾窥幽径避白日，步步到寺循花砖。又如茸叶作廊覆，左右柱立皆修椽。露骨专车岩壑底，表影数尺僧房巅。空亭住足一遐想，夜至风露宜涓涓。”[2]着力描写竹林蔽日，谋篇布局，层层推进，将曲径通幽之景，穷形毕相。而林思进《正初四日，胡、黄、吕同游龙藏寺，遂至东湖》云：“膏车出犀浦，浩荡郊原晴。春风田间来，吹我衣裳轻。路长入寺昏，老僧犹平生。饥啜蔬粥甘，梦觉钟鱼清。晨兴对残烛，游屐方纵横……绕湖步步佳，不可无我行。唯应古时柏，能识旧吟声。作计待十年，有约同归耕。”[3]虽然也明言寺中昏暗，老树参天，但取境则颇为平远，高情逸致，流露笔端。类似篇章，俯拾皆是。又如洞壑，本应是幽深之所，宋诗派往往强调其深邃、闭塞与奇险，而蜀派则注意其“通”。赵熙《仙女洞和翊云》“乳石交穿通藏府，珠泉四滴响琼瑶”[4]便是一例，而林思进亦是以“神峰三十六，洞壑皆潜通。高秋凌台观，四望何阡葱”[5]（《游青城宿常道观》）写出，强调其高远壮阔，以宏观凌越的视野代替劖刻精深的细节描绘。林氏写竹林幽径，则“幽篁翳蒙密，县泉发高响。初寻樵径转，别启松寮敞”[6]（《游灵岩》），虽亦写幽暗，但紧接着的泉声特以“高响”修饰，便消解了静谧之感；而寻樵径的幽深，转眼便被“松寮敞”的开阔明亮取代。此种笔法彰示着他们与晚清主流的宋诗派多暗哑之音的异辙。至于“几家隔竹通樵路，一雨流花到县门”[7]

［1］缪钺：《论宋诗》，见缪钺著，缪元朗编《古典文学论丛》，浙江大学出版社2009年版，第104页。
［2］钱仲联选编：《近代诗钞》，江苏古籍出版社1993年版，第1778页。
［3］林思进著，刘君惠、王文才等编：《清寂堂集》，巴蜀书社1989年版，第7页。
［4］赵熙著，王仲镛主编：《赵熙集》，浙江古籍出版社2013年版，第745页。
［5］林思进著，刘君惠、王文才等编：《清寂堂集》，巴蜀书社1989年版，第29页。
［6］同上书，第30页。
［7］赵熙著，王仲镛主编：《赵熙集》，浙江古籍出版社2013年版，第740页。

（赵熙《横溪阁》）、"春分一晚雨廉纤，万树红芳映画栏"[1]（林思进《金河馆绯桃盛开因折枝遣送涤姬》）、"碧阑干外青青月，惯照愁人独倚时"[2]（庞俊《秋夕》）等，更是一派唐人风致。

　　总体而言，蜀派诗人博取六朝、唐、宋诸家之长，在当时诗坛呈现了特殊的风貌，写景清远苍秀，独具一格，能够融奇情壮采、雕琢锻炼、浏亮明丽于一炉，丰富了清末民国诗坛的诗歌风格，体现出古典诗的复杂多样。当然，他们所处的时代，也并非能一味沉醉于闲适的风光之中，战乱之苦与落魄之悲时时侵袭诗人，故而他们笔下的景致在清远苍秀的基础上更有进境，使情景交融的诗歌艺术焕发别样光彩。庞俊1915年曾作《江上四首》，其一云："一径冲寒过小桥，劫余村郭草全凋。百年高阁孤铃在，独自风来语寂寥。"[3]其三云："北风猎猎欲飞沙，树杪炊烟直更斜。几日江干黄叶尽，一枝枝有露栖鸦。"[4]前首诗中表现的劫后村落本就萧条，何况又逢草木全部凋零，高阁风铃独自在风中响动，则在此声音中蕴藏了更深沉的寂寥冷清，使战争的惨状和内心的悲苦圆融无间；后一首诗结尾凝视江边枯树黄叶落尽，而上面却聚集了众多无家可归的寒鸦，自然也是诗人乃至无数流离失所的百姓的象征，在恶劣的环境中，孤独无依。我们知道，唐诗以情景为主，所谓"诗本以言情，情不能直达，寄于景物，情景交融，故有境界"[5]，蜀派诗人在清远苍秀的取境之中，也能写出他们的沉痛。此处不妨聚焦他们在抗日战争背景下的诗歌，1940年赵熙有《读石遗诗二首》，其二云："一曲人间绝可哀，武夷山色暗泉台。三年燎遍神州火，花到吴门不忍开。"[6]日军侵袭之下，武夷山似乎也为之黯淡。全面抗战已经三年，神州处处烽火连天，此时又值春日，本应花团锦簇，尤其是人间繁华地的姑苏，却是"花到吴门不忍开"的萧索景象，我们不难读出其中的无限沉痛。又

---

[1] 林思进著，刘君惠、王文才等编：《清寂堂集》，巴蜀书社1989年版，第233页。
[2] 庞俊著，白敦仁纂辑，王大厚校理：《养晴室遗集》，巴蜀书社2013年版，第6页。
[3] 同上书，第15页。
[4] 同上。
[5] 缪钺：《论宋诗》，见缪钺著，缪元朗编《古典文学论丛》，浙江大学出版社2009年版，第104页。
[6] 赵熙著，王仲镛主编：《赵熙集》，浙江古籍出版社2013年版，第783页。

如赵氏同年所作《宋坝》:"雨足乡居爱晚晴，陂塘五月作秋清。多年破壁蛇穿孔，短砌推沙蚁筑城。秧子绿于鹦鹉色，柏花浓聚蜜蜂声。山中是事丰登象，只惜黄龙未解兵。"[1]亦描写春色。首联写雨后乡村的天朗气清；颔联虽聚焦房屋毁坏的具体物象，却展现出万物复苏的场景——蛇游动、蚁筑城；颈联将目光回归自然，秧绿花浓，春气袭人，凡此种种都是丰年之象；但结以"只惜黄龙未解兵"，大好河山沉沦战火的悲苦和盘托出。前三联之景象如何充满希望，尾联的哀痛便如何深刻，以乐景写哀情，真乃天地不仁以万物为刍狗，这显然是很高明的诗意表达。实际上，在蜀派不少诗作中，对战争惨烈的呈现和批判很大程度上都借助于诗境营造，像庞俊的"乱世崎岖猎一醉，城南一往更城东。江流劫外凄凉碧，秋在树间寂寞红"[2]、"惆怅苍岩访仙处，夕阳红似靖康年"[3]，向楚的"河山半壁青天窄，烽火连年白发生"[4]等作，均杂用色彩明丽之词，于碧水青天红日中暗示战争苦难。碧是凄凉碧，红是寂寞红或靖康红，分明为河山破碎之象；至于青天窄则因为版图一半已被蚕食鲸吞。顾随尝言:"平常人写凄凉多用暗淡颜色，不用鲜明颜色。能用鲜明的调子去写暗淡的情绪是以天地之心为心——只有天地能以鲜明的调子写暗淡情绪。如秋色是红、是黄。以天地之心为心，自然小我扩大，自然能以鲜明色彩写凄凉。"[5]我们可以看到，追求唐诗风神韵律的蜀派诗人，不乏通过鲜明调子来写战争的佳作。实际上，碧很容易让读者联想到伤心，如"寒山一带伤心碧"虽指绿到极致，但词语的假借也指向"伤心"本身的内蕴；而红更是血泪的象征。所谓"山川满目沾衣泪，多少遥天万里情"[6]，正因为一腔沉痛如此深挚，才无关乎所见景象

---

[1] 赵熙著，王仲镛主编:《赵熙集》，浙江古籍出版社2013年版，第788页。
[2] 庞俊:《九日偕象姚、巨卿诣草堂，会寺驻军不得入，还过城东，饮江上酒楼》，见庞俊著，白敦仁纂辑，王大厚校理《养晴室遗集》，巴蜀书社2013年版，第12页。
[3] 庞俊:《阅右真诗，因感青城古迹，再题》，同上书，第133页
[4] 向楚:《得香宋师见怀诗次韵奉和》，见陶道恕、蓝泽苏编《向楚集》，中华书局2015年版，第233页。
[5] 顾随:《顾随全集》(卷五传诗录一)，河北教育出版社2013年版，第261页。
[6] 林思进:《九日》，见林思进著，刘君惠、王文才等编《清寂堂集》，巴蜀书社1989年版，第479页。

是否明丽，均能流露悲情。

如果说上述例句多是叙事、抒情诗中的片段，那么常被认为最能表现秀美风光和传达闲适之情的田园诗又如何呢？此处不妨来看林思进《村居集》中的两首作品：

> 如雨万蜂闹，匀黄四望平。午风筛沤郁，晴日丽晶明。原隰看成绣，巢莜别有情。徒言金一亩，寥落少人耕。(《田间看菜花》)
> 晴日漾晴沙，园林树树花。千般斗红紫，一簇爱夭斜。芳意那能歇，瑶情空自赊。锦城更如锦，何事不还家。(《题墙角海棠》)[1]

诗中大部分内容都在描绘乡村风景，春日迟迟，百花争艳，蜂蝶群舞，正是田园诗的本色，前一首的风调雨顺结以"寥落少人耕"，自是暗示民众参军抵抗侵略，战争下的荒芜景象令人唏嘘；后一首的结尾提问：隐居之所便如此锦簇，那么号称锦城的成都又该是怎样的风光？在"何事不还家"的质问中完成对悲苦的宣泄。在田园诗的题材中，诗人常常极写其秀美，而篇末又加以消解，由此产生强烈的艺术张力，打破此类诗歌常规，彰显出独特的审美价值。

在传统诗歌中，"清""远"意味着卓绝的艺术境界，如清初王士禛《池北偶谈》卷十八："汾阳孔文谷天胤云：'诗以达性，然须清远为尚。'薛西原论诗，独取谢康乐、王摩诘、孟浩然、韦应物，言：'白云抱幽石，绿筱媚清涟。清也。表灵物莫赏，蕴真谁为传。远也。何必丝与竹，山水有清音；景昃鸣禽集，水木湛清华。清远兼之也。总其妙在神韵矣。'神韵二字，予向论诗，首为学人拈出，不知先见于此。"[2]俨然将"清""远"作为神韵说的内核来看待。至于"苍""秀"则象征着高妙的审美品格，在各种诗话中亦俯拾皆是。总之，"清""远""苍""秀"为历代诗人所共同追求，代表他们希望诗歌具有音调谐和、余韵悠长的品质。值得注意的是，蜀派诗人则在清远苍秀的基础上开拓出了一种别具沉痛的写法，在情景交融、浑雅空灵之

---

[1] 林思进著，刘君惠、王文才等编：《清寂堂集》，巴蜀书社1989年版，第467页。
[2] 王士禛著，靳斯仁点校：《池北偶谈》，中华书局1982年版，第430页。

中，暗示出腥风血雨的惨痛，这在诸如王士禛等标举神韵的作家笔下是很难看到的。赵熙等人融合了六朝的刻画精工、唐诗的重视风神和宋诗长于锤炼、叙事的创作方法，是他们在当时诗坛独特的艺术贡献。

三、杜诗精神的高扬

在古典诗歌领域，"中唐以后，众望所归的最大诗人一直是杜甫"[1]，黄庭坚《与王观复书》云："观杜子美到夔州后诗，韩退之自潮州还朝后文章，皆不烦绳削而自合矣。"[2] 如果我们将这一时限稍作延长，那么显然少陵晚年入蜀后的诗作尤受推崇。孙文周便曾指出，民国四川词坛所具有的重要文学史意义便在于发扬了杜诗精神，"抗战期间，大批内地词人因避难而流寓四川，这与杜甫为避安史之乱携家由陇右（今甘肃省南部）入蜀的经历非常相似，因而杜诗的爱国主义精神引起了千年之后抗战词人的共鸣"[3]。词尚如此，诗更甚之。刘君惠在《四川近百年诗话序》中说："蜀山蜀水，青碧嵌空，毓此灵芬，诞生诗人……近百年来，特别是抗日战争时期，海内诗人多流寓蜀中。他们处李白、杜甫所历之地，经李白、杜甫所未历之变，为李白、杜甫所未尝为之诗，镵轹相接，沆瀣相通，有凄婉之音，极回荡之致。诗人们在严肃的灵魂探险以后，用心血凝成诗篇，为中国近百年的历史进程留下了星星点点的航标。"[4] 足见当时川蜀诗坛的成就。实际上，晚清民国蜀派诗人的理想楷模也正是杜甫，而其高扬的杜诗精神，成为与当时避地四川的其他诗人的契合点。

首先，蜀派诗人不少对风光的描写以清远苍秀为基础，并不乏明丽基调，这一点很可能也从少陵取法良多。杜甫诗歌中本有清新明丽一路，最著名者自然是定居成都浣花溪畔草堂后所作之《江畔独步寻花七绝句》，其三云："江深竹静两三家，多事红花映白花。报答春光知有处，

---

[1] 钱钟书：《中国诗与中国画》，见《七缀集》，生活·读书·新知三联书店2002年版，第22页。

[2] 黄庭坚：《黄庭坚全集》（二），四川大学出版社2001年版，第470页。

[3] 孙文周：《民国四川词坛考论》，载《江淮论坛》2020年第1期。

[4] 朱寄尧著，朱棣、王家葵整理：《四川近百年诗话·两松庵杂记》，中华书局2020年版，第4页。

应须美酒送生涯。"[1]其五云："黄师塔前江水东，春光懒困倚微风。桃花一簇开无主，可爱深红爱浅红。"[2]其六云："黄四娘家花满蹊，千朵万朵压枝低。留连戏蝶时时舞，自在娇莺恰恰啼。"[3]陆时雍《诗镜总论》尝曰："深情浅趣，深则情，浅则趣矣。杜子美云：'桃花一簇开无主，可爱深红爱浅红？'余以为深浅俱佳，唯是天然者可爱。"[4]确乎都是无意求工，却别有风致的佳作，而像赵熙《桃花》："窈窕青山涧户斜，不知何地蔡经家。小桃红引三千岁，二月瑶池处处花。"《暮春》："春光明媚不开眠，芳草青青远带烟。闲过老农谈往事，小墙风角沈郎钱。"[5]均清新可喜，亦是此种格调。邵祖平《无尽藏斋诗话》尝云："学杜者得其雄浑固难，得其简丽亦不易；得其拙厚固难，得其新秀亦不易。而世俗之学杜者，往往于其悲天悯人、忧叹内热者求之，而不知杜老逸情野趣，深自媚悦者固有在，一年三百六十日，开口而笑、诗写喜情者，应亦不过少，众人独奈何于其忧愁悲涕之处以求之乎？"[6]蜀派诗人俨然能在逸情野趣上得老杜真传。

其次，杜诗中的诗史精神很大程度上在于对安史之乱的详细叙述，其所反映的民生凋敝、社会动荡等既可与史相证，又可补史之阙；同时诗歌中所表现出的忠君爱国思想合乎儒家温柔敦厚的诗教观，从而成为其获得"诗圣"地位的基础。民国以降军阀混战，尤其是空前惨烈的抗日战争，也自然成为当时诗人的书写题材。他们常用五古、七古的形式来描写当时的社会环境和记录重大事件，并抒写惨痛心路，具有鲜明的纪实性；风格上则贴近"三吏""三别"等作品，语言平淡，娓娓道来，却有很强的兴发感动力量。以林思进为例，从民国建立到抗战军兴，二十余年间的四川军阀混战，几无宁日。朱寄尧《四川近百年诗话》说："大小战役数以百计，而壬申（1932）成都一战，为祸尤烈。

[1] 杜甫著，仇兆鳌注：《杜诗详注》，中华书局1979年版，第817页。
[2] 同上。
[3] 同上书，第818页。
[4] 陆时雍选评，任文京、赵东岚点校：《诗镜》，河北大学出版社2010年版，《总论》，第11页。
[5] 赵熙著，王仲镛主编：《赵熙集》，浙江古籍出版社2013年版，第749、821页。
[6] 邵祖平：《无尽藏斋诗话》，见王培军、庄际虹辑校《校辑近代诗话九种》，上海古籍出版社2013年版，第229页。

三军交攻，凡民遭殃。华阳林山腴（思进）有兵祸诗纪实，读之如昨日事。"[1]指的就是林氏的《成都十月兵祸诗一百二十韵》。能"读之如昨日"，正在于其高超的纪实性和艺术表现力。开篇"一日复一日，一夕复一朝。一朝巨炮发，城郭皆震摇。大者霹雳轰，小者珠雨交。密者不辨声，排墙如喷潮。城中百万家，家家啼且号"[2]，以平白如话之笔呈现出混战下的残酷与悲惨。而他在全面抗日战争爆发不久，便作五言古诗《秋感》二十首，并有序曰："丁丑七月，芦沟桥日寇暴发，遂及平津沪上。予方卧病，悲近痛远，伏枕十日，即杂报所传闻，成此二十诗，题曰秋感。世有明哲，得而览之，如或一言可采，亦匄荛狂夫之意也。清寂翁记。"[3]其中"不辞血肉糜，要拔骨刺鲠。终然挫凶锋，弥足张后盾。伟哉南口功，岂止祁连等。千秋复万岁，刻石昭炯炯"之誓灭敌寇；"言败固已嚱，言胜何足算。天地真不仁，生民匄狗贱。膏血东南途，白骨西北蔓。冤魂迷两国，鬼妻号夜半"之惊慌惨烈；"老夫卧恶疾，意趣长萧瑟。一吐秋虫哀，仰天愁抱膝"[4]之抑郁哀怨等，都真实记录了战争爆发以及国军处于劣势时，传统诗人的心路历程和生存状态。这些诗作除了诗歌艺术价值外，也具有考察当时文人士夫心态的重要历史意义。又如其《自夏徂秋，成渝两郡比遭寇烬，慨远念近，寄讯邠斋庆白》："孤兽走索群，惊禽悲叫类。丧乱念友生，发夕不能寐。登高眇途岳，巴蜀弥兵气。祆星天鼓鸣，巨响坻颓坠。麇散入渊雷，酸痛彻地肺……往者绸缪论，今日说成事。岂有廝养余，而堪天下寄。小人谬计功，君子心如醉。瞻乌止谁屋，贻诗聊用谇。"[5]该诗成于1940年，其背景是武汉会战后，日军大规模轰炸重庆、成都，五月、七月甚烈，而在十月达到高潮，国民党空军损失惨重。轰炸下的百姓备受苦难，"孤兽走索群，惊禽悲叫类"，开篇便是一派生灵涂炭之景；"祆星天鼓鸣，巨响坻颓坠。麇散入渊雷"纯然写实笔法，炸弹轰鸣，巨响中天崩

---

[1] 朱寄尧著，朱棣、王家葵整理：《四川近百年诗话·两松庵杂记》，中华书局2020年版，第132页。

[2] 同上书，第133页。

[3] 林思进著，刘君惠、王文才等编：《清寂堂集》，巴蜀书社1989年版，第365页。

[4] 同上书，第365—370页。

[5] 同上书，第443页。

地裂；"酸痛彻地肺"既是描写焦土的创伤，更传达了诗人的痛彻心扉。全篇娓娓道来，但其兴发感动之力量，则甚于长歌当哭。

此外，赵熙《张将军壮心千里图》也是对重大历史性事件的记录，1940年，国民党第33集团军总司令张自忠在枣宜会战中壮烈殉国，香宋诗中先追溯了与张氏的家世渊源，之后"将军作战忘生死，岂独骓骝志千里……遗容岳岳仍潇洒，杨柳春风饲双马。世维忠义能千秋，如今武昌当上游。烈士暮年心血赤，洒作人间江汉流"[1]，慷慨激昂，俨然能与少陵歌行中的雄壮之美相通（如《戏为韦偃双松图歌》之"已令拂拭光凌乱，请公放笔为直干"[2]）。当然这种"诗史"精神——对重大历史事件的纪实也并不囿于歌行一体，如向楚《闻临潼兵变寄怀邠斋海上》："每观世变溯前因，自分余生作幸民。海上书来方过雁，吟边枫落最怀人。惊心北塞风烟紧，覆手中原弈劫新。戚戚四方多难日，眼前消息问交亲。"[3]以颠覆自己作幸民的希望开端，表达了诗人在西安事变之时对国家前程的茫然和担忧。赵熙《纪闻七首》其六："贾谊伤心哭不成，远人应亦厌余生。西风莫纵咸阳火，留取湘江诉雁声。"[4]则指涉长沙文夕大火，结尾真有无限惋惜、哀痛。

虽然随着辛亥革命，民国肇兴，杜甫的"一饭不忘君"已然失去了现实基础，但他诗中的家国情怀仍能持续引起无数文人作家的共鸣，尤其是乱世中的沉郁风格亦常渗入蜀派诗人笔端。林思进便常读杜诗，其有《读杜集，愤笔书闷》二首："往时杜陵叟，老病卧孤舟。不耐蒸湘暑，还思岷水游。我今亦窜迹，余热苦骄秋。忽忆花潭北，清江带白鸥。""阿段呼无用，行官怅不来。几人输菜把，何日见高斋。鹅鸭真堪恼，鸲鸠浪自猜。儿书与妇语，难喻此中怀。"[5]其郁闷寂寞尽付诗中。又如林氏之《暂还成都作》二首其一："去郭才朱夏，还家又素秋。诗书倚墙壁，华屋感山丘。日倒扶桑影，尘昏石镜愁。非无故人酒，欲醉

[1] 赵熙著，王仲镛主编：《赵熙集》，浙江古籍出版社2013年版，第786—787页。
[2] 杜甫著，仇兆鳌注：《杜诗详注》，中华书局1979年版，第757页。
[3] 陶道恕、蓝泽苏编：《向楚集》，中华书局2015年版，第227页。
[4] 赵熙著，王仲镛主编：《赵熙集》，浙江古籍出版社2013年版，第813页。
[5] 林思进著，刘君惠、王文才等编：《清寂堂集》，巴蜀书社1989年版，第425页。

不销忧。"[1] 赵熙之《病中寄翊云成都》:"春寒夜枕最伤心,三十年来竟陆沉。寂寞邻鸡浑不晓,思量匄狗信如今。梦中尚扫蓬山路,病里方知祇树林。自省平生无得处,悠悠门外百花深。"[2] 均沉挚悲痛,尤其后者的结尾,仍有清远苍秀的影子。但这百花盛开却并未带来春意盎然,更使读者黯然,蜀派诗人笔下诸如"衰借诗心起,寒从病骨知"[3]、"余生兵火沧桑外,老客花城锦水间"[4]、"别后交亲余老病,乱来家国总艰难"[5]、"君亦杜陵淹峡久,天将阮籍哭途穷"[6] 等作,均饶有杜味。

最后,我们还应看到,随着交通的发达,四川吸引了不少其他地域的诗人,尤其是抗战时期,内地学校如金陵大学、齐鲁大学等均迁入四川,同时大量诗人亦流寓蜀地,由此开始了与川蜀诗人的频繁交流。这些宗尚不同、风格各异的川外诗人与蜀派诗人的契合点,很大程度上亦是对杜诗尤其是其中所蕴含的精神价值的认同,像段熙仲内迁四川后所作《杜公祠》便颇有代表性:"王杨卢骆当时体,稷契皋夔一辈人。独擘鲸鲵来碧海,少陵野老世无伦。"[7] 杜甫在成都留下的印记也时时感召着这些入蜀诗人,与林思进颇为熟稔的邵祖平初至成都后便有《谒杜工部草堂》四首,其中"草堂颜色今犹壮,北望关山涕泗来""梁益偏安尊正统,大唐诗史落成都。风尘道气因年长,天地吟篇以自娱""四松寂寞幽栖后,予亦羁忧避地人"[8],均表明其与"诗圣"坎坷经历的相似。易君左入蜀后亦有《谒杜工部草堂》,"平生心折唯杜陵,其余纷纷无足称。有如汪洋大海破浪长风乘,又如摩空嵯峨巨岳谁能登……先生万古一完人,先生九天一尊神。但有丹心照日月,长留浩气领群伦",对杜甫推崇备至,而"虽无先生之才,窃有先生之志;虽非先生之时,却

[1] 林思进著,刘君惠、王文才等编:《清寂堂集》,巴蜀书社1989年版,第451页。
[2] 赵熙著,王仲镛主编:《赵熙集》,浙江古籍出版社2013年版,第800页。
[3] 林思进:《雪晴偶作》,见林思进著,刘君惠、王文才等编《清寂堂集》,巴蜀书社1989年版,第269页。
[4] 向楚:《胡铁华见访赠诗次韵》,见陶道恕、蓝泽苏编《向楚集》,中华书局2015年版,第233页。
[5] 向楚:《寄怀天倪重庆》,同上书,第243页。
[6] 赵熙:《缵蘅见访山中适敏生来诗再次前韵》,见赵熙著,王仲镛主编《赵熙集》,浙江古籍出版社2013年版,第783页。
[7] 段天炯(熙仲):《杜公祠》,载《斯文》1941年第14期。
[8] 邵祖平:《培风楼诗》,浙江大学出版社2000年版,第166页。

同先生之地"[1]，这种联系成为他们与杜诗的纽带。易君左又专门撰写了《杜甫今论》《杜甫的时代精神》等多种著作，将杜甫精神归结为："国家民族高一切，岂止忠君肝胆热？能以万众之声为其声，能以举国之辙为其辙。反抗割据尊中央，抵抗侵略制胡羌。战斗意志最坚强，垂死宗邦永不忘！"[2]而蜀派诗人中研究少陵的亦不乏其人，如庞俊及其门下的王仲镛等都以研究杜甫名世，可见工部在当时的独特魅力。总之，蜀派诗人与流寓诗人共同研究杜诗、宗法杜诗，交游唱和，在相同的文学报刊发表作品、砥砺诗艺，沟通了蜀派诗人与当时诗坛其他名家的联系，既启迪了他们的诗歌表达，又深化了诗学精神，使杜甫在千余年后的国难深重中焕发光彩，并成为杜诗接受史上重要的一章。

黄稚荃在《悼赵香宋先生》中说："光宣以来诗坛，竞为宋体，规抚苏黄，虽饶理趣，而面目性情，比比相类。先生诗有唐人博大昌明之度，宋人生新劲折之巧，运用成语，天衣无缝，势含飞动，语不犹人，洵为先生特异之点。"[3]汪国垣《光宣诗坛点将录》则指出赵熙"其遣词用意，或以为苦吟而得，实皆脱口而出者也"[4]，这些实际上也是很多蜀派诗人的共同特点。在生涩暗哑的近代诗坛，他们不事苦吟，务求清新、明丽、自然，其诗如冲口而出却能耐人寻味，正体现出他们的诗功所在。川蜀一地在晚清民国一方面承接其地域性诗学余脉，另一方面又是张之洞的唐宋兼采派、王闿运的汉魏六朝派、陈三立等的同光派风云激荡的中心，故而其诗歌颇能转益多师。庞俊尝有《与周虚白论诗书》云："盖诗之所以为者，词与意二者而已。诗者志也，志之不存，则词于何施；诗者持也，词之不修，则志无以承。是故专骛藻采而言之无物，与偏主性灵而言之无文者，皆非也……总集如《文选》《乐府诗集》，别集如陶、谢、李、杜，则必读之书。大抵智慧浚发，则后胜于前；性情

---

[1] 易君左：《谒杜工部草堂》，载《新四川月刊》1939年第1期。
[2] 同上。关于《杜甫今论》一文则参见《民族诗坛》1939年第2、3、4、5、6期，关于易君左对杜甫的讨论，则可参考熊飞宇：《易君左的杜甫研究撷精》，载《杜甫研究学刊》2012年第3期。
[3] 黄稚荃：《杜邻存稿》，四川人民出版社1990年版，第212页。
[4] 汪辟疆著，王培军笺证：《光宣诗坛点将录笺证》，中华书局2008年版，第190页。

抒写,则今不逮古。"[1]可见他们并不如晚清以降的各种复古派一样厚古薄今,而能持论闳通,博采约取,在诗坛足自张一军。他们在清远苍秀的基础上开拓诗境,进一步发展了诗歌在战乱背景下的表现力;他们的宗杜蕲向也与当时诗坛遥相呼应,走出了与陈三立等宋诗派之学杜借径山谷,张鸿、汪荣宝等西昆派之学杜借径昆体、义山迥然不同的道路,体现了传统诗歌落日余晖中的丰富性和复杂性,从而具有不可替代的认识价值与审美价值。

＊　本文系教育部人文社科青年项目"古今演变视域下的民国旧体诗流派研究"（22YJC751029）阶段性成果

【作者简介】 上海大学文学院博士后、讲师。

---

[1] 庞俊著,白敦仁纂辑,王大厚校理:《养晴室遗集》,巴蜀书社2013年版,第287—289页。

社会变革下的文学社团

——以民国武进"兰社"为考察对象

王愈龚

【摘要】"兰社"是民国时期武进地区的诗歌社团和私人学堂,它由地方大儒周葆贻以保存国粹的目的发起,带有明显的复古性质,是民国众多复古社团中的一员。"兰社"成员众多,存续时期较长,是继随园弟子文人群之后影响最大的旧体诗社之一。本文主要以"兰社"社集——《武进兰社男女弟子诗词百人集》《双溪毓秀馆吟草》,以及周葆贻的两部个人著作——《企言随笔》《企言诗存》为文献依据,就"兰社"的兴起背景、社名含义、社事活动及社集详情进行论述,以期再现这段江左的风华历史,展现"兰社"在民国诗坛上的清雅风韵;并以此为视角,窥视处在社会变革背景之下的文学社团是如何适应时代,展现出新的特点与时代风貌的。

【关键词】 民国 武进 "兰社" 诗社

"兰社"诞生于民国时期,是特殊时代背景孕育的产物。受"保存国粹"风气影响,民国时期旧体诗词结社曾兴盛一时,"兰社"就是其中之一。社长周葆贻为使国学后继有人,于1927年在家中创办"兰社"。社名取自《易经》"二人同心,其利断金;同心之言,其臭如兰",并同时兼有"常州(兰陵)的诗社"之意。由于"兰社"兼备教学与社团的性质,故其教学活动亦是其社事活动。"兰社"存续十余年,其成员诗作结成《武进兰社男女弟子诗词百人集》一册,于1940年出版发行。

一、"兰社"的兴起与发展

清末民国初,是社会变革和转型的重要时期,产生于此一时期的

"兰社",自然带有当时社会的烙印。清朝末年,受西方文化冲击,国人生活方式与思想观念发生巨变,纷纷效仿西方,甚至唯洋是从。文学方面,排斥文言文、提倡白话文已成大势,国学面临前所未有的危机。梁启超曾在《论中国学术思想变迁之大势》一文中记载,受时局影响,"新学小生吐弃国学"[1]。面对此种社会现实,国人开始反思传统文化的价值所在,希冀给予其一个客观合理的现实定位。中国传统文化何去何从,已然成为社会的一大问题。

一些近代学者担心传统文化在崇洋中消亡,一再强调保存国粹的重要性,并相应地成立了一系列组织。清光绪三十一年(1905)初,以"研究国学,保存国粹"为宗旨的"国学保存会"在上海创立。邓实、章炳麟、刘师培、陈去病、黄节、马叙伦等学者,形成了晚清影响深远的"国粹派"。光绪三十二年(1906),章炳麟在东京先后发起"国学讲习会"和"国学振兴社",进一步宣扬"保存国粹"的主张:"夫国学者,国家所以成立之源泉也。吾闻处竞争之世,徒恃国学固不足以立国矣,而吾未闻国学不兴而国能自立者也;吾闻有国亡而国学不亡者矣,而吾未闻国学先亡而国仍立者也。故今日国学之无人兴起,即将影响于国家之存灭。"[2]将国学提高到关乎国家兴亡的重要地位。章炳麟的言论在社会上引起了极大反响,诸多学人"受章氏之感动,激于种族之观念,皆归于民族旗帜下,风起云涌,各自发行杂志,宣传种族学说,以为革命之武器"[3]。受"保存国粹"运动影响,清政府于光绪二十九年(1903)十一月颁布《学务政纲》,提出"外国学堂最得保存国粹,此即保存国粹之一大端"[4]。由是,"保存国粹"成为社会的普遍共识。

其后,"新文化派"以"宣扬民主与科学,'反对国粹和旧文学'"[5]为纲领,展开了轰轰烈烈的"新文化运动"。随着运动的开展,社会再度掀起摒弃传统文化的浪潮,也再度激起学者的不满情绪。为拯救国

---

[1] 梁启超:《清代学术概论》,中国人民大学出版社2004年版,第124页。
[2] 章炳麟:《国学讲学会序》,载《民报》1906年9月5日第7号。
[3] 胡朴安:《二十年学术与政治之关系》,载《东方杂志》1924年第1期。
[4] 舒新城编:《中国近代教育史资料》(上册),人民教育出版社1981年版,第202页。
[5] 参见《新青年》1919年第1期。

粹，他们纷纷成立国学组织，与"新文化派"抗衡。其中不乏旧体文学社团的身影。基于当时的社会风气，这些社团成立之初的目的大都是维系传统，带有明显的复古色彩。例如"希社"："自鼎革以还，国体变更，士风不古。吾国数千年文化，几被一扫而空。先君子引以为忧，曾与海上名流姚东木、高太痴诸先生创立'希社'，力图挽救，风动一时。乃未几而先君子与诸先生相继凋谢，其社亦随之消歇焉。"[1]（姜光迪《武进兰社男女弟子诗词百人集序》）姚东木、高太痴等社会名流惧怕国学在西学的冲击下毁于一旦，故创立"希社"，以期借此补救时弊。"希社"创立之后，确也轰动一时，得到了众多社会人士的关注。然而，随着老一代文人的相继谢世，"希社"也随之消歇，成为历史。先辈逝去，后继无人，传统文化之道益孤。作为众多旧体文学社团的一个缩影，"希社"见证了旧式文人维持传统文化的良苦用心及艰难处境。

痛心于"文学年来有若无，天留一柱镇东隅。白云不出名山老，吾党从今道益孤"[2]的现状，年过花甲、本打算息影著书的江南大儒周葆贻，毅然于1927年，在家中倡设旧式学堂——"兰社"，踵"希社"之旧迹。他曾在《武进兰社男女弟子诗词百人集》自序中提及创立"兰社"的动机："余花甲以还，倦游归里，息影著书。见后学读书十年，不知平仄，随口乱读，大惧斯文将堕。爰设'兰社'，补习国文，兼授韵学，以补学校之不足。"[3]迫切希冀传统文学能够后继有人。当时受到周葆贻的感召而加入"兰社"的成员并非少数，"兰社"的发展也异常迅猛。《企言随笔》为1935年排印本，在该书的《说明》中，记有周葆贻拟出版刊印的书籍。其中，1940年出版的社集——《武进兰社男女弟子诗词百人集》，在此写作《武进兰社男女弟子诗词文集》，并有双行小注："多世家弟子、闺秀之作，计七八十人。"[4]可知，1935年，"兰社"成员有七八十人。另据《武进兰社男女弟子诗词百人集》卷首《说明》

---

[1] 周葆贻：《武进兰社男女弟子诗词百人集》，见南江涛编《清末民国旧体诗词结社文献汇编》（第4册），国家图书馆出版社2013年版，第413页。
[2] 周葆贻：《新咏十三首》之九，见《企言诗存》卷一，1935年排印本。
[3] 周葆贻：《武进兰社男女弟子诗词百人集》，见南江涛编《清末民国旧体诗词结社文献汇编》（第4册），国家图书馆出版社2013年版，第417页。
[4] 周葆贻：《企言随笔》卷首《说明》，1935年排印本。

对社员人数的相关记录："多世家子弟闺秀之作，计有一百二十余人。"[1]
得知此集刊印时，"兰社"成员已增至一百二十余人。仅五年就多了
四五十人；十年间，便形成百余人的庞大群体，"兰社"发展的迅猛态
势可见一斑。

　　"兰社"在短时间内，能够拥有如此可观的社员数量，应有其自身
原因。由于周葆贻迫切希望国学能够后继有人，因而倡导有教无类的
招收原则，凡是愿意跟他学习国学的学生，他都收为弟子。据《企言
随笔》林俊保序记载："先生见近时文学日衰，慨然兴叹，以诱掖后进
为己任。学校授课外，更设'兰社'。教弟子，贫寒免费。邑中世家子
女，咸乐从游。"[2]招收弟子不顾家庭出身，不论富贵贫穷。然而，即使
如此，仍不是所有的"兰社"弟子都有幸亲临周葆贻家面见老师，聆听
教诲。一些路远的学生只能通过函授的方式得到周师的指点。周葆贻曾
在《谢助刊及索稿诸友》中说："近有弟子无锡王之清，送妹兰芬来考
女师范，特来告我。伊与朱毅卿二人，愿为我出资刻文一册，明正付
印。王、朱二人，皆我昔年函授弟子。"[3]函授的方式不仅方便了路远的
学生，也让"兰社"扩大了它在常州以外地区的影响力。由此，"兰社"
形成了以常州地区为中心，同时向周边及北方地区扩展的地理格局。

　　此外，"兰社"的成员结构也异常丰富。其成员除世家子女和社会
名流外，亦不乏各界中下层人民。如徐碧是粹华交通部立扶轮小学教
员，堵文娟是尚德女职校舍监，吴振清是江西南昌中央银行职员，等
等。可见，"兰社"已不同于传统诗社仅局限于文人本身的人员构成。

　　同民国其他旧体文学社团一样，"兰社"具有明显的复古性；而作
为师生社团、大众社团和地方诗社的"兰社"，又带有时代新的特质。

二、"兰社"消亡及余响

　　随着社会风气的开化及思想观念的转变，越来越多的男性文人开

---

[1] 周葆贻：《武进兰社男女弟子诗词百人集》，见南江涛编《清末民国旧体诗词结
　　社文献汇编》（第4册），国家图书馆出版社2013年版，第410页。
[2] 周葆贻：《企言随笔》，1935年排印本。
[3] 同上。

始招收女性弟子。早在清代，袁枚已开大规模招收女弟子之先例。汪谷曾在《随园女弟子诗选》序中描述当时的盛况道："随园先生，风雅所宗，年登大耋，行将重宴琼林矣。四方女士之闻其名者，皆钦为汉之伏生、夏侯胜一流。故所到处皆敛衽极地，以弟子礼见。先生有教无类。"[1]

继随园之后，周葆贻在家中设立"兰社"，招收男女弟子。由于袁枚导源于前，故世人都说周葆贻踵迹袁枚，并给予其高度评价："男女弟子如干人，殊不让随园专美于前也。"[2]周葆贻则在《武进兰社男女弟子诗词百人集》自序中谦逊表示："名山诸君子，谓可寄迹随园。夫随园之才，吾何能及？若但以弟子论，则随园女弟子，拜门者多，集中载十九人诗词。吾之百余男女弟子，泰半一堂教诲，及函授而成，其难易岂可同日语哉？"[3]周葆贻继承袁枚，秉奉有教无类原则，其女弟子众多，也是盛况空前。不过，正如周葆贻所说，随园女弟子多数拜门求教，她们围侍四周，聆听袁枚登坛讲诗；而民国时期，社会动荡，人多离散，"兰社"弟子多数只能到"兰社"听一堂课，有的甚或仅能函授求教，其艰难程度远非袁枚女弟子群所能想见。

"兰社"从1927年，到1937年，自成立以来的十年间，是"兰社"发展的重要时期。周葆贻在《武进兰社男女弟子诗词百人集》自序中说："盖自民国十六年丁卯（1927）至去岁丁丑（1937），此十年间，得百余男女弟子之诗词。"[4]邹文渊也在社集的序中说："吾师周子企言，设'兰社'于家，为邑中后起，补习国文，兼授韵语，时经十稔。"[5]均将"兰社"的开展时长定为十年，认为它于1937年解体。

1937年，是一个特殊的年份。这一年的7月7日，日本侵略军发动全面侵华战争；11月2日，淞沪会战失败。其后，日军便大举南下，常熟、苏州、无锡、南京相继沦陷。11月27日，日军兵分三路向常州地

---

[1] 袁枚著：《袁枚全集》（第7册），江苏古籍出版社1993年版，第1页。
[2] 周葆贻：《武进兰社男女弟子诗词百人集》，见南江涛编《清末民国旧体诗词结社文献汇编》（第4册），国家图书馆出版社2013年版，第411页。
[3] 同上书，第417页。
[4] 同上。
[5] 同上书，第419页。

区进犯，其中一路便是从无锡沿京沪铁路入侵武进。11月29日，日军占领常州全城。12月2日，常州地区全境沦陷。据《武进兰社男女弟子诗词百人集》姜光迪序云：

> 企言先生，延陵耆宿也。毕生肆力于诗古文词，造诣极精……倡设"兰社"，栽成狂狷，不可数计。往岁于男女生徒百余人中，选得诗词若干卷，签曰《(武进)兰社(男女)弟子诗词百人集》，拟付剞劂，而中日战猝发，苏、常相继陷。先生遽置稿行箧中，携之走，幸未散失。[1]

在中日战争爆发后，周葆贻为了避难，曾携带社集出逃，"兰社"亦随之解体。据周葆贻《武进兰社男女弟子诗词百人集》自序："去年丁丑（1937），十月既望，企言由常避难赴扬，携弟子集而行。"[2] 可知，周葆贻于1937年阴历十月十六日（阳历11月18日）由常州出走避难，故笔者断定，"兰社"应是于1937年7月7日至11月18日期间解体的。

应当说明的是，"兰社"虽暂时解体，中断了课程与活动，但是，周葆贻在劫后由扬州返回常州后，"兰社"又恢复了活动。据《武进兰社男女弟子诗词百人集》邹文渊序："今岁（1938）仲夏，师自外归，文渊谒之于'兰社'，共话沧桑，不胜于邑；继经两家无恙，又滋欣慰。秋初，师再郑重删改，以后进弟子篇什之佳者入之，复命清缮，作为定本。"[3] 可以断定，周葆贻在1938年返回常州。而从"以后进弟子篇什之佳者入之"可知，周葆贻还常，"兰社"得以重新活动。国难当头，常州遭劫，这些经历了沧桑巨变的后来弟子们，于诗歌中多次提及时事，在笔端抒发了他们对山河破碎的痛心疾首。例如，朱毅卿的《避难夏溪舟中口占》是避难时创作的诗歌；黄友鹤的《己

---

[1] 周葆贻：《武进兰社男女弟子诗词百人集》，见南江涛编《清末民国旧体诗词结社文献汇编》（第4册），国家图书馆出版社2013年版，第413页。
[2] 同上书，第418页。
[3] 同上书，第419页。

卯（1939）元旦》、钱志炯的《劫后望月》，是常州遭劫之后的作品。
而如：

> 闲来无事步荒郊，红叶纷纷下树梢。（黄友鹤《冬晚闲步》）[1]
> 我独故乡经浩劫，眼看沧海易桑田。（黄友鹤《忆友张仿近，
> 却寄滇省》）[2]
> 背乡非素志，历劫汴梁来。（朱永《旅汴感言》）[3]
> 沧桑历劫谢繁华，满目颓垣自可嗟。（薛涵培《兰社联吟》）[4]

不仅题目提及劫难，诗歌正文也多含"劫"字，表现了"兰社"弟
子内心沉重的伤痛。

但"兰社"恢复活动后不多时，周葆贻不幸病逝。陈名珂在社集的
序言中说道："时适舶趋风起，（周葆贻）病齿，状若甚苦。而天燠，犹
御重裘。乃为之市止痛药，市棉衣，珍重订后会而别。不三日，再访
之，则已归矣。更不数日，闻竟死矣。"[5]该序的落款为"民国二十八年
（1939）十二月"，此时周葆贻已经逝世。据序言所说"天燠，犹御重
裘"推断，则周葆贻应于夏天去世。周葆贻逝世后，"兰社"最终解体。
故断定，"兰社"最终解体的时间应为1939年夏。此后，"兰社"弟子
仍有零星的活动，作为"兰社"消亡的祭奠。他们写有悼念"兰社"和
周师的诗歌，也收录在《武进兰社男女诗词百人集》中，如《过兰社吊
周企言师》《重过兰社感慨》。这些诗歌表达了他们对于周师深切的怀念
和物是人非的感慨。

另外，据蒋荣怿在1938年为《武进兰社男女诗词百人集》所作序：
"吾师邹子（邹文渊），设馆吾家，已经五载。"[6]《双溪毓秀馆吟草》序：

---

[1] 周葆贻：《武进兰社男女弟子诗词百人集》，见南江涛编《清末民国旧体诗词结
社文献汇编》（第4册），国家图书馆出版社2013年版，第509页。
[2] 同上书，509页。
[3] 同上书，第514页。
[4] 同上书，第522页。
[5] 同上书，第411页。
[6] 周葆贻：《武进兰社男女弟子诗词百人集》，见南江涛编《清末民国旧体诗词结
社文献汇编》（第4册），国家图书馆出版社2013年版，第422页。

"邹文渊，为文郁勃有奇气，诗亦脱胎黄仲则，不落恒蹊，蒋君延为西席。六年于兹，由是其子女皆能诗。"[1] 以及邹文渊《周师七旬寿词六首》之六 "三年沐化工" 注："乙亥（1935）得列门墙。"[2] 可知，邹文渊于1933年开设 "双溪毓秀馆"，教授蒋家子女。1939年，弟子学成，"双溪毓秀馆" 解体。在此期间，邹文渊于1935年加入 "兰社"。而根据蒋家子女所作多首《兰社联吟》可知，他们也随老师邹文渊入了 "兰社"。周葆贻逝世后，"双溪毓秀馆" 尚未终止活动。因此，可将周葆贻逝世后的 "双溪毓秀馆" 和 "兰社" 活动，一同视作 "兰社" 余响，它们见证着时代的沧桑与历史的巨变。

三、"兰社" 诗论

"兰社" 既是以周葆贻为中心的师生诗社，那么，周葆贻的思想与行为必然直接影响所有的 "兰社" 弟子，使他们的诗歌理论直接承续于他，并在创作实践上一脉相承。由于这些弟子以周师诗论为尊，故整个诗社具有统一的理论基础与写作方向。

观周葆贻所作文字，可以发现，他作诗信奉天籁与性灵。《企言诗存》自序中记录其感慨如下：

> 古来万口争传之作，必非十分奥淹之文。白香山诗，老妪都解，千古盛称，盖深不难，浅而有味之为难也……夫三百篇，大都民俗歌谣，发于性情，有如天籁。后世诗词，导源于此。余自少耽吟，不过陶情适性而已。如风动物，自然发声，若有意，若无意也。余向喜读千古聪明人语，颇佩随园性灵之说，故每作诗词，常欲以人籁胜天籁。[3]

---

[1] 邹文渊：《双溪毓秀馆吟草》，见周葆贻《武进兰社男女弟子诗词百人集》附，同上书，第581页。
[2] 同上书，第492页。
[3] 周葆贻：《企言诗存》序，1935年排印本。

周葆贻认为，从古至今，历来为人们所称道的佳作，都不是古奥艰涩之文。例如白居易的诗歌，平白如话，老妪能解，却被后人尊为上品。语言艰深的诗歌并不难作，词浅而意深之文才难作。《诗经》大都是民俗歌谣，发于性情，堪比天籁，后世诗歌莫不以它为源头。诗歌就是要陶冶性情，抒发自己的情感，仅此而已。就像风吹动万物，自然而然地使它们发出声响，其声则在若有若无之间。此外，他还在《新咏十三首》之六中写道："吟成老妪都能解，从古词章浅最难。我有新诗如白话，留他传与万人看。"[1] 以此表示自己创作词浅意深作品的决心。而从引文中"颇佩随园性灵之说"一句，则可以看出，周葆贻非常赞同袁枚的"性灵说"，认为诗歌是表现个人性灵的工具，诗人要用带有自己性灵的诗作来抒发真情实感，吟诵风花雪月，以趋于天然的人籁胜过质朴无华的天籁。

由此可知，周葆贻的诗学思想以清新自然为尚。清新自然，主要包含两个层面的意思：一是作诗要质朴浅白，切忌晦涩难懂；二是作诗要发乎情性，不可矫揉造作，虚情假意。"兰社"弟子继承周葆贻的诗学主张，也表达了他们对这一类文章的青睐。如王之清《步月》"新诗不借推敲力"[2]、蒋兴祺《蝉》"人籁不如天籁好"[3]。

不过，"兰社"论诗虽然崇尚天然，但此处的"天然"，并不是指诗歌语言的浅率平庸和粗鄙俚俗，他们认为的"天然"，是诗歌在语意上明白晓畅，在语句上平淡清丽，从而呈现出的一种自然天成、斧凿全无的完美状态。故要做到"天然"，并不是随性而出或任意而为即可，而是需要作者仔细斟酌和推敲后方能达到的。周葆贻在所作《新咏十三首》之三中云："词臣偶现宰官身，玉尺量才信有因。一语论文感知己，成如容易却艰辛。"其小注为："余受知师吴兴朱镜清，字苹华。以名翰林，来宰吾邑。壬辰岁试屡列前茅。评语云：'成如容易却艰辛，具见良工辛苦。'此真深知文字之甘苦者也。"[4] 又蒋兴祺《兰社联吟》："濡毫写

---

[1] 周葆贻：《企言诗存》序，1935年排印本。
[2] 周葆贻：《武进兰社男女弟子诗词百人集》，见南江涛编《清末民国旧体诗词结社文献汇编》（第4册），国家图书馆出版社2013年版，第460页。
[3] 同上书，第594页。
[4] 周葆贻：《企言诗存》卷一，1935年排印本。

出寄怀诗,入细推敲月上迟。夜静一灯相对坐,飞虫如雨落多时。"[1]道出了"兰社"文人作诗时的用功与艰辛。

虽然"兰社"文人非常看重文字的锤炼,不过,在具体写作实践中,他们并没有一以贯之。考察他们的诗集,其中有许多作品明显是随口而出的,例如诗集中存在着大量以"口占"二字命名的诗词:刘雁秋《七夕口占四首》、薛凤超《盛典港中口占》、戚家梁《枕上口占二首》、王伟《七夕偶占二首》[2]等。虽然这些诗作很可能在结集之时,已由作者或编者对它们进行了修改与润色,但起码说明,在许多场合下,"兰社"成员缺少充足的时间对作品进行锤炼。另外,周葆贻作诗刻意强调以白话为之,务必使人人能读,人人都懂,故其集中难免杂有一些过于浅白、直似打油诗的作品。如《题美人乘自由车》:"脚踏双轮转,婵娟太自由。问他何处去,但笑不回头。"[3]以及《柬南浔舍同人》:"梁间燕子又飞回,寄语诸君莫浪猜。倘念常州周老五,好教双鲤带书来。"[4]这两首诗语言俚俗,故作幽默,基本没有诗意可言。此外,这种打油诗的出现与周葆贻爱好游戏文字的诗学观念亦不无关系,他曾在《企言随笔》后附《游戏文章》。虽然周葆贻只是将这些游戏文字作为随笔的附带文字,但是他将其附在作品集后,而不是直接删除,这种做法足以说明周葆贻对这些游戏文章的特别喜好。

除崇尚天然之外,周葆贻论诗还崇尚袁枚的"性灵说"。"性灵说"以"独抒性灵,不拘格套"为口号,重在"性灵"二字。关于"性灵说"的含义,学界已有大量相关学说,于此不再赘述。需要强调的,是与本文探讨问题相关的"灵"字的含义。"灵",不仅包含性情,还包含灵机、灵趣之意,故"灵"字所指,为"自然地、风趣地抒写自己个人的真实情感、感受和思考"[5],表现在表达方面,就是诗歌语言要

[1]周葆贻:《武进兰社男女弟子诗词百人集》,见南江涛编《清末民国旧体诗词结社文献汇编》(第4册),国家图书馆出版社2013年版,第592页。
[2]同上书,第436、487、512、563页。
[3]周葆贻:《企言诗存》卷一,1935年排印本。
[4]同上。
[5]王运熙、顾易生:《中国文学批评史新编》,复旦大学出版社2012年版,第274页。

幽默、生动；而表现在构思方面，就是要抓住点滴细节，重视灵感的作用。

继承袁枚的诗学观念，周葆贻作诗格外注重灵趣。他常常在诗中运用游戏笔墨，抑或联想、想象。如《题李静珊表姊画蝶四首》之二："舞余花气散氤氲，双袖斑斓簇采纹。话到郁栖遗蜕事，前身可忆绣罗裙。"[1]该诗想象李静珊表姐所绘蝴蝶系由妙龄少女化成，其翩翩飞舞的灵动姿态，像极了少女在旋转舞动。周葆贻将这一奇特的灵趣点染在诗中，使读者仿佛看到了一个美丽的女子，正在身姿曼妙地舞动。周葆贻使用这一想象，意在说明李静珊画蝶的逼真效果，并以此来充分凸显李静珊高超的画技，生动形象，富有灵趣。

而在构思方面，"兰社"文人善于捕捉生活细节和灵感，一个小小的生活场景，经其点染，便能成为一首富有生趣的作品。如杨士英《乡景》："数月未归梅已落，蔷薇芍药满园开。儿童相见都欢跃，争向身边索果来。"[2]受儿童争果这一灵感启发，作者抓住乡居生活中的细微之处进行描绘，整首诗歌意趣横生。又如周浣茜《偶咏》："沧桑变幻感蹉跎，似水年华客里过。恨煞窗前小鹦鹉，闲来依旧念弥陀。"[3]诗意由窗前鹦鹉叫弥陀这一灵感，联想到当下的社会实际和自己的遭遇，怪罪鹦鹉不解人意，在如此动乱的当下，仍然无忧地叫着弥陀，从而抒发世事无常、漂泊无依与年华易逝之慨，立意新颖巧妙。

基于"天籁"与"性灵"的创作原则，"兰社"成员的诗作全都表现出质朴自然的创作风格，就像蔡子平在《企言诗存》序中所说的那样："所著诗词流利清圆。辞不求奥，理不索深。如渔歌樵唱一出，天籁神韵悠然。"[4]如果说强调对诗歌语言的锤炼是对古典诗歌审美品格的传承，那么，大量口占和打油诗的出现，则除周葆贻自身的偏好外，应与

---

[1] 周葆贻：《企言诗存》卷一，1395年排印本。
[2] 周葆贻：《武进兰社男女弟子诗词百人集》，见南江涛编《清末民国旧体诗词结社文献汇编》(第4册)，国家图书馆出版社2013年版，第557页。
[3] 同上书，第577页。
[4] 周葆贻：《企言诗存》，1935年排印本，《序》。

社会转型下，白话文的兴起及其对传统文学的冲击与解构的背景息息相关。而袁枚诗学中的"灵趣"思想，则同白话文发展相适应，以符合大众期待视野的优势为周葆贻所认可。

与此同时，"兰社"还秉持古今并无优劣之论。"兰社"作为民国时期旧体文学社团中的一员，其自身具有明显的复古性。在白话文流行的当时，周葆贻教授弟子学习古文，以保留旧体文学的方式保存古典文化。但是，周葆贻的复古主张仅仅局限于诗歌形式，在诗歌内容上并未作严苛的限制。他曾在《纸币》一诗的小序中云：

> 甲寅（1914）夏，吕诚之、丁捷臣、汪千顷诸君结社于春申江畔，名曰"心社"，推管君达如为社长，寓书庄君通百，招同人入社。一时"秋声诗钟社"诸君子，如李涤云、赵镜眸、陈研因、（陈）雨农、张芝汀、左见唐、（左）诗舲、（左）次霖辈，咸喜应召。鄙人见猎心喜，亦与焉。或谓："诗中'银行'等字，往籍未见，以之入诗，毋乃近俗？"予韪其言。顾思既久，无可易者。忽悟当年"飞钱""关子"及"钞票"等名，亦欠雅驯，后乃载之史册。当以为俗，今且成为古矣。安见今之所谓俗者，后世不以为古乎？矧纸币亦新名词也，题且然矣，何责于诗？银行、纸币适成为一家言，相题为诗，固宜如是也。爰赘数语，以自解嘲，其实俭腹之讥，不容自讳尔。[1]

1914年，周葆贻加入"心社"，和"心社"成员有过一次关于旧体诗中新名词的使用的文学论辩。从上述引文可以看出，在作诗能否使用时下新名词这一问题上，周葆贻并不认为时下的新名词不能入诗。他认为诗人是一个活在现实社会中的实体，其思维与语言表达习惯必定受时代与环境的影响。特定的时代会产生特定的事物，而新事物的出现势必产生与之对应的新名词，语言是随着时代的变化而变化的。而文学作品也不是孤立于时代之外的，它受时代的制

---

[1] 周葆贻：《企言诗存》卷一，1935年排印本。

约，体现时代的风气，一代有一代的新名词，故一代也有一代的文学作品。他举例说，唐代流行的"飞钱"，宋代流行的"关子"，金代流行的"钞票"，这些都是当时社会环境下产生的新名词，但是文人们并没有因为它们近俗而摒弃不用，相反，他们将这些新词记诸史册，使之在后世成为古语和雅称。接着，周葆贻进一步强调，今日所谓的俗语，在后世会成为古语，事物在发展中会转变其性质，故无须纠结于今词与古词，它们同为诗歌表意服务的语言单元，并无优劣之分。

引文看似仅仅讨论了诗歌词语的使用问题，而其背后指向的，实则是诗歌的内容问题。诗歌要表现新事物，势必要选用新名词（当然我们并不否认，有些新词可以选用其他同类古语借代，但这并不代表全部。一些没有同类的新事物，则无法找到相应的古语替换）；如果不能选用新名词，那么诗歌就无法表现新事物。所以，周葆贻想要表达的意思是：诗歌应该表现新事物，不应泥于古。如若将这一观点运用到具体的诗歌写作中去，就是诗歌要反映现实。换句话说，就是诗人大要关心国事，关注时政；小要描绘日常生活，活在当下。且周葆贻尤其看重作家对日常琐事的书写，他曾在《参观名山赈灾书画会记》中说道："极平常事，一经描写，便成佳句。且老妪都解，合于近时白话诗。"[1]有意识地要在诗中表现这类日常事物。"兰社"文人将"诗歌反映现实"的这一主张贯彻得非常彻底。自始至终，他们都在用自己的五色笔描绘新鲜事物，表现国家时事，记录日常生活。

需要着重探讨的，是"安见今之所谓俗者，后世不以为古乎"一句。这句话出现了"今""俗""后""古"四个关键字。其中，"今"对应的是"后"，"俗"对应的是"古"。我们知道，"俗"对应的应该是"雅"，故此处，"古"等于"雅"，是古雅之意。由此可知，文章实则蕴含着"今"等于"俗"这一观点。这句话实际上暗示了一些"心社"文人，或者说当时文人对于文学的一种态度，即认为"今"（当下的）就

---

[1] 周葆贻：《企言随笔》，1935年排印本。

是俗,"古"(以前的)就是雅。雅俗对比间,其于今古文章孰优孰劣之态度自明。有些文人厚古薄今,极力排斥当代的作品,唯前代作品是从,认为古代一定优于当代,进而形成固化思维,连词语也必须使用前代的了。诗歌是具体的,诗人也是具体的。每个诗人生活的时代不同,其遭遇也各不相同,所作诗歌也定不会全然一致。正如袁枚《答沈大宗伯论诗书》所说:"性情遭遇,人人有我在焉。"[1]诗中有"我",故其作不必同于古人,也不可能同于古人。正因为诗中有我,所以变是发展的自然现象,不得不然。既然这样,那么,在诗中使用今日流行的词语,并无不妥之处。可见,周葆贻在对待文章今与古的方面,是持非常开明的态度的,即今与古没有优劣上下之分,时人不应厚古薄今。这无疑是一种非常正确和进步的诗学观念,也是周葆贻对自己诗歌创作的自信与肯定。而这种理论,实则也是对"性灵说"的延伸。周葆贻与邹文渊曾合作《兰社联吟》一诗,其题注为:"周师偶得下二句,命足成之。"正文云:"不须拘泥旧仪型,花样从心见性灵。一自发明新集句,天涯无处不《诗经》。"[2]"不须拘泥旧仪型",即指诗歌不须拘泥于古,全须从性灵中自然吟出,只要能够以我手写我心,天涯处处都是《诗经》,此正同于袁枚《答沈大宗伯论诗书》中"天籁一日不断,则人籁一日不绝"[3]一句。由此可推知,周葆贻认为的诗歌衡量标准是:诗歌只有工拙之分,并无古今差别。这种达观的诗学观念,显然是周葆贻受时代风气影响所产生的;但与此同时,也是他为适应时代自觉做出的抉择。

古与今,延续与新变,不仅体现在诗论中,而且伴随着"兰社"发展始终。在社会转型与变革时期,"兰社"的兴起与消亡均同社会思潮与外部环境紧密相关。保存国粹的社会思潮促进了它的兴起,动荡不安的外部环境则直接导致它的消亡。时代的风气影响着诗社发展的脉动,古典的形式下,蕴含着诗歌新变的动向;对诗论的重构,

---

[1] 袁枚:《袁枚全集新编》(第6册),浙江古籍出版社2015年版,第321页。
[2] 周葆贻:《武进兰社男女弟子诗词百人集》,见南江涛编《清末民国旧体诗词结社文献汇编》(第4册),国家图书馆出版社2013年版,第494页。
[3] 袁枚:《袁枚全集新编》(第6册),浙江古籍出版社2015年版,第321页。

同对传统的继承并行。扬弃中发展，是"兰社"在特殊时期的生存策略。

【作者简介】 复旦大学中国古代文学研究中心博士研究生。

中国近现代古诗词歌曲研究

池瑾璟　杨和平

【摘要】 中国近现代古诗词歌曲，是20世纪初国人将我国古代诗词与西方音乐体裁和作曲技法相结合，而创造的一种新的音乐文化形式。在其创作与演唱上，注重歌曲情感、意境的刻画，突出钢琴伴奏的重要性，为我国艺术歌曲发展做出了贡献。"和诗（词）以歌"，是对传统文化的创新性发展。本文基于视域融合的视角对中国近现代古诗词歌曲进行再诠释，以期传统文化在现代社会得到不断的挖掘和延伸。

【关键词】 中国近现代　古诗词歌曲　创作　演唱

　　中国近现代古诗词歌曲是以古代诗词为歌词进行谱曲，后再配以钢琴伴奏的一种声乐体裁，采用中西结合的创作手法，并随时间的推移，逐渐发展成一种具有中国特色和韵味的艺术歌曲形式。清朝末年、民国初年，受西方文化的影响，康有为、梁启超等人提出了"废科举，兴学堂"，提倡在中国贯彻施行西方的文化教育体制，如开设乐歌课。与此同时，一大批新型知识分子如萧友梅、李叔同、曾志忞等纷纷出国留学，或专攻，或兼学音乐术科，回国后便以欧美、日本流行曲调依乐填词，在学堂教唱，并精选一些小曲汇编成歌集、教材，打破了我国"口传心授"的传统音乐教学模式。可以说，学堂乐歌这种新型的音乐文化，被视为中国近现代新音乐形态产生的标志，亦为艺术歌曲在中国的发展奠定了基础。

　　近代以降，在中西文化的交流碰撞下，中国新音乐文化开始崛起，早期创作基本是以声乐作品为主，从选词上看，可分为两类：一是为白话新诗谱曲的艺术歌曲，代表作有黄自的《问》、赵元任的《教我如何不想他》等；二是为古诗词谱曲的艺术歌曲，如李叔同的《留别》、青主的《大江东去》等。这类作品经历时间的锤炼，从模仿西方到中西结合，再到形成有中国独特意蕴的创作，是中国作曲家将学习成果融会吸收，最终为我所用的结果，展现智慧的同时更彰显了中华民族勇于探索、创新的精神。

一、中国近现代古诗词歌曲的历史

中国近现代古诗词歌曲，一方面与西方艺术歌曲[1]有着深厚的渊源，另一方面与中国古代音乐文化也有着较深的血缘关系。其歌诗大多采用古典诗词，而这些诗词大部分是中国古代歌曲的歌词遗存。我国的古代歌曲，历史悠久，大体经历《诗经》、《楚辞》、乐府、律诗、词体歌曲、琴歌、元散曲、明清小曲等不同体裁的演变，是历代声乐艺术的结晶。现存创作歌曲专集有南宋姜夔的《白石道人歌曲》。这些自度曲优美雅致、高远清秀，具有较高的艺术价值。除《白石道人歌曲》以外，还有收有一百七十多首唐宋词体歌曲的《九宫大成南北词宫谱》，清人按"九宫大成"体例为唐宋词谱写的歌曲集《碎金词谱》以及明代流传日本的《魏氏乐谱》中的唐宋遗音等。由于历史的原因，绝大部分中国古代歌曲的音乐部分已经遗失，但一些诗词以文学文本的形式流传下来。中国近现代的作曲家们，正是将西方音乐形式与作曲手法和这些遗留下来的古代诗词结合在一起，创造了中国古诗词歌曲这一独特的声乐艺术形式。

（一）萌芽期：清朝末年、民国初年的古诗词歌曲

中国近现代古诗词艺术歌曲萌芽于"学堂乐歌"。当时，中小学及师范学校都设有乐歌课，一些留学归来的知识分子诸如萧友梅、李叔同、曾志忞等，开始尝试将自己的作品纳入学堂的教唱中。起初，这些作品多为依曲填词，曲调多源于欧美、日本，这便是中国早期艺术歌曲的雏形。但李叔同的创作有所不同，从选词到作曲，都坚持亲力亲为，

---

[1] 艺术歌曲（Lied），产生于18世纪末19世纪初的欧洲。当时，受浪漫主义诗歌的影响，欧洲出现了以舒伯特、舒曼、勃拉姆斯等为代表的浪漫主义艺术歌曲创作，使得艺术歌曲取得与弦乐四重奏、交响乐、钢琴相媲美的独立地位，标志着艺术歌曲体裁的形成。艺术歌曲一词出现在中国，是萧友梅于20世纪20年代从德语（Kust Lied）翻译而来。参见廖辅叔《从艺术歌曲的定名说起》，载《人民音乐》1999年第9期。

跨越了单纯模仿的阶段，其代表作品见下表[1]：

序号	创作时间	曲　　名	词　作　者
1		《贺圣朝·留别》	[宋]叶清臣
2		《秋夕》	[唐]杜牧
3		《利州南渡》	[唐]温庭筠
4	1912—1918	《清平调》	[唐]李白
5		《送出师西征》	[唐]岑参
6		《夜归鹿门歌》	[唐]孟浩然
7		《春景》	[宋]欧阳修
8		《涉江》	吴梦非配诗

可以说，李叔同的创作，是结合西方先进作曲技法，选择具有一定艺术性的古体诗词来谱曲，并采用五线谱写作，为中国古诗词歌曲的创作提供了最初的借鉴。

（二）转型期："五四"时期的古诗词歌曲

"五四"前后，国内开始成立专业音乐院校，青主、萧友梅、黄自等成了学校教师的主力军。他们既有深厚的国学功底，又掌握了西方先进的作曲技法。在创作中，他们顺应时代的要求，努力探索中国新音乐的创作题材和方式。同时，受西方艺术歌曲的影响，他们开始创作中国的艺术歌曲。这种在创作上崇尚个性，追求自由的情感表达，契合了当时"五四"新文化运动的新音乐创作思想。

青主是我国艺术歌曲发展史上重要的作曲家，也是"五四"时期中国古诗词艺术歌曲创作者的杰出代表。他采用中国古典诗词为歌词，成为当时有意识地将西方作曲技法同中国古诗词相结合的先驱。他的创作对古诗词艺术歌曲的发展起到了重要的作用。他的代表作品有：

---

[1] 表中所列歌曲均由李叔同创作于杭州浙一师任教时期，详见李德崇主编，天津市河北区地方志编修委员会编著《河北区志》，天津社会科学院出版社2003年版。

序号	创作时间	曲　　名	词　作　者
1	1920	《大江东去》	［宋］苏轼
2	1929	《征夫词》	［明］刘绩
3		《回乡偶书》	［唐］贺知章
4		《忆江南》	［唐］白居易
5		《武陵春》	［宋］辛弃疾（一说石孝友）

在青主的创作中，他在中国语言、诗歌的基础上又融会贯通地运用了西方创作技法，使词曲关系是合和"声韵""音韵"的处理。他认为写作歌曲，首先是整体的构造歌曲的框架，然后从和声中抽出歌词的旋律，并不是写好旋律才去配和声。

总体而言，"五四"时期，我国歌曲创作正处于转型期，人们对歌曲的需求还深受学堂乐歌的影响，容易接受通俗易懂、易于传唱的小曲，而古诗词歌曲的艺术性与思想性较强，仅为一部分知识分子与专业人士喜好；另一方面又受声乐发展的限制，能够演唱此类歌曲的专业人士较少，使其在宣传方面受到限制。虽然这一时期的古诗词歌曲在创作方面虽已运用西方的创作技法，但在结合中国民族特色方面还有待继续探索。可以说，该阶段是对西方艺术歌曲的嫁接移植阶段，尚未能较好地与中国本土音乐融合，如《大江东去》创作中就具有明显的西方宣叙调特点。但这一时期的音乐创作理念的更新，为20世纪30年代古诗词艺术歌曲走向繁荣奠定了基础。

（三）繁荣期：20世纪30年代的古诗词歌曲

20世纪30年代，我国艺术歌曲发展走向繁荣期，无论在数量、质量、取材的广度、内容的深度上，还是追求艺术个性和民族风格的自觉意识诸方面，都较之"五四"时期有进一步发展，其中尤须关注的是艺术歌曲与民族风格的统一。

1927年上海国立音专成立，萧友梅、黄自等人回国任教，教授作曲、和声等课程，培养了大批的专业创作人才，如陈田鹤、刘雪庵、谭小麟、冼星海、江定仙等。此外，一批留学归来的歌唱家，如周淑安、应尚能等，也任教于音乐院校，开设声乐课，教唱美声唱法，亦架起了西方歌唱技法与中国艺术歌曲演唱之间的桥梁。可以说，音乐院校的建立为30年代中国艺术歌曲的创作与发展提供了平台、拓展了空间。同时，各种音乐会或主办音乐刊物（《乐艺》《音乐杂志》）使很多优秀艺术歌曲得到进一步传播，还有出版问世的艺术歌曲作品专辑，其中，以古诗词歌曲为主的有青主与华丽丝的《音境》、黄自的《春思曲》、陈厚庵的《宋词新歌集》、陈田鹤的《回忆集》、江文也的《唐诗·五言绝句篇》《唐诗·七言绝句篇》和《宋词·李后主篇》等，对中国古诗词歌曲的发展也起着重要的推动作用。

纵观30年代古诗词歌曲创作，最主要的代表人物还要数黄自，他的创作关注词曲关系，充分展现了诗词意蕴，其代表作品有：

序号	创作时间	曲　名	词　作　者
1	1933	《花非花》	［唐］白居易
2		《下江陵》	［唐］李白
3	1934	《点绛唇·赋登楼》	［宋］王灼
4	1935	《南乡子》	［宋］辛弃疾
5		《卜算子》	［宋］苏轼

上述作品皆构思缜密、布局严谨、线条清晰、乐思流畅、形象鲜明、伴奏考究，感情的表现有层次感，音乐的发展富于张力，仅用简练的音乐语言便表达了诗的意境，让歌曲在内容、形式上与诗词达到高度统一。

黄自古诗词艺术歌曲的创作还影响了他的一批学生，他们也创作了不少值得称道的作品。其中以陈田鹤的《春归何处》、贺绿汀的《菩萨蛮》、刘雪庵的《枫桥夜泊》、林声翕的《满江红》等较为突出。他们的创作，对黄自创作理念的传播及古诗词歌曲的发展均起到了积极的推动作用。此外，30年代有代表性的古诗词歌曲创作还有江定仙的《棉花》、张肖虎的《声声慢》、应尚能的《无衣》以及陈厚菴、邱望湘等人的创作。

序号	曲作者	创作时间	曲　名	词 作 者
1	陈厚菴	1934	《燕山亭》（北行见杏花）	［宋］宋徽宗
2			《雨霖铃》（离别）	［宋］柳永
3			《桂枝香》（金陵怀古）	［宋］王安石
4			《凤凰台上忆吹箫》	［宋］李清照
5			《水龙吟》（杨花）	［宋］苏轼
6			《水调歌头》（春行）	［宋］黄庭坚
7			《风流子》（泣别）	［宋］周邦彦
8			《沁园春》	［宋］陆游
9			《满庭芳》（寒夜）	［宋］康与之
10			《摸鱼儿》（感怀）	［宋］辛弃疾
11			《疏影》	［宋］张炎
12			《贺新凉》（端午）	［宋］刘克庄
13	邱望湘	1935	《梨花》	［清］宋琬
14			《春光易老》	［清］俞樾
15			《暮春》	［清］席佩兰
16		1936	《对花》	［唐］于濆
17			《解佩令》	［南宋］蒋捷
18			《西湖苦雨》	［元］李伯瞻
19			《花非花》	［宋］辛弃疾
20			《看采菱》	［唐］白居易
21			《诉衷情》	［宋］晏殊
22			《赠别》	［唐］杜牧
23			《汴水流》	［唐］白居易

可以说，30年代的古诗词歌曲题材改变了"五四"时期题材单一化的特点，已不再只注重作者内心情绪的抒发，更多作品是借古诗的意境

来表现爱国、思乡等情绪，并且在旋律上注重吸取传统曲调的素材，在调式、调性方面突出与民族调式的结合，旨在于词曲关系中突出诗词意蕴。

（四）发展期：20世纪40年代的古诗词歌曲

20世纪40年代，人们对艺术歌曲的需要，已由纯粹的鉴赏转向抗日精神的寄托，力求通过歌曲来表现民族灾难、人民痛苦和战争必胜的信念。因此，该时期作品更具时代性的阳刚之美，如借古诗词抒发抗日精神，较有代表性的作品有《满江红》《正气歌》等。

40年代古诗词艺术歌曲创作者的代表是谭小麟和冼星海。谭小麟自幼受传统文化熏陶，具有扎实的民乐功底，曾师从黄自学习作曲，后来赴美留学，丰富的学习阅历使得他在中国传统音乐以及现代作曲技术方面有相当深的造诣。他试图把两者有机地结合起来，创造一种新的民族风格。他的作品多选用古代著名诗词为内容，以十二音为基础，运用五声调式，多用少见的三级、四级和弦，乐曲整体充满了创新、变化，极具个性，其表作有：

序号	创作时间	曲　名	词　作　者
1		《自君之出矣》	［唐］张九龄
2	1944	《春风春雨》	［宋］朱希真
3		《正气歌》	［宋］文天祥

而冼星海在此时期也创作了大量古诗词歌曲，代表作品有：

序号	创作时间	曲　名	词　作　者
1	1940	《忆秦娥》	［唐］李白
2		《竹枝词》	［唐］刘禹锡
3		《别情》	［宋］吕本中
4	1944	《风雨》	《诗经·郑风》
5		《乌夜啼》	［南唐］李煜
6		《古诗十首》	／

这些作品不仅在冼星海的个人声乐作品中占有较大比重，而且在

同时代的古诗词歌曲中占有重要地位。但由于多数作品是其后期去苏联途中或去苏联以后所创作的，与当时人们的现实生活联系比较少，并不为人熟知。此外，40年代古诗词歌曲的代表作还有刘雪庵的《红豆词》《春夜洛城闻笛》、黄永熙的《阳关三叠》、马思聪的《残阳》、贺绿汀的《菩萨蛮》《夜思》、江文也的《江村即事》《春景》等。

40年代古诗词歌曲的创作，受时代影响，更加注重民族化，广泛吸收民间戏曲、民歌、说唱等，抒发对社会的不满和爱国情怀，展现了对美好生活的向往与期盼。

二、中国近现代古诗词歌曲的创作

中国近现代古诗词歌曲的创作，受时代影响可分为四个阶段。从单纯模仿到精于旋法、和声的创作，源于作曲家们工于探索与创新，在西方的音乐思维模式中，最终寻出了适应本国文化、具有本国特色的艺术歌曲创作方式，即借传统古诗词，演绎诗词内容的同时书写当下的体悟与心境。

（一）萌芽期的创作

随着鸦片战争的爆发，西方文化传入我国，影响了我国的政治、社会、生活等，在音乐领域亦是如此。西方音乐理论、技法以及西方乐器的传入，使我国音乐在记谱方式、授受模式、创作思维等方面都产生了变化，学堂乐歌便是典范代表。

学堂乐歌是随着新式学堂建立而兴起的一种歌唱文化。起初的编创模式以借用外国的曲调，填上中文歌词为主，写成的小曲供学堂教学所用，虽是简单的模仿创作，但也有自主作曲的，如李叔同的创作。学堂乐歌常采用西方分节歌形式，在单三部的曲式结构中，运用西欧大小调体系，尤偏爱大调式。虽然并没有钢琴伴奏声部，但在旋律创编时，创作者都注意尽量贴合歌词的韵律。尤其是古诗词歌曲的创作，着意随声韵的起伏而起伏，以便听者感受诗词所表达的内涵、意蕴。

总之，学堂乐歌引进了西方音乐，是维新思潮深入人心的标志。它冲击了封建的闭关锁国政策，是中国近现代音乐向西方学习的开端。这种新型的音乐文化迅速地在全国范围内流传，当时正处于中国音乐新创作的"萌芽期"，它为"五四"时期艺术歌曲在中国的传播和发展奠定了非常好的基础。

（二）转型期的创作

"五四"新文化运动时期的艺术歌曲创作，已不再满足于早期"倚曲填词"的模式。大部分留学国外的作曲家，基于西方理论开始探索中西结合的创作模式，不仅为社会奉献了大量具有进步思想的群众歌曲，还对大型声乐创作和艺术歌曲的创作进行了许多有意义的探索，尤其是那些为白话新诗、古代诗词、文言歌词谱曲的艺术歌曲。这类作品注重内心情感的表达，曲调表现力较强。一批作曲家凭借其自身深厚的文学功底，多选用古诗词为词来进行艺术歌曲创作，作有大量的中国古诗词歌曲，其创新性主要表现在调式、旋律、伴奏等方面：在调式上，选用西欧大小调进行创作；在结构上，多为二段、三段曲式；在旋律上，少有大跳，多以级进为主，更加注重内心情绪的表达，自然流畅地将诗词内容、时代环境、心情感悟等一一展现；在词曲关系上，是高度的合契，即遵循中国古诗词的句读，讲究平仄关系，以声韵带旋律；在钢琴伴奏上，或与旋律配合，或独立成段，只为展现作品内涵，营造适配的情绪氛围。例如，《大江东去》带有尾声的二部曲式，采用欧洲浪漫派晚期的作曲技法，依照歌词分为上下阕结构。上阕用宣叙调将赤壁之战恢宏壮阔的场面表现得淋漓尽致，而在下阕流动的旋律中，周瑜、诸葛亮意气风发、胜券在握的形象纤毫毕现。总之，该时期的艺术歌曲创作已然步入了一个新阶段。

（三）繁荣期的创作

20世纪30年代，更多的作曲家投入中国古诗词艺术歌曲的创作中，此时的古诗词艺术作品无论从质量、数量还是内容的深度、取材的广度来讲，都出现了一个比较大的突破；在追求西方作曲技法的同时，能够保留本国的传统声调，民族的风格得到了更好的体现。一是题材的涉猎更为广泛。作曲家们在音乐创作中，往往都希望能通过音乐准确、精美地刻画出古诗词本身所具备的丰富内涵。二是西方化的创作手法的运用相对于"五四"时期更为精湛、具体、娴熟。同时，注重节奏与歌词的配合，注重声乐的旋律部分以及与伴奏的结合，明确地意识到伴奏是为旋律服务的，善于用简练的语言来描述艺术歌曲中注重内心情绪体现的部分。三是在借鉴西方技巧、技术的和声织体模式下，用传统的民族调式进行古诗词艺术歌曲的大胆创作，使古诗词艺术歌曲得到一个空前的发展。在创作中，在充分利用和声织体模式来表现作品的同时，又非常注重旋律与歌词中汉语语言特点相结合。四是该时期从事古诗词歌曲创作的人数有所增加，从而作品数量也在不断增加，在艺术风格的发展上开始出现多样化、个性化倾向。如黄自的创作风格严谨工整、曲调优雅，而陈田鹤的作品则更加含蓄、简洁等。可以说，在当时，古诗词艺术歌曲创作呈现出百家争鸣的状态。

花　非　花

我们试以黄自的《花非花》为例，来切实具体地分析作品中所体现出的上述特色。歌词有二十六个字："花非花，雾非雾。夜半来，天明去。来如春梦不多时，去似朝云无觅处。"短小精悍，却写得空灵、含蓄且婉约深邃。作曲家仅采用起承转合的四个乐句，便勾勒出了那种朦胧的感觉。曲式结构如下图：

一部曲式结构

引子：（1—2） 起（3—4）承（5—6）转（7—8）合（9—10）

小节：2　　　　　　2　　　　2　　　　2　　　　2

调性：D宫调上

全曲调性、结构、织体都比较简单，采用单一部曲式结构。旋律声部以级进或小跳音程为主，可谓与歌词相得益彰。歌曲伴奏右手选用的是主旋律和分解和弦并行的织体模式，而左手是旋律的低音区演奏，并且每一句都用连音线，表现出歌曲本身的轻盈、绵延，使歌曲形象平静却高洁、优雅。

该曲虽是短短的四乐句，却见黄自高超的创作技艺：平淡中带有力度，不温不火地将乐曲推向高潮，却又在曲终时归于平静，尽显中西交融的音乐特色。

（四）发展期的创作

20世纪40年代，受战争影响，艺术歌曲的创作中时代的印记愈加明显，人们期待艺术歌曲能够激发和鼓舞人民斗志，坚定战争必胜的信念。因而，该时期古诗词歌曲的创作，相较于二三十年代的作品更勇于创新。例如，开始出现模糊的调性、十二音技法等；同时，对中国民间传统元素的融合更加纯熟。

一是题材更加突出了时代特征。群众艺术歌曲创作虽然更多，但是也有不少作曲家通过创作古诗词艺术歌曲，隐寓对社会的不满以及自己强烈的爱国情怀，如谭小麟《自君之出矣》、刘雪庵《红豆词》等。二是旋律创作更具民族化特征，保留中国传统音乐如中国戏曲、弹词、说唱等元素，如冼星海的《竹枝词》就借鉴了京剧的曲调。三是对于西方作曲技法的学习亦与时俱进，不再只是学习欧洲古典、浪漫派的作曲技法，而是进一步从现代派作曲技法汲取养分，为我所用，如谭小麟的《自君之出矣》就运用了欣德米特的现代作曲技法。

我们试以《自君之出矣》为例，进行具体的音乐形态分析，以感受其创作的特色及作品的内涵。

自君之出矣

[唐] 张九龄 词
谭小麟 曲

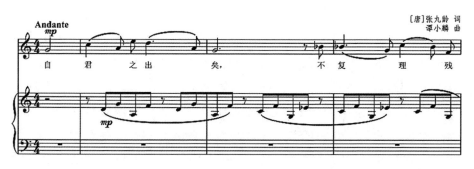

全曲五字一句，共四句，又将最后一句重复一遍，进行扩充，具体结构如下图：

起（1—2）承（3—4）转（5—6）合（7—11）
小节：　　2　　　　　2　　　　　2　　　　　5

短短的十一小节里，调性变化频繁，一至二小节为歌曲的"起"，采用的是C宫G徵调式来配合唱词。其中在第一小节中，便出现了全曲的最高音，表明整首曲子的中心全都围绕着第一句话展开，因为丈夫出门才有这后面的种种相思之情，表明妻子浓厚的思念之情。第二句三至四小节是本乐曲中的"承"，这一句调式转至降B宫F徵调式，而第三句五至六小节则是"转"，调式又变为G宫A商。第四句是七至十一小节，也是本曲最后的"合"，该句调性又回到了C宫系统的C宫调，力度从中强慢慢走向渐弱。同时，和声的配置亦颇为新颖，师承欣德米特，例如三级二和弦、九和弦的运用，增强音乐紧张感时亦将乐曲推向了高潮。

概言之，我国20世纪艺术歌曲的创作，集中展现了作曲家们的智慧，亦在中西交融的时代背景下，让世人明了了民族性的价值所在，并在追求创新的道路上愈走愈远、愈走愈稳。

三、中国近现代古诗词歌曲的演唱

歌曲是直观的情感表达，只有当演唱者完成"唱"的表演时，一部作品的实践价值才得以达成，这较之理论层面的概述分析更具象，也更有代入感和参与感。但在二度创作（演唱、演奏）时，需要表演者做好万全的准备，并具有扎实的技能，才能更好地诠释作品的风格。

（一）前期准备

作品是特定时代的产物，研究词、曲作者特有的社会环境，对准确把控作品的创作动机、思想情感，进而解读作品所彰显出的鲜明时代文化特征具有重要作用。黑格尔曾说："要使音乐充分发挥它的作用，单凭抽象的声音在时间里的运动还不够，还要加上第二个因素，那就是内容，即诉诸心灵的精神洋溢的情感以及声音所显出的这种内容精华的表现。"[1]可见，了解作品背景、关注作品内容，是表演者须提前做好的功课。表演者对不同流派、不同表达方式、不同风格的诗词作品内涵的透彻掌握，对诠释作品主题思想、情绪情感、韵律结构以及作品中所描述的人物及其他对象具有重要意义。

（二）演唱要求

古诗词艺术歌曲的演唱，讲究吐字行腔、气息运用、情感体现等方面与诗歌声律相符。刘勰在《文心雕龙·声律》中曾说："古之教歌，先揲以法，使疾呼中宫，徐呼中徵。夫商徵响高，宫羽声下，抗喉矫舌之差，攒唇激齿之异，廉肉相准，皎然可分。"[2]即歌唱者吐字前，需要先分辨清楚声母发音的位置，从口腔深处发音的所谓"喉音"，必须与发音位置偏后的"转舌音"有所区分；发音位置位于最外部的"唇音"，也要与发音位置靠近唇的"齿音"有所区分。刘勰亦指出："故喉唇纠纷；欲将解结，务在刚断。"[3]即如果出现"喉音"与"唇音"相矛盾的情况，就会对发声的通畅、吐字的清晰造成影响，这些史料都为演唱提供了大量的理论依据。

与此同时，钢琴伴奏是艺术歌曲作品的重要组成部分。在作品中，它承担着展示环境与空间、渲染气氛、刻画和补充艺术形象、揭示作品内涵、与歌唱部分交流对话、补足歌曲的未尽之意等多种复杂作用。

因此，歌者在演唱艺术歌曲前要进行钢琴伴奏创作手法分析，弄清作者的创作意图，熟悉伴奏音乐的发展变化，找出配合中可能出现的难点，把与伴奏的合作作为一个艺术创作的整体看待，以便演唱能顺利进行。

（三）风格把握

中国古诗词艺术歌曲意境幽深，充满着无穷的艺术魅力，有着极强的歌唱性。如何实现既有"大江东去"的雄阔，又有"声声慢"的婉

---

[1]黑格尔著，朱光潜译：《美学·第3卷》（上），商务印书馆2017年版，第352页。

[2]杨明照校注拾遗：《增订文心雕龙校注》，中华书局2000年版，第431页。

[3]同上。

约；既有"执手相看泪眼"的儿女情长，也有"惊涛拍岸"的慷慨高歌；既有"金戈铁马"的呼啸，也有"月夜蝉鸣"的静思？

古诗词艺术歌曲的完美表达，一定要建立在好的演唱技巧及对作品背景资料深层次、全面、细致的了解的基础之上。徐大椿在《乐府传声》之"曲情"篇中说："唱曲之法，不但声之宜讲，而得曲之情为尤重。"[1]徐大椿反对只重声音而不重情感表达的演唱处理方法，提出在演唱时应"声""情"并重，以"情"为重。《乐府传声》中还提出演唱者在歌唱时要有"真味""实情""深义"。据此，以古诗词艺术歌曲《花非花》的演唱为例，歌者应依据诗词的意境要求，用舒缓、平稳的节奏和气息演唱，表达原诗作的意境，演唱可将每句的字头咬字做得软些，强调字音的准确、清晰，以展现对生活中存在过，但又转瞬即逝的美好的人与物的追惜。

总之，演唱者对作品主题、意境的深刻理解，对诗词韵味的全面把握，对古曲音律的基本旋律和风格流派的熟知，对伴奏的熟悉等，皆有助于其展现出古诗词的文采、意境和古诗词歌曲的风格、韵味。

四、结语

不知诗词，焉知中文之美。古诗词是中国优秀传统文化的精髓，其思想蕴含着中华民族一脉相承的文化理念，其形态呈现着极具韵味的美学情怀。吟诵是中华文化的遗产，却被我们逐渐遗忘。而中国近现代古诗词歌曲，依字行腔，依义行调，是近代学人向西方学习、中西方音乐文化融合的产物，是作曲家吸收、借鉴西方现代音乐创作技法，琢磨诗词作者创作的社会文化背景，细细品味其背后情感故事，谱写出的与古人遥隔千年却心照不宣的唏嘘感慨之心声。沧桑千年，依旧风华，悠悠古韵，娓娓道来，它传承了中华优秀传统文化极富吸引力和感染力的品质，传递了中华优秀传统文化厚德载物的温度，传播了中华优秀传统文化博大精深的思想。

从学理层面论，中国近现代古诗词歌曲中，尤为引人注目的是"中

---

[1] 隗芾、吴毓华编：《古典戏曲美学资料集》，文化艺术出版社1992年版，第356页。

西""古今""雅俗"以及整合于其上的生死关系、"音政关系""诗（词）与乐的关系"等问题。诗（词）乐同源，"声中有字，字中有声"[1]，心动为"情"，情象为"景"，"致乐以治心"，蕴含"真与美""心与象""风与骨"的融合，以心映射万物，以人为本。"外师造化，中得心源"[2]，无论"声依永""永依声"还是"选词配乐""倚声填词"，都是"感发为歌""言有尽而意无穷"。而前两种关系是从古至今争论不休的问题，以其潜在的能量促成轴心文化外向分离型的跨际辐射传播，与周边文化内向聚合型的隔代回授反馈之间的循环。这些关系相间耦合，并有互动，作为中国近现代古诗词歌曲发展的共时动力。"以史为鉴，可以知兴替"[3]，鉴别吸收西方音乐文化，是当代人对过去（历史）的思索、探究和辨析。在中国近现代古诗词歌曲中，这些关联是极为身体性的，是作曲家以自己的体会，通过碰触、鉴赏而建立的一种以古照今的关联。作曲家又以其体会直接、有意地构成"听者—古诗（词）—古人—古代世界"心心相印、"既见君子"的际遇，借其对历史、生活的理解作积极的介入与生成。其中，音乐的继承与创新关系，音乐的民族性与世界性关系，都是需要"传"的"统"，演绎着古今互系的通变；而以今承古，革故鼎新，则是"统"还在"传"。从这个意义上说，中国近现代古诗词歌曲是"雅不隔，俗不媚"，是古为今用，是既不拘泥于摹古，也不执着于创新的典范。它用音声诠释、"唤醒"沉寂的文本，"逼显"出实现其精神层面的现代转换。它"搜求于象，心入于境"，是作曲家将主观感情和客观物象互相交融、渗透的艺术过程。它将"情语"借"景语""物语"传递，使得"物皆着我色彩"[4]。它"唯以闲适情，一切听自然"[5]。诚如前人所云："时运交移，质文代变"[6]"文章合为时而著，歌诗合为事而作"[7]"诗文随世运，无日不

---

[1] 中国曲学研究编辑委员会编：《中国曲学研究》（第2辑），河北大学出版社2013年版，第225页。
[2] 朱志荣主编：《中国美学研究》（第7辑），商务印书馆2016年版，第219页。
[3] 朱祖延主编：《引用语大辞典》，武汉出版社2000年版，第813页。
[4] 冯惟榘、金百芬：《国学纲要》，山东教育出版社2011年版，第278页。
[5] 曹辉：《书卷多情似故人》，北岳文艺出版社2017年版，第131页。
[6] 何宝民主编：《中国诗词曲赋辞典》，大象出版社1997年版，第1388页。
[7] 同上书，第1404页。

趋新"[1]"歌谣文理，与世推移""若无新变，不能代雄"[2]，亦如王逸在《楚辞章句序》中论述屈原的影响，"自终没以来，名儒博达之士，著造辞赋，莫不拟则其仪表，祖式其模范，取其要妙，窃其华藻。所谓金相玉质，百世无匹，名垂罔极，永不刊灭者矣"[3]，中国近现代古诗词歌曲与时俱进，改革创新，达到了"从心所欲，不逾矩"[4]的境界。

【作者简介】 池瑾璟，浙江音乐学院音乐学系副教授；杨和平，浙江师范大学音乐学院教授，博士生导师。

---

[1]彭会资主编：《中国文论大辞典》，百花文艺出版社1990年版，第673页。

[2]张葆全主编：《中国古代诗话词话辞典》，广西师范大学出版社1992年版，第461页。

[3]杜占明主编：《中国古训辞典》，北京燕山出版社1992年版，第753页。

[4]朱光潜：《朱光潜谈美三十六讲》，台海出版社2018年版，第77页。

论咏物诗的嬗变与创新

胡迎建

【摘要】 咏物诗源远流长，最宜用比兴象征手法。自先秦至晋，其特征为略貌取神、因物喻志。齐梁至唐初，重在描绘刻画物之外在形貌。初唐咏物诗向重比兴托寓的传统回归。盛唐以后，杜甫把咏物诗的创作发展到新阶段。中唐以后，咏物诗多方面发展，咏物寓理成为一大特征。宋代诗家借物阐理，思致深刻。近代以来，诗人力图开拓咏物新径，新事物出现在咏物诗中。当代咏物诗融入了今人对事物的认识、经验、情趣。题材的拓展，使大量的新事物进入咏物诗。今日咏物诗创作要点在：写出确是此物的形态特征；写出此物的生命特色、生命意兴；把人的精神世界和此物联结起来，融贯人的生命意兴，以物见人之精神意趣；向哲理与科学方向发展，务求思致深刻。

【关键词】 咏物 变化轨迹 特征 创作要点

大千世界，无奇不有，亦无不可入诗。咏物诗大可咏日月星云，小可咏草木虫鱼，与其他品类之诗相比，有其不同特点。如与山水旅游诗相比，咏物诗是对事物进行静态的观照题咏，而山水旅游诗是以"我"为主线对事物进行描绘。与咏怀诗相比，咏物诗是借物言志，而咏怀诗乃是直抒胸臆。咏物诗是中华诗词一大门类，可谓洋洋大观。翻开众多诗词刊物，其中不少均设置了咏物诗专栏。当代人如何传承发扬咏物诗词传统，颇有研讨之必要。

一、咏物诗的传统与特征

中国古代咏物诗词传统源远流长，最早见于《诗经》，大抵一篇中仅有一二句：或以物为比，如"螽斯羽，诜诜兮"(《周南·螽斯》)；或因物而兴，如"桃之夭夭，灼灼其华"(《周南·桃夭》)。也有全篇咏物者，如《硕鼠》之刺剥削者。其后屈原以《离骚》之咏香草美人，《橘颂》之颂美橘树，寓其高尚节操。汉魏以还，踵事增华，后出转繁，如古乐府之《双白鹄》、曹子建之《美女篇》。咏物最宜比兴象征手法，自先秦至晋，咏物诗之特征，为略貌取神、因物喻志。

自齐梁至唐初，咏物诗数量猛增，却不再注重传达物的精神气韵，托寓诗人情志，而是重在具体细致地描绘刻画物之外在形貌，这与当时山水诗重雕绘图貌、穷力追新的风习是一致的。其时谢朓、沈约、何逊、吴均、庾信均创作了不少咏物诗，梁代诸帝尤其是简文帝所作咏美人以及女人佩饰物的诗，实际上流为宫体诗的组成部分。

初唐咏物诗又向重比兴托寓的传统回归。如骆宾王《在狱咏蝉》、陈子昂《兰若生春夏》、张九龄《兰叶春葳蕤》等。盛唐以后，杜甫更把咏物诗的创作发展到新阶段。他的咏马、咏鹰诸作往往表现慷慨壮美的情怀；或取材于病残枯萎或细微之物，寄托其悲悯怜物之心。中唐以后，咏物诗朝多方面发展，韩愈之穷形极相、李贺之借物抒慨、李商隐之咏物寓怀，各骋才华，成就各异。此后，咏物寓理成为咏物诗的一大特征，所咏之理既是哲理，更蕴理趣。如杜甫诗云："鸡虫得失无了时，注目寒江倚山阁。"(《缚鸡行》)宋代诗家注意到前人未触及的题材，借物阐理，思致深刻，体现宋人的幽峭情趣。如苏东坡有《石炭》《秧马》《荔枝叹》诸作，黄庭坚所咏之物有蚁、蝶、竹、笋、茶、睡鸭、斗鸡、蟹等，取材偏僻，用意精刻。宋词中咏花木者，更是姹紫嫣红，美不胜收，如晏殊咏紫薇，欧阳修咏菖蒲，柳永咏桃花，秦少游咏杏花，苏东坡咏荷花、杨花，李清照咏菊花，贺方回咏李花，周美成咏兰花，辛稼轩咏绣球花，刘改之咏葵花，吴梦窗咏牡丹，姜白石咏梅，史梅溪咏海棠，王碧山咏水仙，表达了词人对花的喜好与赞美，其中不乏千古绝唱。元明清以来，诗人创作的咏物诗更是不胜枚举，蔚为大观。

体现了人们对自然美与艺术美的欣赏。

近代以来，咏物诗同样蔚为大观。诗人陈三立的咏物诗带有浓重的身世之感。如《杏花用韩退之韵》诗以"昔步湖堂烟草空""当筵意气狎侪辈"与"尔来尘劫阅幻变""寄命江南几苟活"进行对比，然后引出"平生揽物坐叹息，千忧万恨天南东"。揽物的目的是让愤懑得到释放。其《紫薇》诗从紫薇之艳丽联想到"造化久失柄"，由此及彼，意不仅在客观外物。又如在崝庐之旁，见先父所植花木而伤怀，作《咏阶前两桂树》诗云：

> 饱酣露雨摇春风，掩拂户牖乱天色。嫩枝旧叶能几何，低昂苦作深浅碧。有鸟飞上昼夜啼，似怜先公亲手植。始移根干有尺寸，忽已枝撑塞檐隙。山中淹留澹忘归，往往看汝停酒食。我来草木都隔世，只许血泪洒墙壁。当时辛苦浇花人，亦复死去埋庐侧。乱离忧患谁指数，拂拭益伤孤且直。直须顷刻吹作花，落取秋河洗胸臆。

从桂树沐浴雨露而成长，到数年未见而惊其变化，不禁血泪遍洒墙壁，当年种花人已不在了，万千忧愤要用秋河才能洗得清。

陈三立爱赏花，他说："闲情忘转徙，成癖爱花株""还魂宁得所，寄命与为徒"（《园丁为购海棠移植庭前隙地戏咏》），将花木等物视为有意识的生灵，可以与之交流情感，以花木寓其志节情操。如《造黄龙寺观古木，一银杏、两柳杉也》诗云：

> 山山凿径带痕围，蹑步青冥接隼飞。馨吐草根成薄醉，影生木末敛余辉。谁移赤水三珠树，只伴残僧百衲衣。直干瑰姿保今古，斧斤所赦与嘘唏。

"凿径"言山间初辟小路，"青冥"句言山高，若登其上，如行空中，接触高飞之鹰隼。又《山海经》言"三株树在厌火北，生赤水上，其为树如柏，叶皆为珠"，借此为譬，夸其珍奇；幸处深山，斧斤未砍，得以保全。诗中充满对古木品节的赞誉之情，寄托了诗人的襟怀与志节。

陈三立注意观察实境，深切地领悟到大自然生生不息的生命律动与个人生命的灵犀相通。只有热爱生活、没有尘俗欲念的人，才有这样的惜物之情，才能细致入微地体察自然界种种小生命的活动，聆听来自大自然深处的生命之韵。张慧剑说他："穷理格物及于最纤微之事：尝取一病蝇置案上，徐观其动状，久久不倦，此种实验精神至为难得。陈先生诗虽作哲谈，亦不反科学，实为诗人之真正修养"。（《辰子说林》）其《窗上见数蝇赋》诗写他竟与蝇对话交流："汝独薨薨弄寒日，天方惨惨许微吟。"《咏篷底蜘蛛》诗说："也知满腹槎枒甚，晚向风江挂一丝。"这些都是前人鲜少以之入诗的题材。《咏萤》诗中所说："我来对此翻眼明，微物能引天机清。世间何处无日月，看看忍待空中灭。"认为萤火虫能引来天机清明。尽管是题咏小生物，也能以小见大，折射出环境氛围。

他还有些咏物诗借物讽人，如《侯府街张氏园六朝二桍树歌》《行园戏占》等也是讽刺遗老们依附袁世凯，失去了品节。咏物讽人，这是咏物诗的又一功用。

民国初年，不少清遗老如陈宝琛、沈瑜庆等喜好咏落花，如陈宝琛的《大悲寺秋海棠》《次韵逊敏斋主人落花四首》《秋草和味云》诗，何艺文撰文提到当时评论者的话："没有一句一字不是贴切着落花，而句句又暗寓当时政局，细细寻绎，可以作史诗读，真乃杰作。"（《孤忠傲骨》，载《传记文学》第54期）可见咏物诗功能之大，不仅能寄托个人身世感喟，且能影指时局，唯气象萧瑟。另一清遗老王彭的咏物诗，往往选择老树、枯桐、老梅等意象，注入其兀傲自重的主观感情。这与他的倔奇心态有关。如写森森当门的老树："槎枒如肺肝，轮囷磊奇瘿。"写临江老梅"虬枝郁错盘"，却能"示人以肺肝""窦沉注真宰"。通过赞扬老梅"破空出春意，能回天地温"的高节，寄托他本人秉节守道而力争用世之志。又如赞枯桐"不妨败鼓皮仍在，但得醇醪首可濡"，其中也蕴含着即使退隐也要立功于世的志气。

李瑞清（1867—1920），江西临川人。清末官至江宁提学使，辛亥革命后避居上海，穿上道士服，因号清道人，以鬻书画为生。著有《清道人遗集》二卷。风骨高騫，力屏凡近。上宗汉魏，有曹操古直苍凉之气；下涉韩、黄，得拗峭波磔之趣。汪辟疆在《光宣诗坛点将录》中把他看作王闿运汉魏诗派之别调，说他"心摹手追于六朝三唐之间，渊源选体，泽古甚深"。他的题画诗《古松歌》云："下临洞庭八百里之波澜，上矗衡霍七十二之高峰。郁以乾坤数百千万年之浩气，孕以燖天裂地轮困之乔松。玃鬐螭甲那记尺，春秋电转自朝夕。秋风沸怒翻云涛，蚴蟉倔僵拔危壁。藤飘蔓转白日寒，空山夜半走霹雳。"驱霆走电，有奇宕恢诡之趣、气横八荒之概，寄托了他孤标傲世的情志。

瞿鸿禨（1849—1918），字子玖，号止庵，湖南善化人。清末官至工部尚书，协办大学士。民国初年居上海，有《止庵诗文集》。陈三立称其诗"典赡高华，由子瞻而上窥杜陵，而不掩其度……神理有余，蕴藉而锋芒内敛"，如《法相寺老樟》诗云：

> 掀天古樟老气凝，屈铁作干嵌金绳。戟鬐山立巨无霸，控射强弩横修肱。太阴倒垂云雨黑，霹雳破裂双龙腾。寒芒凛凛鳞甲动，遁避不敢栖鸦鹰。

不滞于实相，腾踔取势，状写出奇，有横空出世之概，堪称以古文之雄奥，写律句之崛健。

其时还有周树模的咏物诗也颇具特色，如《咏泊园杜鹃花索海上诸老同赋》七首，寓情志于物，幽微怨慕，凄悲悱恻，歌哭无端，蕴结其幽愤之情，而不能自已。又如《咏菊六首同仁先作》，以修洁淡静之语，写高奇脱俗之怀。其一云：

> 孤花不自名，高人润色之。黯淡一篱间，绵邈千载思。可贵陶征士，非菊能尔奇。菊讵不若人，爱人兼及诗。识否作者意，游心黄与羲。枕上过微雨，八表云下垂。

引陶渊明为同调，颇得冲淡闲远的风味，议论抒情，与虚写、实写相融为一片。

学者黄节的咏物诗，往往用意精密，而骨格奇高，寄寓他对国事的悲愤心情，如《三月三十日与栽甫过崇效寺看牡丹多已披谢》诗云：

> 莲根未长秦蘅老，况汝残开已不堪。剩与桃梨同沉潏，尚留憔悴对瞿昙。蝶阑向暝知谁过，燕语无眠却独谙。错被玉人回面看，不如飘泊满江南。

以拟人法写牡丹之凋残。牡丹与桃梨餐风宿露，憔悴的花容默然向着寺里的泥佛。然后用陪衬法，言蝴蝶因天色向晚也意兴阑珊，不知有谁来过，只听到熟悉的呢喃燕语，描摹传神，正是其自身孤独心境的写照。末联言枉被美人看中，却宁可漂泊在江南。作者以此譬喻他不乐意受人垂顾、拉拢，乃至劝他出来为袁世凯唱赞歌。又《残梅》诗云：

> 今朝寂寂怀江国，独为题诗意亦阑。一雪助花消朔气，无人倚竹共天寒。余枝偃蹇充瓶活，数树支持抵腊看。何与空山林际鹤，亦捎零羽断飞翰。

降雪则满地映天皆白，似为梅花消除了寒气，只怜无人与我共此寒天，一道观梅。虽是一株残梅，尚可折几枝放在瓶中养活，兀自傲立；却不知为何林间白鹤已是羽毛零落。诗人常以一些美好的花木象征高洁品性，它们每每遭受摧残，但决不屈服。诗作意境高远，风骨遒上；情共意生，幽丽宛转。

同为学者的王蘧常，其《荷花生日》诗云：“一湖露结万花魂，如醉波光照梦痕。花蕊花须应化佛，胡天胡帝总何恩？谁怜瘦影泥中老，自放孤香物外存。我欲相随完一世，沧涟十里养灵根。”欲与荷花相随，荷与我均性情中物。另一首《咏白荷》有句云：“一世万花应下拜，十年双眼只怜渠。”是抑彼扬此写法，以万花陪衬白花。

学者萧公权的《落花》组诗，摆脱了遗老们的落花诗格套。其一云：

> 难分浊潦与清池，一例飘零不自持。天上月无长满夜，人间春

有再来期。冰蚕死殉同功茧，倩女生为连理枝。莫问灵均香草恨，对花溅泪也嫌痴。

似说花之坠地，难料清浊的命运。然自注云："万物生灭无常，莫非至性之流露。"可见他认为花即便坠在浊处，也会有至性至情。全诗寄托哲理，恍惚窈渺中自见真意。

老一辈革命家董必武的多数诗比较质直，缺少感情的起伏跌宕，却有一些咏物诗写得高明，能运用比兴象征手法。如《答徐老延安赠别》诗，题为赠别，实乃咏赞松柏，借以寓意：

山居感秋意，草木渐萧索。独有松柏姿，青青向寥廓。干挺不畏风，根深土嫌薄。吸取无所限，到老犹磅礴。高逸孺可钦，清标邈如鹤。忧国心耿耿，夙夜求民瘼。人世将巨变，吾华亦有作。力拒豕蛇侵，欲去东邻恶。阋墙不可再，巢覆当共愕。同心可断金，首要重然诺。

以草木的萧索，反衬松柏的贞姿；以比兴譬喻革命党人的节操并赞咏之，兼寄忧国忧民的襟怀。虽老而犹为国效力，暗寓自己将赴重庆所负的使命，乃在力劝国共两党团结共赴国难，而不要兄弟阋于墙。

除了传统题材，诗人力图开拓咏物新径，新事物不断出现在诗人笔下。如但焘以组诗《飞机杂咏》咏邮航机、侦察机、战斗机、轰炸机等。《高射炮》诗云：

长空色动现奔鲸，塞上威扬草木兵。气共云浮惊月窟，声随地震恼天京。龙蛇失路赴汤网，蛟鳄含悲避汉旌。破石穿杨安足喻，还留劲弩下千城。

写敌机骄横肆威，气惊月窟，一旦被我方高射炮准确击中，则坠地而为之震。他赋予意象与典故以新意蕴，写前人未曾见过之事物，布置妥帖无痕。

与但焘常相唱和的沈砺，也喜作咏物诗。如《侦察机》诗："叶叶身轻入杳冥，盘旋云罅作蜻蜓。蜂房蚁穴参差列，明镜光中莫遁形。"写来新奇生动。又《烟幕二十韵》议现代战争更重谲诡之谋略，作战武器越来越精巧："神工兴霖霖，人巧化氤氲。五里油油雾，三宵澹澹曛。鹏抟云作态，豹隐日难昕。瞬息连营失，阴晴一境分。银绡遮大地，玉垒变浮云。铁骑归何处，金钲静不闻。四围缭宿霭，一气鼓清芬。"奇思独造，刻画形容，比兴杂陈，络绎不绝。

大学者马一浮的咏物诗，则往往以比兴象征手法委婉地透露他对战时形势的理解与对当局妥协政策的批判，显得哀怨而从容不迫。他为了让学生理解他的诗旨，作过一些解释，如："《杜鹃行》以喻国也。'华阴道士'隐以自喻，'丹诀'非趁韵泛语，即'盈虚往复辨天根'一句是也。"又说："《黄柑行》首四句说柑已了，次八句抚今思昔，对物兴怀，'客养'以下推开说去，理境玄远。全诗音节流利，作来略不费力"；"《燕尾谣》似汉乐府。燕尾短，以喻中国之弱；雉尾长，以喻外国之强。'霸因'两句笔力雄举，言强梁终归消亡也"。(《马一浮集·语录类编》)用象征手法，以微言相感，贵在暗示，不必明言，言在此而意在彼。

新文学运动时，胡适最早开始写新诗，但即便用自由体，他的咏物诗还是摆脱不了旧体诗的格调，足见传统的影响。

二、当代咏物诗创作如何创新

自从20世纪80年代中华诗词复兴以来，咏物诗这一类别颇为作诗者所钟爱，创作数量大大增多。就我所见，咏物诗选集最早问世的有1994年张宜武主编的《中华咏物诗词选》，21世纪初又有黄君主编的《类编中华诗词大系·植物卷》，规模可观。其中不少诗有相当水平，力求以新事物、新意趣入诗，呈现出可喜的创作势头。但与以往的咏物诗相比有何区别（即有何时代特征），如何进一步提高质量，还有待研究。我们既要认真学习前人的咏物诗，承传其妙处，又要勇于创新，表现时代的精神风貌。

大抵今日咏物诗与古代咏物诗有同有异。以物喻人，因物见志，以小见大等咏物、寄情、言志的手法，是其相同处。而今人往往能在观照大自然一草一木时，融入对事物的认识、经验、情趣。如咏斑竹："痕染湘妃清泪渍，叶裁个字碧云镶。"又如咏老竹："东山昨夜微微雨，新笋丛丛又一林。"用笔轻灵，了无滞迹。又如咏葡萄："串串珍珠流马乳，疏疏翠幄洗琼脂"；咏芭蕉："叶心舒卷姿幽袅，裙幅修长眸醉飔"；写秋荷"纤纤瘦骨"；写君子兰"珠动玉摇，绿铺红绉"。直赋其物，形神兼备。又如写梅花："霜禽眼睨，粉蝶魂驰"；咏白牡丹："淡月笼纱思绛雪，晴云照影惜苍苔"等，则以他物烘托，令人想见其风神摇曳。又如咏猫之似虎神睛；犬之警觉，闻风而动；马之铁蹄奋起；牛之披星戴月，抓住特征勾勒，随物赋形而不黏于物。有的能够写出动物与人相依赖并为人服务的关系，极为动人。如咏狗："饥肠辘辘看家门，不起跳槽心。"狗尚不嫌家贫，忠心耿耿，岂不是讽刺了那些趋炎附势之徒？不少作者的咏鼠、咏蚊、咏蟹、咏苍蝇等作，均借不同题材，以不同角度对社会不良现象进行了无情的鞭挞与讽刺，这无疑对促进世风好转不无裨益。有的能借物表达人的志向，如《咏啄木鸟》诗云："欣看万树添新绿，忽见数枝转萎黄。费尽九牛二虎力，啄开一洞八分长。"将此鸟护林之苦心与勤力，写得生动感人，且两联均用流水对，谐畅婉转。臧克家的《咏牛》名句云："不用扬鞭自奋蹄。"道出了一代人的共同心声。即使写古今共有之物，如《咏梯》诗云："攻城夺堡微劳效，荐士推贤重任肩"；咏秤："星点成行宛若裳，心肠耿直骨尤刚"；《咏钓竿》诗云："潇洒五湖烟雨后，再依新柳钓清闲"，皆能于习见之物生发翩翩联想，翻出新意。然所托之志，皆是今人建设物质文明、精神文明之志；所寄之情，乃健康向上、振奋人心之情；所寓之理，乃现代科学之理。

　　再就是今人对某一事物的看法因社会发生变化而审美情趣发生了变化。比如咏老虎、狮子，古代虎、狮作为残害百姓的象征，人们讴歌射猎除害的壮举，如唐代皮日休《樵斧》中说："腰间插大柯，直入深溪里。空林伐一声，幽鸟相呼起。倒树去李父，倾巢啼木魅。不知仗钺者，除害谁如此！"而今虎、狮成为保护动物，人们题咏它们，将它们看作威武、健美与力量的象征。古人笔下进入深山或草原的射猎与采樵，如今则因保护大自然而被严禁。如今人有一首《咏虎》诗云："独立荒冈听鸟啾，还凭威武镇山头。一声长啸雄风起，百兽潜踪野谷幽。"诗人充满热情，讴歌虎的威风，以此激励人昂扬向上。

题材的拓展，能使大量的新事物进入咏物诗的行列。今人所咏之新事物，多有与古人不同者，此时代进步使然，昭示着未来之光明。其中更有新时代先进科技之结晶，与电有关者如洗衣机、电风扇、电视机、电脑等，他如自行车、航灯、磷肥、洗衣粉、邮票等用品，均是前人未有之题材。又有咏西昌卫星火箭之作，气力雄厚，迥非古人所能梦想。兹举数例，如咏自动电话机："转盘拨动即回音，真个天涯若比邻。羞煞天宫顺风耳，神仙到底不如人。"化用王勃诗句，恰当妥帖，并以顺风耳之说，反衬出今日科技之先进。如写煤炭："凿石一层层，矿井交横，自从出地便蒸腾。"先点出开凿之艰难，再借煤炭之燃烧，巧誉工人的奉献精神。再如咏罗浮山浪凌矿泉水："运用最新高科技，穿破地深层。远胜桃花流水，可比杨枝甘露。"一气斡转，畅快淋漓，使人知矿泉于人体健康大有裨益。鄙人曾创作《电脑》一诗云："不习瑜伽不问禅，一开电脑便超然。调兵百万凭敲键，大块文章笔赋闲。"也是力图将先进科技产品写入诗中，但并非直说，而是从个人写作的感受入手。

又如古人有不少写酒的诗，但今日酒之名目增多，有香槟酒、葡萄酒、啤酒；其品牌之多，又非古人所能梦见，故期盼有更多的咏酒诗问世。

即以咏植物而言，现代有许多花草，在古代甚为稀见，如域外植物郁金香、苏铁、仙人球、芦荟等今日都已进入了寻常百姓家，古人对此鲜有题咏，当代诗人可以大施才情。还有些看似平常的花草，如红花草、菜花等，古人甚少题咏，今人颇有佳作。如易兆鸿《咏菜花》云："性情粗犷不宜盆，十里花开十里云。点滴但能为世用，何妨加压几千斤。"菜花一株，不宜盆栽，但在田野里连为一片，颇为壮观。菜籽碾油，点点滴滴，须用千斤重器压榨而出，将菜花其貌不扬而能为世人所用的特征表现得合乎情理，其巧思妙议，耐人寻味。又如蒋彝的《地中海看飞鱼》："生成鳞甲不寻常，看汝纵横狎莽苍。敢似仙人骑赤鲤，乘风飞过大西洋。"传神写照，豪语天成，描绘与议论相映成趣，气势矫健飞扬。

咏物诗创作要点在：一是要写出确是此物的形态特征，而不是其他什么物。杜甫《房兵曹胡马》："胡马大宛名，锋棱瘦骨成。竹批双耳峻，风入四蹄轻。"用赋的手法描写马的英健威武。而《画鹰》云："㧢身思狡兔，侧目似愁胡。"既有形态特色，还有心态特征，从其形态想象其欲求。犹如绘画，如画虎类犬，终究是失败之作。

二是要写出这一物的生命特色、生命意兴，即此物内在的精神活力。如杜甫的《房兵曹胡马》的第三联："所向无空阔，真堪托死生。"写出胡马的志向远大，一往无前，所向无敌，真诚可靠。如果咏物必此物，以致滞于形迹而不能升华于神质；如果不能见出此物的内在活力，则为呆滞相、死相。

三是要把人的精神世界和这一物联结起来，融贯人的生命意兴，以物见人之精神意趣。杜甫的《画鹰》末联云："何当击凡鸟，毛血洒平芜。"岂止是咏鹰之非凡，还寄托了诗人之锐志。宋赵匡胤《初日》一诗，以太阳象征他的雄心大志："太阳初出光赫赫，千山万山如火发。一轮顷刻上天衢，逐退群星与残月。"气魄雄厚，见出开国豪主君临天下的阔大胸襟与天水一朝的一统气象。

历代诗人喜好把梅兰竹菊的自然形态与君子高尚的品德节操联系起来，并以此自喻自励或共勉。唐代李白诗云："为草当作兰，为木当作松。兰秋香风远，松寒不改容。"（《于五松山赠南陵常赞府》）以松喻刚直不阿的品格。宋代陆游的《卜算子·咏梅》托梅寄志，以梅花在凄风苦雨中孤寂而顽强地开放，纵使"零落成泥碾作尘，只有香如故"，象征不改初衷的赤诚之心。元代王冕的《白梅》，赞美白梅的绝俗高洁与迎春之美。古人之所以对梅兰竹菊情有独钟，不仅是因为花木自然形态之美，更是因为它们象征了古代文人的崇高人格理想。故其咏物诗往往以文人之灵趣性情注之于笔端，以抒发高尚纯洁的思想情感。而画家也喜好以此四物入画，并谓之为"四君子"。

四是咏物诗须向哲理与科学方向发展，务求思致深刻。在咏物中蕴含哲理与科学，上品乃是有理而不见理语，如盐在水中，咸而不见盐。著名学者饶宗颐的咏物诗，悠然会心，信笔写来，深得理致。往往超出现象层面，直入人生哲理的深处、高处，故能富蕴理趣而充盈自在。如

《优昙花诗》云:"异域有奇卉,植兹园池旁。夜来孤月明,吐蕊白如霜。香气生寒水,素影含虚光。如何一夕凋,姐谢亦可伤。岂伊冰玉姿,无意狎群芳。遂尔离尘垢,冥然返太苍。"从优昙花的夜绽晨萎体悟到修短无恒、荣枯无定之理。体物真切,格调高古。他的诗走上蕴含哲理的一路,与近代哲理诗人马一浮诗风相近。

相对古人而言,人们对宇宙的认识大为拓展,但科学的探索永无止境。我曾以星云为咏物题材试作《拜新月慢·星河》一词云:"百亿千年,生成宇宙,稀密混沌亮暗。高压高温,竟星飞云散。凿混沌,却是磁场引力相掣,无数星球璀璨。浩宇茫茫,幻奇谁窥面。 哪时候、诞我银河系?何时节、有太阳旋转?带领十大行星,自成家庭院。扫帚长、有彗星挑战。迢迢远,全赖光相见。何日有、天外电波,得传情不断。"这首词虽拙朴无文,却表达了我对星河的思考与对未来科学能够解谜的盼望。

尽管如此,我们与前人的咏物诗相比,无论就炼字措辞还是就韵致格调等方面,还有相当的距离,还有待努力。但我们面临一个新时代,有无数新鲜事物在等待着题咏,这是充满生机与活力的土地。当代诗人们应涵养自己的胸襟,培养作诗的表现能力,琢磨咏物诗的特点,以期师法古人而更求创新。

【作者简介】 江西省社会科学院赣鄱文化研究所研究员。

论旧体诗的现代转型

杨剑锋

【摘要】 "旧体诗的现代转型"不是指中国诗歌由古典诗歌向现代白话新诗的转型，而是由抒写古人思想情感的古典诗歌向抒写现代人思想、现代人情感、现代人生活的现代旧体诗的转型。从梁启超提出"诗界革命"开始，古典诗歌就开始了适应新思想、新生活、新时代的现代转型，取得了丰硕的成果。民主与科学成为现代旧体诗的思想核心，颠覆了古代的儒家价值观；域外题材、都市题材等新题材的涌现，丰富了现代诗歌的内容；通俗化倾向和幽默风格在审美风格上突破了古典诗歌的束缚；长诗化、组诗化、新诗化，以及新语言、新典故等诗歌形式上也出现了显著变化。这些对古典诗歌的创新和变革，使现代旧体诗充满了生机和活力。

【关键词】 旧体诗　现代转型　传承　变异

　　1898年，梁启超在《夏威夷游记》中正式提出"诗歌革命"的口号，标志着中国传统的诗歌——以文言写作，以律诗、绝句、古风、歌行等体裁为主的诗歌——正式开始了适应新思想、新生活、新时代的现代转型，并为我们奉献了相当数量的杰出诗人和优秀作品。然而在"五四"新文化运动之后，现代白话新诗闪亮登场，取代了传统诗歌的正宗地位；传统诗歌被人们称为"旧体诗"而边缘化了，甚至长期以来得不到文学史的承认。但它并没有如柳亚子等人预言的那样走向死亡[1]，而是顽强地生存了下来，并逐步由古典诗歌转型为抒写新思想、

----

[1] 柳亚子在1944年所写的《旧诗革命宣言》中预言"旧诗必亡"，"平仄的消失极迟是五十年以内的事"。参见王晶垚等编《柳亚子选集》，人民出版社1989年版，第499页。

新情感、新生活的现代诗歌。尽管这一转型过程极为艰难，至今尚有不少尚未解决的问题，但不可否认的是，旧体诗在"五四"以后至于今日，取得了相当的艺术成就，成为现当代中国诗歌版图上无法忽略的组成部分。

近些年来，一批现当代旧体诗人的诗集相继被整理出版，如《二十世纪诗词文献汇编》《二十世纪诗词名家别集》《当代诗词家别集》等系列丛书的问世，为全面研究现当代旧体诗提供了可能。旧体诗在现当代发生了哪些变化？旧体诗是如何进行现代化的变革的，在转型中有哪些值得总结的经验和教训？这些问题都可以从这些新问世的文献中找到答案。

一

首先应该指出的是，所谓"旧体诗的现代转型"不是指中国诗歌由古典诗歌向现代白话新诗的转型，而是由抒写古人思想情感的古典诗歌向抒写现代人思想、现代人情感、现代人生活的现代旧体诗的转型。许多学者从新文学观念出发，认为中国诗歌由古典文言诗歌向现代白话新诗的转变才是历史的大势所趋。如李金涛认为："中国诗歌通过具有革新精神的爱国诗派、维新诗派、革命诗派和前'五四'白话诗人一棒接一棒的不懈奋斗，终于胜利地把'棒'交到了'五四'新诗人手中，艰难地完成了中国诗歌近代转型的历程。"[1]正是基于这种新文学的理论预设，学术界普遍认为梁启超、黄遵宪等人倡导的"诗界革命"并没有完成这一"历史任务"，因而断言"诗界革命"是失败的。这一论断其实并不符合历史事实。

最早认为诗界革命失败的是胡适，他在《五十年来中国之文学》中说："这种革命（指诗界革命）的失败，自不消说。"朱自清在1922年的《〈中国新文学大系·诗集〉导言》中正式宣布了"诗界革命"的"失败"。其后陈子展在《中国文学史讲话》断言："其实那个时候的诗界革命，只算维新说不上革命。而且政治上的维新失败，文学的维新也失

---

[1] 李金涛：《艰难的突围：中国诗歌转型论》，中国文联出版社2002年版，第1页。

败。"在此之后，"诗界革命"的"失败"下场几乎成为学界共识。甚至有人认为："'诗界革命'在冲破传统诗歌观念和艺术规范的束缚后却未能完成现代白话新诗体的建设"。[1]以上观点先验地认为旧诗体转型的最终结果应当是，而且必须是现代白话诗，否则便是失败的。

文学的转型是一个相当艰难的过程，非经过数十年甚至上百年的时间难以完成。如四言诗转型为五言诗，六朝诗歌转型为以近体诗为代表的唐代诗歌，唐诗转为宋诗，无不经历了一百多年甚至更长的时间。更何况近代中国诗歌面对"三千年未有之大变局"，面对传统农业文明向现代工业文明的大转变，面对汹涌而来的西方文化大潮，怎么可能在短短数十年时间完成转型？陈伯海先生在《文学转型与传统建构》中说："（文学）转型并不脱离传统的建构，它本身就是传统演进的重要表现，一种博大而深厚的传统必然要通过多次转型才能够建构起来。"[2]"五四"先贤们出于一种"现代性的焦虑"，等不及旧体诗歌按照文学本身的规律完成现代化的转型，干脆另起炉灶，引进西方文学的模板，生吞活剥之后，另创一种与传统几乎完全脱离的白话新诗，这样不仅违背文学自身的发展规律，对旧体诗粗暴地加以排斥，反而形成新的"文化压迫"[3]。

胡适还有一个观点影响甚大："即以韵文而论，《三百篇》变而为骚，一大革命也；又变为五言七言，二大革命也；赋变而为无韵之骈文，古诗变而为律诗，三大革命也；诗之变而为词，四大革命也；词之变而为曲，为剧本，五大革命也。"[4]胡适此论其实漏洞百出，即以诗词而论，词的出现并没有"革"掉诗的"命"，它既不是诗的直接继承者，也没有取代诗在文学版图上的地位，而只不过是一种独立于诗的新的诗歌体裁。实际上，在词出现两宋的辉煌的同时，诗也在按照自己的规律不断发展，其文学地位并没有受到词的影响，曲的情况也大致相似。新

［1］赵萍：《诗界革命》，载《信阳师范学院学报》2003年第2期。
［2］陈伯海：《文学转型与传统建构》，载《河北学刊》2007年第5期。
［3］王富仁曾撰文明确反对现代旧体诗入史，并承认此举有"文化压迫"的意味。见王富仁《当前中国现代文学研究中的若干问题》，载《中国现代文学研究丛刊》1996年第2期。
［4］胡适：《胡适全集》（第一卷），安徽教育出版社2003年版，第184页。

诗也应如词、曲一般，是与诗共生共存、平行发展的诗歌类型。在笔者看来，作为一种文学样式，现代歌词文学比新诗更接近词、曲。可以说，新诗、歌词与旧体诗词，是当今以及未来汉语诗歌的三大类型。三者鼎足而立，互有交叉，互相影响，但谁都不可能一统天下。

旧体诗的现代转型之路，绝非以白话新诗取代传统诗歌，而应按照文学本身的发展规律，沿着梁启超等人以旧风格含"新意境""新境界""新词语""旧风格"的理论思路，不断完善发展，最终转轨成抒写现代生活、现代情感的现代旧体诗。概而言之，是由农业文明之诗向现代工业文明之诗的转型，由古人之诗向今人之诗的转型，由抒写古典情怀之诗向抒写现代情感之诗的转型。白话新诗不是旧体诗现代转型的历史目标，更不是旧诗体的直接继承者和代替者。从这个角度来说，"诗界革命"不仅没有失败，而且百年来还不断深入，是旧体诗现代转型的一个重要阶段，且取得了丰硕的成果。

旧体诗的现代转型是从什么时候开始的？它与中国以往历次诗歌转型有何不同？对于前一个问题，答案可谓见仁见智，涉及不同的人对"现代"概念的不同理解。本文将旧体诗现代转型从时间上限定为"诗界革命"，但为了研究的方便，主要涉及"五四"文学革命之后至当下的旧体诗。当然从历史上看，中国诗歌的发展和变革实际上一直没有停止，正如清人叶燮所言："或数十年而一变，或百余年而一变；或一人独自为变，或数人而共为变"，"力大者大变，力小者小变"（《原诗·内篇上》）。相比历代文学变革，旧体诗的现代转型所面临的挑战更大，环境更严酷，情况更复杂；但放在历史的大背景下看，这种转型的烈度其实并未超出两汉和初唐，是中国诗歌生命活力的正常体现和必要保证。

与历次诗歌转型明显不同的是，旧体诗的现代转型的驱动力，既有来自旧体诗歌本身发展、创新的需要，也有来自外部的压力，即社会生活的巨大变迁对诗歌的转型提出了强烈要求。

中国诗歌经过三千年的不断发展，特别是在唐代近体诗发展成熟之后，诗歌形态和审美风格、诗歌语言日益固化，虽经历代诗人的努力不断发展变化，但面临的问题也愈加严重。对此，胡适在《文学改良刍议》、陈独秀在《文学革命论》中已有严厉批评，大部分切中肯紧，如胡适所说的"滥调套语""摹仿古人"，陈独秀所指出的"无病呻吟""陈陈相因，有肉无骨"等，可谓一针见血，无可回避。旧体诗要生存，要发展，特别是要在新文学背景之下不致被历史所淘汰，就必须推陈出新，完成自身的现代化，由古典诗歌向现代诗歌转型。这是旧体诗现代转型的自身的内驱力。

旧体诗现代转型的外驱力，主要是指世界范围的全球化、现代化及其给中国人所带来的西方文化与生活方式的变化。长达两千多年的封建帝制被推翻，传统的农业文明一变而为现代工业文明，人民的生活方式与古代相比发生了翻天覆地的变化，一个比古代远为广阔、复杂、丰富的世界展现在诗人面前，等候着旧体诗人通过作品去表现。诗人也由传统社会的臣民和士大夫，变为现代知识分子。这一切都迫使诗歌必须做出相应的变化，才能适应新时代、新生活、新思想、新情感。而前所未有的西学的涌入，又为旧体诗歌的转型提供了崭新而丰富的思想文化资源。这些都是中国诗歌的历次转型所没有的。

二

一个难以回避的问题是：千百年来根植于农业文明土壤下的旧体诗是否适宜，以及如何表现现代思想、现代生活和现代情感？

毛泽东在给《诗刊》的首任主编臧克家写的《关于诗的一封信》中表示："旧诗可以写一些，但是不宜在青年中提倡，因这种体裁束缚思想，又不易学。"[1] 由此，原本为一己之见的"旧体诗束缚思想"成为不易之论，对当代旧体诗的创作与传播产生了深远影响。当然这种观点现在已受到不少学者的质疑和反驳，学者钱理群认为："旧诗在表达现代人（现代文人）的思绪、情感……方面，并非无能为力，甚至在某些方面，还占有一定的优势，这就决定了旧诗词在现代社会不会消亡，仍然保有相当的发展天地。"钱理群又指出："旧诗词的表现功能又是有一定限度的，不必回避这一点：在表达超出了特定的'情感圈'的现代人的更为复杂、紧张，变化节奏更快的某些思绪、情感方面，旧诗词的表

---

[1] 毛泽东：《关于诗的一封信》，载《诗刊》1957年创刊号。

现力比之现代新诗，是相形见绌的。"[1] 评论家雍文华认为传统诗词的某些意象、语言、特定文化心境的确与当代生活相去甚远，但有更多的诗词意象、语言和审美情趣却仍然保持着强盛的生命力和艺术魅力。[2] 这充分表明理论界已经有力地突破了旧体诗不适宜表现新思想、新生活的观念。

旧体诗究竟是否适宜表达现代思想、现代生活和现代情感，最关键是要看其能否创作出扎扎实实的作品。

"五四"文学革命之后，旧体诗歌被边缘化，但仍顽强地按照自身的规律继续进行了适应新时代、新生活的现代化转型，没有停止自身变革的脚步，百年来涌现出鲁迅、郁达夫、陈寅恪、吴芳吉、钱仲联、胡风、聂绀弩、熊鉴、高旅、周弃子、沈祖棻、何永沂、滕伟明、廖国华、杨启宇、刘梦芙、徐晋如、嘘堂等一大批杰出的旧体诗人，旧体诗佳作纷呈，呈现中兴气象。尽管与新诗相比，旧体诗由于种种原因已非现代读者阅读的主要选择，但如读一读上列诗人的优秀之作，我们不难发现其艺术魅力和创作水平绝不在新诗之下，是完完全全的现代诗。旧体诗百年来的创作实践，使"旧体诗不适宜表现新思想、新生活"的观点不攻自破。

由于社会形态、社会生活与古典时代相比产生了巨大变化，百年来旧体诗人的身份已由旧时的士大夫转为现代知识分子，旧诗体遂由士大夫之诗转为现代知识分子之诗。士大夫是中国社会特有的产物，他们熟读儒家经典，力图通过在政治上跻身上层官僚集团，实现"治国平天下"的理想；现代知识分子则不寄身于传统儒家思想和政治官僚集团，而是充分接受现代思想和价值体系，从事着各种不同的职业，是现代社会科层制度的重要组成部分。旧体诗人的这一转变，在民国初年的遗老诗人，如陈三立、陈宝琛等人那里已经开始，他们既是启蒙者，又是被启蒙者，可视为传统与现代的"过渡人"，并在此后形成一个文化

---

[1] 钱理群：《一个有待开拓的研究领域——〈二十世纪诗词注评〉序》，收入《二十世纪诗词注评》，广西师范大学出版社2005年版。
[2] 高昌：《旧体诗不能制造假古董：从寓真的〈四季人生〉看当代诗词创作的美学取向》，载《文化月刊》（诗词版）2006年第2期。

保守主义诗人群体。"五四"诸贤则全面举起"民主"与"科学"的大旗，以雷霆万钧之势扫荡旧文化，甚至不惜"全盘西化"以引进西方文明。自此之后，民主、科学、自由、平等、独立等观念不仅成为新文学的核心价值，也为旧体诗人所珍视，数千年来旧体诗中的思想价值体系遂发生翻天覆地的变化。鲁迅、郁达夫、老舍、胡风等新文学作家的旧体诗，思想价值与他们的新文学创作并无二致。聂绀弩、高旅、熊鉴等诗人的旧体诗更是20世纪中国文学中的宝贵财富。

不仅新文学诗人的旧体诗充满了现代思想，在那些保守主义诗人的作品之中，"民主""自由"等现代新思想何尝不是最重要的关键词？陈寅恪的"破荒日月光初大，独立精神世所尊""自由共道文人笔，最是文人不自由"等诗句，表现了保守主义诗人对"独立之精神，自由之思想"的执着追求。当代保守派诗人对"自由"一词的珍视，可从《二十世纪诗词文献汇编·诗部》一书中看出，如陈永正的"喜沐自由风，天远仰一鹮"（《南昌谒记世南教授和熊盛元韵》）、何永沂的"高秋炎去西风紧，雁字横空唱自由"（《秋日咏帝王》）等句。即使是自称"最后一个儒家""文化遗民"的当代青年诗人徐晋如也承认自己最服膺西方思想家托克维尔、柏克、白璧德，坚持"独立自由之思想，坚贞不磨之志节"（钱基博语）。

无论是新文学旧体诗人，还是保守主义诗人，思想传统并没有完全被抛弃。即使是那样欲"扫荡旧文化而后快"的反传统诗人，其作品中也有对思想传统的继承，能将思想传统与现代文明有效地结合起来。

三

新的时代、新的生活，必然产生新的诗歌题材。现代旧体诗在转型中出现了域外题材、都市题材、科学题材、环保题材、体育题材等古典诗歌所缺乏的新题材，大大丰富了现代诗歌的内容。因篇幅所限，下文主要介绍域外题材和都市题材。

1. 新的时空观催生域外新题材

西美尔曾说："空间关系一方面只是人际关系的条件，另一方面也是人际关系的象征。"（《时尚的哲学》）中国原生古典时空观的断裂和外来西方现代时空分离观的置入，使旧体诗中的空间与时间均较古典时代大大不同，极大地拓展了旧体诗的题材，也使得梁启超所说的"新境界"真正成为现实。这种新的时空观在旧体诗中，体现为近代海外游历题材诗、现当代国际题材诗乃至虚拟空间、宇宙空间题材诗。诗人的眼界早已不限于中国本土，不仅扩展到国外，甚至也扩大到宇宙空间。

"吟到中华以外天"，近代诗歌中的海外游历诗是一个值得关注的类型。黄遵宪、康有为等最早一批有丰富海外经历的诗人在作品中描写初次接触西方现代文明的新奇之感，展现了过渡时代的诗人初次面对中华以外新世界的现代性体验。[1] 如黄遵宪的《登巴黎铁塔》、康有为的《登巴黎铁塔顶与罗文仲周国贤饮酒于下层酒楼高三百尺处凭栏四顾巴黎放歌》等作品。巴黎埃菲尔铁塔高耸入云的形象成为现代西方工业文明的象征，诗人们前所未有地在现代建筑俯视大地，极目之所见，自然而然发出"人已不翼飞""已惊眼界创"的惊叹，并由此联想到欧洲的历史与现状，抒发"一览小天下"的感慨。这是古人未到之境。

"五四"之后，随着中国步入现代社会并融入世界，整个地球变成小小的"地球村"，诗人对现代生活新经验的惊奇感逐渐淡化，西方的"他者"色彩大大弱化，海外游历题材对诗人来说已不具有足够的吸引力，取而代之的是古人所无、近人也少有涉及的国际题材诗歌。现代大众传播技术迅速发展，使诗人足不出户，即可放眼全球，举凡战争灾难、时事政治、经济发展等国际事件，均可通过旧体诗来表现。巴黎铁塔式的登高望远，让位给俯瞰地球乃至宇宙的遐想，如毛泽东的"小小寰球"（《满江红·和郭沫若同志》），魏新河的"银槎直放刺云空，眼底群山尽赴东"（《关中飞行》），陈永正的"星沉化作千山雨，十万光年天外来"（《陨石二首》），陈仁德的"下望小环球，纷争已千古"（《古风》）等句。古人游仙诗，全靠想象；近人登高诗，叹为奇观；今人乘飞机俯视大地，乃亲眼目睹，真真切切，与古人截然不同，显示出更加丰富的内容和前所未有的寰球意识。而互联网的迅猛发展，更是彻底改变了人

---

[1] 参见王一川《中国现代性体验的发生——清末民初文化转型与文学》（北京师范大学出版社2001年版）。

们的时空观，促使诗人们不由发出"世界何其小，须臾五大洲。毋庸足出户，天下任遨游"（黄锦端《上宽带网有感》）的感叹。

2. 城市诗

虽然从理论上来说，自从有了"城市"，也就开始出现"城市诗"，但中国文化的乡土特质使得诗人缺少对城市的敏感[1]，倒是两汉的赋家们乐于描写气象恢宏的古代都城和皇室宫殿。词、曲中固然曾经出现过柳永的《望海潮》（"三吴都会"）等少量城市文学，但对于诗人而言，山水和田园才是充满诗意的关照对象，城市是与山水田园的对立世界。只有在现当代诗人的笔下，城市才真正"升格"为审美的对象，虽然他们也像古典诗人那样热衷于表现对山水、田园的向往。

近代最早的城市旧体诗大概是旅欧诗人的作品。黄遵宪、康有为等人的海外游历诗，已有不少对西方城市风貌的描写，可视为现代城市诗的雏形。以西方现代都市为参照，近代报刊曾经刊登过不少城市竹枝词。竹枝词这种相对较为自由的诗体，用来描写北京、上海、广州等城市风貌似乎格外得心应手。辛亥革命后，不少遗老诗人为避战祸而遁入上海，对繁华的十里洋场也偶有涉笔。然而真正具有现代感的都市旧体诗，则始于王礼锡，他的《市声草》中的作品，如五古《夜过霞飞路》等，勾勒出五光十色的上海夜景，使人联想到穆时英《上海的狐步舞》等新感觉派小说。

中华人民共和国成立后，作为旧体诗人的郭沫若等写出了"匝地星云开宇宙，出炉钢锭滚珊瑚"（《访鞍钢》）这样的诗句，通过对现代城市中的工业文明的赞叹，表达了对新时代、新政权的歌颂。这些工业诗虽然在艺术上少有值得称道之处，但也拓宽了城市诗的内容。进入新时期以来，改革开放带来了经济的迅速发展，也带来了沿海大都市的繁华。都市的速度与节奏、繁华与堕落，令诗人眼花缭乱，旧体诗中的城市题材出现了前所未有的丰富性。如果说近代描写大都市的旧体诗多表现对现代工业文明的赞叹的话，那么新时期以后诗人对笔下的现代都市则具有更多的批判色彩，表现出又爱又恨的矛盾心态。

---

[1] 张欣：《现代城市诗述评》，载《中国现代文学研究丛刊》1992年第2期。

新时期以来旧体诗中的城市诗主要有两个内容，一是对光怪陆离的都市风貌、城市夜生活的描写，二是对大都市中形形色色人物的描写。前者如刘梦芙的《新竹枝词》、金定强的《流莺曲》、嘘堂的《舞会记忆》等组诗，后者如以书生霸王（赵缺）为代表的"新国风"网络旧体诗对都市白领、保险推销员、农民工等小人物的描写。杨启宇《新编系列剧天龙八部十六首》分咏倒爷、歌星、宝贝作家、官员、庸医、花边记者等当今社会人物百态，堪称描绘现代都市生活的画卷。

除域外题材和都市题材外，科学诗、环保诗、体育诗等富有时代特色的新题材同样极具特色，日常杂事诗、咏史诗、咏物诗、讽刺诗、田园诗等传统题材也出现了富有时代性的基因变异。如孔凡章《某商店顾客购物须知》写20世纪80年代国有商店售货员、卢象贤《沪上晤无以为名》写网友见面，这些现代人的现代生活，在诗中都显得活色生香，使现代旧体诗呈现出完全不同于古典诗歌的风貌。

四

诗的意境可以"新"，语句可以"新"，但诗歌风格却要"旧"，即所谓"以旧风格含新意境"。在梁启超关于"诗界革命"的构想中，古典诗歌的传统审美风格是诗之所以为诗的本质性特征。尽管主张彻底推翻旧诗的新文学家借此批评梁氏改革的不彻底，但对"旧风格"的坚持，是对民族文化审美心理的敬畏和尊重。

中国古典诗歌发展到汉魏盛唐，在审美风格上就基本定型，形成了典雅、含蓄的美学特征。当然，具体到不同时期、不同流派、不同诗人，古典诗歌的美学风格是具有相当的丰富性、复杂性的，但这种丰富性和复杂性，又统一于典雅、含蓄的总体特征。因此，把旧体诗写得"古色古香"，成为现当代旧体诗的一个重要创作原则。这就带来了两个方面的结果。从正面影响来说，对"旧风格"的坚持与尊重符合民族文化心理，有利于中国古典文化血脉的延续；从负面影响来说，一旦走向极端就容易故步自封、食古不化。

现当代旧体诗对传统审美风格的尊重，并不意味着对古人完全亦步亦趋、故步自封。事实上，现当代旧体诗在古典诗歌的基础上仍然具有自己的面目和特点，做到了继承中有创新，创新中有继承。

现代旧体诗在审美风格上的创新，首先在于通俗。

古典诗歌向来是典雅文化的代表，特别是近体诗格律极严，创作门槛高，没有深厚的文史功底是无法掌握的。"文学革命"中旧体诗被批评为"贵族文学"，原因就在于此。近代以来，教育日益普及，一般民众均可读书识字，打破了知识分子对文化的垄断，"知识大众化"成为历史的必然，旧诗遂成为众矢之的。这也是"五四"之后新诗之所以兴起的根本性原因。旧体诗尽管仍然坚持高雅，但从总体而言在向通俗化发展。梁启超创办的《新小说》听从黄遵宪的建议，开辟有"杂歌谣"专栏。诗界革命、革命诗派都重视比较通俗的民歌体、军歌体，这当然也有适应启蒙和宣传的考虑。其后的"左"翼新文学诗人，他们本就是大众的代言人，大多数已不具有古人那样深厚的旧学底子。政治领袖发出的政治性号召（毛泽东《在延安文艺座谈会上的讲话》），又坚定了他们将旧体诗通俗化的文学立场。如郭沫若等人，在1949年之前的旧诗创作不失典雅风格，建国后则大写特写口号式的旧体诗。臧克家、老舍、沈从文等诗人的创作也多出以浅俗。此后的聂绀弩、启功、熊鉴、星汉、李汝伦、杨逸明、曾少立等诗人，都善于使用现代口语、俗语入诗，语言平易，基本不用僻典难字，较好地平衡了雅、俗的矛盾，在大雅与大俗之间长袖善舞、回旋自如。建国后创办的《中华诗词》则公开打出通俗化、大众化的旗号，这虽然引起一些保守派诗人的反感，却不得不说是一大趋势。现当代旧体诗人中，作品较通俗者通常拥有较多的读者和较高的知名度；而追求典雅含蓄者，作品的流传范围就有限得多。

现当代旧体诗对传统审美风格的变革，还表现在幽默风格的确立。中国古典文学向来并不缺乏幽默的种子，刘勰《文心雕龙》专辟有《谐隐》一篇，杜甫、韩愈、李商隐、苏轼等诗人皆善俳谐体，更不必说"黄狗身上白，白狗身上肿"式的以俚俗之语写成的"打油诗"了。然而，古典诗歌中的俳谐风格向来被主流诗人所轻视，"打油诗"也只是作为偶尔的"谈笑之资"而已，并不能入文学的大雅之堂。明代徐师曾在《文体明辨序说·诙谐诗》中说："按《诗·卫风·淇奥篇》云：'善戏谑兮，不为虐兮。'此谓言语之间耳。后人因此演而为诗，故有俳谐体、风人体、诸言体、诸语体、诸意体、字谜体、禽言体。虽含讽喻，实则诙谐，盖皆以文滑稽尔，不足取也。"这种观点颇可代表古人对幽默风格的排斥态度。

到了现代，旧体诗中的滑稽、幽默、调侃风格则蔚为大观，特别是鲁迅、周作人、聂绀弩、邵燕祥等诗人一脉相承的现代打油诗。诗人并不讳言"打油"，以"打油"命名的作品甚夥，甚至有人干脆以"打油"为自己的诗集命名。原本不登大雅之堂的打油诗到了现代不仅升堂入室，甚至占了主座，这不能不说是一大变化。不过，聂绀弩等诗人的现当代打油诗与古典诗歌中的"打油诗"其实并无太多瓜葛，它是现代新文学中幽默文学的直接继承者，吸收的主要是新文学的营养，是新文学与旧文学合流的表现。

对于现当代诗人为何热衷于创作"打油诗"，常丽洁在《打油：早期新文学作家旧体诗创作的一个关键词》一文中给出了答案：第一，欲以此撇清自己的立场，将自己的旧体诗与传统旧体诗的关系撇清；第二，表示对旧体诗前景的悲观；第三，践行自己白话文学的理念；第四，藏拙。[1] 除此之外，笔者认为还有一个原因，即上文所说的旧体诗的通俗化、大众化趋势。新文学旧体诗人本是普通大众的代言人，而"打油"这种形式尤为大众所喜闻乐见。这种通俗化、大众化的趋势，归根到底是由现代社会的世俗性决定的。表现在艺术上，便是现代艺术的世俗化倾向。美国学者马泰·卡林内斯库在他的名著《现代性的五副面孔》中从美学角度分析了现代艺术的五种倾向：现代主义、先锋派、颓废、媚俗艺术和后现代主义。旧体诗的通俗化、大众化，从某种角度说正是卡林内斯库所说的"媚俗艺术"。当然，这里"媚俗艺术"并不包含价值判断，然而它毕竟是一把双刃剑。一旦越界，挣脱"雅"的牵制性审美力量，"通俗"就会滑向浅俗，甚至庸俗。一些诗词刊物中充斥着各种浅俗甚至庸俗之作，久为旧体诗坛所诟病，即是明证。

---

[1] 常丽洁：《打油：早期新文学作家旧体诗创作的一个关键词》，载《作家》2011年第4期。

五

旧体诗在数千年的发展中，逐渐形成了相对固定的形式，包括体裁、语言、韵律、用典、词汇等。这些外在的语言形式在历次诗歌转型中，有的变化比较明显，有的则极为稳定。近代以来，特别是"五四"以后，剧烈的社会、文化变迁，使那些即使最为稳固的诗歌形式也发生了变异。

首先，是诗歌体裁的继承与变异。词、曲姑且不论，古典诗歌在唐代以后，便形成了古体诗与近体诗的二元格局。特别是近体诗，即律诗、绝句等在形式上极为严格的格律诗，最大限度地发挥了汉语的特点，成为古典文学最有代表性的诗歌体裁。这种极为稳固、难出新变的诗歌体裁，令百年以来的旧体诗人爱恨交加。爱之深者，以律诗、绝句为主要创作体裁，诗集中几无古体作品，如聂绀弩、熊鉴等人；恨之切者，则视之为束缚思想的镣铐，必欲去之而后快，因此大力提倡"诗体的大解放"，但又无法拒绝这"旧形式的诱惑"（刘纳语），常常忍不住一试身手的冲动。

现代旧体诗在体裁上的变化，主要表现在以下几个方面：

长诗化。近体诗篇幅短小，容量更是有限。因此近代以来，诗人好作长篇古体诗，以容纳更丰富的社会内容。陈子展在《中国近代文学之变迁》中说："中国最缺乏长篇叙事诗……到了近代，有新思想，新诗料，供天才的诗人运用，遇着作长篇的机会，自能作出内容很充实的长篇来。"[1]黄遵宪的《锡兰岛卧佛》、康有为的《开岁忽六十篇》、吴芳吉的《护国岩词》、孔凡章的《芳华曲》《涉江曲》《端州巨砚行》等作品，皆属鸿篇巨制。孔氏的《芳华曲》，全诗近三千字，超迈古人，堪称现代旧体诗的一朵奇葩。

组诗化。近代以来，近体组诗向大型化发展，出现了许多大型组诗，如龚自珍《己亥杂诗》三百一十五首、黄遵宪《日本杂事诗》二百首、贝青乔《咄咄吟》一百二十首、刘成禺《洪宪纪事诗》二百

---

[1] 陈子展：《中国近代文学之变迁》，上海中华书局1929年版，第16页。

首等。现当代诗人中，周作人、王礼锡、吴芳吉、胡风等人，都创作了不少大型组诗，而且在表现形式上更加丰富多样。如胡风的大型组诗《谐和音》，含《短笛音》《轻音篇》《低音篇》《中音篇》《长音篇》《小鼓篇》《高音篇》，每篇含短诗若干首，少者三首，多者八首。将旧体诗用西式交响乐的形式组织起来，令人耳目一新。因此李遇春说："胡风在继承古典诗艺传统的基础上，取于大胆创新，突破旧有形式的拘囿，使旧体组诗在体式和规模上都有了新的突破，这是难得的诗学贡献。"[1]

新诗化。新诗吸收了古典诗歌的营养，同时也给了旧体诗以突破前人的灵感。这方面最具特色的代表是"白屋诗人"吴芳吉，他善于用现代白话创作长篇古体叙事诗，《两父女》《婉容词》等作品曾流行一时。这些作品借鉴白话新诗的创作手法，被称为"吴芳吉体"，是介于旧体诗与新诗之间的奇作。胡风也用写新诗的方法写作旧体诗，他的大型组诗，单首读来是旧体诗，组合在一起却有新诗的感觉。当代也有人在诗词中偶尔使用新诗意象，营造出一种新诗的意境，也给我们带来新奇感。如网络诗人李子（曾少立）的《采桑子》有"灯火之城，人类之城，夜色收容黑眼睛"之句，化用顾城的新诗名句"黑夜给了我黑色的眼睛，我却用它寻找光明"。至于打破韵律的诗作，则在当今诗坛比比皆是。作者有的知格律而有意放宽，有的则完全不谙旧诗格律。前者偶有佳作，如抗战时的怀安诗社及其作品；后者则纯是野狐禅，殊不足称。于友发、吴三元在《新文学旧体诗漫评》跋语中认为旧体诗是新文学的"友军"[2]，这一论断是准确的。

其次，是诗歌语言的变化。典雅的文言虽然在现代旧体诗中得以延续，但聂绀弩、熊鉴、李汝伦等老一辈诗人，程滨、曾少立等新生代网络诗人，大胆地采用现代汉语中的口语、俗语，甚至直接以白话入诗。"的"字句、"把"字句等常用句式，"么""吗"等现代语气词，"你""他""她"等指示代词，"因为""所以"等现代汉语连接词，都已大量进入诗词。如"把坏心思磨粉碎，到新天地作环游""开会百回

---

[1] 李遇春：《中国当代旧体诗史稿》，华中师范大学出版社2010年版，第331页。
[2] 于友发、吴三元编：《新文学旧体诗选注》，山东教育出版社1987年版，《跋语》。

批掉了，发言一句可听么"（聂绀弩），"暗使今生虚断送，芳心可许再生么"（程滨），"笑摁掌间生命线，今天已到这儿么"（曾少立），"因为市场日萧条，所以心中总发毛"（廖国华）等句。也有诗人有意使用日常俗语、口语，如"大吼一声还我血，肚囊破处掌心红"（李汝伦），"撇开诗稿劳些动，照着葫芦画个瓢"（廖国华）等句。甚至使用粗俚之语入诗，如"说到天灾真见鬼，一提腐败日他娘。是谁真个嗓门大，老子农民不下岗"（廖国华）。古人古体歌行常见的"噫嘘兮""呜呼"等感叹词，在星汉的《车师古道行》中干脆变成了"哟嗬嗬"。诗前小序，也有诗人舍弃文言改用白话。至于词则走得更远，启功以诙谐的现代白话写词，在当代词坛独树一帜。

不仅现代汉语可以入诗，外语也成为现代旧体诗的语言要素。香港诗人陈文岩常以外语入诗，如"孔孟曰仁曰义，众解莫衷一是；吾今浅释古人，仁即humanity""棕黄黑白本同种，染色尽看DNA"等句。外语入诗，音节须与汉语相对，一个音节相当于一个汉字。如humanity为四音节词，相当于四个汉字。陈诗亦有外语使用不谐者，如《偶得》："不是传统无可学，应知生命已能clone。"clone为两音节，如此则后句共八音节，于律不谐，读之亦颇不自然。[1]

值得一提的还有新词语、新事物、外来语的大量使用。如"电话""网络""短信""春晚""地铁"等，在当代诗人作品中不胜枚举。如廖国华《户口谣》："即或买户口，依然是蓝本。"《环保谣》："上悬颗粒物，下笼硫化气。"陈永正《暮航抵哈尔滨》："轮回千万态，核糖核酸耳。"网络诗人曾少立则好以新词语入词，如《鹧鸪天》"驱驰地铁东西线，俯仰薪金上下班"之句传颂甚广。

"诗界革命"之时黄遵宪、谭嗣同等人已将新词语写入旧体诗，但并不成功。刘半农曾说："若在文学范围，则用笔以漂亮雅洁为主，杂入累赘费解之新名词，其讨厌必于滥用古典相同"，"如果把这些新名词大量运用到诗中，必然会有违诗篇的醇厚，把诗写成莲花落、快板书，改

---

[1] 王晋光：《论陈文岩旧体诗》，收入《香港旧体文学论集》（香港中国语文学会2008年版）。

变了诗的本色"[1]。郭沫若也有"砍头入棺"之喻。[2]其实近代以来新思想、新名词在短时间内大量涌入，旧体诗对它的消化有一个过程，新语词与旧体诗的融合也需要一个不断磨合的过程，并非一蹴而就。"诗界革命"使用新名词的尝试虽然失败，却为日后旧体诗使用新词语提供了宝贵的经验。百年来新词语早已融入普通人的日常生活，因此对于旧体诗中的新词语，读者已不像黄遵宪、谭嗣同那个时代难以接受了。新词语入诗，已是水到渠成。当然，新词语如何与旧体诗的平仄、对偶等特点相适应，如何实现"诗意的表达"，仍是一个有待研究的课题。

以上这些变化，使得现代旧体诗的语言呈现出鲜明的时代性，显示出鲜活旺盛的生机和活力。当然，以现代汉语句法入诗，须得巧妙方有诗味，否则弄巧成拙，就可能破坏诗的美感。如《中华诗词》2011年第4期署名"老许"的《刺猬的心理距离》："秋天已尽天冷了，几只刺猬感到冷。想互相靠近取暖，尖刺互扎肉很疼。互又拉开了距离，互不暖和又很冷。他们磨磨蹭蹭着，距离合适才安定。"显得不伦不类，全无诗味。

再次，旧体诗的用典，也与古典诗歌大有不同。古典诗歌常用的古代文史类典故被继承下来，但有些典故的含义已发生变化，而大量今典、西典、俗典的使用，则是古代诗歌所没有的。

今典指的是"五四"之后新出现的典故。今典主要来源有二：一是政治与时事，二是现代文学与文化。前者如何永沂《山居秋思》："话到文攻心强静，重提破旧舌犹腥。"姚雪垠《眼前》："修史廷镳前世鉴，罢官海瑞近人冤。"后者以鲁迅及其他现代文学作品中人物居多，如胡风《一九五六年冬某日》："极目两间休荷戟，铁窗重锁失戎衣。"徐晋如《夜读余杰兄思人向晓不眠》："精英吃尽眼前亏，铁屋谁同猛士悲。"至于鲁迅笔下的阿Q形象，已成现代诗人的常用熟典。今人读之，不仅不觉生硬，反觉与旧体风格浑然一体。

西典指的是欧美文学、哲学、宗教、历史之典。如何永沂《迎

[1] 刘半农：《我之文学改良观》，见《中国新文学大系　理论建设集》，上海文艺出版社1980年版，第66页。
[2] 郭沫若：《郭沫若全集》（第17卷），人民文学出版社1989年版，第68页。

五十七杂感五首》之一："不履不衫穿闹市，我思我在看尘寰。"高旅《时事十四首》之十四："存在即为合理乎？"两例皆用西方存在主义哲学之典。有的诗人将西典与传统典故巧妙地结合起来，如徐晋如《余杰兄招饮四川酒家归而有作》："谁向文坛怜赤子，情如转石太艰辛。"自注："希腊神话西西弗斯推石头上山，石至山顶依旧滚下，循环工作永无休止。又，《诗经·邶风·柏舟》：我心匪石，不可转也。"一个意象包含中外两种不同典故，含意较传统典故更为丰富。在律诗中，往往将西典与中典对举，如熊鉴《七十六初度》之三："人间那有桃源洞，世外从无伊甸园。"桃源洞与伊甸园，一中一西，二典巧妙对仗。

俗典指的是小说、戏曲、电影等俗文学之典。这种典故向来为古典诗人所忌，而今人旧诗则大量使用。如滕伟明《岁暮二首》之一："细君忽作烹牛想，大圣才封弼马温。"甚至时下的流行歌曲，也为诗人所用，如梁准《无题五首》之一："吸干世人忘情水，写尽人间太瘦诗。""忘情水"乃刘德华歌曲中语，用在旧体诗中，大大丰富了传统诗词的语言文化资源。

六

旧体诗在向现代诗歌转型的过程中，既有对古典诗歌传统的继承，也有充满生命活力的变革与创新。对传统的继承使旧体诗符合民族文化与审美心理，而变革与创新使旧体诗在新时代获得新生。与古典诗歌相比，现代旧体诗更贴近我们的生活，是现代文学的重要组成部分。不少诗人的艺术成就不逊于古人，与百年来的新文学相比也毫不逊色。中国作为"诗国"的历史仍在延续。只是由于种种原因，现代旧体诗并没有进入现代普通大众的阅读视野，"养在深闺人未识"。这是令人遗憾的，因此胡迎建说："一个没有诗的民族是可悲的，一个有诗而得不到重视的民族也是可悲的。"[1]

应该指出的是，旧体诗的现代转型仍是一个未完成的历史进程。剧烈而复杂的社会转型，漫长而稳定的历史传统，都使得旧体诗向现代的

---

[1] 胡迎建：《民国旧体诗史稿》，江西人民出版社 2005 年版，《前言》，第 5 页。

转型不可能在短短一百年的时间内就能迅速完成。旧体诗在现代发展中也遇到了重重困难：一是诗人学养不足，大量平庸恶俗之作充斥诗坛；二是对古人亦步亦趋，陈陈相因，滥用早已没有艺术生命的死语、死词、死典，"五四"文学革命时所批判的现象仍普遍存在；三是许多重要而具体的问题仍没有得到解决，如平水韵与现代汉语新韵的取舍、新词语如何与旧体诗融合、怎样吸收西方文化资源等。这些问题是旧体诗发展过程中无法避免的，需要按照诗歌自身的发展规律逐步加以解决。

【作者简介】 上海体育大学新闻与传播学院副教授。

论赠内诗的古今演变

汪 芬

【摘要】 现存最早的赠内诗可以追溯到东汉秦嘉夫妇，二人通过书信诗歌赠答开启了夫妇之间文字传情的风气。在古代，由于男性在表达情感方面占主导地位，女性具备文学才能者寥寥，不能形成赠答平衡的发展模式，赠内诗单独成了一种诗歌类别。经过对近两千年赠内诗的梳理，可以发现如下特征：在思想内容上，赠内诗缘情而发，以书信为载体，抒发离别相思。此后离别相思成为连绵不绝的情感母题，唐宋时期以寓情于景的艺术化表达为主；明清时期则倾向于叙述写实；近现代以后，离情别绪与人生遭际紧密结合，增加了情感浓度。在体裁上，赠内诗以五古体开始兴起，直至清代，以五言十句、五言八句等中等篇幅的体式居多，组诗的形式也大量存在；唐宋时期五七言绝律、七古、词体赠内诗逐渐产生，体裁无所不包，至近现代五古体数量减少，词体占了绝对优势，并且还产生了体式更加自由的白话新诗，其题材在继承传统诗歌的基础上，亦多有新变。

【关键词】 赠内诗 演变 体裁 情感

在两千多年以男性创作为主的诗歌史上，有着特定抒情对象的赠内诗起源较早，在绵延不绝的书写中形成规模，随着时代发展历久弥新。从概念来看，赠内诗包含写给妻子的诗、为妻子而写的诗以及悼念缅怀妻子的诗。无论将妻子作为倾诉的对象，或是书写的对象，都是诗人与妻子的亲密互动。写给妻子的诗和为妻子而写的诗虽然可以区分，二者并没有明确的界限，都可以视为赠内诗。总体而言，赠内诗作为一种诗歌类别，最为显著的一个特点是诗的标题明确表达了赠内的意思，主要模式为赠/寄/示/忆（内、妇、妻），其中以"赠妇"为题者出现最早，以"赠内"为题者数量最多，其次是寄内、示内、寄妇、忆内、寿内等，主要表现夫妇生活的悲欢离合，这类诗从标题到内容同时具有指向性和统一性，是古典诗歌源远流长的类型之一。悼妻诗虽然也能算作赠内诗，主题内容自成一体，数量在伤悼诗中非常突出，将其归入伤悼诗的研究范畴进行分析考察较为合适。因此，本文涉及的赠内诗不包括悼妻诗，主要是讨论日常生活中诗人写给自己妻子的诗以及为妻子写的诗。

妻子无疑是诗人创作生涯当中最亲密的人之一，可以成为诗人多重情感的投射对象，催生出丰富多彩的诗篇。实际上，就目前流传下来的作品而言，多数朝代的赠内诗数量不及诗歌总量的千分之一，由此可见，诗人写诗给妻子并非一个常见的现象。尽管如此，赠内诗仍然在小范围内形成了连续的传统类型，并且累积了不少同题之作，具有一定的研究价值。目前学界已有学者对唐宋及晚清的赠内诗进行零散论述，本文不揣浅陋，对历来的赠内诗进行粗略整理，从发展源流及历史演变的角度尝试解读赠内诗的创作意义。

一、以诗代书：夫妇赠答的缘起

秦嘉夫妇的赠答诗是现存最早、最完备的赠答诗[1]，也是可以确定的最早的赠内诗。先有赠内诗，而后才有答外诗，可见男性在夫妇情感表达上一直占据主动地位。诗歌赠答出现之前，真正用于相互赠答的文体是书信。根据赠答的背景可知，这一组赠答诗正是伴随着书信往来而产生的。时秦嘉将从郡吏调任洛阳上计掾，徐淑此前因病还乡，秦嘉遣车接回，带去《与妻书》和四言体《赠妇诗》，结果车空往空返，只带回一封《答夫书》；秦嘉再寄去五言《赠妇诗》三首和《重报妻书》，徐淑回寄骚体《答夫诗》及《又报嘉书》，赠答的过程清晰明白。如《赠妇诗》其三："顾看空室中，仿佛想姿形。一别怀万恨，起坐为不宁。何用叙我心，遗思致款诚。宝钗好耀首，明镜可鉴形。芳香去垢秽，素琴有清声。诗人感木瓜，乃欲答瑶琼。愧彼赠我厚，惭此往物轻。虽

[1] 常如冰：《秦嘉、徐淑诗文论稿》，甘肃人民出版社2012年版，第141页。

知未足报，贵用叙我情。"《重报妻书》："车还空反，甚失所望，兼叙远别，恨恨之情，顾有怅然。间得此镜，既明且好，形观文彩，世所希有，意甚爱之，故以相与。并宝钗一双，好香四种，素琴一张，常所自弹也。明镜可以鉴形，宝钗可以耀首，芳香可以馥身，素琴可以娱耳"，书信与诗中的细节描写一致，诗更起到了强化情感的作用。秦嘉是东汉陇西人，将赴洛阳任官，可见路途遥远，自然放不下妻子，况且秦嘉少孤，与徐淑为同乡人，成婚时有《述婚诗二首》，也能看出秦嘉与妻子关系非常亲密。因此，面临远行，不能当面告别，在书信来往的同时以诗传情也就是自然而然的事情了。明胡应麟在《诗薮》中评论说："秦嘉夫妇往还曲折，具载诗中。真事真情，千秋如在，非他托兴可以比肩。"[1]

　　夫妇诗文赠答之所以最早出现在汉代，从时代背景来看，首先，汉代是女性文学发展的重要时期，上至贵妇，下至平民，不少女性能诗。尤其是汉代的文人家族当中，女性往往具备文学素养，她们的文学活动并未受到严格限制。其次，汉代处于多种思想并存的时期，对人性的制约不算特别严苛，虽然汉代婚姻是"男自不专娶，女自不专嫁，必由父母"[2]，但吕思勉指出："汉室婚姻，尚颇重本人之意，非如后世专由父母主持者。"[3]汉代史料中，外黄女主动嫁给张耳，卓文君夜奔司马相如，孟光思嫁梁鸿等都是女性自主择婚的案例。尽管汉代社会男尊女卑，"太常妻"[4]代表了女性的婚姻悲剧，但从武帝金屋藏娇、张敞画眉、东方朔称妻子为"细君"等故事当中，也可以看出男性宠爱妻子的现象也不少。汉《白虎通·嫁娶》曰："妻者，齐也。与夫齐体，自天子下至庶人，其义一也。"[5]表明汉代的夫妻关系有提倡平等的一面。学者彭卫指出："在汉代，男子写给男子与男子写给女子的信，在语气、格式、用

[1] 胡应麟：《诗薮》，上海古籍出版社1979年版，第28页。
[2] 班固著，陈立疏证：《白虎通疏证》，中华书局1994年版，第452页。
[3] 吕思勉：《秦汉史》，商务印书馆2017年版，第493页。
[4]《后汉书》卷七十九下《儒林列传下·周泽》："泽性简……复为太常。清絜循行，尽敬宗庙。常卧疾斋宫，其妻哀泽老病，窥问所苦。泽大怒，以妻干犯斋禁，遂收送诏狱谢罪。当世疑其诡激。时人为之语曰：'生世不谐，作太常妻，一岁三百六十日，三百五十九日斋。'"
[5] 班固著，陈立疏证：《白虎通疏证》，中华书局1994年版，第490页。

辞诸方面并无明显差别。"[1]这一点更能证明,汉代夫妇能够通过婚姻自主构建和谐的关系。最后,汉代文人极为重情,从《上邪》《艳歌何尝行》《白头吟》等汉代诗歌当中可以看出,当时普遍提倡忠贞不渝的爱情婚姻观念。

秦嘉夫妇的赠答诗由《玉台新咏》收录而流传于世,钟嵘将此诗置于中品之首,并评曰:"事既可伤,文亦凄怨。为五言者,不过数家,而妇人居二。徐淑叙别之作,亚于《团扇》矣。"[2]秦嘉是汉代为数不多的留下名姓的诗人之一,徐淑诗则仅次于班婕妤,表明在汉代文人五言诗创制之初,夫妇二人都做出了贡献。在汉代"经夫妇,成孝敬,厚人伦,美教化,移风俗"的诗教观念下,通过诗歌传达夫妇敬爱、同心同德的思想情感的现象极为普遍,并持续影响到魏晋时期,如嵇含《伉俪诗》以第二人称的形式歌咏自己和妻子相伴相依的美满生活,至西晋还产生了陆云《为顾彦先赠妇往返诗四首》这样代拟的赠答诗。后世夫妇赠答并不多见,代拟或代答却成为常见的现象,这也是秦嘉《赠妇诗》所开之先河。

汉代文人称妻子为"妇",至魏晋则演变成了"内子"。《礼记·曾子问》:"大夫内子,有殷事,亦之君所。"《礼记·杂记》上:"内子以鞠衣褒衣素沙。"郑玄注《曾子问》:"内子,大夫妻也。"郑玄注《杂记》:"内子,卿之嫡妻也。"[3]从郑注来看,在汉代"内子"指称卿大夫之妻,只是诗文中不常见。随着魏晋以来文人身份地位的提升,诗题才由"赠妇"变为"赠内","内"与"闺中"意义相近,指礼教束缚下足不出户的女性,这种现象更多地存在于中上层阶级。这一时期有出身文学世家的徐悱、刘令娴夫妇留下的赠答诗《赠内诗》《答外诗二首》,诗中对分别时孤独寂寞的描写非常细致,如"网虫生锦荐,游尘掩玉床。不见可怜影,空余熏帐香","落日更新妆,开帘对春树。鸣鹂叶中舞,戏蝶花间骛。调琴本要欢,心愁不成趣"。与秦嘉《赠妇诗》相比,这一组诗开始转向集中笔墨揭示人的心理活动,以幽深的方式表情达意。《赠内》

---

[1] 彭卫:《汉代婚姻关系中妇女地位考察》,载《求索》1988年第3期。
[2] 钟嵘著,陈延杰注:《诗品注》,人民文学出版社1961年版,第31页。
[3] 龚延明:《简明中国历代职官别名辞典》,上海辞书出版社2016年版,第100页。

写闺阁中睹物思人，与之相呼应，《答外》其一则是描写闺中思妇的典型形象；《对房前桃树咏佳期赠内诗》与《答外》其二围绕女子容貌展开，亦相互呼应，亦庄亦谐，既表达了相思之情，亦有夫妻之间以文为戏的心态。

从缘情缘事而发的诗歌赠答，到夫妇之间以赠答诗的形式促进情感交流，可以看出，促成诗人写作赠内诗的最初因由是以诗为媒介的心灵沟通，并非如写作其他类型的诗歌一样只是为了宣泄内在感情。但由于后世婚姻不自主，女性受到越来越严格的礼教限制，夫妇之间能够进行文学交流的情况少之又少，赠内诗在诗歌史上长期成了男性诗人的孤鸣。

二、情感模式：从离别相思到生活细节

夫妇离别，以诗言情，是赠内诗最早的模式，也是最主要的模式。汉魏时期的夫妻赠答诗延续了《诗经》当中婚恋诗的传统，情感浓烈真挚，表现出对对方的强烈依赖。此后，由于能答和的女诗人非常少，与妻子的离别相思成了男性诗人单方面的情感表达，与此同时夫妻关系也在男性诗人话语权的统辖之下。自汉代开始，步入仕途建功立业就成了大多数文人的人生轨道，除了个人价值追求，荣名富贵、声色犬马等世俗享受也构成了他们生活的主要内容，整个社会给他们提供了广阔的活动空间。妇女则囿于一室之内，往往夫唱妇随、恤长抚幼、管理家室或从事劳作。在这样的社会分工之下，夫妇分离是不可避免且非常普遍的现象，也就促成了赠内诗当中连绵不绝的对离别相思的书写。

唐代社会瓦解了魏晋以前的门阀制度，士人的进取心与生命意识空前高涨，步入馆阁或驰骋疆场都可以伸张他们的志向，因此往往新婚不久就独自离家。当他们在外体会到艰辛与寂寞的时候，就会思念起自己的妻子，如崔融《塞上寄内》："旅魂惊塞北，归望断河西。春风若可寄，暂为绕兰闺。"[1]诗人目睹塞上荒凉、环境恶劣，知道妻子会为自己担忧，于是赠诗表示宽慰，如同寄去一封家书。再如另一首《拟古》：

---

[1] 周勋初、傅璇琮、郁贤皓等主编：《全唐五代诗》（第三册），陕西人民出版社2014年版，第584页。

饮马临浊河，浊河深不测。河水日东注，河源乃西极。思君正如此，谁为生羽翼。日夕大川阴，云霞千里色。所思在何处，宛在机中织。离梦当有魂，愁容定无力。凤龄负奇志，中夜三叹息。拔剑斩长榆，弯弓射小棘。班张固非拟，卫霍行可即。寄谢闺中人，努力加飧食。[1]

这首诗模拟古诗《行行重行行》，前半部分一句写景，一句写情，相互交织，表达自己对妻子时时刻刻的思念；后半部分写自己沙场建功的志向，希望妻子能够理解这种不得已的离别，好好保重自己，显得情真意切。

尽管唐代留下的赠内诗大多并没有得到妻子的答复，其数量还是明显增多。值得注意的是李白、白居易、权德舆三位诗人，他们的赠内诗均不下十首，且风格各异。如李白《别内赴征三首》《南流夜郎寄内》《秋浦寄内》《秋浦感主人归燕寄内》《在浔阳非所寄内》等，所到之处无不触景生情，写诗寄内，或安慰妻子"江山虽道阻，意合不为殊"，或喟叹自己不如燕子尚能南北往还，"我不及此鸟，远行岁已淹。寄书道中叹，泪下不能缄"，或抒发离别之苦"崎岖行石道，外折入青云。相见若悲歌，哀声那可闻"，体现出了诗人真性情的一面。权德舆与妻子情谊甚笃，外出行役必然赠诗慰怀，如《奉使丰陵职司卤簿通宵涉路因寄内》《发硖石路上却寄内》《祗役江西路上以诗代书寄内》等，且反复吟咏"家人念行役，应见此时心""细君几日路经此，应见悲翁相望心"，表达自己与妻子心心相印；就连意外出游他都会告知妻子，如《上巳日贡院考杂文不遂赴九华观祓禊之会以二绝句申赠》。白居易对妻子最为体贴，既能理解妻子久盼不归的心情，如"条桑初绿即为别，柿叶半红犹未归。不如村妇知时节，解为田夫秋捣衣"（《寄内》）；也能宽慰妻子保重自己，如"三声猿后垂乡泪，一叶舟中载病身。莫凭水窗南北望，月明月暗总愁人"（《舟夜赠内》）。从盛唐至中唐的这一时期可以看成赠内诗发展的第一个高峰时期，随着作品数量的增加，抒情方式也变得多

---

[1] 周勋初、傅璇琮、郁贤皓等主编：《全唐五代诗》（第三册），陕西人民出版社2014年版，第1158页。

样化。

宋代文人七十岁才致仕，宦海生涯一般都比较长。由于朝局时常变动，很少有人能够一帆风顺，仕途往往升降起伏，在朝廷与地方之间徘徊；而地方官有固定任期，不得不辗转多地。因此，士人与妻子亦多离别之苦。与唐人的豪放自信不同，宋人博学而内敛，抱守修齐治平的人生态度，对妻子有更强烈的责任心，夫妻关系大多相敬如宾。与妻子分别后，思念之情涌上心头，诗人往往会将情感内化，表达得含蓄蕴藉，如：

> 独上江楼望故乡，泪襟霜笛共凄凉。云生陇首秋虽早，月在天心夜已长。魂梦只能随蛱蝶，烟波无计学鸳鸯。蜀笺都有三千幅，总写离情寄孟光。（刘兼《江楼望乡寄内子》）[1]
>
> 紫金山下水长流，尝记当年此共游。今夜南风吹客梦，清淮明月照孤舟。（欧阳修《行次寿州寄内》）[2]

以上赠内诗均为抒发与妻子的悠悠情思，却往往借景抒情，情景交融，写得清新渺远。刘兼"魂梦只能随蛱蝶，烟波无计学鸳鸯"，为诗人已经习惯了夫妻离别的事实，无可避免，只能深感无奈，带有宋诗的理性特征。欧阳修"今夜南风吹客梦，清淮明月照孤舟"，以景代情，表达独自漂泊的孤独感受，有唐人送别诗的风味，含蓄浑成。尽管宋人性格内敛，将离情表达得更加委婉克制，但他们同时也清楚对妻子而言，离别相思总难以消解，因此他们逐渐能站在妻子的角度，抚慰她们面对离别而不安的心。新婚燕尔的离别通常使思念妻子之情难以抑制；年岁渐长的时候，只身在外更容易忆起家庭的温暖，诗中更倾向于描绘妻子在家里的生活场景，如："风雨惊春老，山川入梦遥。此时看破镜，何处正吹箫。旧种萱丛碧，新归燕语娇。佳期漫自笑，不似浙江潮。"（刘敞《寄内》）写妻子等待自己却不见归来的场景："瓮头留得菊花春，过了重阳即诞辰。想见闺中为寿酒，只同儿女说归人。"（苏洞《寄内》）

---

[1] 北京大学古文献研究所编：《全宋诗》（第1册），北京大学出版社1991年版，第237页。

[2] 张春林编：《欧阳修全集》，中国文史出版社1999年版，第135页。

此诗写重阳节时妻子同儿女在家企盼团圆的画面，亦表达了思归之情。这些真实生动的场景描写，可见诗人对妻子与家庭生活的珍惜。

元代以后士人受到社会排挤，地位降低。明清时期，由于人口剧增，科举取士的名额却没有增加，导致不少士人蹭蹬科场，备尝艰辛。科举考试不再注重诗赋，而是以八股文为主。除了年轻时顺利考中的士人自愿投身诗文创作当中，在诗坛取得一席之地，其他科场得意的士人，能如宋人那样博学多才的并不多。在严酷的专制和政治高压下，士人没有思想自由，动辄得咎，很容易滋生退隐、消极的心态，或隐于朝市，或隐于山林，经世致用的愿望难以实现。因此，大批仕途不顺的文人不得不自力更生，将文学创作作为实现不朽价值的唯一方式，一方面经历世路崎岖，另一方面忍受贫苦生活。在这样的背景下，除了出身或境遇较好的文人，贫寒之士的家庭生活往往不稳定，多数士人与妻子经历长期离别，以诗述之，备感心酸。如杨基《寄内婉素》：

> 天寒思故衣，家贫思良妻。所以孟德耀，举案与眉齐。忆汝事我初，高楼映深闺。珠钿照罗绮，簪佩摇玉犀。梳掠不待晓，妆成听鸣鸡。中吴昔丧乱，廿口各东西。有母不得将，独汝与提携。我复窜远方，送我当路啼。纷纷道上人，无不为惨凄。今年我还家，赤手无所赍。汝亦遇多难，典卖罄珥笄。朝炊粥一盂，暮食盐与齑。堂有九十姑，时复羞豚蹄。膏沐弗暇泽，发落瘦且鬤。别来复秋深，露下百草凄。破碎要补缀，甘旨需酱醯。安贫兼养老，此事汝素稽。作诗远相寄，新月当窗低。[1]

诗中详细描写了社会动乱下妻子与诗人两次离别并独自辛苦持家的经历，妻子背负生活重担，从"珠钿照罗绮，簪佩摇玉犀"变为"膏沐弗暇泽，发落瘦且鬤"。诗人对穷困的现实无能为力，只能借诗歌来倾诉，表示他懂得妻子的付出。这在当时极具代表性，孙蕡《别内》、黄淮《赠妇》、高道素《兖州道中寄内》、姚燮《寄妇三章》等五古无不书

---

[1] 杨基著，杨世明、杨隽校点：《眉庵集》，巴蜀书社2005年版，第27页。

写贫贱夫妻离别后的凄凉心绪，于谦《寄内》中写到，即使"我生叨国恩，显宦亦何早。班资忝亚卿，巡抚历边徼"，妻子仍然不免支撑起清贫家室："况复家清贫，生计日草草。汝唯内助勤，何曾事温饱。"尽管如此，诗人并没有替妻子分担家庭责任的意识，而是希望妻子理解他的忠君报主等个人追求。再如吕思诚《寄内》：

> 自从马上苦思卿，一个穷家两手擎。少米无柴休懊恼，大男小女好看成。恩深夫妇情何极，道合君臣义更明。早晚太平遂归计，连杯共饮话离情。[1]

诗中稍能给予妻子安慰的是尾句关于夫妻团圆的祈愿。文人地位的衰落，导致了家庭生活的穷困，无法经济独立的女性不得不承担起全部的家庭责任，养亲抚幼，诗人将这些视为理所应当。之所以真实地叙述出来，并非因为同情妻子，而是在同样的处境下，有的女性因为忍受不了贫穷而改嫁。相比而言，诗人的妻子没有改嫁，反而苦苦支撑下来，在当时社会看来也不过是恪守妇德。因此，诗人描写妻子持家艰难，只是嘉许她们遵循了妇德，而非真正心怀感恩；并且长期离别的现实，也不可能让他们实实在在看到妻子独自操持的艰难。然而就诗人自身而言，外出求仕与妻子操持门户相比未必更容易，如邓元锡《别内作》：

> 古人重出处，今人重高官。官高一失己，高官良独难。极北积冰雪，游子常苦寒。黄金投昏夜，白璧恒见残。我念枲褐温，不愿绮与纨。勿谓行当久，去矣吾将还。

诗中连续描写了诗人仕途受挫的感受及对家人的愧疚，倾诉自己求官不易、因事得咎、忍受恶劣环境等几个方面的人生遭遇，表示对官场感到厌倦。诗人不仅要忍受生活艰难，还会遭受精神上的打击，在生活

---

[1] 陈衍辑：《元诗纪事》，商务印书馆1935年版，第290页。

的重压下，写给妻子的诗溢满凄凉悲苦，再如：

> 十年书剑两无成，飘泊江湖愧姓名。络纬声沉愁易集，芙蓉花老怨难平。枕边暮雨离魂结，镜里秋霜客路生。共隐青山期白首，古来曾有鹿门耕。（徐熥《驿亭夜坐书怀寄内》）

十年辛苦壮志难酬，人生徒然经历漫长的离别与漂泊，岁月已晚，对于诗人而言，最后的追求就是与妻子白头偕老，归隐田园。就赠内诗而言，只写动人的相思，能体现夫妇之间美好的爱情；而写到柴米油盐，患难与共，则是深刻的、典型的夫妻之情，显得愈加深沉厚重。

另一方面，诗人在仕宦显达的情况下，写给妻子的诗又是另一种语境。如唐文凤《寄内》"恩赐王官俸，封题寄老妻"，将自己的俸禄都交给妻子；韩日缵《寄内》"光分太乙怜孤映，赐出天厨忆共尝"，得到赏赐菜肴想与妻子一起分享，亦可见出诗人对妻子朴实的情感，但这些仅仅只是这一时期赠内诗一派穷苦离愁之外的数点微光。

晚清近现代是连续不断的动荡时期，文人纷纷投身改良、革命运动，或远赴异国求学，宣扬新思想，与专制社会斗争，过程与结果都难以预料，且充满风险，往往离家以后归期难定。除了少部分女性有机会跨出闺门，绝大部分女性地位仍与明清时期相似，留在家里支撑门户。经历外族入侵的社会，政治腐败、穷苦险恶更甚于明清，诗人与妻子分别后寄赠的诗歌当中，长期离散、寓世悲辛、家计穷愁的感受仍然不绝如缕。但由于国难深重，诗人并不戚戚于家庭离乱，字里行间更多的是对国家命运的忧患与献身救国事业的豪情，如：

> 人海投身未作谋，多君送我思何周。江干灯火残宵月，客里林园临别游。携手何当歌有道，客居聊得顾无忧。入关志气吾能励，望远凭高莫自愁。（林旭《福州寄内》）
> 出水荷钱看到花，又成败叶上轻槎。坐惊大陆深秋气，偏贷余生阅物华。皈佛只赢心地净，忧天能免鬓霜加？相知犹有同心侣，不怨离人不忆家。（陈宝琛《秋深寄内》）

　　林旭为"戊戌六君子"之一，诗中描写了告别妻子、投身变法的场景，借爱国豪情勉励妻子不必为离别而忧愁。妻子沈鹊应对诗人非常支持，林旭被杀后，沈鹊应几欲殉死，有词《浪淘沙·悼晚翠》："报国志难酬。碧血谁收。箧中遗稿自千秋。肠断招魂魂不到，云暗江头。　　绣佛旧妆楼。我已君休。万千悔恨更何尤。拚得眼前无尽泪，共水长流。"表达了对林旭屈死的悲痛。陈宝琛诗作于1915年，正是袁世凯对日"二十一条"交涉事件发生之后，此时陈宝琛六十八岁高龄仍在北京追随溥仪，诗中感叹："坐惊大陆深秋气，偏贷余生阅物华。畈佛只赢心地净，忧天能免鬓霜加？"明显是以遗老的心态看待世变，对末代帝王一片忠心。与其他诗人以相期鹿门作为晚年愿景不同，耄耋之年的陈宝琛将晚年生命都耗费在政治上，夫人却也能理解他。

　　辛亥革命以后，国内出现军阀混战，不少南社文人选择激流勇进。随着日本发动侵华战争，知识分子多前往西南避难。此时经历的人生离乱更是前所未有，哀叹离别的寄内诗词多不胜数，期盼战争胜利、夫妇团圆，成了诗人共同的心声，如：

　　　　湘君近好，忆病乡消息，匝月如何无一字？谅侍姑辛苦，哭女凄其，更薄怒、浪不还家游子。　　密誓今犹记。战胜归来，老向妆台画眉矣。芳草望王孙，十日南湖，又一棹、绿波春水。只此事、差堪慰离人，是别后狂生，未亲声伎。（叶楚伧《洞仙歌·寄内》）
　　　　干戈遍地锦书迟，每发缄封总不支。莫枉相思歌杕杜，暂时辛苦抚诸儿。浮云随分天南北，闺梦欲来路险巇。春水方生花满陌，王师旦夕定东夷。（施蛰存《寄内》）

　　1911年12月，叶楚伧投笔从戎，随姚雨平北伐，亲临战阵，兼任参谋长，参加固镇、宿州两大战役，次年一月攻克张勋部。这是一次短暂的从军经历。当时夫人周湘兰屡寄书不获答，及抵沪寓，见所寄数封书，竟皆原缄未启。[1]可见词中"战胜归来"与"匝月如何无一字"的

---

[1] 参见《叶楚伧先生史迹之片断》（见林一厂著，林抗曾整理《林一厂集》，广东人民出版社2015年版，第466页）。

背景来由。因为身处军中,书信搁置未回,妻子以为词人成了浪荡游子。实际上,词人并未沾染声伎,而是投身于辛亥革命之中,期待战争胜利以后归去陪伴妻子。施蛰存诗作于1938年,诗人避居云南,松江(今属上海)老家不久前在战火中被毁。诗人借诗安抚妻子,期盼战争很快过去,国家恢复和平统一。

现当代诗史上,饱受离乱的文人夫妻最典型的莫如程千帆、沈祖棻二人。从日军侵华战争以降,他们多次经历分别,历尽穷苦疾患。程千帆有《癸丑嘉平寄子棻》《鄂渚行役寄子棻长沙二首》《嘉州寄远四首》《重到嘉州有怀子棻成都》《雅州寄子棻沪上》《有赠五首》[1]等诗,表达对妻子的离别相思,亦有悼亡词如《鹧鸪天·子棻逝世忽近期年为刊遗词怆然成咏二首》:

> 衾凤钗鸾尚宛然,眼波鬓浪久成烟。文章知己千秋愿,患难夫妻四十年。 哀窈窕,忆缠绵。几番幽梦续欢缘。相思已是无肠断,夜夜青山响杜鹃。[2]

相比偶一离别写下的赠内诗,在生死两隔的情境下,悼亡诗更能将夫妻离情抒发到极致。"文章知己,患难夫妻"非常精辟地概括了动荡时代文人夫妻的情感与遭遇。相比程千帆绮丽婉转的抒情,沈祖棻则以朴质平实的语言记述患难夫妻的悲苦经历,如《千帆沙洋来书,有四十年文章知己患难夫妻,未能共度晚年之叹,感赋》:

> 合卺苍黄值乱离,经筵转徙际明时。廿年分受流人谤,八口曾为巧妇炊。历尽新婚垂老别,未成白首碧山期。文章知己虽堪许,患难夫妻自可悲。[3]

---

[1] 莫砺锋编:《程千帆选集》,辽宁古籍出版社1996年版,第1534—1560页。
[2] 沈祖棻:《涉江词》,湖南人民出版社1982年版,第184页。
[3] 沈祖棻著,程千帆笺,张春晓编:《涉江诗词集》,河北教育出版社2000年版,第186页。

从新婚开始经历抗战流亡，到后来经历二十年分居与精神折磨，的确是"历尽新婚垂老别"；"八口曾为巧妇炊"从女性诗人笔下亲自写出，贫穷环境下独自奉亲抚幼的艰难可想而知。1977年，沈祖棻意外身亡，临死"未成白首碧山期"，实在令人唏嘘悲叹。

近两千年的赠内诗史上，相思离别是源源不断的情感母题，在不同的时代背景下，呈现出不同的思想内容。宋代以前赠内诗中此类情感的表达往往倾向于艺术化，元明以后则在艺术化抒情的同时，逐渐自然形成了写实的表现方式，一直延续至今，将不同背景下的夫妻情感，以及男性诗人的女性意识完整地呈现了出来。

三、形式流变：五古退而词体兴

诗体的定型从四言诗开始，至汉魏时期仍然盛行。秦嘉最早的《赠妇诗》（暧暧白日）为现存唯一一首四言体赠内诗。诗中广泛使用对仗与叠词描摹景物，具有鲜明的节奏感，借景抒情，铺设天寒日暮时独居的凄凉情景，表达对妻子的思念与召唤，用词精练，通篇典雅而优美，颇有艺术成就。但这种四言诗的形式，既没有在当时流行，也没有被后人继承。真正对后世产生持续影响的是秦嘉的五言《赠妇诗三首》，形式上是较为成熟的组诗，每首诗均为五言十句，以夹叙夹议的形式写夫妇之间经历离别，求相聚而不得的情感。徐淑答复的则是吸收了乐府诗通俗语言的骚体诗，同样是五言十句。两组诗在内容上相互呼应，由于体式不同，表达情感的效果也不同。秦嘉诗多叙述笔法，循序渐进，今昔交融。第一首写赴京任职前接妻子回家没能接回，第二首写想去探望妻子没能成行，第三首写离家时以宝钗、明镜遥寄款诚。徐淑的骚体诗语言平实，如同脱口而出之歌咏，句中的"兮"字使情感表达和缓连绵，具有很强的感染力。尽管体式不同，一赠一答能各出其境。

从现存作品当中可以看出，秦嘉夫妇的诗文赠答是当时的一个现象。由于不少女性同样具有才华，夫妇赠答形式的赠内诗在汉魏晋南北朝时期已经形成风尚。现存西晋陆机《为顾彦先赠妇诗二首》（实为一赠一答）、陆云《为顾彦先赠妇往返诗四首》，南朝丘迟《答徐侍中为人赠妇诗》等几首诗说明，以夫妇的身份进行诗歌赠答不仅是夫妇之间的交流方式，还进一步演化成为他人代言。形式上，五言古体成为赠内诗在这段时期仅有的一类体裁。自秦嘉以后，诗体篇幅逐渐缩短，以五言六句居多，也有向格律诗变化的趋势，如南朝徐君茜《初春携内人行戏诗》《共内人夜坐守岁诗》。夫妇之间的赠答也更加工整、统一，如南朝梁徐悱夫妇的一组诗：

> 日暮想清阳，蹑履出椒房。网虫生锦荐，游尘掩玉床。不见可怜影，空余黼帐香。彼美情多乐，挟瑟坐高堂。岂忘离忧者，向隅心独伤。聊因一书札，以代九回肠。（徐悱《赠内诗》）

> 相思上北阁，徙倚望东家。忽有当轩树，兼含映日花。方鲜类红粉，比素若铅华。更使增心忆，弥令想狭邪。无如一路阻，脉脉似云霞。严城不可越，言折代疏麻。（徐悱《对房前桃树咏佳期赠内诗》）[1]

> 花庭丽景斜，兰牖轻风度。落日更新妆，开帘对春树。鸣鹂叶中舞，戏蝶花间骛。调琴本要欢，心愁不成趣。良会诚非远，佳期今不遇。欲知幽怨多，春闺深且暮。（刘令娴《答外诗二首》其一）

> 东家挺奇丽，南国擅容辉。夜月方神女，朝霞喻洛妃。还看镜中色，比艳似知非。摛词徒妙好，连类顿乖违。智夫虽已丽，倾城未敢希。（刘令娴《答外诗二首》其二）[2]

诗题标明"赠内""答外"，形式都是五言，对句与散句交替适应，语言精工富丽。尽管篇幅缩减，却因为描写集中而别有意趣。徐悱两首赠诗并非组诗，结尾都表明了以诗代书聊表寸心的意愿；刘令娴组诗分别是对两首诗的回应，艺术形式与情感表达相得益彰。可以看出，赠内诗与答外诗相应相和，形式上更加成熟完善。

唐代以后，五绝、七律、七绝等近体赠内诗相继出现，而五言古体的形式仍然被广泛继承和运用。尤其是李白、权德舆、白居易等人，不但熟练地以五古的形式写赠内诗，还进一步拓展了诗体篇幅，如权德舆

---

[1] 徐陵编，吴兆宜注：《玉台新咏》，上海书店出版社1988年版，第17页。
[2] 程章灿：《南北朝诗选》，商务印书馆2017年版，第194页。

《祇役江西路上以诗代书寄内》，达到三十句三百字，如其诗题所言，几乎可与书信体量相当。至宋代，欧阳修《班班林间鸠寄内》篇幅最长，达四百四十字。之所以篇幅增长，是由于唐宋时期诗人写作赠内诗的动因不再仅限于婚姻不久的离别相思或某一时段的亲密活动，而是经历漫长相处之后，步入中老年的诗人回忆起与妻子一起走过的风风雨雨。欧阳修的《班班林间鸠寄内》就是写在庆历五年（1047）被贬滁州之前。此时欧阳修与第三任夫人薛氏已结缡十年，诗中历述宦海沉浮的感受及家人的情况，因为厌倦党争，期望辞官，与夫人归隐田园。该诗不仅开篇巧用比兴，以斑鸠比拟夫妻关系，更具有创造性的是借助了长篇的形式，得以将赋笔铺陈运用得淋漓尽致。诗人将妻子当作倾诉对象，漫长的人生经历都在诗中一一道来，随性所至，如话家常。正因为篇幅增长，叙述的内容更加丰富，相较以抒情为主的诗而言，妻子的形象与意义更加突出，也更具有独特性，能真实反映出诗人与妻子相处的生活细节。更为典型的是陈去病《内子安霞将祔先人之兆诗以叙哀》，全诗五百多字，将自己熟知的妻子生平经历全部叙述出来，尤其是提到了她年轻时候离家出走的轶事，将这个女性形象刻画得与众不同，展现了寻常夫妇的生活历史。由于这首诗是悼亡诗，此处不多作论述。

　　除了唐宋时期部分演化为长篇古体外，大多数五古赠内组诗仍然延续汉魏六朝的形式，以每首十句、八句及六句者居多，每组不超过六首。五言六句典型的如宋代梅尧臣《往东流江口寄内》《代内答》，是一组出自一人之手的赠答作品。组诗内篇数最多的是明代邓元锡《别内作六首》。大部分的组诗每首诗字数相等，也有明代王立道《为王允宁赠妇四首》、清代顾瑷《拟陆士龙为顾彦先赠妇往返四首次原韵》为各首篇幅并不相同的组诗，形式受到西晋陆云的影响。总之，无论是单篇，还是组诗，五古体赠内诗数量明显占有优势，篇幅短的可以即景抒情，篇幅长的能叙事说理，组诗的形式与篇幅适中的体式能将叙事与抒情结合起来，作者往往能够自由发挥。值得注意的是，唐代崔融《拟古》体式同样是五言十句，写出征将士对妻子的思念，实际上作者是文官，并非写给自己妻子，可以看成是对苏武《留别妻》的模拟；然而苏武诗为五言八句，因此从形式上来看，这首诗明显是受到了秦嘉的影响。宋代张嵲《拟苏少卿寄内》标明承袭苏武而作，写北宋末期出使幽燕，向妻子告别，亦恰好五言十句，形式上也继承了秦嘉的特色。明代湛若水《拟赠内南归》、王世贞《拟古七十首》其二十三《陆司马云赠妇》等标明拟古的诗，也都是五言十句。此外还有晏几道《戏作示内》、陆游《离家示妻子》、黄淮《赠妇》、屠应埈《赠内》、卢楠《重寄内二首》、刘绩《寄内敬》等。单篇五言八句者在宋明两代数量也不少。这些最常见形式的赠内诗篇幅在一百字左右，相当于一封简短书信的字数；而五古体诗律方面的限制较少，有利于内容方面的自由书写，因此能够替代书信得到长期发展，而不随着近体诗和词的出现迅速消亡。

至清代以后，五古赠内诗数量显著衰减，继之而来的是词体的代兴，宋元寿内词的大量涌现已奏先声。清初词体中兴，吴绮、汪懋麟、王士禄、郭麐、陈维崧、黄永、董元恺、屈大均等均有赠内词，此时已突破了宋代以来为寿内而作的风气，尤其是董元恺赠内词达二十一首，内容丰富，形式多样，如《醉乡春·断桥月夜，同内饮荷花深处》《金蕉叶·酬内寄新茶》《醉春风·即事三首》《霜天晓角·长至夜同内拥炉煨芋作》《江城梅花引·秋夜听内弹清江引》等，反映了夫妻之间细腻雅致的生活细节；此外，亦有《两同心·得内寄诗》《捣练子·和内寄原韵》等唱和赠答。在此时期，亦有词坛名家纳兰性德创作了不少悼亡词。

赠内词自清初短暂中兴之后，经历了漫长的沉寂期，直到晚清近代，又出现了前所未有的繁盛景象。从晚清黄钧宰《摸鱼儿·送春寄内，即答友人问讯近况》、杨葆光《暗香》等词开始，一时之间，作者辈出，赠内词的创作迅速爆发，次韵等唱和现象空前繁盛。词体格律比律诗更严格，次韵这种严格限定韵脚的形式更是对创作的严重束缚。然而，当时词坛弥漫着师古与模拟的风气，对词体创作产生了很大影响。世称"晚清第一词人"的赵熙赠内词往往喜好次韵，如《天香·六月廿一寿闺人，次梦窗寿筠塘内子韵》《南浦·和圣传寄内》，一方面次韵古人同类词作，另一方面还同题唱和其门人辛楷的词作。[1]这种现象

---

[1] 见赵熙：《赵熙集》，浙江古籍出版社2014年版，第909—910页。

并不少见。胡汉民和萧道管词《浪淘沙·新除夕寄内，依君佩韵》《金缕曲·既和君佩寄内词，更作此以广之》，有通过唱和的形式推广赠内诗的意思；甚至还有章钰次夏孙桐《沁园春·银婚赠内》韵作《沁园春·寿闰枝七十九初度，用赠内原韵》，为其祝寿。亦有迭相次韵者，如易顺鼎与樊增祥词作：

　　龙须八尺，有卿卿香汗。岂料而今泪痕满。镇孤眠、篷背星斗纵横，还认作、花影满身零乱。　　玉阶前夕坐，携手银床，屡问归期指河汉。江上倚红楼，分付西风，要早把、峭帆吹转。待宝枕纱幮一番秋，拚守住凉宵，万金休换。（易顺鼎《洞仙歌·丹阳道中寄内，用东坡改蜀主词韵》）[1]

　　罗巾余麝，渍年时芳汗。写上香词泪珠满。料湘天骤暖，茉莉薰衣，新月下，人与花枝影乱。　　粉侯关内住，比似牵牛，可有鹊桥渡天汉。锦字几时来，玉雁南飞，莫飞到、衡阳才转。但传语、潇湘景中人，把寄外明珰，两边回换。（樊增祥《洞仙歌·和实甫忆内》）

　　生绡帕子，拭何郎珠汗。花气袭人袖香满。怕鄂君睡美，梅雨微寒，银烛下，翠被一床抖乱。　　绿笺书小字，唤作青萍，剑气英英烛星汉。绕指不胜柔，临去秋波，刚学得、崔娘一转。便当作、明珠掌中擎，纵宝马千金，莫教轻换。（樊增祥《洞仙歌·用前韵再调实甫》）[2]

易顺鼎词次韵苏轼《洞仙歌》，为旅途中寄内之作，樊增祥连续次韵易顺鼎两首词，前一首内容相同，写途中对自己妻子的怀念；后一首则是戏作，以女子口吻来回应易顺鼎寄内词，形式上饶有趣味。同样是次韵，和作的庄重与戏作的狎谑在语言格调方面区别非常明显，带有逞才竞技的意味。至此可见，赠内诗本来是夫妻之间相互交流的文学形式，发展到近代，在词体大为流行的形势下，填词赠内甚至成为伉俪以

［1］易顺鼎：《易顺鼎诗文集》，湖南人民出版社2010年版，第1679页。
［2］樊增祥：《樊樊山诗集》，上海古籍出版社2004年版，第1708页。

外的人切磋文采的方式，显然是替代了宋代文人为歌姬竞相赋词一类的文学游戏。歌姬的地位自然无法与词人妻子相比，然而赠内词的热潮有与宋代赠妓词相媲美的程度，说明妻子在词人心中明显受到重视。

在唱和方面值得注意的是，伉俪之间的词体赠答的风气也非常明显。晚清时期社会动荡，随着科举被废除，文人无须闭门苦读走仕途之路，转而通过纵横错杂的社交网络来安身立命，其中姻亲关系显得尤为重要。另一方面，近代以来，女子接受教育的机会逐渐增多，才学得以提升。修习诗文的女子往往更乐于与文名远播的人结亲，因此这类文人夫妻的组合比之以往明显增多。即使有的女性没有文学创作的天分，部分男性作者仍然会引导他们的伴侣走上文学之路，为伉俪之间的文学交往创造了机会。词体作为婉约精巧的文学体式，比其他体裁更易引起女性兴趣，因此，词体唱和的形式更加广泛，如张声玠与周诒蘩、何振岱与郑元昭、郭则沄与俞琬君、夏敬观与左又宜等。

> 嘶骑声声人已去。半榻余温，犹恋香衾住。目极关山凝望处。恼他重叠离亭树。　　锦字传愁偏易误。入世青鸾，初识相思苦。梦里欲寻君诉与。迢迢不识天涯路。（俞琬君《蝶恋花》）

> 黯澹边愁催马去。侬带愁来，偏汝和愁住。将泪西风无洒处。斑斑红遍天涯树。　　莫怨秋筇归梦误。梦便相逢，那解相思苦。小簟新寒谁说与。晓鸦啼过关山路。（郭则沄《蝶恋花·沈阳寄内，次韵》）

> 雨声停又续，催花却懒，爱近客愁边。锦衾宽半冷，梦绕春云，了不近香钿。离忧易老，况离愁、苦向人缠。道漫怨、江城多雨，无雨几曾眠。　　灯前。扉铃屡响，琐碎听来，绕栏干都遍。人倦矣、芳春易晚，巢燕依然。多情只是多离别，觅相思、海与云连。炉篆瘦，怎生学得枯禅。（何振岱《渡江云·南昌夜起，客思凄然，赋寄内子岚君》）

> 潺潺长夜雨，愁怀似旧，极目向遥天。锦衾薰不暖，更深睡浅，忘卸却花钿。千山绕梦，这离愁、依旧牵缠。问邻鸡、底须催晓，我是不曾眠。　　帘前。云痕烟色，晴未还疑，向遥空猜遍。

人远也、微吟浅咏，只剩凄然。深情欲写怎生写，捏柔毫、辜负瑶笺。闲坐久，参来可是真禅。（郑元昭《渡江云·夜雨寄怀心与南昌》）

以上两组唱和词，一为妻唱夫和，一为夫唱妻和。女性才学的提升，无疑有助于夫妻平等交流。实际上，比起诗体，词体女性原唱更多，打破了长久以来男性作为投赠方的格局，促使"赠内"演化为"答内"。可见，词体盛行产生了重要作用。

除了相互唱和以外，联章体赠内词也非常多，由于形式的束缚，以每组两至三首最为常见，篇数较多的也有，如顾宪融《洞仙歌》（五首）、程颂万《洞仙歌》（十首）等。词体多为双调小令，《洞仙歌》《蝶恋花》《浣溪沙》等词牌使用频率较高，亦有长篇慢词如汪石青《莺啼序·端午寄内》。内容方面，寿内词仍然不少，如姚华《西江月·腊八前二日写梅，寿内四十八岁》《西江月·寿内》《浣溪沙·腊月六日寿内五十，明日新历明年元辰》《湘月·腊八前二日，写梅寿内，仍用前韵》《菩萨蛮·代内人答寿词自述》。除了妻子生日，还形成了节日和纪念日赠词的习惯，如梁启超《洞仙歌·中秋寄内》、胡汉民《浪淘沙·新除夕寄内》、张伯驹《念奴娇·中秋寄内》、汪石青《莺啼序·端午寄内》、俞平伯《蝶恋花·乙未四月初四日倚装赠内》、罗元贞《水调歌头·中秋夜狱中寄妻》、刘家传《浣溪沙·丙寅仲秋为余夫妇结婚六十周年戏赋二阕以示芸娘》等。词体不仅在语言上能够表情达意，形式上还具有音乐性，即使词人妻子不能与之唱和，但若是精通音乐，将之谱曲歌唱，也能促进赠内词的创作。因此词体取代五古赠内诗走向繁荣，很大一部分原因是体裁上的优势。

四、新诗对赠内诗传统的继承与转变

民国时期，胡适为了推广白话文学，推动了自由体新诗的产生。新诗受外国诗影响非常明显，是在全新土壤上的一次体裁革新。尽管语言形式上新诗与古典诗歌似乎没有直接关联，在为妻子写诗的题材内容方面，古今之间的连续性并未切断，百年新诗史上，写给妻子的诗不在少数。文学语言的变化，背后是思想观念的变化。同样是为妻子写诗，正如词体与五古的表达已然不同，即使是在当下，新诗与旧体诗的表达无疑也存在差异，更不用说将新诗与白话文运动之前的古典诗歌相比。新诗作为中国诗歌体裁发展至今的最新形式，或许在同样题材的创作上能与旧体诗形成优势互补，使诗歌艺术得到进一步发展。

　　写给妻子的白话新诗，最早可以追溯至胡适1920年的《我们的双生日（赠冬秀）》，全诗如下：

> 他干涉我病里看书，
> 常说，"你又不要命了！"
> 我也恼他干涉我，
> 常说，"你闹，我更要病了！"
>
> 我们常常这样吵嘴
> 每回吵过也就好了。
> 今天是我们的双生日，
> 我们订约，今天不许吵了。
>
> 我可忍不住要做一首生日诗。
> 她喊道："哼，又做什么诗了！"
> 要不是我抢得快
> 这首诗早被她撕了。[1]

　　这首诗切入的角度与古典诗歌中的寿内诗相同，借妻子生日来表达情感。不同的是，古典赠内诗倾向于表现家庭和睦，通过描写景物烘托生日当天的吉庆氛围，并且正面夸赞妻子，体现出圆满的感情生活，如屈大均《东风第一枝·壬申腊月廿九日立春，值内子季刘生辰赋赠》："细切辛丝，香堆翠缕，谢家春满纤收。粉光新靧鲜桃，黛影乍描嫩柳。欢

---

[1] 胡适著：《尝试集》，岳麓书社2015年版，第68页。

开生日，尽膝下、莺歌消受。羡又添、一岁风光，长媚画堂寿母。"即使人生坎坷，也常表达安贫乐道、知足常乐的思想，如夏孙桐《内子五十初度以诗寿之四首》中的一首："男婚女嫁几绸缪，辛苦为余苣箧搜。老去御贫荒岁谷，平生失计五湖舟。藜灯尚许添香伴，藻佩何妨换酒谋。一事差堪相慰藉，牛衣安稳谅无忧。"胡适诗当中并没有对夫妻关系进行任何美化，同时避免了直接抒情，而是以对话体与白描手法，呈现出生日当天创作诗歌的场景。反言见意，看起来似在丑化妻子形象，实际上是在彰显妻子对自己的关心。全诗以一个"了"字押韵，充满诙谐意味。

　　胡适在诗的题目那里注明了"赠冬秀"，即是赠给他的妻子江冬秀。如果不了解作者妻子是谁，有时候不易辨认出这是赠内诗。相对来说，标题中直接称妻子名字的并不多，仍是以广泛使用的各类妻子称谓为主，后来新诗当中也出现了《赠内》《赠爱人》《给妻子》《寄妻子》《写给妻子》等明显具有概括性的标题。如戴望舒《赠内》：

空白的诗帖，
幸福的年岁；
因为我苦涩的诗节，
只为灾难树里程碑。

即使清丽的词华
也会消失它的光鲜，
恰好你鬓边憔悴的花，
映着明媚的朱颜。

不如寂寂地过一世，
受着你光彩的薰沐，
一旦为后人说起时，
但叫人说往昔某人最幸福。[1]

---

[1] 袁忠岳编：《献给妻子的情诗》，花城出版社1986年版，第20页。

这首诗是戴望舒离婚再娶后写给前妻穆丽娟的诗，委婉表达了"新人不如故"的感受。诗的第一节表示，很遗憾没能在幸福的时光里为妻子写诗；第二节用比喻的手法表示，再好的语言都无法形容妻子的美；第三节表示，往后将带着对妻子的美好回忆度过不幸福的余生。这种情感在夫为妻纲的封建社会是极少会有的，遑论最后所表达出的幡然悔悟之情。古典诗歌亦多描写妻子的美，只是还没有达到以否定"词华"来进行烘托的地步。诗中大量使用意象，情感表达含蓄蕴藉，是对传统艺术手法的继承；采用"交韵"的押韵方式，句句换韵，既有规律又富于变化，吸收了《诗经·鄘风·鹑之奔奔》等篇的押韵方式，并再次创新。

其后，唐湜也有一首《赠内》，表达了结婚三十年，步入中年后，仍对妻子保持欣赏与珍惜："在时间的流沙上跋涉三十年/你给我的欢愉早成了一片烟/可我凝望着初放的水仙花/就恍若见到你少女时的风华//我们的孩子是一些小花铃/一个个都叫人想起了往日/展现在你自己脸儿上的红云/你眼睫下的星星也闪在他们/稚气的脸儿上，流光如驶/我们该珍惜那剩下来的时辰。"[1]结婚三十年为银婚，近代夏孙桐亦有《沁园春·银婚赠内》："半百新郎，转瞬耋年，阅三十春。笑老夫落拓，砚仍磨铁；阿婆涂抹，鬓亦如银。黻佩荣抛，糟糠味耐，留得沧桑历劫身。聊相慰，这杨稊结果，未让松筠。　　回看世变浮云。便富贵、神仙何足论。但陶潜归后，琴樽无恙；孟光老去，井臼犹勤。夕以永朝，唱余和汝，自把俚谣下酒频。他年事，少鸿篇封禅，付与文君。"两者结构上都是回忆过去、展望未来的模式，词体仍是古典诗歌中常见的以作者为中心自我调侃的口吻；新诗则是直接以第二人称展开倾诉，以细腻的笔调赞颂妻子，使得诗人情感更显鲜明浪漫。

相比"赠内"，新诗的标题更多的是"给妻（子）""致妻（子）"，如边国政、李发模、李加建、柴与言等人都有诗题为《给妻子》。这些"妻子"在诗中得到了前所未有的尊重，不仅仅是"妻子"的称谓比"内子"更平等，更光明正大，此类标题还明显带有特意向妻子抒情的

---

[1] 袁忠岳编：《献给妻子的情诗》，花城出版社1986年版，第26页。

目的。日本学者笕久美子认为，所谓"内"，"是在对外场合中指自己的妻子而言，是跨出夫妻二人的世界时所用的词汇。因此，可以说这种诗是赠给妻子的同时，也可以想象到其他读者的作品"[1]。古典诗歌自唐代以来，由于"想象读者"的干扰，诗人极少将自己的妻子作为焦点来大胆抒情，反而尽量处理得委婉平淡。"赠内（忆内）"最多包含着"思念妻子"的意思，"给妻子"却往往还能表达出"爱慕、欣赏妻子"的意思，这是女性地位提高以后，新诗对古典诗歌的一个明显的超越。

写给妻子的新诗在内容方面主要包含四种类型，一是向妻子表达爱慕、赞美或离别之感伤，如闻一多《红豆》；二是对妻子患难与共、辛勤付出的感恩，如刘小放《庄稼院里的女王》；三是对妻子个性特点的刻画，如王辛笛《蝴蝶、蜜蜂和常青树》、胡笳《爱情戏中的主角》；四是写诗人与妻子之间的特殊经历，如战争带来的伤害与分离等。这些内容与古典诗歌所表达的并无太大差异。它们的区别在于：思想情感方面，新诗不再受到儒家思想的限制，在价值多元的趋势下，对妻子的感情态度更加带有个人化倾向；语言形式方面，新诗没有篇幅、句式、节奏、韵律等方面的严格限制，可以根据需要随时创造；艺术表达方面，新诗不像古典诗歌那样注重传统，而是鼓励创新性、多样化的表达方式。如冯至《三八节赠妻》："我们经历过一日三秋 / 看过烂柯山上一盘棋 / 时间有它的相对论 / 地球的运转永无差离。"[2]写离别相思，后两句巧妙引用科学概念，表达了人有情而时间无情的生命体验，以理性思考节制情感表达，有意打破陈旧的表现手法。

赠内诗的发展演变从汉代至当代，主要经历了四个阶段。第一阶段为东汉至隋代以前，为兴起时期。尽管从时间上推断，苏武《留别妻》为最早的赠内诗，但由于苏诗真伪难定，不便于下结论。因此，一般往往认为秦嘉《赠妇诗》为最早的赠内诗。这一时期奠定了赠内诗的主题之一——离别相思；体裁上则以五古赠答诗的形式为主。第二阶段为唐宋，赠内诗进一步发展完善。体裁上，诸体兼备，而以五古为主，赠

---

[1] 马鞍山李白研究所编：《〈中国李白研究〉集萃》（上），黄山书社2017年版，第265页。

[2] 袁忠岳编：《献给妻子的情诗》，花城出版社1986年版，第168页。

答的形式发展成了单篇抒情的形式；内容上，以反映离别相思为主，亦能以多种方式呈现。此外，还有描写与妻子相处之细节者，如偕行、听琴、对饮及一般的日常相处；还有通过诗歌教化妻子，或向妻子表达关怀者，以及大量为妻子生日而写的寿妻词。第三阶段为金元至清代，赠内诗在艺术形式上经历了明显的转变。体裁上，五言古体的主体地位至清代不复存在，取而代之的是词体；艺术上，借景抒情的方式为叙述写实的笔法所取代，逐渐呈现出丰富的生活场景，使夫妇双方的身份角色更加明确。第四阶段为近现代以来，赠内诗在创作思想上发生了剧变。创作主体的自我意识和个人意识被唤醒，诗人不再受传统观念的影响而克制情感表达。随着闺怨诗、艳情诗等题材的衰落，夫妻之情成为可以光明正大书写的对象。在新观念的影响下，通过赞美妻子来表达爱情成了新的抒情方式，同时，结婚纪念日等习俗促进了赠内诗的创作。白话新诗既吸收了古典诗歌的一些特征，也为赠内诗的发展演变开启了新方向。

【作者简介】 复旦大学中国古代文学研究中心博士研究生。

追光蹑影，离形得似

——论中国诗歌写"影"艺术的古今演变

刘天禾

【摘要】 中国诗歌的写"影"艺术具有悠久复杂的演变历史，呈现出审美旨趣和形上内涵由表层向内质逐渐推进深化的特点。"影"起初仅代表形下意义的日常物象，在发展过程中变成了富含深刻情感内蕴且常用于诗境构筑的审美意象，并渐次开拓了不同层面的形上意义。在此过程中，"影"的形貌样态、辐照范围、摹写手法、艺术范式和精神空间都得到了多维度多元化的丰富和延展。这一演变进程至今还在延续，"影"也将随着时代发展被赋予更全面深入的蕴义价值，中国诗歌的写影艺术仍具广阔的探掘空间。

【关键词】 中国诗歌　影　古今演变　审美旨趣　形上内涵

中国诗歌的写"影"风气源远流长，经历了悠久复杂的演变史。从单纯的物象摹绘到情感内涵丰富的意象书写，再到形上意义的不断开拓与蹈虚蹑影之独立审美空间的开辟，"影"之艺术内涵的演变显示出由浅入深、从表层向内质推进的特点。"影"之初文为"景"，《颜氏家训》有云："凡阴景者，因光而生，故即谓为景……至晋世葛洪《字苑》，傍始加彡，音于景反。"[1]可见东晋以前，"影"以"景"行。《说文·日部》："景，光也。"[2]段玉裁注："光所在处,物皆有阴。"[3]《集韵·梗韵》曰："景，物之阴影也。"[4]此即为"影"的本义。此义在漫长的历史演

---

[1] 颜之推著：《颜氏家训》，崇文书局2017年版，第170页。

[2] 许慎著，徐铉校定：《说文解字》，中华书局1963年版，第138页。

[3] 许慎著，段玉裁注：《说文解字注》，上海古籍出版社1988年版，第304页。

[4] 丁度等编：《集韵》（中），中国书店1983年版，第875页。

进中，不断丰富了新的内涵，发展成为诗歌美学的重要范畴。司空图以"如觅水影"形容"离形得似"的艺术手法[1]，严羽借"镜中之象"评价诗歌的"透彻玲珑"之妙[2]，明人徐渭有诗云"万物贵取影"[3]，王夫之曾说"以追光蹑影之笔，写通天尽人之怀，是诗家正法眼藏"[4]，刘熙载在论诗法时也说"须如睹影知竿乃妙"[5]，可见影的审美内涵在诗歌发展史上具有不可忽视的地位。宗白华对这类美学范畴作了精准界定："中国古代诗人、画家为了表达万物的动态，刻画真实的生命和气韵，就采取虚实结合的方法，通过'离形得似''不似而似'的表现手法来把握事物生命的本质……离形得似的方法，正在舍形而悦影，影子虽虚，恰能传神，是气韵，是动。"[6]影的艺术蕴旨正体现于对质实世界的超越和在虚实境域间游逸的空灵气韵。有关中国诗歌的写"影"风气，前学论述不多，且多为对某朝代或诗人的总括或专门探讨，有关其由古至今之演变历史的整体观照式研究，尚存探赜索隐的广漠空间。现以"影"之艺术内涵的发展程度为线索，将中国诗歌史分为先秦至唐五代、宋元明清和现当代三段，并分别作阐述与论析，以期为写"影"艺术乃至中国诗歌古今演变的全景式研究开拓新的视野。[7]

一、先秦至唐五代：审美旨趣的萌芽与崛兴

从先秦至唐五代，"影"从指物含义的载体，逐渐演变为具有丰富情感内蕴的诗歌意象。在这个过程中，其表现范围不断扩大，样貌形态渐至多元，审美旨趣也经历了从萌芽到崛兴的过程。"影"古字为"景"，先秦时期，《诗经》《楚辞》中的"景"多表现为高大或光亮意，如《小雅·车辖》"高山仰止，景行行止"，《大雅·行苇》"寿考维祺，

[1] 司空图著，罗仲鼎、蔡乃中译注：《二十四诗品》，浙江古籍出版社2018年版，第96页。
[2] 严羽：《沧浪诗话》，中华书局1985年版，第7页。
[3] 徐渭：《徐渭集》，中华书局1983年版，第201页。
[4] 王夫之评选，张国星校点：《古诗评选》，文化艺术出版社1997年版，第170页。
[5] 刘熙载：《艺概》，上海古籍出版社1978年版，第74页。
[6] 宗白华：《美学散步》，上海人民出版社1981年版，第234页。
[7] 本文讨论的诗歌归于广义范畴，诗词曲皆属研究对象。因诗句引用众多，故随文标注篇名，不另出注。

以介景福"，《九章·惜往日》"惭光景之诚信兮，身幽隐而备之"等；但阴影之义亦有彰显，例如《九章·悲回风》"入景响之无应兮，闻省想而不可得"，洪兴祖补注曰："景，于境切，物之阴影也。"[1] 此外还有《荀子》"如影之随形"，《吕氏春秋》"善影者不于影于形"[2]，均表示因光而生与形相随的阴影之意，只是对日常物象的浅显观照。《庄子》首度发掘了"影"的形上蕴意，虽在数百年后才有诗歌延续其脉络，但确为"影"之审美含义的萌芽生长提供了滋养的土壤。其形上义主要有两大层面，一是虚无的意义旨归。《渔父》中描述了一人因畏影恶迹而"疾走不休"，"走愈疾而影不离身"，最终"绝力而死"。在庄子看来，与影角逐本身就是同虚无之力而战，"疲敝的争斗，无休止的追逐，其实是没有意义的"[3]，不如放下我执，步入阴影，以虚无来融纳虚无，终能获得自由。二是揭示了形质所待的规律。《齐物论》中记载了以下对话，罔两问影："曩子行，今子止；曩子坐，今子起。何其无特操与？"影回答道："吾有待而然者邪？吾所待又有待而然者邪？"影之所待为形，形之所待未明确说明，大抵为非形质物，即为真宰之神，故而影之所待由形神共同构成。这种经验与先验的双重主体并非永恒的，因而影接下来道："吾待蛇蚹蜩翼邪？恶识所以然，恶识所以不然？"反问句式隐含了对本体功用论之思维范式的抛却，不拘囿于逻辑判断的窠臼，只着意于呈现影与形皆有所待的现象。庄子以抟实成虚的手法摹影，将世界形上化，为影的艺术内涵积蓄了哲理之思，这种之于虚化境域的追索思维对后世诗歌乃至中国艺术的整体脉络都具有深远影响。

迨至汉魏六朝，诗歌中的"影"被渐次注入了丰富的情感内涵，且逐步与诗人之愁绪有了密切关联。写影所纾之愁大体可分三类：第一类是对日月如流、光阴飞逝的无奈哀愁。此义根植于以"景"指光的本义，例如陆机《折杨柳行》"邈矣垂天景"，诗人目睹邈远天光，油然而生"时逝恒若催""人生固已短"之慨，光景之变催生了人对时间流

---

[1] 洪兴祖著，白化文点校：《楚辞补注》，中华书局2015年版，第123页。
[2] 据《颜氏家训》载，自葛洪《字苑》出现"影"字后，时人擅改前人典籍之"景"为"影"："世间辄改治《尚书》《周礼》《庄》《孟》从葛洪字。"见《颜氏家训》，崇文书局2017年版，第170页。
[3] 朱良志：《中国美学十五讲》，北京大学出版社2006年版，第167页。

逝的鲜明感知，从而自然导向了悲生之嗟；又如他的《日出东南隅行》"遗芳结飞飙，浮景映清湍。冶容不足咏，春游良可叹"，遗芳浮影凝聚了春光之逝，尽抒诗人的惜春之慨；再如傅玄《拟饮马长城窟行》"悬景无停居，忽如驰驷马"，光阴飞逝恰似奔驰之马，极写年华难复之哀；还有陶渊明《九日闲居并序》"往燕无遗影，来雁有余声"，亦寄托了时光轮转、匪朝伊夕的蕴意。第二类愁绪指向了羁旅寂寥之思。例如陆机《赴洛道中作诗》"伫立望故乡，顾影凄自怜"，离乡之人唯有孤影相伴，最衬伶仃落寞之愁；再如他的《为顾彦先赠妇诗二首》其二"游宦久不归，山川修且阔。形影参商乖，音息旷不达"，诗人游宦在外，感慨所思之远正如形影参商之乖离，难以度越。第三类愁即为对无常命运的嗟叹。例如陆机《塘上行》"发藻玉台下，垂影沧浪渊"，将女子前期得宠时的欢洽场景与后期"淑气与时殒，余芳随风捐"的悲剧命运作鲜明对照，突出其哀戚遭遇，具有强烈的艺术感染力，"其声其情，自然入人者甚"[1]；再如陶渊明《杂诗十二首》其二"欲言无予和，挥杯劝孤影"，诗人孤独无依，只能举杯向影倾诉自身"日月掷人去，有志不获骋"的无奈际遇，这种对无常命运之慨的抒发最终导向了"念此怀悲凄，终晓不能静"的情感倾泻，并以其悲愤的笔触丰富了"影"在诗歌抒情层面的艺术内涵。

　　以上所列魏晋诗例大多可视作诗人无意识移情于影的结果。而自永明时期起，诗坛便兴起了作意绘影的风气，在此写影艺术萌芽崛兴的过程中，"影"完成了从日常物象到普通意象，再到极具艺术表现力之审美意象的演变。沈约作为文坛领袖，常以"光影盈字""光影相照"等语汇评价诗文，他在诗中对影的形态作了初步刻画，如《应王中丞思远咏月》"方晖竟户入，圆影隙中来"，影的样貌得以尽致呈现；《八咏·夕行闻夜鹤》"夜止羽相切，昼飞影相乱"，将乱影纳入审美范畴。谢朓亦尚写影，如《奉和随王殿下诗十六首》其一"婵娟影池竹，疏芜散风林"，《新治北窗和何从事》"池北树如浮，竹外山犹影"，《落日同何仪曹煦》"参差复殿影，氛氲绮罗杂"，由天入地、从自然到人工的

---

[1] 王夫之评选，张国星校点：《古诗评选》，文化艺术出版社1997年版，第32页。

月影、山影、竹影、殿影等，皆可成为诗人笔下的审美意象，以影渲染意境层次，可谓"灵心秀口"[1]。及至梁陈，写影风气更显盛况。写影妙手何逊善摹水影，清人田雯曾评之曰："大约水部之作，不费雕饰，如庖丁解牛，风成于骎然，'幽蝶弄晚花，清池映疏竹''水底见行云，天边看远树'，是其诗之真境也。"[2]水中倒影的清丽之美自然天成，无须言辞雕琢便可臻至佳境。此外，还有"水影漾长桥""霞影水中浮"等句，足见诗人对水映物影之客观景致的体察入微，所绘意象看似信手拈来，却深富审美情致。除何逊外，以萧纲、萧绎为中心的文人集团将借影造境的手法运用得更为娴熟精湛，萧纲《水中楼影》及萧绎《咏池中烛影》《望江中月影》，均以影入题，专辟全篇咏影，实为创进。是时诗歌的意象密度有所扩增，诗人们常在一应质实意象中添缀对影的书写，由此令诗境展现出明暗相生的层次美感。例如萧纲《戏作谢惠连体十三韵》"丝条转暮光，影落暮阴长"，参差光影丰富了诗境维度，陈祚明评之曰"写日影葱茏，大佳"[3]；萧绎《晚景出行》"细树含残影，春闺散晚香"，树影残疏之态与春闺香气的断续绵延相得益彰，共同促进了柔婉意境的建构。影有轻巧之态，如王僧孺《秋日愁居答孔主簿》"日华随水泛，树影逐风轻"，可谓"写光写影，光动影摇，最佳致"[4]；也有沉重之态，如刘孝绰《酬陆长史倕》"条开风渐入，叶合影还沉"，摹绘细致，富有余味。影有沉静之姿，如萧子显《侍宴饯陆倕应令》"雨罢叶增绿，日斜树影长"；亦有灵动之貌，如庾仲容《咏柿》"风生树影移"，张正见《赋得雪映夜舟》"樯风吹影落"等。影的形貌样态便在这渐趋繁复的意象描绘中延展了极具审美张力的艺术表现。

值得注意的是，这段时期"影"之形上意义的发展集中体现于陶渊明的《形影神》组诗，"求其专篇发挥其思想者，实唯此《形影神》之

<hr>

[1] 沈德潜选：《古诗源》，中华书局1963年版，第272页。
[2] 田雯：《古欢堂集杂著》，见郭绍虞编选，富寿荪校点《清诗话续编》，上海古籍出版社2016年版，第675页。
[3] 陈祚明评选，李金松点校：《采菽堂古诗选》，上海古籍出版社2008年版，第708页。
[4] 同上书，第793页。

作也"[1]，其上承庄子，下续佛禅，承担了沟通"影"之虚化意义脉络的过渡角色。诗人通过"极陈形影之苦"引发神辨，从而试图解决"贵贱贤愚，莫不营营以惜生"之惑[2]，在庄子所言虚无义上又开辟了对生死问题异质同构式的思考。庄子阐明了形影有所待之理，陶渊明则进一步探讨了形影神与生死间的终极关系。从《形赠影》《影答形》二诗可见，形和影对于生死问题，并不主张以消解主体的方式来完成对死亡哀戚的度化。无论是"愿君取吾言，得酒莫苟辞"的及时行乐之词，还是"立善有遗爱，胡为不自竭"的行善立名之劝，都展示出强烈的主体愿望，即在解构生命价值的虚无意义之后，能以尽力扩展主体性的方式来对抗这种无解之惑。影对形的回答在对已有迷惑的破解之上又覆盖了新的怅惘，这种相对超越性的根本原因仍归根于影的主体立场，即"此同既难常，黯尔俱时灭"。影与形看似同生同灭，却终究隐含了相随之义，在这种思维路径下，形便横亘于影与死亡之间，行乐之虚无和身灭之忧惧皆无法直接作用于影，但立功存名却可令影摆脱形之拘束而恒存世间。但这种方式未能解决影之主体性的固有困惑，因而第三首《神释》便尝试通过解构主体自觉性的方式来达致对生命意义的玄远观照，对三皇、彭祖之存在的追问和对饮酒立善途径的反驳，均体现出神的超验立场。神以"委运"之旨教导形神，"纵浪大化中，不喜亦不惧。应尽便须尽，无复独多虑"，万物生死顺其自然，不止于"应尽"之客观必然，甚至还发展出"须尽"的主观态度。诗歌以此作结，便升华至主客、生死、形影、神质等多重相对范畴的整合层面，而影的形上意义也由此臻至完融之境。

诗歌在隋唐五代进入高度发展的繁盛期，"影"的审美旨趣也得到了空前崛兴，诗人对影的书写范围不断延展，且常融会多重意象，丰富了诗境层次。有花月交糅之影，如温庭筠《生禖屏风歌》"阶前细月铺花影"，喻凫《蒋处士宅喜闲公至》"照花明月影侵阶"，冯延巳《菩萨蛮·金波远逐行云去》"纱窗月影随花过"；有云水相映之影，如王

---

[1] 逯钦立：《〈形影神〉诗与东晋之佛道思想》，见逯钦立著，吴云整理《汉魏六朝文学论集》，陕西人民出版社1984年版，第218页。
[2] 陶渊明著，龚斌校笺：《陶渊明集校笺》，上海古籍出版社2011年版，第59页。

勃《滕王阁诗》"闲云潭影日悠悠"，张祜《经旧游》"斜日照溪云影断"，齐己《庚午岁九日作》"云影半晴开梦泽"；有人与物相互衬照之影，如元稹《明月三五夜》"拂墙花影动，疑是玉人来"，杜牧《寄远》"只影随惊雁"，吕岩"教人立尽梧桐影"；亦有凝结人事情感之影，如骆宾王《早秋出塞寄东台详正学士》"吊影惭连茹，浮生倦触藩"，刘长卿《小鸟篇，上裴尹》"吊影徘徊独愁暮"，柳中庸《听筝》"谁家独夜愁灯影"。影或撼落天地之间，气象恢弘，如杜甫《寄韩谏议》"芙蓉旌旗烟雾落，影动倒景摇潇湘"，可谓"文心幻淼，直登屈、宋之堂"[1]，意境深邃宏阔；或周旋于精巧亭阁，极显婉约细密之致，如李煜《浪淘沙·往事只堪哀》"想得玉楼瑶殿影，空照秦淮"，以虚境之影衬萧索愁情，可谓"凄恻之词而笔力精健"[2]，颇富艺术感染力。除摄取意象的视域有所拓展之外，影的状貌样态也渐次丰富，具有多维度的表现效果。诗人笔下有或开或合之影，如张说《杂曲歌辞·踏歌词》"西域灯轮千影合"，韦庄《桐庐县作》"潭心倒影时开合"；有或密或疏之影，如李贺《春怀引》"芳蹊密影成花洞"，罗隐《杜陵秋思》"井边疏影落高梧"；有点染色彩之影，如宋之问《初至崖口》"影入春潭碧"，吴融《叶落》"红影飘来翠影微"；亦有质实可触之影，如孟郊《献汉南樊尚书》"旗影卷赤电"，刘得仁《昊天观新栽竹》"影生秋观苔"……层出不穷的影意象凝结了诗人们细腻入微的审美感悟力与精巧工致的诗境架构力，他们在延续前人写影风气的基础之上有所发展与突破，许多妙语佳句皆成为后世诗歌摹影造境的取法对象。

以上所举诗例多为在对影意象雕琢描绘过程中的艺术创进，其实写影艺术在唐五代时期的繁盛主要体现于其美学蕴旨与内涵张力的提升。诗仙李白以其高妙超诣的造影水准成为影在审美领域之演变进程中独树一帜的存在，他笔下的影主要可发掘出三大艺术特征：一为独立性。诗人赋予了影独立情志，影之主体性参与了诗境建构，并能与人

---

[1] 叶矫然：《龙性堂诗话》，见郭绍虞编选，富寿荪校点《清诗话续编》，上海古籍出版社2016年版，第971页。

[2] 陈廷焯：《云韶集》，见杨敏如编《南唐二主词新释辑评》，中国书店2003年版，第112页。

互动，却终究由伶仃之影指向了孤独迷茫的抽象情感。名篇《月下独酌四首》其一便是典型诗例。"举杯邀明月，对影成三人"句可谓"脱口而出"却"纯乎天籁"[1]，月下影和酒中影皆具独立意志，可以陪伴诗人"行乐须及春"，在月色下载歌载舞，相期云汉之游；太白花间独酌，本蕴含着形下意义的孤独，但因影具有审美层面的独立性，便为诗境添缀了热闹色彩，略微消解了形下式孤独。然而人与影"醒时相交欢，醉后各分散"，不论未来的无情之游相期几何，诗人终将归于不独而独的境遇，情感建构中的破与立皆为太白自主而设，最终由宇宙寥远无穷而人影渺小有尽之感导向了形上层面的本体性孤独，升华了诗歌的情感旨归。二为幻灭性。李白游仙诗中的"灭影"意象，常寄寓了理想破灭及美好易逝的蕴意。如《嵩山采菖蒲者》"言终忽不见，灭影入云烟"，九疑仙人倏然远逝，身影破灭隐入云烟，影的缥缈幻灭性既渲染了诗境的空茫之美，也象征了人生有所期许之对象皆如烟而散的无奈结局。诗人借汉武帝之典抒不得志之愁，率然而成却具深刻韵致。三为共生性。李白笔下的影既具独立特质，亦有与人共生相融的审美倾向，这二者并不矛盾，而是相得益彰。诗人在对人影共生之摹绘笔触的强化背后，通常以人影二者在实虚二境中的联结性为线索，抒发追求理想的执着精神。且看《梦游天姥吟留别》，全篇可谓"恍恍惚惚，奇奇幻幻，非满肚皮烟霞，决挥洒不出"[2]。梦境中的影傲岸而又飘逸，"湖月照我影，送我至剡溪"，与诗人实境中的超诣理想融而为一；太白在虚境中蹈虚蹑影，追逐心目中的理想之界，不论历经"列缺霹雳，丘峦崩摧"的险境，还是"霓为衣兮风为马，云之君兮纷纷而来下"的美域，影均时刻相随；直至诗人"忽魂悸以魄动，恍惊起而长嗟"，梦中幻影方如流水远逝，但不论虚境抑或实境，影意象被赋予的自在游逸之气皆不曾动摇，太白"且放白鹿青崖间，须行即骑访名山"的解脱之道亦须形上虚影的相生相伴。可见李白诗歌对影的审美蕴旨从深度与广度两个层面进行了多维开拓，令形上与审美意义臻至完融整合，富有高奇精妙的艺术鉴赏

[1] 沈德潜选注：《唐诗别裁集》（上册），上海古籍出版社2013年版，第53页。
[2] 郭濬：《增订评注唐诗正声》，见陈伯海编《唐诗汇评》（增订本），上海古籍出版社2015年版，第1013页。

价值。

李商隐进一步延展了影的诗美内涵。他善于捕捉光与影的交界之域，影通常以明暗交糅的光度为背景，依托于意绪繁多的丰富心灵世界，展现出朦胧隐约的艺术特征，并将诗意导向幽微缅邈、"繁艳遥深"之境[1]。义山笔下或是摇荡的烛影，如《嫦娥》"云母屏风烛影深，长河渐落晓星沉"，烛影幽微只余深沉暗影，同窗外逐渐黯淡的银河相呼应，渲染了主人公寂寥萧索的心境；或为明灭的燕影，如《越燕二首》其一"衔花片影微"，越燕拂水衔花，其影时隐时现，无法概之以清晰的轮廓线条；或是光线幽微之影，如《燕台四首·夏》"桂宫留影光难取"，影介于明暗之间，承担了主观抒情化意境的融贯角色；或为彷徨难定之影，如《赋得月照冰池》"影占徘徊处"，未缀之以确切的官能印象却仍隽永动人。这些影意象的共同特点即为幽约难辨，处于明暗、有无等对立范畴相互糅合的边缘界域，这与义山诗似"雾里繁花的朦胧凄艳"之境相契[2]，是其艺术表现力的重要成因之一。司空图《二十四诗品·形容》对这种徜徉于影和形之间的虚灵空间作了总结性阐发，离形而得似，即不拘于实而觅索虚空的美学旨趣；他的诗中对此亦有体现，如《争名》："荷香浥露侵衣润，松影和风傍枕移。只此共栖尘外境，无妨亦恋好文时。"荷香荡漾，松影摇曳，诗人身处实境却仿佛远栖尘外，他的笔触跟随着花草风云的精神气韵，不求精细绘形，但求摹影于境，"因为影比质实的世界灵动、更有风神意味，因为影是对世界真实相状的表现"[3]，这种虚化的审美意义为影之艺术内涵更添新质。

从先秦至唐五代，影的诗学属性经历了由日常物象到普通意象，再到富于虚灵韵致与形上意义之审美意象的演变。这个过程受到许多因素的影响，自晋以来，佛教对写影风气的催化作用尤显突出，佛影传说在潜移默化间陶染了许多文人的诗歌创作。佛影最早见于东晋法显的《佛国记》："佛留影此中，去十余步观之，如佛真形，金色相好，光明炳

[1] 李商隐著，冯浩笺注：《玉溪生诗集笺注》，上海古籍出版社1979年版，第819页。

[2] 李商隐著，刘学锴、余恕诚选注：《李商隐诗选》，人民文学出版社1997年版，第26页。

[3] 朱良志：《中国美学十五讲》，北京大学出版社2006年版，第168页。

著，转近转微，仿佛如有。"[1]谢灵运的《佛影铭》阐述了佛影传说的风靡盛况及其发展脉络："法显道人，至自祇洹，具说佛影，偏为灵奇。"[2]佛影所寓指的离实存虚之禅观方式对诗歌发展的影响主要体现于两大层面：其一是直感的体悟路径，慧远将佛影与法身相连讨论，认为令法身显迹之道即直观感应："妙寻法身之应，以神不言之化，化不以方，唯其所感。"[3]僧祐对此亦有论述："寻法身无形，随应而现，虽虚影雾暖，即是如来。"[4]直感玄虚成为佛教阐明抽象之理的关键要旨。谢灵运将直感移至审美观照，他在《述祖德诗二首》其二中说："移情舍尘物，贞观丘壑美。"贞观厥美之法包含了诗人对天地万物之正的体察感悟，由此为诗美增添了玄览之致。逮至唐代，常建与王维进一步发扬了佛影所蕴之旨。前者《题破山寺后禅院》之"山光悦鸟性，潭影空人心"句，将自然万物的光影声性直感而书，"澄潭莹净，万象森罗，'影'字下得妙，形容心体妙明"[5]，朗然有致；后者《林园即事寄舍弟纨》之"松含风里声，花对池中影"句，发扬了诗佛一贯的造境艺术，即在平和清疏之色中添缀几分直观体悟的澄澈质感。王维以简约笔触勾勒松声花影的常见意象，却隐约流露出别具一格的禅趣。佛影对诗歌的第二大影响体现于对泡影的书写，并最终导向了从实有化为虚无的意义旨归，有佛偈云："一切有为法，如梦幻泡影，如露亦如电，应作如是观。"[6]世界皆如泡影般缥缈，刹那即幻灭。白居易《对酒》"幻世如泡影，浮生抵眼花"，贾岛《寄令狐绹相公》"梦幻将泡影，浮生事只如"，皆为对此禅理的透彻体悟。可见影的形上内涵在佛禅思想的浸润下，大幅拓展了外延边界，这也为后世对影的审美观照增添了广阔视域。写影艺术在逐渐攀至

---

[1] 法显著，章巽校注：《法显传校注》，上海古籍出版社1985年版，第47页。
[2] 谢灵运著，顾绍柏校注：《谢灵运集校注》，中州古籍出版社1987年版，第247页。
[3] 慧远：《万佛影铭并序》，见石峻、楼宇烈、方立天等编《中国佛教思想资料选编》（第一卷），中华书局1981年版，第121页。
[4] 僧祐：《释迦谱》，见《中华大藏经》编辑局编《中华大藏经》（第52册），中华书局1992年版，第592页。
[5] 程元初：《唐诗绪笺》，《续修四库全书影印本》（第1307册），上海古籍出版社1998年版，第779页。
[6] 鸠摩罗什译：《金刚般若波罗蜜经》，见高楠顺次郎等编《大正新修大藏经》第八卷，日本大正一切经刊行会1979年版，第751页。

高潮的过程中，不断丰富了新的蕴旨。

二、宋元明清：艺术观照的高潮和余音

写影之风在宋代进入了艺术观照的高潮期，宋词的主情传统及宋诗的理致脉络令影的美学内涵从韵致与哲思两方面得到了深度开掘。其中最令人瞩目的便是因写影而闻名的张先。他自称"张三影"，《古今诗话》载："有客谓子野曰：'人皆谓公张三中，即心中事、眼中泪、意中人也。'公曰：'何不目之为张三影？'客不晓，公曰：'云破月来花弄影；娇柔懒起，帘压卷花影；柳径无人，堕风絮无影。此余平生所得意也。'"[1]三影中流传最广的便是"云破月来花弄影"句，云笼月的意象本是朦胧氤氲的，而"破"字却令诗境彰显出由暗至明的动态效果，花影摇曳生姿，"着一'弄'字，而境界全出矣"[2]，可见张先善于调动炼字之功写影，令意象在富于含蓄蕴藉的不尽之意之余，增添些许灵动之气，可谓"心与景会，落笔即是，着意即非，故当脍炙"[3]。此外，张先词中还有许多写影佳句，如《虞美人》"苕花飞尽汀风定，苕水天摇影"，影的动态效果包蕴了风花水云等多重意象，仿佛万物皆于天地中荡漾；《鹊桥仙·星桥火树》"重城闭月，青楼夸乐，人在银潢影里"，主人公于银汉间的徜徉之态被一"影"字托出，星河倒影于人间，而人影又映于天际，交融相适，诗境阔大；又如《南乡子》"潮上水清浑，棹影轻于水底云"，云不在水中，影也并无重量，但在张先诗境中皆被赋予了审美情致，棹影轻于云影，漂游水天之间，渲染了清浅澄澈之境；《青门引·乍暖还轻冷》"那堪更被明月，隔墙送过秋千影"，明月隔墙送影，运思精妙，月光为实而月影为虚，隔墙倩影为实而秋千影为虚，诗人以动景联结静境，将感触之幽微敏锐摹画至极致，"真见描神之笔，极希微窅渺之致"[4]；《倾杯乐》"横塘水静，花窥影、孤城转"，花与影各成一

［1］胡仔：《苕溪渔隐丛话》前集，人民文学出版社1962年版，第253页。
［2］王国维：《人间词话》，上海古籍出版社2004年版，第9页。
［3］沈际飞：《草堂诗余正集》，见上彊村民编，唐圭璋笺注《宋词三百首笺注》，上海古籍出版社1996年版，第12页。
［4］黄苏：《蓼园词选》，见吴熊和编《唐宋词汇评：两宋卷》（第一册），浙江教育出版社2004年版，第121页。

体，在境中互动，以其主体参与性共同促成了意境的建构。可见张先写影主要有三个特点，一是感触尖新，体察灵敏，他常能捕捉意象的细微特征并加以艺术加工，达致整体意境的圆融完整；二是虚实相映，动静互衬，令诗境充溢着由内涵张力带来的层次美感；三是内外和洽，主客交融，词人不仅为自然意象绘影，更能将心影投射其间，使内境外境相互融通，余绪无穷。这些特质为古典诗歌写影艺术的发展增益良多，张先亦以其"有含蓄处，亦有发越处"的文学品格留名词史[1]，流芳后世。

宋代还有许多擅长摹影的诗词名家，如晏殊、欧阳修、王安石、苏轼、晏几道、秦观、贺铸、李清照、史达祖等，他们笔下的影各具风姿，不拘一格。周邦彦写影尤多，且颇富个人特色，主要可分以下四类情形：一为参差错落之影，如"雁声哀怨，半规凉月，人影参差"（《风流子·枫林凋晚叶》）、"萧鼓喧，人影参差，满路飘香麝"（《解语花·风销绛蜡》）、"宝钗落枕春梦远，帘影参差满院"（《秋蕊香·乳鸭池塘水暖》）等，视点均落于参差杂沓的人影或物影；二为浮动摇曳之影，如"翠幕褰风，烛影摇疏牖"（《蝶恋花·小阁阴阴人寂后》）、"风约帘衣归燕急，水摇扇影戏鱼惊"（《浣溪沙·翠葆参差竹径成》）等，将灯影或水影之明灭晃荡的动态摹写尽致；三为细碎稀疏之影，如"花影被风摇碎，拥春醒乍起"（《红窗迥·几日来》）、"风帘动，碎影舞斜阳"（《风流子·新绿小池塘》）、"南枝度腊开全少，疏影当轩"（《丑奴儿》）等，令影零星疏淡之样态尽皆托出；四为倾斜颠倒之影，如"丽日烘帘幔影斜，酒余春思托韶华"（《谩书》）、"浮萍破处，帘花檐影颠倒"（《隔浦莲近拍·新篁摇动翠葆》）、"鸣金击石天相闻，游飙倒影声磷磷"（《宿灵仙观》）等，着眼于影不囿于偏正的特性。可见清真诗词中的影意象依托于词人规避质实界域之线性叙事的写作风格。周邦彦对虚影形态的多角度构画正与其词"愈勾勒愈浑厚"的复杂结构相适[2]，在虚实间腾挪跳跃的影，令词作的艺术层次在交错中渐致繁复。

值得重视的是，宋代诗词之影的审美内涵可发掘出三大卓著的艺

---

[1]陈廷焯：《白雨斋词话》，见唐圭璋编《词话丛编》，中华书局1986年版，第3782页。

[2]周济：《介存斋论词杂著》，同上书，第1632页。

术范式，即梅花疏影、惊鸿照影与天光云影，分别指向了状物、抒情与说理之旨。首先来看梅花疏影。令疏影与梅花意象就此紧密相连的诗句当属林逋《山园小梅二首》其一"疏影横斜水清浅，暗香浮动月黄昏"。梅枝占尽山园风情，其难以为人确切捕捉的疏影暗香在水月交融间细碎浮动，诗人寥寥几笔便"曲尽梅之体态"[1]。在此之前，疏影可指荷花，"衣碎荷疏影，花明菊点丛"（唐太宗《秋日即目》）；可指翠竹，"乱竹摇疏影，萦池织细流"（骆宾王《秋晨同淄川毛司马秋九咏·秋风》）；可指松门，"土室延白光，松门耿疏影"（杜甫《西枝村寻置草堂地，夜宿赞公土室二首》其二）；可指槐树，"古槐疏影薄，仙桂动秋声"（杜牧《长安夜月》）。而自林逋之后，疏影多与梅花连缀，变成较为固定的审美对象，如晏几道《诉衷情·小梅风韵最妖娆》"暗香浮动，疏影横斜，几处溪桥"，直接化用林诗；贺铸有"小梅疏影近杯盘，东风里，谁共倚阑干"句（《小重山·玉指金徽一再弹》）；周邦彦则数次袭用，"月痕寄、梅梢疏影"（《品令·商调梅花》）、"孤岸峭，疏影横斜，浓香暗沾襟袖"（《玉烛新·双调梅花》）等，皆为咏梅佳句。及至南宋，姜夔自度《疏影》《暗香》二曲，多作专咏梅花高洁娴静之美好品格的词，可谓是"前无古人，后无来者，自立新意，真为绝唱"[2]。例如咏梅名作《疏影·苔枝缀玉》，连用五典，虚实交错，具有高妙的艺术品格。其后的吴潜、吴文英、周密、彭元逊等人均以该调创作过咏梅词，梅花疏影的审美范式就此在中国诗歌史上烙下深刻印记。

另两种范式相较于梅花疏影而言流传度较弱，但亦具有较高的鉴赏价值。"惊鸿照影"出自陆游的《沈园二首》其一"伤心桥下春波绿，曾是惊鸿照影来"，融情于景，感人肺腑；"惊鸿"语出曹植《洛神赋》之"翩若惊鸿"，比喻女子的轻盈体态，此处与影意象相联，意在突出其缥缈难寻的虚化意义，正与诗人怀念唐琬的悲慨哀情相契，"无此绝等伤心之事，亦无此绝等伤心之诗"[3]，惊鸿照影由此被贯注了深沉蕴藉

[1] 司马光：《温公续诗话》，见常振国、降云编《历代诗话论作家》，湖南人民出版社1984年版，第561页。
[2] 张炎：《词源》，见唐圭璋编《词话丛编》，中华书局1986年版，第266页。
[3] 陈衍：《宋诗精华录》，上海古籍出版社2008年版，第159页。

又不失缱绻的悼亡蕴旨。"天光云影"出自朱熹的《观书有感二首》其一"半亩方塘一鉴开,天光云影共徘徊。问渠那得清如许,为有源头活水来",诗人为感性形象赋予理致,由云之清影导向水之清澈,再进而引发存在论之惑,并将方塘的孤立形象打破,使之与源头活水相连,从而推出事物发展需要动力的观点,笔触简约却能"借物以明道"[1]。在诗歌中为影意象添缀理致的写作方法,承续于朱熹对"理一分殊"之理学思想的独到见解,即万事万物都蕴藏了天地之理。他曾说:"如月在天,只一而已;及散在江湖,则随处可见,不可谓月已分也。"[2]月虽只有一个,但世间各处江湖中的月影均为圆满大全,皆可自成义理之证,这便是对影之哲思意义的阐发与充实。元代许有壬有"天光云影清难写"句(《摸鱼子·买陂塘旋栽杨柳》),难书的自然不仅是眼前之景,更多在于光影背后所寓之理。水至清则无质可觅,诗人才会"尽日拈髭无句"。这为天光云影之蕴意增添了更繁复的层理,正可谓"云影天光摇荡处,微言多少此中涵"[3]。

宋代诗词创作与画论的发展互为启发,相得益彰,而画论对诗歌写影风气的影响主要体现在对传神写意之审美旨趣的推崇。沈括曾说:"造理入神,迥得天意,此难可与俗人论也。"[4]苏轼进一步肯定了神会之功:"诗画本一律,天工与清新。边鸾雀写生,赵昌花传神。"而写意以传神的要义之一便是捕捉处于虚实交糅界域的影,正所谓忘形存影而能求得神韵。宋人以影造境的创作实践延伸了影在美学层面的内涵边界,其突出贡献在于对虚无之旨的偏重。宋代诗词中影之虚无主要有以下四种情况:

其一是虚影,即将影置于虚境中,突出其幻渺之象,通常能实现精妙别致的艺术表现效果。例如周邦彦的"坐看人间如掌,山河影,倒入琼杯"(《满庭芳·白玉楼高》),词人想象自身远赴月宫,自银河流溢处回望人间,山河如影皆入酒杯,虚无之境蓄积了俯瞰天下的宏阔气

---

[1] 罗大经:《鹤林玉露》,中华书局1983年版,第113页。
[2] 朱熹口述,黎靖德编:《朱子语类》,见朱杰人、严佐之、刘永翔编《朱子全书》(第17册),上海古籍出版社、安徽教育出版社2002年版,第3168页。
[3] 缪钺:《缪钺说词》,上海古籍出版社1999年版,第14页。
[4] 沈括著,胡道静校注:《新校正梦溪笔谈》,上海人民出版社2011年版,第410页。

象；与之相类似的还有张绍文《酹江月·淮城感兴》"便欲凌空，飘然直上，拂拭山河影"，影是虚构意象，传达出的是词人悲慨胸臆难以尽纾的伤怀之情；再如姜夔《卜算子·月上海云沉》"花下铺毡把一杯，缓饮春风影"，春风无形，但在词人的虚笔之下却可与酒同饮，用语新奇，别富意趣。其二是无影，诗人往往借无写有，以影之无衬托情境之有。如张先《木兰花·乙卯吴兴寒食》"中庭月色正清明，无数杨花过无影"，朱彝尊"叹其工绝"，认为在"世所传'三影'之上"[1]，写杨花无影乃摹其轻灵之态，词人以无影渲染静境，最终指向了宁谧心境；再如吴文英《齐乐天·芙蓉心上三更露》"自洗银舟，徐开素酌，月落空杯无影"，此处的"无影"字面上指明月西落而不得见，实际暗指了自酌过量的酒杯空虚之状，独酌是为消愁，万千思绪便由此生发；又如陆游《冬夜舟中作》"绕枝倦鹊寒无影"，倦鹊杳无踪影，极衬寒凉之境。其三是不见影，即诗词中不用影字，却能摹得影之精髓。例如欧阳修《采桑子·画船载酒西湖好》"行云却在行舟下，空水澄鲜。俯仰留连。疑是湖中别有天"，景致玲珑空阔，清澄明净，无须添缀影字，便能将行云水影之妙致尽皆托出，"湖水澄澈时如在镜中，云影天光，上下一色"[2]，极绘词人的陶醉情态；苏轼《水调歌头·黄州快哉亭赠张偓佺》之"一千顷，都镜净，倒碧峰。忽然浪起，掀舞一叶白头翁"句亦是其例，碧峰人影皆映于水面，画面动静合宜，扩展了壮阔之境；又如秦观《临江仙·千里潇湘挼蓝浦》"微波澄不动，冷浸一天星"，不但曲笔刻画了水中星影，还令寒江为影染上了温度，烘托了词人遭贬时的凄凉心境。其四是佛教之虚无影，既延续了前代泡影、幻影之意，如"真巧非幻影"（苏轼《送参寥师》）、"世事如泡影，歇即是菩提"（向子諲《卜算子·胶胶扰扰中》）、"佛云泡影应如是"（刘克庄《次徐户都韵》）等，令诗境与禅境相契；又于其上开拓了新的蕴意，即整全与残缺的对立融合，主要体现于黄庭坚的《缺月镜颂》："月坠镜中，无灭无生。月虽缺半，影像圆成"，月之残影是虚无的，又是圆融完整的，彰显出佛禅任

---

［1］朱彝尊：《静志居诗话》，见马兴荣、刘乃昌、刘继才编《全宋词：广选新注集评》，辽宁人民出版社1997年版，第142页。

［2］俞陛云：《唐五代两宋词选释》（上册），上海古籍出版社2011年版，第130页。

运自然、即色即空之理。宋人笔下虚无之影的这四种情形，丰富了影的美学蕴旨，也为"如雾中之山，月下之花，其妙处正在迷离隐约"[1]的诗词意境更添朦胧幽邃的韵致。

元明清诗歌对影意象的艺术观照以承续前代传统为主，进入了高潮后的余音回荡期。在这个过程中，影的审美旨趣基本维持并愈加丰富了原有的多元样貌，呈现效果有动有静，如"西斋向晓，窗影动、人声悄"（元好问《品令·清明夜，梦酒间唱田不伐映竹园啼鸟乐》）、"方丈堆空瞰碧潭，潭光山影静相涵"（姜彧《浣溪沙·晋祠石刻二阕》）等；有浓有淡，如"翠屏寒、秋凝古色，朱奁空、影淡芳姿"（张可久《绿头鸭·和马九皋使君湖上即事》）、"历历金吾树影繁，瑶坛铎鼓动黄昏"（李裔《嘉靖宫词八首》其一）等；有明有暗，如"灯影明官驿，钟声度县楼"（戴良《宿高密》）、"一缕霜光明御道，万重枝影暗深山"（袁中道《诸陵月下送潘尚宝二首》其二）等；有远有近，如"万帐穹庐人醉，星影摇摇欲坠"（纳兰性德《如梦令》）、"当窗试与然高烛，要看鱼龙唅影来"（黄景仁《山馆夜作》）等。这些影或是富于声色，如"正绣陌珠帘，红灯闹影，三五良宵"（白朴《木兰花慢·灯夕到维扬》）、"绣户文窗拂采霞，黄山翠影绕宫斜"（梁潜《咸阳怀古》）等；或是富于温度，如"樽边篱落生凉影，林外风烟积暮空"（王跂《秋日与史子裕沽饮东村次回忽至》）、"寒影明远心，夜声带离苦"（高棅《赋得灯前细雨赠别郑浮丘雨字韵》）等；或是意在表现宏阔意境，如"红叶蝉声湘寺远，碧潭鸿影汉川明"（杨基《湘汉秋晴图》）、"叱起海红帘底月，四厢花影怒于潮"（龚自珍《梦中作四绝句》其二）等；或是意在映衬幽约心绪，如"清影渺难即，飞絮满天涯"（张惠言《水调歌头·东风无一事》）、"双悬可怜影，汝我长相从"（黄遵宪《今别离》）等。诗人们多维度多层次地延展了影的表现空间，绘影佳句难以尽数，且多辟精妙新奇之境，对影的书写呈现出百花齐放之态。

明清时期影之形上意义的开拓主要彰显于诗人对空灵幻境的追索探寻，以如影似幻之目观照世相，便常能涤尽现世的质实线条，收获审

---

[1] 缪钺：《缪钺说词》，上海古籍出版社1999年版，第9页。

美境域的丰富层理。倪云林有诗言："当识太虚体，心随形影迁。"他令影与太虚相联，进一步发掘了影之空幻的形上空间。明人李日华的题画诗亦是颇富妙致，如"溪影带云动，虚明荡我胸""水静云影空，我心正如许""梦回不信秋期近，水影蘋香正入窗""身似苍波一点鸿，飘萧云影恁西东""雁影迷离海气重，月痕初上水溶溶"等。他常令自然界中的物影与心灵空间的虚明相连缀，着眼于外物映于心影时的虚淡印象，"色相世界被淡淡的笔墨所取代，以无色的世界表现色，在淡到可不见形的世界中表现形"[1]，世间万象之影皆在空灵幻境中自在游逸，脱离了实相框架的拘囿，心灵在艺境中得到了极致的舒展。恽南田将影的形上要旨贯入艺术体验，"江树云帆，于窗棂戏影中见之，取其影之妙"[2]，影因虚空无实而得以呈现出自由精妙之态，似形而非，似真而幻，正在这多重对立范畴的交糅之间，艺术层面的影丰富了"意象在六合之表，荣落在四时之外"之"灵想独辟"的审美价值[3]。蹈虚蹑影，抟实成虚，影之不昧明觉在虚实境间游走，体现出"心之虚灵性"投射于诗歌意境中的艺术效果。[4]

　　宋元明清时期，诗人对影的艺术观照历经了从繁盛到发展高潮，再到余音缭绕、绵亘不绝的过程，影的内涵蕴旨从审美与哲思两方面得到了充盈与拓伸。从审美角度看，影的形态样貌及其间所寓情思皆具有了愈显多元化的特质；从哲思角度看，影在诗歌中所辐射的哲学空间越来越广阔，诗词意境也间或浸润了依托于存在论悬置视角的饱满理致，这皆为后世诗歌继续延展影的形上蕴旨积累了滋养之功。

三、现当代：精神空间的深度探掘

　　现当代诗人对影的摹写在继承古典诗歌传统的基础之上又有明显创进，其旧体诗创作以承袭为主，而新诗则体现出较为显著的开拓意义。先看承袭。现当代诗人创作的旧体诗大体上继承了古典诗歌的语汇和意

[1] 朱良志：《中国美学十五讲》，北京大学出版社2006年版，第172页。
[2] 同上书，第169页。
[3] 宗白华：《美学散步》，上海人民出版社1981年版，第140页。
[4] 唐君毅：《中西哲学思想之比较论文集》，见《唐君毅全集》卷十一，台湾学生书局1986年版，第132页。

境，影意象亦基本保持了清雅朦胧的审美风味和愁思内敛的情感蕴涵。例如顾随形容天边月为"弄影还清绝"（《蝶恋花·独登北海白塔》），描绘暮色时说"凉雨声中草树，夕阳影里楼台"（《临江仙》），渲染惆怅情思时道"烛影摇虚幌"（《贺新郎·前阕词意未尽再赋》）。又如马一浮，他常属意于虚无消亡之影，以衬托深重难纾之愁，例如《病怀》"阳焰已消将曙影，悲魔犹袭未枯心"，以曙影之消逝烘托病中的悲慨愁绪；再看《自赠》"沉水无留影，飞鸿有断音"，诗人对无影的书写，意在寄寓难觅音信的伤感情绪。此外，马一浮还善将影与禅境相融，如"若是无真安有妄，无形岂得影随身"（《杂感》）、"竹影寒相对，茶烟静不飏"（《本来寺》）、"僧来野寺钟声暝，鸟散空阶树影留"（《客去》）等，颇富玄览之致。沈祖棻将影意象与凄凉愁绪融合得细腻婉约，例如"丝丝愁影乱，正珠帘低掩，玉钩轻触"（《大酺·春雨和清真》）、"孤烛影成双，驿庭秋夜长"（《菩萨蛮》）、"最凄凉、梦回漏残，影扶病骨衾重展"（《琐窗寒·照壁昏灯》）、"想吟残烛影，湿透墨花，彩笺无色"（《解连环·余既赋〈金缕曲〉示印唐，来书云：得词》）、"空帷对影，听四面、悲笳声急"（《惜红衣·绣被春寒》）等，她为笔下的影贯注了哀婉沉咽的气韵，这有裨于凄怆冷清之整体意境的构筑。钱钟书亦是写影能手，如"输汝风流还自赏，临波照影学惊鸿"（《答叔子花下见怀之什》）、"影事上心坟鬼语，憧憧齐出趁黄昏"（《心》）、"徙影留痕两渺漫，如期老至岂相宽"（《老至》）、"独来瞻对若为情，碎影疏声世已更"（《大伏过拔可丈，忆三年前与叔子谒丈，丈赋诗中"竹影蝉声"之句，感成呈丈》）等，紧密贴合世事与心境，皆乃别出心裁的妙语佳句。武侠小说家梁羽生所作旧体诗词中的影被赋予了刀光剑影的侠客气质，例如"莫道萍踪随逝水，永存侠影在心田"（《浣溪沙·独立苍茫每怅然》）、"酷怜剑气消磨尽，飞瀑流泉日影寒"（《七绝·铁镜心》）、"卅年心事凭谁诉，剑光刀影烛摇红"（《踏莎行·弱水萍飘》）、"一剑西来，千岩拱列，魔影纵横"（《沁园春·一剑西来》）等，侠影豪情跃然纸上，涤尽了影意象本身偏向含蓄柔婉的固有特质，使诗境变得广袤空阔，丰富了影的内涵张力。

现当代诗人对影之蕴旨的开拓主要体现于新诗，大致可分三个方面：其一是影意象范围的扩充，这与日常物象愈显多样化的时代背景相关，如玻璃窗影、电灯影、高楼影、摩天轮影等。其二是描摹影的艺术手法有所创新，有些诗人灵活选择了象征主义、意识流布局等多种西方文学理论作为指导。例如戴望舒便对象征主义诗人魏尔伦颇为推崇，卞之琳曾说："在这个阶段，在法国诗人当中，魏尔伦似乎对望舒更具有吸引力。"[1] 象征主义强调对朦胧幽深之象征式整体意境的追索，"追求文艺的整体的无限性，是一种意识与潜意识的交互发展的结果"[2]，戴望舒对身影之距离感与流动性的刻意模糊式描摹便正彰显出这类特征。例如《雨巷》中撑着油纸伞、结着愁怨的丁香姑娘，她的身影在幻想的虚境中如梦一般飘过，凄婉迷茫的客观泡影和缥缈无凭的主体希望皆是诗人隐秘灵魂的宣泄，身影之颜色芬芳散于雨的哀曲里，是对美好易逝的象征。其三是对形上境域的进一步开拓，主要表现在对精神空间的深层次探掘，这是写影艺术在现当代最值得瞩目的突破性发展。许多诗家皆有功于此进程，鲁迅、卞之琳、北岛和小海是其中尤应重视的几位文人，他们的一些作品在影之演变过程中具有里程碑式的意义，现分别来看。

鲁迅于1924年创作的散文诗《影的告别》可谓是他"解剖自己内心深处和生命哲学中存在的阴暗面的一篇特异的作品"[3]，打破了人们对形影相随的固化认知，发挥奇异想象，摹写影向形的告别，蕴含着对人生存在意义的终极探求。诗中的影主要统摄了三个向度，第一大向度是从觉醒到离形。影在对形的告别中直白说道："有我所不乐意的在天堂里，我不愿去；有我所不乐意的在地狱里，我不愿去；有我所不乐意的在你们将来的黄金世界里，我不愿去。/然而你就是我所不乐意的。/朋友，我不想跟随你了。"这里连用八个"不"字，表现出影强烈自主的觉醒意识。这种独立意识生发于"人睡到不知道时候"的非常态时段，影不愿再与形时刻相随的反常心态也正在此虚实不分的阶段得以铺展开来。因而他选择"在不知道时候的时候独自远行"，远离所有不限于当

---

[1] 戴望舒：《戴望舒诗集》，四川人民出版社1981年版，第3页。
[2] 胡经之、王岳川编：《文艺学美学方法论》，北京大学出版社1994年版，第83页。
[3] 张洁宇：《独醒者与他的灯：鲁迅〈野草〉细读与研究》，北京大学出版社2013年版，第57页。

下之质实世界的约束，"说到底，这是对'有'的拒绝，对已有的，将有的，既有的一切的拒绝"[1]，展现出影作为先觉者形象的果敢坚定。此处已超越了古典诗歌之写影传统中为了求似而离形的手法，旨在追求影的独立价值，展现出精神内蕴层面的突破意义。

第二大向度是从彷徨到沉没。影在初步觉醒后先是自称"不如彷徨于无地"，但在独立意愿的进一步发酵中，他深刻认识到自己面临的是"然而黑暗又会吞并我，然而光明又会使我消失"的困局，于是立下了"我不愿彷徨于明暗之间，我不如在黑暗里沉没"之誓。影因无路可走而自甘沉没，此时的他已不再呈现出伊始觉醒时的徘徊游移之态，而是站在更为鲜明的立场，试图在自身的悲剧性命运已无任何反抗余地之时，获取主宰最终走向的权利，他明白了"自我的生命意义仅仅存在于自我的选择和反抗之中——'无家可归的惶惑'由此成为'反抗绝望'的内在依据"[2]。此处的影可看作是作者本人的缩影，影的选择是对鲁迅精神世界的反映，他曾自称"常常觉得唯'黑暗与虚无'乃是'实有'，却偏要向这些作绝望的抗战"[3]，这也正为诗歌增添了思想力度。

第三大向度是从消亡到存在。影沉没于黑暗的消亡悲剧，背后折射出的却是自我存在意义的重新确立。当影抛却精神压力，坦然无怨地与黑暗融为一体时，便展现出"安详而充盈，从容而大勇，自信而尊严"的强烈美感[4]。他通过对自身的主动毁灭来找寻生命的存在意义，饱含了不破不立的大无畏情怀。"只有在这种赋予自己痛苦的实感之上，他才能意识到自己"[5]，在悲剧中寻觅生命的全新滋养，在晦暗中积蓄力量，直到最后"那世界全属于我自己"，这是影保持自我尊严的人生哲学，亦是作者勇于不计后果承担命运的坦荡宣言。以上这三个向度的交

---

[1] 钱理群：《与鲁迅相遇》，生活·读书·新知三联书店2003年版，第274页。

[2] 汪晖：《鲁迅小说的精神特征与"反抗绝望"的人生哲学》，见王晓明编《二十世纪中国文学史论》（第一卷），东方出版中心1997年版，第417页。

[3] 鲁迅：《野草》，人民文学出版社2012年版，第13页。

[4] 王乾坤：《鲁迅的生命哲学》，人民文学出版社2001年版，第322页。

[5] 竹内好著，孙歌编，李冬木、赵京华、孙歌译：《近代的超克》，生活·读书·新知三联书店2005年版，第148页。

互作用令全诗充溢着由绝望、抗争与黑暗三者带来的强大内涵张力。影因绝望而抗争，但仍不可避免地走向黑暗结局，从而导致更深度的绝望。但绝望并未泯灭其抗争斗志，他在对命运终局心知肚明的情形下还要向其做出力所能及的反抗，这才是影的深层蕴意，"显现着绝望和消解绝望的内在紧张"[1]。这种张力为影的形上价值加添了精神畛域的判断力证。

卞之琳对影的摹写具其独到特质，展示出他致力于创新意象表达的文学追求，可从两方面阐析其写影手法的突出表现。首先是对投影艺术的娴熟运用，即灵活运用光照投射原理将立体三维空间化作聚合型的单维平面，从而实现对意象排布的重新组织。例如《西长安街》："长的是斜斜的淡淡的影子，/枯树的，树下走着的老人的/和老人撑着的手杖的影子，/都在墙上，晚照里的红墙上。"枯树、老人和手杖本属不同平面维度的意象，但在晚照中皆化作倾斜疏淡的影子被投映至红墙上；采用夕阳而非其他光源，正是着眼于黄昏所蕴含的残败气象，斜阳在一天中出现的时间，正契合于路边枯树和挂杖老人所处的生命阶段；诗人利用以夕阳寓指衰颓的艺术范式，将天地光景和人世代谢皆投影于同一平面，构成了一幅极富零落美感的简约图画，可谓匠心独运，静气内敛。又如《一块破船片》："潮来了，浪花捧给她/一块破船片。/不说话，/她又在崖石上坐定，/让夕阳把她的发影/描上破船片。"夕阳将女子发影投射至破船片上，这个投影载体可谓别出心裁，船片与晚照皆富含衰朽之气，这与女子形象本不相配；但因大海尽头"不见了刚才的白帆"，这寓示了女子所思之人的杳然远逝，故而在破船片上投射的发影，凝聚的实乃她目睹孤帆渐远而愈显晦暗的心绪；直至最后帆影也不复得见，女子无奈之下连残破船片也要送还海水，这便将思念的悲慨情绪渲染得更为深刻隽永，感人肺腑。可见诗人对投影艺术的运用，常令多维意象在单维空间融为一体，通过指向相似蕴涵范畴之意象群的完融聚合，来烘托整体诗境，最终达致对深沉情感的隐晦表达。

---

[1] 李玉明：《"人之子"的绝叫:〈野草〉与鲁迅意识特征研究》，北京大学出版社 2012年版，第23页。

卞之琳写影时的另一突出特征是善于将影作为时空介质来摹绘，使影子在虚实境间过渡自如，从横纵两个向度沟通不同界域的时空线索，从而融贯整体意境的内涵链条。例如《影子》：

> 一秋天，唉，我常觉得／身边仿佛丢了件什么东西，／使我更加寂寞了：是个影子，／是的，丢在那江南的田野中，／虽是瘦长点，你知道，那就是／老跟着你在斜阳下徘徊的。

> 现在寒夜了，你看炉边的墙上／有个影子陪着我发呆：／也沉默也低头，到底是知己呵！／虽是神情恍惚了些，我以为，／这是你暗里打发来的，远迢迢，／远迢迢的到这古城里来的。

> 我也想送个影子给你呢，／奈早已不清楚了：你在哪儿？

该诗中的影子在时间与空间两大层面腾挪跳跃，串联起诗人细腻宛转的情思。从空间角度看，影子先是在此处，但一到秋天便因丢失而变换位置，远至江南的田野；接下来它从斜阳下游移徘徊的场所，跳跃至寒夜里炉边的墙上；自"你"那边被远迢迢打发至古城里，影子灵活地勾连起从虚设到真实的多维情境空间；诗歌末尾，影又自"我"心里的意象，向外投射至无处可觅之境，因为不知"你在哪儿"，影的最终归宿是在虚茫宇宙中，随着情绪牵引，漂泊漫逸至任意空间。从时间角度看，诗人笔下的影贯联起了今昔之景，从如今秋季失去的影，到曾经与"你"一同徘徊于夕阳晚照下的影，再回到寒夜现况中"陪着我发呆"的影，影的时间属性随着意识流动而变迁，它作为虚实界域中的介质，是令惆怅孤独之愁绪情思挥洒自如的催化剂。这种摹影手法正契合了卞诗"总是在最现实的层面上作种种跳跃，迅速地进入一个广阔的时空之中"[1]的写作风格，令他的诗歌更富蕴藉沉挚的隽永韵致。

北岛的诗歌中亦常见影意象，且他时或将观照视角转换而书，即从人观影变易至影观人，比如不写自己看到窗中影的样态何如，转而

---

[1] 江弱水：《抽思织锦——诗学观念与文体论集》，北京大学出版社2010年版，第14页。

摹绘影子观望自身时的感受，可谓独出机杼。他笔下的影大致具有两个层面的精神意义。其一是作为精神突围的对抗力量，例如其名篇《回答》："卑鄙是卑鄙者的通行证，/高尚是高尚者的墓志铭，/看吧，在那镀金的天空中，/飘满了死者弯曲的倒影。"倒影归属于高尚的死者，而其盈满天空的悲壮姿态正显示出他们在面对暴力世界时坚定不屈的大无畏精神，诗人怨愤至极的笔触满载他力求精神突围的强烈祈愿。再看《五色花》，这首诗寄寓了诗人对美好的无限向往，"太阳在远方白白地燃烧，/你在水洼旁，投进自己的影子/微波荡荡，沉淀了昨日的时光"，五色花为这深渊边缘饱受炙烤的严峻环境注入了微波荡漾的清凉气息，她冷静从容，自信包容，满富固守自由的坚定信念；水洼中的影子守护了诗人"每一个孤独的梦"，也为他贯注了饱满的精神力量，北岛将"保持着初放时的安详"这类真挚祝福赠予了五色花，也送给了仍旧坚信真理与正义的自己。又如《眼睛》："在玻璃窗的影子里，/另一双眼睛幽然清晰。/里面印着过去的天真，/和未来的希冀。"诗人与影子互相映照，窗影传递出的是对未来保有希望的精神力量；因为对于这一时期的诗人来说，"主流的表达方式难以让他们捕捉到内心的真实情感"[1]，故而北岛选择借影代己以尽抒感怀，并发出了"苦，而有趣，/生活永远有意义"的积极呐喊。

北岛诗歌之影的第二层面精神意义体现于其作为诗人重构自我之虚设载体的价值，例如《无题（对于世界）》："对于自己，/我永远是个陌生人。/我畏惧黑暗，/却用身体挡住了/那唯一的灯。/我的影子是我的情人，/心是仇敌。"诗人对世界充满了困惑不解，并试图对自我固有矛盾进行深层次解构，在与影子相伴的过程中，他陷入了迷失自我、厌憎内心的精神泥潭，而影子也成为诗人重寻自我之过程中的唯一同伴。又如《界限》："河水涂改着天空的颜色，/也涂改着我，/我在流动。/我的影子站在岸边，/像一棵被雷电烧焦的树。/我要到对岸去。"诗人反省着自我已被涂改的现状，此时的诗境中出现了四个"我"，即站在岸边

---

[1] 蒋登科：《中国新诗的精神历程》，巴蜀书社2010年版，第346页。

如被烧焦的影、影在水中倒映的影、要到对岸去的"我"和"我"在河水中流动的影。北岛对自我的审视在这首诗中体现得淋漓尽致,影意象也成为他深刻认识并找回自我的重要载体。再如《夜归》"我把影子挂在衣架上,/摘下那只用于/逃命的狗的眼睛",北岛自省于为了混入秩序而戴上的虚假伪装,想在梦中将被影子覆盖的真我坦然展露于世,不再设防奔逃,任凭"像深水炸弹"般爆炸的时间对自我进行重新塑造。还有《别问我们的年龄》:"影子脱离了我们,/被重新裁剪。/从袖口长出的枯枝,/绽开了一朵朵,/血红的嘴唇。"自我变得钝感,任凭外力随意拿捏,因而影子才会脱离我们。这并非无情抛弃,而是意在促进自我认知的颠覆性变革,避免向着更为晦暗的迷途进一步堕落。由上可见,北岛常在诗中虚设影意象以承担他对自我进行重新解构的内在责任,诗人"一直在写作中寻找方向,在不断调音和定音"[1],以审慎态度将重构自我的阶段性成果尽皆流露于诗歌创作,彰显出可观的时代价值。

助力当代诗人小海获得"天问诗人奖"的长诗《影子之歌》体现出影之形上内涵在新时代的突破性创进,小海将目光投射至影的宇宙场域,以超验虚灵式的语言传递出诗人对人生万象的逻辑性体验。他认为"影子是偶然和有限世界的一切,它贯穿我们与物质世界,畅行于宇宙,迎来了它的黄金时代",是涵纳包蓄所有未知领域的统摄性概念;而影子的重要性也在诗中得到了一再强调,如"影子就是我的整个生命""通过影子,我们学会了理解一切,可以活下去""影子有镜子的功能,照耀被禁锢的世界,打开内心的风景,带你到达光明之地"等。影较之于形具有更为持久恒远的生命力,是占据全知视角并覆盖一切可视世界的存在。小海在诗集序言中对影子哲学作了开拓性的全新阐述:"影子用表现主义的一贯风格裸露和改造我们,就仿佛来自一种深厚的文化传承。影子覆盖着女性气质,是脆弱的流放,心灵的地图集。影子身后令人困惑的虚空却又像恐惧的虎穴一样。影子让我们的赤裸变成了一种文化——终于突围并重启了文化的新秩序——模仿上帝和建立人类

---

[1] 唐晓渡:《传统就像血缘的召唤——北岛访谈录》,载《诗潮》2004年第3期。

次文明结构。"[1]他力图将影作为一种对生命状态进行直观反映的纯粹形式，认为影具有从漫长历史演进过程中蓄积而成的独立品格。它并非人类场域的附属品，而是在时空、形神等多个层面皆具有深广背景的能量体，"是灵魂有条件的思想，是肉体的思考"。小海自述创作初衷是"力求使这部作品成为一个和我设想中的诗歌文本一样，是动态的、创造性的、开放的体验系统，是关联性的关系总和"[2]，他也确实在诗歌创作中极大扩展了对哲理与诗思之交糅形式的探讨空间，以抽象语言尽可能包蕴了影之存在意义的无限可能，是写影艺术发展至当代的里程碑作品。

诗歌之"影"的内涵发展在现当代主要体现于对精神空间的深度探掘，这一形上意义的开拓性局面是承袭庄子、陶渊明、佛禅及明清时期"灵想""太虚"等思想蕴旨而来的，离不开古典诗歌深厚悠久的文化传统，并将在新的时代背景下得到更为全面、多样的补充与诠释。

四、结语

从先秦至现当代，中国诗歌的写影艺术经历了漫长而又多样化的演变过程，呈现出审美蕴旨和形上内涵逐渐拓展深化的特点。影在先秦仅作为形下意义的日常物象而存在；及至汉魏六朝，被渐次注入了以愁绪为代表的情感内蕴，当永明诗人群体开始着意绘影时，影便由此成为诗歌中用于造境的常见审美意象；唐五代时期，影意象的辐照范围得到了广泛延展，形貌样态也有所丰富，李白、李商隐、司空图等人更是极大充实了影的美学蕴旨；宋代以降，诗人们对影的艺术观照依次进入了高潮繁盛期和余音回荡期，林逋、张先、周邦彦、陆游、朱熹等人分别从状物、抒情和说理等角度开掘了影的表现空间，并生发出"梅花疏影""惊鸿照影"和"天光云影"这三大审美范式，而影的虚无要旨亦拓展至虚影、无影、不见影和佛教之影四种显现形式；元明清诗人在写影时以继承前人成果为主，并对灵想独辟、心之虚灵等形上意义作了独到阐发；逮至现当代，影之内涵的全面发展主要体现于新诗中，表现

---

[1] 小海:《影子之歌·序言》，重庆大学出版社2013年版，第9页。
[2] 同上书，第2页。

为对人类精神界域的深度探掘，鲁迅、卞之琳、北岛、小海等诗人通过多元向度、投影调度、视角转换、超验空间等艺术形式，广阔延展了影意象的形上空间。这一演变进程至今仍未停止，"影"也将随着时代变迁被赋予更多元化的意义，中国诗歌的写影艺术还具有宏远广袤的探索空间。

【作者简介】 新加坡南洋理工大学中文系博士研究生。

论叶松石与中村敬宇、
大槻爱古的交往及唱和

黄仁生

【摘要】 嘉兴诗人叶松石于同治十三年一月赴日本任汉文教师后，能以汉诗文才能融入东京文人圈，进而引起日本汉诗文作家的关注和赏识，与他同大槻爱古、中村敬宇的交往密不可分。二者都是思想开放的学者兼诗人，或是最早将叶氏诗作传播于日本的伯乐，或为最早与叶氏交往的名家，因而颇值得关注。根据现存文献梳理其交往与唱和过程，不仅对于研究近代中日汉诗交流有重要意义，而且为汉诗的跨国唱和提供了成功的经验与经典性案例。

【关键词】 叶松石 大槻爱古 中村敬宇 汉诗交流 跨国唱和

叶炜（1839—1903，字松石，号梦鸥、鸳湖信缘生等，浙江嘉兴人）于同治十三年（1874，明治七年）一月赴日本任汉文教师后，能很快融入东京文人圈，进而引起日本汉诗文作家的关注和赏识，与他同大槻爱古（1801—1878）、小野湖山（1814—1910）、森春涛（1819—1889）、中村敬宇（1832—1891）、成岛柳北（1837—1884）等名家的交往、唱和密不可分。其中森春涛作为《新文诗》等杂志的主宰者[1]、成岛柳北作为《朝野新闻》的社长及《花月新志》杂志的主宰者[2]，对于传播与保存叶松石所作诗文的意义尤为重要，但中村敬宇与大槻爱古

---

[1] 笔者已撰有《论叶松石与明治诗坛盟主森春涛的汉诗交流与唱和》一文，详见《中华诗词研究》第六辑，东方出版中心2020年5月出版。

[2] 笔者拟另撰《论叶松石与成岛柳北的交往及唱和》。

都是思想开放的学者兼诗人，或为最早与叶氏交往的名家，或是最早将叶氏诗作传播于日本的伯乐，且三人之间曾在一段时间内持续展开深度唱和，故合为一文进行考察。

一、"同文异曲互争工"：从《爱敬余唱》说起

《爱敬余唱》最早刊行于明治九年（1876）四月，当年七月再版又有所增益，署"东京大槻爱古编次、中村敬宇校刻"。卷首有《引》曰：

> 此卷始题曰《闲窗唱和》，以效肇《太平唱和》，磐翁乃改题曰《爱敬余唱》，盖出于爱国敬神之意。既而幡然悟曰："岂其然？夫爱敬尽于事亲与交友，而四海五洲皆可得而为兄弟，磐翁之旨远哉！"童子在旁笑曰："以蒙观之，犹是爱古、敬宇二先生之唱和耳。"乙亥腊月上浣，敬宇中村正直识。

乍看《引》中所叙爱古改题、敬宇顿悟、童子点题，以为这个集子专门收录大槻爱古与中村敬宇的唱和诗，旨在表达"爱国敬神"与"爱敬尽于事亲与交友"之意，但依次查阅所收唱酬诗作后不难发现，这个集子明显分为两个部分，第一部分所录四十八首唱和诗为全书主体，皆作于明治八年（1875）冬，其中大槻爱古二十七首，中村敬宇十首，叶松石九首（依次为第九、十一、十五、十六、十八、二十二、二十八、二十九、四十三首），成岛柳北一首，多人合作一首，且部分诗作后有叶松石评语。因此，严格地说，这个集子应是大槻爱古与中村敬宇、叶松石三人的唱和诗集。至于该集第二部分所录酬和之什，乃明治九年（1876）作，初刊本凡十九首，实皆可作为第一部分四十八首唱和诗作的影响来看待，其缘起或属敬宇将明治八年（1875）冬编成的《爱敬余唱》寄示友人而收到和作，或因爱古在《朝野新闻》上发表了他与中村敬宇、叶松石部分唱酬诗而引来遥和并投寄报社。其中青山延寿二首，罗雪谷（中国诗人）六首，河田贯堂二首，岩村英俊父子二首，涩谷启藏二首，都是从不同途径获观《爱敬余唱》的部分诗作后而赓和的；另有敬宇二首、爱古三首，则分别为酬答之作。明治九年七月增订本所增

和韵诗四首，分别为松冈用拙一首，敬宇二首，爱古一首（排在再版跋文之后）。

中村敬宇引言中所谓《太平唱和》，指收集明治八年（1875）春大槻爱古与众诗友唱和诗的小册子，署"大槻爱古编录、成岛柳北批点"，末附大槻爱古《戏咏时事十六首》，包括咏纸币、马车、传信机、铁道、瓦斯灯、人力车、邮便奴、炼化石、写真镜等新事物，是年五月刊行后颇受关注。同是以诗坛名宿大槻爱古为中心的唱和诗集，《爱敬余唱》虽有"效颦《太平唱和》"之意，但因唱和伙伴及方式有异，从而形成了新的特色。

首先，《太平唱和》从"乙亥一月一日"大槻爱古首唱豪韵，并酬和成岛柳北屑韵开始，持续三个月，体式既有近体七绝，也有古体七绝（且为入声韵），包括《戏咏时事十六首》在内，凡一百零五首，皆无评语。而《爱敬余唱》则从"乙亥十一月五日"中村敬宇首唱、大槻爱古酬和开始，诗体为七律，押"宫""风""红""工""虹"韵，持续唱和一月有余，而余波荡漾达数月之久。如第一首中村敬宇《乙亥十一月五日宴东京书籍馆》曰："十载孔林栖学宫，一朝宗悫驾长风。多难不奈满头白，微醉能回双颊红。乔木千章存故态，高楼百尺见新工。自惭老大空劳碌，座上群英气吐虹。"是即境有感、借酒抒怀之作，早年他像中国南朝宋代诗人宗悫，愿乘风破浪，有所作为，但世途多难，老大空悲。叶松石读后评曰："起承四句，自幼学壮游写到小集，颈联景中寓感，直接自叹，一结回顾座客，通篇一气呵成，一语不苟，洵传世之作。"爱古评曰："松石此评精确。"第二首大槻爱古《和敬宇君见示之作却呈》乃步原韵回赠："小石川头一亩宫，更营高阁拟洋风。薰陶今育东京俊，游学曾航西海红。立志成编张士气，自由说理夺天工。绪余杂纂多佳话，健笔犹能截彩虹。"是针对原诗自叙早年"驾长风"，如今"头白""栖学宫"的感叹而发，着重肯定其早年赴英国求学，回国后翻译《西国立志篇》等传播西学，并著书立说，张扬士气，培育青年才俊，因此松石评曰："五十六字，可作敬宇君小传读。"由此以下，全卷都采用首句入韵式，韵脚依次为"宫""风""红""工""虹"，始终未变。如第九首叶松石《敬宇先生以磐翁古物会唱和诗见示，仆亦与斯会，读之技痒，恭步原韵奉呈》曰："诗声正大律中宫，爱古翁真足古风。狂眼不随秋水白，醉颜欲傲晚霞红。立身有道君无愧，博物须才我未工。盛会叨陪殊众客，摩挲赠剑气如虹。"爱古评曰："颈联一句，虽不敢当，知己之言，万不可忘。君之不忘赠剑[1]，于仆亦感感。"又如第十五首叶松石《奉赠敬宇先生》曰："一道文光射斗宫，高悬绛帐类扶风。磨穿铁砚墨犹黑，击碎玉壶灯尚红。上下千秋同我癖，纵横万里让君工。写真易状才难肖，笔挟云龙气贯虹。"敬宇评曰："一气呵成，极为合作。第如其所言，则仆岂敢当！"爱古评曰："一气呵成，四字的当。余亦以此篇为卷中叶君杰作。"作为酬赠之什，虽难免有恭维称颂之意，却切合二君生平为人实际，堪称得体。

其次，《太平唱和》虽从大槻爱古与成岛柳北的唱和开始（柳北仅一首古体七绝），但其后为大槻爱古分别与柴原靖庐、木涧濑佩兰、松平春岳、石川樱所、西岛秋航、川田瓮江的唱和，其间又穿插录入成岛柳北近体七绝十二首，从诗题中可以看出，有的唱酬活动已略具逞才竞技意味。而《爱敬余唱》所收明治八年（1875）冬的诗作，主要是在大槻爱古与中村敬宇、叶松石三人之间集中唱和的，并按写出时间先后编排，或当场酬答，或以邮筒寄赠，形式上虽限定为七律并步原韵，但题材、内容在一定程度上是开放的。一人首唱新的话题，酬和者也随即跟进。例如，首唱者敬宇从书籍馆宴会抒怀，写到古物会见闻，叶松石加入后又互相以诗致意，至第二十首敬宇再以《余近摄理东京女子师范学校，故叠韵及之》转移话题，爱古与松石随即分别以《恭和敬宇先生摄理女子师范学校》《敬宇先生主讲女子师范学校，以诗见示，叠韵戏赠》承接，这实际上是一种从形式到内容的双重呼应方式。因而所作既有应酬诗，也有写景诗、抒情诗、咏史诗等，从不同角度、不同话题而写出变化。结合诸作题目与部分诗作的评语，我们至今还可以感受到，当时那种此唱彼和中的逞才竞技气氛已经相当激烈。如第十二首爱古《叠和奉酬》曰："音节洋洋商叶宫，宛然大雅盛唐风。磐溪迂叟鬓丝白，松石先生帽结红。此往彼来宁有极，同文异曲互争工。若

---

[1] 关于赠剑事，下文将论及，兹不赘。

将此卷传中国，光彩谁惊万丈虹。"第十四首爱古《松石和未至，诗以促之》曰："慊心吾辈语言异，刮目先生文字工。一日三秋竣报意，急于久旱望晴虹。"第二十九首叶松石《叠韵既多，各出新裁，唯红字未有异义，因戏用人名以别之，希两家吟坛指正》曰："懒学徐陵体创宫，各舒襟抱振诗风。呕心险怪嗤长吉，出口新娇问小红。句不推敲如铸稳，韵谐竞病谢雕工。邮人大笑邮筒数，和到明年再见虹。"第三十首爱古《松石先生以用人名妙联见寄似，且云一日不接诗筒殊落寞，诗以撩之。仆谨领命矣，乃试联作二律以呈焉。唐突之罪，请恕》曰："芈姓之先是楚宫，遥遥华胄见遗风。五湖去越烟波远，三户亡秦战血红。诗尚风姿石林妙，文关世教水心工[1]。叶生不负秀州秀[2]，每寄一篇虹吐虹。"这种通过邮筒来索和、酬答的唱和方式，显然比在某个现场即时唱和要从容得多，即使受到限韵的约束，也试图在韵字的多义性上另辟蹊径。至第三十二首，酬诗数量最多的爱古恳请罢战，其诗题为《宫虹之战酣，余以交绥二字献者，虑丑态渐露，败亡或从之耳，其意出忠爱之余。敬宇乃推余为骚坛元帅，己欲当偏将之任，以从事于笔阵之间，其志则壮矣。以余观之，岁路峥嵘，而文债如山，苟不及早为计，后来或致不可悔之扰，遂幡然改图，谨奉降章一篇，拜谢敬宇、松石两诗坛之帐下，强愎之罪，请从末减》，且首二句诗曰："维时畅月黄钟宫，一片降旗出下风。"诗末敬宇评曰："收全胜之诗，其妙乃尔！仆受此降章，不堪惭汗。""畅月"即十一月，时年七十五岁的大槻爱古视此次唱和为"笔阵"，为"宫虹大战"，且"谨奉降章"，请求罢战撤退，但实际上并未马上偃旗息鼓，三人之间的唱和一直持续到当年十二月。

再次，《太平唱和》的唱和伙伴都是日本人，且因多达八人，诗艺水平难免参差不齐，如限屑韵的古体七绝，就很少有人响应，从原唱到酬和仅五首。而《爱敬余唱》最初虽由敬宇、爱古唱酬，但过了五天，

---

[1] 颈联中石林、水心分别指宋人叶梦得（号石林）、叶适（号水心居士），为叶松石祖先。
[2] 秀州，叶松石为嘉兴人，嘉兴原称秀州。这里的"秀州秀"，与下句"虹吐虹"，属有意重复，不算重字。

二人客客气气地仅作了四首，直到第六天"敬宇君携清客叶松石"在"古物会"上与爱古相见，这场日中之间的"宫虹大战"才真正开启。三人中爱古实为前辈名家，敬宇也长松石七岁，且已名满天下。尽管三人此前已有交往与唱和，但在日中两辈人之间如此郑重地以"笔阵"方式一较高下，却属首次。或许当时三人心态各不相同，敬宇作为首唱者，本来有"效颦《太平唱和》"之意，主观上当然期望引导这场唱和能有波澜起伏地演绎下去，邀请松石加盟后，则由二人"对弈"发展为三方争雄的"笔阵"，从而更富于"张力"与变化；爱古作为长一辈名宿，则正如敬宇赠诗中所说，"意气峥嵘犹未老，欲凌霄汉蹑星虹"，颇有与两名后生一决雌雄之势，尤其既想借此深度了解叶松石的诗才与敏捷程度，也希望这名来自中国的年轻诗人能对爱敬唱和给予知音般的评鉴；而作为不会说日语的叶松石，平时与不会说汉语却能写作汉诗文的日本文人交流主要通过"笔谈"，互赠诗文固然是建立情谊的重要途径，但彼此唱和，尤其是像这样在一段时间内持续唱酬，则更有利于加深了解，以至成为知音，而惺惺相惜，互相赏识。因此，"一日不接诗筒殊落寞"的叶松石非常珍惜参与这场"笔阵"的机会，几乎是全身心地投入"宫虹大战"。用此种心态面对"劲敌"式对手，通过几个回合的彼唱此和以及互相评鉴，不仅在切磋交流中促进了诗歌技艺，而且加深了相互间的了解与情谊，爱古甚至已视松石为"知己"。如第十首，爱古回赠松石曰：

> 教职虽然在学宫，闲来啸月又吟风。时磨宝剑爱清白，岂向花街追软红（松石自言爱妓爱剑，故云）？骈体雄浑惊绝技，长篇豪放见良工（《赠剑谢启》及《宝剑篇》，皆流畅可诵也）。故人家在大江岸，来蹑长桥五彩虹（时二州桥功将成）。（《叠韵谢呈》）

诗中对叶松石的工作、生活、兴趣爱好、诗技特长的咏叹都很到位，且叙中有评，蕴含着赏识惊羡之情。又如第十一首叶松石《酬爱古先生见赠之作》开篇曰："唐贤群和大明宫，忽有诸公继此风。"爱古读后甚喜，评曰："想到大明宫，妙。与敬宇未央宫一同好案。"又云："叶君诗，起首每高。"又如第二十二首叶松石《敬宇先生主讲女子师范学校，以诗见示，叠韵戏赠》中间两联曰："万姓蛾眉齐洗翠，五洲蟫史尽标红。诗言温厚牝鸡戒，易象文明雌雄工。"对仗工整而有趣，爱古读后评曰："叶君之诗，巧于对偶排比，岂昔日习举业者耶？"而松石对于爱古、敬宇诗作的欣赏评鉴，除了上引几首评语，还如第四首爱古《再呈敬宇先生》：

> 同人社即小黉宫，三百生徒草靡风。门外寒流一条绿，檐前霜叶满林红。神机儒教浑融尽，汉字洋文翻译工。欲拟先生成业美，暮山高挂半天虹。

明治时代与庆应义塾、二松学舍齐名的"同人社"，在校学生达三百余人，以东西方学问兼授而独具特色，爱古诗中对于敬宇的业绩的肯定与赞赏溢于言表。松石评曰："颔联诗中有画，颈联造语从容。磐翁之笔，养由基之箭，似之。"又云："拜读唱和诸什，端庄流丽，工稳自然，若忘为步韵者。旗鼓骚坛，二君可称廉、蔺。"又如第二十一首爱古《恭和敬宇先生摄理女子师范学校》，敬宇先评："摄理字俗，一入先生诗则雅，何等巧手！"松石接评曰："难写之事，重困以韵。磐翁能运典叶之，宋人尖义咏雪，不得专美于前。"又如十一月下旬，成岛柳北邀请众诗友至墨水（亦称隅田川）观枫，叶松石因故未出席，补作《墨水观枫之会，余有事，故不果，叠韵却寄》，敬宇读后评曰："此日松石不来，颇为遗恨。今读此诗，斯会亦觉不寂寞。"这种集创作、接受、评论乃至传播为一体的唱和活动所开启的风气，在明治诗坛不胫而走，影响深远。以至过了几年以后，菊池纯还在《梦鸥呓语序》中写道："予耳叶君盛名久矣。忆距今五六年前，予父执磐溪大槼翁曾见贻其新著《爱敬唱和诗》一卷，中载叶君和作数首，命意超凡，措词高雅，具李杜风范，能别出机轴者。回味讽诵，手不能释卷。其卷现在几上，而海山阻绝，其人卒不可见，惆怅久之。"[1]

---

[1] 引自叶松石《梦鸥呓语》卷首，明治十四年（1881）大阪刻本。

此外，还有必要一提的是，《太平唱和》卷首有川田刚撰《太平唱
和序》曰："次韵之诗难工，故渔洋、随园辈不敢作。今爱古先生敢其所
不敢，醉余唱酬，积至数十百首之多，而首首变化，无一复笔。称曰才
力压海外大家，亦岂不可哉？"虽难免过誉，但至少说明爱古喜爱以唱
和方式作诗。而《爱敬余唱》书末则有《跋》曰：

> 袁子才不喜叠韵和韵，以为诗写性情，唯吾所适。何得以一二
> 韵约束为之？是知其一，未知其二也。诗自有从约束中得奇句妙
> 语者，犹之困于心、衡于虑而后喻，何以凑拍为？子才曰："忘韵，
> 诗之适也。"余曰："不忘韵，亦诗之适也。"这里消息，子才能领
> 乎否？乙亥畅月七十五翁大槼磐溪识于爱古堂南窗之下，时茶梅花
> 落，霜禽争红。

表面上看，大槼爱古似乎是故意与袁枚掰手腕，唱反调，但实际
上是基于其创作实践而提出的关于唱和诗之理论认识。他一方面承认
"爱敬唱和，本出于一时游戏"[1]，另一方面又提请读者"莫把斯篇游戏
视"[2]，意谓与兴趣相近、性情相投、诗艺相当的诗友之间彼唱此和，颇
像玩游戏一样，是出于娱乐之目的而非为谋求功利。因此，即使有格
律、限韵的约束，并不等于不能"得奇句妙语"，关键在于唱和伙伴的
思想认识与艺术水平是否高超，读者切不可想当然地将唱和诗视为粗
制滥造、思想浅薄的"游戏"之作。明治九年（1876）七月松冈时敏
撰《爱敬余唱跋》曰："二先生怀亘古今、通彼此，一贯万物之道，翘然
双立于一世，胸襟所触，同借汉字发之，绚烂如虹备七彩，应物出趣如
铁线骋电信，词婉而理核，如花有雌雄，感而结实，以至构思之精，如
空气自纤隙入而充之，要皆发乎性灵之无尽藏，宜矣！二先生唱和之韵
益叠，而风趣益涌出也，亦可以征诗之本源也已。"[3]实是基于上述爱古
所倡"不忘韵，亦诗之适也"理论的阐发，意谓唱和诗虽受格律、限韵

---

[1] 引自大槼爱古为中村敬宇长诗《爱敬歌》所作题识，见于《爱敬唱和》书末。
[2] 引自大槼爱古《爱敬余唱题诗》，见于《爱敬唱和》卷首。
[3] 见于明治九年（1876）七月增刻本《爱敬唱和》书末。

的约束，也宜于抒发性灵。这也是日本明治时期诗社林立、发表汉诗的报纸杂志如雨后春笋般出现的重要基础或动因之一。唱和不仅是诗人之间的一种艺术交往行为，而且愈来愈成为集创作、接受、批评乃至传播于一体的复合进行方式，因而为兴趣相近、性情相投、造诣相当的诗友们所喜爱，甚至反复酬和，乐此不疲。叶松石不仅因为认同爱古的这种诗学观而倾尽心力投入，而且从中受到启发与鼓舞，以至于后来他作为首唱者而引发了三次较大的唱酬活动（详后文），其中第一次是他主动发起而呼应热烈；第二次则是无心插柳柳成荫（他本人过了很久才知晓），并且敬宇与爱古皆积极呼应作答；第三次虽也是他于明治十三年（1880）夏主动发起，但其时爱古已仙逝，敬宇也未参与呼应。

二、"匹似高山流水琴"：叶松石与中村敬宇的交往及唱和

中村敬宇，名正直，敬宇为其号，又号鹤鸣、梧山，江户（今东京都）麻布人。早年兼修儒学与兰学，曾先后任昌平黌教授、甲府徽典馆教授。庆应二年（1866）赴伦敦留学，明治维新后，历任大藏省翻译、东京女子师范学校校长、东京大学文学科教授等职，并创办私学同人社，主宰《同人社文学杂志》，有《敬宇诗集》四卷传于世。

叶松石抵东京任教后不久，因陪同时任教的美国人麦加谛登门拜访中村敬宇而缔交，后来经常来往，既堪称"知交"，也是韵友。兹从叶松石第二次访日因病归国（1882）后为中村敬宇所作二诗，即可窥见他们之间的交往与情谊：

怀人诗（其一）

渭树复江云，知交两地分。十年劳梦想，万里阻声闻。对月吟佳句，拈花悟妙文。一樽摊卷坐，此际最思君。（《新新文诗》第七集）

寄怀日本友（其一）

米人麦加谛，拉我初访君。自兹迭来往，谈深易夕曛。交以道义重，余事乃论文。归兮隔沧海，时复感离群。（《新新文诗》第十二集）

　　前诗作于光绪十一年（1885，明治十八年），同时仅作二首，分别怀思中村敬宇与森春涛，诗末有森春涛识语曰："松石不相见者，殆若十年。近托岸田吟香寄到两诗，始知起居无恙。云涛万里，无堪翘望，此录以告松石海东知交。"又有小野湖山评语曰："松石真可爱不可忘之人，闻其久病，思得消息。今读此二首，稍自慰渴怀。"后诗作于光绪十二年（1886，明治十九年），同时共作十二首，各怀一友，另十一人依次为森春涛、长三洲、小野湖山、冈本黄石、日下部翠雨、谷太湖、江马天江、福原周峰、小林卓斋、藤泽南岳、菊池三溪。在组诗的末尾，森春涛识曰："松石前有寄怀之什，今又获此稿，其于东土旧雨，眷眷若此。老夫欲作一书报之，未果，临风怅然。"其时大槻爱古已仙逝，所谓"旧雨"，是指曾有交往唱和并且尚存于世的韵友。就叶松石与中村敬宇的交往而言，实际上二人自明治九年（1876）七月在东京告别后就再也未曾见过面。叶松石第二次访日期间，试图联系中村敬宇而未果。明治十五年（1882）二月归国后的三四年间，两次作诗怀人怀友，不仅都把中村敬宇排在第一，而且对于二人从初识到相知的情境仍记忆犹新。

　　所谓"交以道义重"之句，实际饱含着叶松石对于中村敬宇曾经给予其无私帮助的感激之情，他与大槻爱古、成岛柳北的缔交，最初都是经中村敬宇的绍介而开始的。明治七年（1874）三月，中村敬宇邀请大槻爱古来寓舍做客，并请叶松石相陪，席上"对酌唱和""赓诗数首"，爱古贻以诗集，松石则以画兰回赠，可惜都没有保存下来[1]，但已为后来登门拜访、赠答唱和，以及参与"宫虹大战"作好了铺垫。明治九年（1876）夏，叶松石任教期限将满，中村敬宇邀请几位诗友在小石川书塾为其饯行，叶作《中村君饯余于小石川书塾迟盘翁不至即席赋赠》曰："欲别承招饮，高情共酒斟。故人期不至，二老喜联吟（谓自得翁及砾水老人[2]）。去国三年梦，还家万里心。桃花潭上水，争及

---

[1] 参见明治八年（1875）五月廿八日至五月三十日《朝野新闻》连载的有关叶松石拜访大槻爱古的过程与唱和，但叶松石初见大槻爱古时，《朝野新闻》尚未创办。

[2] 按"自得翁"指伊达千广，和歌山人；"砾水老人"，指岩村英俊，土佐人。参见明治九年（1876）七月版《爱敬余唱》。

石川深！"中村以《奉和松石先生即席见赠诗原韵》作答："君李我非杜，论文亦细斟。每欣孤鹤唳，下和小虫吟（昨岁赋宫虹韵七律，蒙见和多至十数叠韵）。笔话饶清兴，方言见素心。他年云树思，怅望感情深。"所谓"君李我非杜"，是因赠诗中引用了李白《赠汪伦》中"桃花潭水深千尺"诗意，中村做出的带有谦逊意味的回应，但"怅望感情深"与"争及石川深"的基调是一致的。两天后，叶松石又致书中村君曰：

> 敬宇先生同道阁下：昨前二日领教，又扰尊庖，谢谢！且同会二老皆不俗，诚三生之幸。第以磐翁不到为缺典耳。磐老诗"红裙文字战胸中"，势必红裙战胜，我辈输也。呵呵！顷率成《赠柳北先生》七古一篇，弟未审此君豁达否。若不以狱事介意，拙诗可以寄呈。倘以前事为讳，则诗中有意矜奇，未免逼人太甚。弟与渠无深交，不过欲博渠赠别之言，何可遽撩其怒？质之阁下，如以为可，祈代我邮政。如以为不可，祈代附祝融为幸。恃知己，敢以琐屑奉渎。如厌之，此此而已，当不再渎也。手肃即请文安，不一。辱知弟叶松石顿首。

成岛柳北时任《朝野新闻》社长，"竟由长庆乐府，讥讽百出，以致东坡诗案，囹圄半载"（莲舟老渔《柳北全集序》），叶松石赠诗中所谓"去岁相逢小石川，一觞一咏证奇缘。明日捉将官里去，再见无由岂偶然"，即指此事，但一方面鉴于与其仅一面之缘，并无深交，也"未审此君豁达否"，不敢贸然行事；另一方面在归国之前，又"欲博渠赠别之言"，故而质之"知己"，请代为权衡取舍。中村君收到书信与赠诗，立即与成岛柳北联系，于是不仅七月六日的《朝野新闻》将其致中村敬宇手简与《赠成岛柳北仿张船山体》刊布天下，而且翌日又刊载了叶松石的告别诗，实含索和或征诗之意：

将归故国留别东京诸友

岂有乘风破浪心，偶然来听子春琴。闲云久驻添今雨，倦鸟孤

飞恋故林。此日销魂开祖帐，他年回首感题襟。斯游真个超前哲，
海外论交比海深。

皋比虚拥忝谈经，自愧毫无裨友生。浮海徒夸诗格变，出疆幸
际圣时清。乡心梅鹤频萦梦，秋思莼鲈忽动情。最是两般抛不得，
联吟诸子墨江樱。

曰归有日，再到无期。感赋俚歌，聊抒离恨。所望琼瑶之赐，
藉增卷帙之光。谨此抛砖，敢邀赠玉。

乞柳北先生敲正。

（浙西叶松石初稿）

稍后，成岛柳北不仅在可爱楼设宴为叶松石饯别，相互赠答唱和多
首诗作，后来还在西京相聚，尤其是成岛柳北于明治十年（1877）一月
四日创办《花月新志》杂志后，叶松石也成为其作者之一，有关这方面
的详细情况，笔者拟另撰《论叶松石与成岛柳北的交往及唱和》加以介
绍，这里接着讨论中村敬宇对于叶松石征诗的回应：

松石叶先生将归中华，留二律见贻，因恭和其韵奉呈

纵横妙婉运灵心，匹似高山流水琴。愧我菲才滥文苑，多君硕
学列儒林。三年梦绕西湖月，一夕泪沾诸子襟。任使日支烟海隔，
交情胶漆镇长深。

吴越江山何日经，从游无术愧吾生。中华文物实辉焕，叶子胸
襟真洁清。未必离筵悲远别，或期再会话交情。他年梦境知安在，
王子丹枫墨水樱。

（《新文诗别集·五》）

毅堂（鹫津宣光）评曰："能运胸臆，而句句妥帖，亦不失其为作
家。"所谓"匹似高山流水琴"，正是二人惺惺相惜、相互视为知音的真
实写照。

东京惜别唱和后，二人虽未再会面，但其后尚有诗书寄赠。如叶松
石从横滨乘船抵达关西后，又在京都、大阪、神户与当地韵友诗酒流连

一月有余，其间曾致书中村敬宇曰：

> 别未一月，隔非千里，渴想难已！此后海阔天长，更不知如何悬悬也！弟于八月十五日至西京，投冈本黄石翁，极承诸文人不弃，张灯来访，争以先识为快，以速去为忧，良由爱古翁及阁下辈平日为弟延誉故也。黄石翁安置弟于鸭沂西涯木屋町柏亭寓宿，又有日下部翠雨大内史同寓，开窗则四面皆山，剪烛则二人谈艺，即终老焉，而未尝不乐。第免状限期止于三十一日，是为遗憾耳。回忆临别饯筵，客皆名士，座有倾城，惜处浊地，安得费长房移可爱楼诸人于关山之麓，即一饮醉死，亦胜秦皇汉武多多矣。苦秋暑不克畅游，枯坐寓楼，听松听水，看山看云，客至，调冰雪藕，席地谈天，自造化之秘，至儿女之私，无不及，唯不论政事，其清可知也。然而坐对新人念故人，则又不能不黯然消魂。纸短情长，言不尽意。曩承诸君子厚谊，谢之。附呈近作数首，余速达。弟松石拜上

> 敬宇词宗大吟坛，爱古翁，柳北君均此致意。

游西京偶得
炎暑驱车入上京，不求名利访诗盟。森严国禁偏风雅，只许文人独自行。（自注：外务免状不准携友，故云。）

若云行道亦惭颜，惟有诗文露一斑。三宿去齐殊孟子，是何濡滞为看山。

初入京都，诸名士为隔宿约黄石翁创招妓之说，戏作以坚其议
来宵此地集群贤，廿四名家设绮筵。预办酒肴争选韵，可无红袖拂花笺。

席上迭前韵
香山九老竹林贤，今日俱来会一筵。从此西京胜西蜀，浣花诗写薛涛笺。

赠天江凤阳太湖黄石诸君迭前韵
邛须集里识诸贤，不信今同玳瑁筵。添我归装惊海若，一人一

幅衍波笺。

翠羽大使以诗见示，即席次韵奉答，时山头火戏有"大妙"二字，故及之

少女风多夏亦秋，坐间难得尽名流。灯光大妙非无谓，似赞今宵水上楼。

偕天江黄石翠雨散步

结伴来寻晚景妍，四条桥下万灯燃。模糊醉眼浑难辨，只当河中开火莲。

松石草草

拙作数首录呈

柳北、爱古、敬宇三大家同正。

［明治九年（1876）九月二日《朝野新闻》］

以上七首绝句并非组诗，排列也比较随意，且其中第四、第五皆为"迭前韵"之作，诗中提及的韵友，冈本黄石、日下部翠雨是在东京时结识的，且曾有诗歌唱和；而神山述（字古翁，号凤阳，京都人）、江马钦（字正人，号天江，京都人）、谷铁臣（字百炼，号太湖，又号如意，近江人）等则是至关西后新结识的。叶松石寄呈七诗请"柳北、爱古、敬宇三大家同正"，只是为了以诗报告其与西京诗友相聚的情景，并无索和之意。但翌日的报纸，就刊载了爱古翁《寄怀叶松石在西京用其见似韵五首》及敬宇评语：

去年我亦入西京，一别难寻旧酒盟。羡汝东山携妓去，祇园清水醉歌行。

擎出天边碧玉颜，分明残雪露麂斑。别来一事堪夸处，筑起岑楼揖富山。

恶札谩临东晋贤，春蛇秋蚓愧文筵。西归好托风帆便，寄与山阴九万笺。

四条桥下纳凉秋，如意峰前鸭绿流。焕发君诗大而妙，灯光万丈照高楼。

昨游在眼万灯妍，今日思君心欲燃。诗力酒豪谁复敌，平安市上一青莲。

中村敬宇评："大而妙三字，爱古翁诗实当之，信缘生恐承不起。"

又曰："松石别后以诗见寄，依依交情，溢于尺素，人或以来舶估商一例视之，愚决知其不然也。"

[明治九年（1876）九月三日《朝野新闻》]

爱古是步松石原韵酬和，因去掉"迭前韵"的两首，而视五诗为组诗，尤其最后一首，不仅表达了他的思念，而且以"诗力酒豪谁复敌，平安市上一青莲"二句对松石予以评赞。爱古自作主张确立的这种步原韵酬和五首七绝组诗的格局，不仅引发敬宇、柳北的诗兴而随即呼应，而且有些诗人从《朝野新闻》上陆续读到爱古、敬宇、柳北的酬和诗篇后，也寄来多首追和之作。这里仅录中村敬宇的和诗如下：

叶松石寄似在西京之作，爱古先生次韵见示，效颦五首

秀丽山川搜两京，四方名士缔诗盟。信缘生胜徐霞客，域内游输海外行。

扈驾西京未颁颜，余生艰难鬓毛斑。壮游历历今犹记，爱宕日枝鞍马山。

谁道后贤输昔贤，空闻舜水侍经筵。美姝侑酒学吴语，名妓为君持彩笺。

夜色四条桥畔秋，家家红袖映清流。遥知阑酒炧灯后，醉卧元龙百尺楼。

诗句西来别样妍，得江山助信其然。东京近日有佳话，盘叟起楼看岳莲。

爱古评："第三（首）三四句，信缘生得意可知。"

又曰："松石云免状限期止三十一日，不知此诸作能及达京否？或归途见之新闻纸上，犹贤乎不见欤？"

[明治九年（1876）九月五日《朝野新闻》]

在中村君看来，就游历揽秀而言，"信缘生胜徐霞客"；就风流倜傥而言，昔贤朱舜水也输给了后贤叶松石。所谓"诗句西来别样妍，得江山助信其然"，则是在褒扬叶松石诗才的同时，也赞赏了京都的山水之美。

果然不出大槻爱古所料，叶松石当时并未看到《朝野新闻》上陆续刊载的酬和其诗的文字，这从他回国后寄给中村敬宇书信中可以得到印证：

辱知弟叶炜拜上

敬宇同道先生阁下：

炜临出东京，屡承厚贶，苦于别绪萦怀，无一言以酬雅意。愧愧。游历京都，得识凤阳、天江诸君，每载酒同游岚山鸭水间，题诗殆遍，以免状限迫，故不得已而行。又留大阪、神户半月，自笑如西域贾胡，到处辄止，不满载不归也。于大阳历九月廿一日在兵库发轮，越七日抵上海。虽秋风莼菜聊慰乡心，而潭水桃花倍怀友谊，高情耿耿，后会遥遥，所恃文字缘深，可托鱼缄以代面耳。凉秋风劲，珍重万千。临书不胜怅望。炜再拜顿首。

爱古翁曼寿。

柳北君纳福。

清儿小吉无恙否？

呈上字幅三纸，其一奉赠，二纸分致二公为祷。

［明治九年（1876）十一月十一日《朝野新闻》］

然而，自此之后，叶松石无论是在致书森春涛的同时兼向中村君致意，还是在致书成岛柳北时问及中村君，以及第二次访日期间先以《重游东洋述怀感旧》二首七律索和［分别发表在明治十三年（1880）七月六日《朝野新闻》《新文诗别集·十一》］，然后径直寄赠近作《自由亭杂诗》四首［发表在明治十三年（1880）七月十三日《朝野新闻》］给中村敬宇，甚至包括前引为中村君所作《怀人诗》《怀日本友》，都未得到中村敬宇的回应。

三、"年貌相忘互相亲"：叶松石与大槻爱古的交往及唱和

爱古名清崇，平姓，大槻氏，字士广，通称平次，号磐溪，以斋名爱古堂，亦号爱古。陆前（今宫城县）仙台人。江户末年即以儒学与善诗闻名于世，曾先后任仙台藩主侍讲、藩校养贤堂学头。维新革命时，因参与"奥州诸藩合纵举兵"而被捕下狱。明治四年（1871）以赦获释，自称"亡国遗臣"，"复往东京，文酒谈宴，优游自适，世以骚坛老将目之"[1]。有《磐溪诗钞》等多种著作传于世。明治七年（1874）九月二十四日，《朝野新闻》在东京创办，成岛柳北任社长，因聘大槻爱古主持该报"读余赘评"专栏[2]，最初偶尔刊载爱古本人或他人所作汉诗，后来发展成为《朝野新闻》颇受欢迎的特色，并引起其他报纸仿效，甚至包括《新文诗》在内的一些杂志亦是从中受到启示而创办。

叶松石初来东京不久，于明治七年（1874）三月在中村敬宇寓舍与大槻爱古见过一面，但直到明治八年（1875）三月，叶松石在日本弟子郑永邦陪同下到爱古寓舍拜访，才得以重续诗缘，进而有比较深入的交流。此次会面的情境，包括笔谈与唱和，由爱古整理后于五月底作为《读余赘评贰拾玖号》公开发表在《朝野新闻》，不过因版面所限，分为上下篇连载，兹依次照录如下：

> 来寓清客叶松石风流儒雅，好诗能文，现今为语学校教师。客岁三月，中村敬宇宅于一见，对酌唱和。尔来久未闻消息。今兹三月某日，其弟子郑永邦携其忽然来访，余惊喜书示曰：鸟啼花落，日长如年。当此好时节，蹑然见过访，不堪欣然。请坐以终日，话尽彼此情怀，如何？
>
> 松石曰：诚如尊意，彼此同心。但弟不胜杯杓，愿以茗代酒。
>
> 先生定是石林先生之裔。

---

[1] 详见中村正直《磐溪大槻先生墓表》，收入《宁静阁四集》卷首。

[2] 大槻爱古在《朝野新闻》主持的"读余赘评"，始于明治七年（1874）十月十三日，不定期，初期的专栏文章（包括汉诗）放在"论说"这个大栏目登载；自明治八年（1875）九月五日起，"读余赘评"改排在"杂录"栏目刊出。

松石曰：小子系石林公三十六代孙。又曰：敝族楚国芈姓，始祖沈诸梁，封于叶，后以为氏。

示旧藏叶镜湖画幅。

松石曰：敝族人甚蕃，此画讳旸者，当是明末清初人。小子在乡党时，未闻其名。归时检谱，必有记载。

示唐伯虎篆刻古印，及邦俗所谓鸡血石者。

松石曰：古印篆刻俱佳，谅非赝作。惟石系青田之劣者，为可疑耳。又曰：唐六如是敝邦名士，妇稚咸知，是以伪者甚多，此印篆玉箸文甚佳，可不必究其伪也。

松石曰：卷而怀之印（小曾模乾堂刻），系昌化石，有红者甚难得，敝邦亦珍之。又曰：印石以田黄寿山为上品，昌化青田次之，以不利于刀刻故也。昌化石以红多地白为贵。

[明治八年（1875）五月廿八日《朝野新闻》]

上篇笔谈为唱和前奏，从中也可见出大槻爱古的待客之道，通过谈论叶氏祖先，展示中华字画、篆刻古印，在烘托文化氛围的同时，或兼含考察这位年轻诗人的修养之意味。下篇则径直刊载二人的即席唱和之作：

俚句奉赠爱古先生大吟坛雅鉴粲正
中华叶松石未定草

我来日本岁已再，此间方物何所爱？宝刀舞姬磐溪翁，唯斯三者系心胸。刀如秋水妓如玉，翁之诗文殊绝俗。翁是今人爱古人，古心古貌最清真。去岁春风同把酒，即席狂赓诗数首。赠翁投笺两有情，更贻诗集等连城。鄙人欢喜顿舞蹈，手写幽兰匪李报。懒散因循一载余，心殷御李足趑趄。如今兴发不可遏，直造翁前申契阔。同为天壤苦吟身，相逢便合时相亲。但许过从数晨夕，会招名妓设长席。右手宝刀左手诗，痛饮狂吟醉不辞。纵教醉死我无悔，豪气柔情千古在。为翁歌此翁莫嗤，浮酒谈诗舍我谁？噫吁嘻，浮酒谈诗舍我谁！

步瑶韵奉酬松石叶先生大人几下

日本磐溪平崇拜稿

我逢先生才一再,先生于我何钟爱。爱刀爱妓兼及翁,芥蒂知[1]洗平生胸。先生风丰[2]温如玉,戏墨幽兰亦脱俗。幸是异域同文人,情话凭笔见天真。鼎有茶兮樽有酒,一堂相会来聚首。况有春风不世情,花柳清明满江城。篇篇新诗无袭蹈,木瓜有投必有报。万卷撑肠力有余,吾足欲进动越趄。虽无纤歌白云遏,聊将吟咏慰久阔。我七十君则中身,年貌相忘互相亲。坐来已觉日将夕,飞觞难卜春夜席。忽忆朱大入秦诗,宝剑脱赠君莫辞。白头自耻行多悔,醉后语颠舌犹在。临别絮絮且休嗤,吐露肝胆更有谁?

[明治八年(1875)五月三十日《朝野新闻》]

二人以七古长篇唱酬,豪放洒脱中洋溢着深情厚谊,从首唱到酬和,皆一气呵成,如行云流水,殊属不易。爱古答诗后来收入《宁静阁四集》卷三《文明余韵》,改题为《清客叶松石见访,和其见赠韵以呈》,诗末有成岛柳北评语曰:"原作通篇二句一解,和之极为难事。先生乃容易言之,真个老练之至。"因叶诗原唱中自称"爱刀",且有"右手宝刀左手诗,痛饮狂吟醉不辞"之句,爱古竟当场解佩刀相赠。唐代孟浩然有《送朱大入秦》诗曰:"游人五陵去,宝剑值千金。分手脱相赠,平生一片心。"爱古赠剑(即日本佩刀)之举以及答诗中"忽忆朱大入秦诗,宝剑脱赠君莫辞"二句,皆受孟诗影响而为。叶松石深受感动,当即作《谢赠剑诗》曰:"有道磐溪叟,烟霞铸素颜。名堪追北海,寿竟等南山。慨许解刀赠,欢于载宝还。高情同剑气,直现斗牛间。"[3]是年冬,他还在"宫虹大战"中以"摩挲赠剑气如虹"之句向爱古表达敬意。

叶松石虽然自同治十一年(1872)就开始在上海《申报》发表诗文

---

[1] 知,《宁静阁四集》卷三所收已改作"一"。
[2] 先生风丰,《宁静阁四集》卷三所收已改作"风丰洒然"。
[3] 按叶松石所作《谢赠剑诗》,爱古当时未在《朝野新闻》刊载,但后来收入了《宁静阁四集》卷三。

作品，但抵东京任教后在日本媒体公开发表诗歌尚属首次，因此，大槻爱古堪称是最早将叶松石诗作广泛传播于日本汉诗界乃至大众中爱诗者的伯乐，比森春涛主编的《新文诗》杂志及其选编的《东京才人绝句》一书向日本读者公开推介叶氏诗作要早三个多月。[1]

　　是年冬，正值"宫虹大战"犹酣之际，爱古有意选录他与敬宇、松石唱酬的部分诗作在《朝野新闻》发表［明治八年十一月廿七日至十二月十八日］，其中也包括中国诗人罗雪谷从《朝野新闻》上读到部分唱酬诗后所投寄的和诗六首（十二月九日、十日各发表三首）。尽管叶松石此前由于森春涛公开推出其诗十多首，已初步融入东京诗坛，此次搭三人唱和的顺风车再次在《朝野新闻》刊载诗作，不过是锦上添花；但随着其知名度的扩大，松石的自信心也逐渐增强。尤其是《爱敬余唱》于明治九年（1876）四月初版及当年七月再版的这一段时间，正值松石任教期满，临近回国之际，他开始策划两件事：第一是将他赴日任教以来近三年间所作诗文进行整理，编为《浮海集》，并抄写数份，寄呈名家请正求序。到目前为止，笔者已找到两篇，一为鹫津宣光所撰，载《新文诗·别集五》［明治十二年（1879）十二月］；一为大槻爱古撰，收入《宁静阁三集》。兹仅录爱古所作《浮海集序》如下：

　　　　嘉兴人叶君松石寄示此卷，乞余弁言。叶君今为我语学校教师，学问该博，文诗俱妙，而文更妙于诗。请论文以酬其意，可乎？抑文之道，洁而已矣。洁者何？意真，语简，气格清高，是也。尝窃品前贤之文：孟子之文，洁而高矣，故异端邪说，不足以间之；韩子之文，洁而清矣，故正人君子，得以近之。读二贤之文，譬犹如执热者之濯清风，如观出淤泥之莲花，洒然快然，使人胸襟中不着一点尘气，岂非文之至妙者耶？故学文至于洁，可谓天

---

[1] 森春涛主编的《新文诗》第三辑［明治八年（1875）九月出版］首次发表叶松石《秋兴》七律一首，他选编的《东京才人绝句》一书选录叶松石绝句十五首，亦于明治八年九月出版。详见拙文《论叶松石与明治诗坛盟主森春涛的汉诗交流与唱和》，见《中华诗词研究》第六辑，东方出版中心2020年5月出版。

下能事毕矣。余闻叶君之乡，与朱竹垞先生同里闬，竹垞之文，亦以洁为主者。其自言曰："仆文譬犹秋蝉候蛩，远去秽滓，以鸣于风露尔。"所谓远去秽滓，即洁之谓，而其友徐文驹论之详矣。叶君其归而求之，有余师。（引自汲古书院刊本《诗集·日本汉诗》第十七卷第161页）

　　第二是主动组织告别唱酬活动，先作《将归故国留别东京诸友》七律二首为首唱，除了他本人随后陆续抄寄给诸位诗友索和外，成岛柳北收到诗函后还于七月七日将其发表于《朝野新闻》，实寓有公开征诗之意图（已见前引）。据叶松石自叙："仆受日本大学之聘，设帐东京，凡二年半，一时廊庙山林文学之士多定缟纻。今夏解馆言旋，蒙投诗画者百余人，归装之富，足傲陆贾。"[1] 又曰："余将归之，先匝月间祖饯无虚日，席上必赋诗，此唱彼和，或多至数十篇。"[2] 这些为告别、送行而写作的酬和诗，除了《朝野新闻》发表过一小部分以外，叶松石于明治九年（1876）汇编为《扶桑骊唱集》一书，所录达百余首；森春涛曾选录数十首编为专集（《新文诗·别集五》），于明治十二年（1879）十二月出版。这里仅举大槻爱古的和诗《送叶松石归清国，依其留别之韵》二首：

　　　　九万鹏程容易经，自称湖海信缘生。道心评古胸膛谿，笔舌论文眉宇清。三岁交游何限乐，一朝离别若为情。秋风除却荷花外，相赠无由日本樱。

　　　　赠剑平生一片心，知音寄在伯牙琴。且将语学训蒙士，留得诗名喧艺林。老我残年懒超海，此生何日再披襟。一帆西去无消息，积水茫茫别恨深。

　　　　　　　　　　［明治九年（1876）七月十三日《朝野新闻》］

　　松石的首唱与爱古的酬和之作，后来也收入《新文诗·别集五》，

---

［1］引自《扶桑骊唱集》卷首叶松石《自序》。"今夏"，指明治九年（1876）夏。
［2］引自《扶桑骊唱集》卷首《凡例》。

且有评语，兹抄来作为参考。鹫津宣光评松石原唱第一首曰："情笔俱到，一读黯然销魂。"又评第二首曰："颔联叙游境之广，颈联叙归与之情，结末双收，无一字虚设。"爱古酬和之作，小野湖山合而评曰："句句自实际着笔，所以为老成人。"森春涛补评曰："赠剑亦实录，非漫然。"作为忘年"知音"，两人在临别前不仅就撰序与唱酬有书信往来，而且还一起见过面，以诗酒叙别。《扶桑骊唱集》收录了爱古的两封书信，从中可以看出他对松石的情谊：

> 久不接清丰，渴望殊深。闻先生学校期满，归帆在近，不堪怅然。若及其未发，幸一见访，则诗酒叙别，以慰彼此之情，如何？尊集序及唱和诸诗，再录以呈，先生归乡之日，时出展之，能无怀吾磐翁耶？暑威日逼，并候举止安祉，不一。松石先生案下。老弟平崇顿首。

> 畴昔可爱楼之饮，何其快也。名妓在座，文字论心，人生欢乐，何以加之？但所云八十来贺之约，勿误勿误！仆幸未死，请迎君于横港之滨，再得接清标，叙久阔之情。一乐一悲，临书黯然。并祈安祉无尽。丙子七月二十七日老弟崇顿首。

前书是约松石见面，希望离开东京前能以"诗酒叙别"，"以慰彼此之情"，同时要将已抄录好的《浮海集序》及唱和诗作交给松石。末尾提到"暑威日逼"，时间或在七月中旬。后书落款为七月廿七日，是应前书之约已经在"可爱楼"见面后所写，不仅"诗酒叙别"，还有名妓侑酒。据是年八月一日《朝野新闻》所载叶松石《柳北君饯余于可爱楼即席步磐翁韵》《赠柳北君》《别筵纪事》三首诗，以及诗前所加按语："叶松石弥归帆开，此三首，去月二十四日席上作，兹录以传江湖。"知此次在可爱楼举行的告别筵，是由成岛柳北做东，时间为七月廿四日，与会者有大槻爱古、森春涛、叶松石等，诸友以诗唱酬，相聚甚欢。叶松石甚至相约在爱古八十岁生日时重往日本为之庆贺。这实际是对于爱古答诗中"老我残年懒超海，此生何日再披襟。一帆西去无消息，积水茫茫别恨深"等句的一种回应与安慰。但世事难料，仅过了两年，爱古在七十八岁时即遽归道山,可爱楼的酒筵,实为松石与爱古的最后一次见面。

叶松石告别东京诸友后,从横滨乘船到关西,又在京都、大阪、神户与旧雨新知游玩了一月有余,其间曾向中村敬宇寄来书信,并附寄在京都的新作数首,而向柳北、爱古、敬宇请正。爱古立即步韵赓和五首,发表在翌日出版的《朝野新闻》,敬宇与柳北也随即各续和五首,从而引发了第二波续和叶诗的热潮。松石的书信与诗作,以及爱古、敬宇的赓和及相互所作评语,已见前引,这里仅补述后续的影响。如九月二十日、十月廿九日、十二月九日的《朝野新闻》还依次刊载了水越成章的《偶阅贵社新闻纸载清客叶松石在西京诗,磐敬诸老皆次其韵,予亦效颦》五首,河野柳塘的《叶松石游西京之诗,诸先生皆次韵,余亦效颦》五首、萍波小史的《爱古敬宇柳北三先生次清客叶松石游西京诗韵,余于三先生虽无一面之识,读之不堪钦慕,奉狗尾续貂之为,要之属鸡肋耳》五首,分别表达了对诸贤游筵唱酬雅事的羡慕。而实际上,水越成章、河野柳塘、萍波小史等人此前皆未见过叶松石,是诗歌唱酬这种传统方式把同时代不同国籍,甚至语言不通的陌生人联系起来,使之心神相通,产生共鸣,而近代以来报纸杂志所具有的广泛而及时的传播功能所发挥的推动促进作用也不可低估。

然而自爱古开启的这一波"西京诗"赓和活动持续了数月之久——这也是爱古最后一次与松石酬和,作为原唱的叶松石起初并不知晓,当年九月末回到上海后,碰巧遇到友人出示九月二十日的《朝野新闻》,读到水越成章的和诗方略有所知,他当即抄下来,并题识曰:

> 余归未几,遇日本人栗田道正于沪城,出示近日邮传东京《朝野新闻》一纸,载此五绝句,其三首步余西京杂诗之韵,其二首次余与黄石、翠雨唱和之什。所云磐、敬诸老皆有和作,不知刻于何日,余转未睹,若水越氏者一面缘悭,乃承倾倒,如泗滨之磬,洛下之钟,谬啖虚名,闻声辄应,诚骚坛之韵事,亦异国之美谭也。丙子(1876,光绪二年)秋九月炜识于申江之倚剑楼。

直到光绪六年（1880，明治十三年）重游日本时，水越成章携带当年作品到大阪寓舍拜访叶松石，他才得睹诸君续和之作，令他感慨唏嘘不已。后来《扶桑骊唱集》付梓时，他在《凡例》中特地写道：

> 大槻爱古、中村敬宇、成岛柳北三君子续和十五首，余初未见。迨庚辰（1880）再游大阪，避暑自由亭，水越氏枉访，袖出昔日手抄，情见乎词，有足多者。拜读虽迟，诚如爱古翁所云"犹贤于不见也"。辛巳春，遇柳北于鸭东大友楼，前诗蒙加点窜。今爱古、柳北并归道山，其诗愈足宝贵。亟录于后，以存三君子高义，并志水越氏抄示之惠。

水越成章也由此与叶松石成为韵友，后来编《翰墨因缘》二卷〔明治十七年（1884）刊本〕，卷下还收入叶松石六首。这段中日汉诗交流史上的佳话，实是爱古为声援松石而自主开启西京诗酬和活动促成的。

从上述考察可知，叶松石与大槻爱古的实际交往虽仅两年多，并且始于汉诗唱和，也终于汉诗唱和，但爱古作为一位具有古道热肠的名宿，以及当时堪称著名媒体的主笔，正是在唱和中发现了叶松石的诗才而赏识有加，一方面在公开场合予以奖掖提携，另一方面利用媒体向日本大众推介，从而在其融入东京文人圈、受到日本汉诗界的关注与重视的过程中，曾发挥积极作用。

【作者简介】 复旦大学中国古代文学研究中心教授，博士生导师。

杜甫诗与特色观光

——以杜甫《白帝城楼》诗与韩国
著名古迹"晚对楼"为例

简锦松

【摘要】 "古为今用"是古典文学研究的最重要指标，在韩国庆尚北道安东市河回村有一个知名的屏山书院古迹，取杜甫《白帝城楼》诗中的"翠屏宜晚对，白谷会深游"，为书院的前楼命名为"晚对楼"，成为现代韩国重要的文化旅游基地。在晚对楼的说明牌上，清晰地记载了杜甫诗，并为之作了韩文解说，连中小学生都由此而生起古典的爱好之心，是一个值得重视的现象。本文先从奉节县的现地山川，指出"翠屏宜晚对，白谷会深游"这两句诗的真实所指，并建议奉节县政府自己兴建"晚对楼"，取得文化旅游的世界领航地位。

【关键词】 杜甫　奉节县　韩国　晚对楼　屏山书院

一、前言

　　丰富的古代诗词文化，能够为现代观光旅游事业，注入耀眼的新气象吗？本文将以一首杜甫诗为例，用现地研究方法，指出一条成功可行之道。

　　在韩国安东市河回村有一座知名的古迹——屏山书院，取杜甫《白帝城楼》诗中的"翠屏宜晚对，白谷会深游"为楼名，命名为"晚对楼"。

　　白帝城本来是夔州的名胜，因为"翠屏宜晚对，白谷会深游"两句诗的缘故，成为域外儒林景仰的中心，现代韩国更将它作为重要的文化旅游基地。在"晚对楼"的说明牌上,清晰地记载了杜甫诗,为之作了韩文解说,连中小学生都由此而生起古典的爱好之心。这是一个值得重视的现象。

本文先从奉节当地,指出"翠屏宜晚对,白谷会深游"这两句诗的真实所指,进一步分析朱熹和韩国士林接受本诗的情况;在进行韩国研究时,由于现代韩国已经大幅度取消了朝鲜时期过于中国化的地名,因而产生很大的难度,本文克服了这些困难,将朝鲜时期"晚对"概念的楼、轩、亭建筑,一一查明,并且以GIS方式制成卫星地图,从中发现朝鲜时期士林集中的现象。

二、杜诗的所指

杜甫四十四岁(755,天宝十四年)初授官职,同年便发生安史之乱,四十八岁(759,乾元二年)至成都府,四十九岁,建草堂于浣花溪,五十四岁(765,永泰元年)春天二月离开成都府。他本欲立即下峡,却在夔府淹留,前后三年,如果通计在夔州云安县的那几个月,是前后四年,到五十七岁那年(768,大历三年)正月,才真正出了三峡。

杜甫到夔州,本来只是旅行经过而已,这次旅行的出发点是成都府,旅行的近程目标是荆州江陵府,最终点是西京京兆府。现在很多研究者动辄说检校工部员外郎是虚衔,但是,曾经有过左拾遗经历,了解朝廷运作的杜甫,并不认为检校官只是虚衔,他以为只要回到朝廷,就能够得到现任的职务;他的友人们也持这样的看法。所以,离开成都府之后,他最大的期望就是赶快回到朝廷,没有料到自己竟有形骸之忧,不得不先在忠州和云安县卧病,进退两难。在云安数月之后,才喜病起,发船到了夔州治城奉节县,又因病而暂留,由暂留而变成小住,由小住而渐成长住。

杜甫在永泰元年(765)二月得到检校尚书工部员外郎之后,便准备回京,至迟在三月初,应已离开成都府。从成都府到夔州是顺水行舟,如果扣除各人不同因素的停留时间,从成都到夔州单纯的航行,水路约需19—22日。

不过,实际上,杜甫并没有如他预期的快速下峡,原因是卧病。他先在忠州休养几个月，九月中到云安县，曾经参加重阳雅集，当时并没有谈到得病，可能在几天之后发病。

杜甫在云安县卧病数月之后，进入永泰二年（766年，即大历元年），已经是出峡的最后机会了，显然他在云安县就估算好了行程，在二月十三日由云安县放船到夔州城下，经过一日船行，抵达夔州城下，遇雨停泊一日，至二月十五日早晨才入城。

上岸进入夔州城以后，他可能觉得病体不适于继续旅行，但此时已是二月，四月之后水位升高，航行的危险度增高，因此杜甫可以犹豫的时间极为有限。他应该也知道一旦在这里住下来，在这一年出峡的可能性就很小了，所以刚开始他可能是借住在像西阁之类的公家馆舍，以便随时可以出发。后来，他大概觉得实在不能勉强旅行，才决定迁入夔州城内，在夔州城的赤甲山城区租屋居住，预备作较长时间的停留，等待秋冬水落，江流平稳，再行出峡。此时已是大历元年三月中旬了。

果然，他这一病，在赤甲宅卧床百余日，到七月三日（766/8/13）才觉得清爽。[1]

依照作诗的数量来看，杜甫初到夔府的前三个月作品都很少，与他宣称的自己卧病十旬，正好符合。不过，这段时间杜甫也并不全然在床上度过，从许多登临的诗看来，体力较好时，他偶尔会到附近的白帝城游览，看花看峡，有时骑马，有时乘坐肩舆，朋友来访也予以酬应。到秋天七、八月以后，体力似已渐渐恢复，到九、十月他的创作量极为丰富，《登高》《秋兴八首》《诸将五首》《咏怀古迹五首》都是此期的作品，到了明年春初，他写下《白帝城楼》一诗：

> 江度寒山阁，城高绝塞楼。翠屏宜晚对，白谷会深游。急急能鸣雁，轻轻不下鸥。夷陵春色起，渐拟放扁舟。[2]

---

[1] 以上，有关杜甫出蜀行程，整理自简锦松《亲身实见——杜甫诗与现地学》（高雄中山大学出版社2018年版），第七章第五小节《即从巴峡穿巫峡——杜甫的出川之行》，第238—251页。

[2] 见简锦松著《夔州诗全集：杜甫卷一》，重庆出版社2009年版，第441—443页。

杜甫是极重视节气的诗人，诗的第七句写到"夷陵春色起"，表示已到了立春节气，唐代宗大历元年（766）丙午，十二月二十九日立春，换算成公元是767年二月二日，第二天便是除夕，第三天便是元日，所以，推算本诗写于大历二年（767）正月之初。

诗中的"寒山阁"，指白帝山临江楼阁。江水由阁下过，故曰"度"。"绝塞楼"，杜甫屡屡称夔州为绝塞，此楼即夔州之白帝城楼。

杜甫所登的白帝城楼，位在白帝山东南角，斜对瞿塘峡口（以31°2′30.2″北，109°34′18.5″东为代表），城下即东瀼溪入江处，夏秋溪口宽达200余米。宋人在此建有三峡堂，[1]明清续有经营，在2003年三峡大坝蓄水前，作为白帝城登山索道及东瀼溪吊桥之基地。唐时，在城门外有渡口，可东渡白盐山，以及北入瀼溪白谷。《柴门》诗："泛舟登瀼西，回首望两崖。东城干旱天，其气如焚柴。"[2]杜甫便由此登舟，诗中的东城，便是白帝城楼所在之城门。由于长江在本区冬夏水位落差30余米，方冬春水落时，又可徒涉过溪。

由于白帝城东南角的右前方是瞿塘峡口，正面是白盐山（唐称）下临东瀼溪的连续峭壁，这一片位于东瀼溪即将进入长江而未入长江前的南北向壁面，诗中的"翠屏"指此，而非峡口两崖。而且，因为"晚对"的角度关系，"翠屏"也不会是指白帝山南面隔江的大山。

---

[1] 夔州三峡堂之相关史料，见曹学佺撰《蜀中广记》卷二十一，《文渊阁四库全书》（集部第591册），台湾"商务印书馆"1987年版，页29b，云："城隅有堂曰三峡堂，规模甚敞明。"又周复俊撰《全蜀艺文志》卷三十四，见《文渊阁四库全书》（集部第1381册），台湾"商务印书馆"1987年版，页26b，宋肇《夔州重葺三峡堂记》云："余以元祐八年五月持节本道，同使张塾家父一日相与访峡中古迹，而得旧庙、江亭于故城之南隅，其岿然独存者，但颓垣废址而已。因语夔守赵仲逵平父，既广昔构，而又易新名。"又，同书，卷六十三，页7b—8a，关着孙《瞿塘关行纪》云："干道庚寅中元日（六年，1170/8/28），关着孙约李时雨、陈彦、岳建寿、宋嵩、李普、张徽之、雍大椿饮于三峡堂。晚，携余舣下瞿塘关，访夔刺史旧治。"按：北宋时，夔州移建于新城，唐代夔州治城改称为瞿塘关。

[2] 杜甫写东城渡口，又见于《阻雨不得归瀼西甘林》一诗云："三伏适已过，骄阳化为霖。欲归瀼西宅，阻此江浦深。坏舟百版坼，峻岸复万寻。篙工初一弃，恐泥劳寸心。仁立东城隅，怅望高飞禽。"亦指出东城下方为逆上瀼西的渡口之所。

翠屏宜晚对的实景

自白帝城楼下进入白谷，翠屏也不是指照片中间的长江南岸大山

"白谷"乃是发源于北方群山，蜿蜒于白帝山北，从白帝山东侧注入长江的东瀼溪谷。杜诗中数次使用"白谷"这个名词，例如：

> 《雨》：峡云行清晓……白谷变气候。——指全体溪谷。
> 《南极》：南极青山众，西江白谷分。——指出白谷是长江支流。
> 《课伐木》：清晨饭其腹，携斧入白谷。青冥层巅后，十里斩阴木。——指明白谷上游之山区。

白谷之名来自白帝山，已毋庸置疑。从杜甫诗看来，他对白谷的认知，包括东瀼溪入江口到上游山中，指的是全体溪谷。

事实上，杜甫从大历元年春天到夔州之后，一直到是年冬末，作诗活动地点都不出"白帝山—马岭—赤甲山城区"，这属于夔州治城的范围，白谷虽近而未深游。到了大历元年冬天，才有《瀼溪寒望》诗，远眺了白谷；到了此诗，才又动念欲深入白谷游览。白谷的起始点是白帝山脚，当然是杜甫熟悉的，至于向北山谷，则未深游，故此云将会深游也。

白谷地图。图中的溪谷便是白谷，因白帝山而得名。在土地岭、旱八阵处，有白马河自东来会

三、朱熹建"晚对亭"带动朝鲜士大夫的模拟

（一）发生在南宋及清朝的"晚对"遗迹

中国以"晚对"为居室之名者，始于南宋时，在浙江德清县僧舍有之，见范成大《骖鸾录》云：

> 壬辰十二月……二十二日（德清县）……出郊三里，游城山，顷岁赴太学试，道病暑，三宿晚对轩，题诗壁间故在。凡僧寺皆南向，此独反北，故夏无凉风。[1]

此为范成大南宋乾道八年壬辰（1172）十二月二十二日的日记，"晚对轩"为僧舍之斋房，范成大之三宿留题，在《石湖集》中尚存《题城山晚对轩》七绝。今德清县城已迁移到武康县旧址，重新扩大建筑；德清旧城之城山晚对轩，已杳不可询。此外，江西吉安的青原山，在清康熙八年（1669）也由本地知县于藻建造"晚对轩"三间，见《青原志略》[2]，今亦不存。

曾登上南岳，却抱着平生未能到夔州一游之憾的朱熹，在他营构武夷精舍时，正好武夷精舍北方的独峰旧名为"大隐屏"，朱熹乃取杜甫《白帝城楼》诗中的"翠屏宜晚对"之句，在舍南的小山顶上建了"晚对亭"，巧妙地结合了"翠屏"和"晚对"的名义。据朱熹《武夷精舍杂咏并序》云：

---

[1] 范成大撰：《骖鸾录》（刻本，清乾隆鲍廷博校刊），收入《知不足斋丛书》，页 4a。

[2] 释笑峰等撰，施闰章补辑：《青原志略》卷一，见《四库全书存目丛书》（史部第245册），齐鲁书社1996年版，页8b—9b：《翠屏》条下云："慧男于明府为司直先生之子，故有家风，颇赏泉石，一日来游，相凝翠亭后可立精舍，以比匡山、白石，乃起三楹，而室其二。郭太守题曰：'漱堂'，陈元水为八分书'晚对轩'，以羊元常称杜陵'翠屏晚对'之句也。旁连药寮，仿山谷意，环堵设关，析薪炮药，游焉息焉，自远方来，可以信宿矣。"于明府即知庐陵县事之于藻，字慧男。康熙八年（1669）刻《青原志略》者，晚对轩当建成于此前不久，因而同书卷十一，页22a，有智者愚《晚对轩新成》一诗，后题："初题漱堂，或曰隐屏，或曰山操，忽忆老杜白帝句'翠屏宜晚对'，悔齐谓羊元居常据筇床，举以待客，于公属元水八分额之，愚曰：不碍其并存也。"

武夷之溪，东流凡九曲，而第五曲为最深。盖其山自北而南者至此而尽，耸全石为一峰，拔地千尺。上小平处微戴土，生林木，极苍翠可玩，而四隤稍下，则反削而入，如方屋帽者，旧经所谓大隐屏也。屏下两麓坡坨旁引，还复相抱。抱中地平广数亩，……即精舍之所在也……直观善（指观善斋）前山之颠为亭，回望大隐屏，最正且尽，取杜子美诗语，名以晚对。[1]

武夷精舍建于淳熙十年（1183），位于隐屏峰下平林渡九曲溪畔。精舍屋宇和晚对亭，都在武夷九曲中的第五曲，也符合"白谷会深游"的意旨，可见朱熹的用心。

朱熹曾题诗十首咏武夷精舍，其《晚对亭》诗云：

倚筇南山巅，却立有晚对。苍峭矗寒空，落日明影翠。[2]

诗成之后，他的友人丘崈、杨万里、袁枢、虞亿也都有和作，以杨万里所和最具形象：

大隐翠屏孤，何许最正面。日落未落时，亭上来相见。

此外，还有南宋、元、明时人林汉宗、熊鉌、邱云霄、黄廷用等在此题诗。

朱熹对杜诗有很深的爱好，他曾说："杜甫夔州以前诗佳；夔州以后自出规模，不可学。"[3]可见他对杜甫诗曾经下过功夫，在他建筑精舍时，所选取的唯一诗篇，便是杜甫夔州诗，也可以印证德明所闻见而采录于《朱子语类》的这句话是真确的。不过，朱熹对"翠屏宜晚对，白谷会深游"的重视，并没有在中国引起大型风潮，却在朝鲜受到广泛的注意。

---

[1] 朱熹著：《武夷精舍杂咏并序》，见《朱子文集》正集卷九。
[2] 同上。
[3] 黎靖德编，王星贤点校：《论文下》，见《朱子语类》卷一四〇，中华书局1986年版，第3324页。

（二）发生在朝鲜王朝的"晚对"遗迹

韩国自统一新罗时期以来，历经高丽一朝四百余年，对杜甫极为尊仰，杜诗的传习已深入士大夫的生活中。朱元璋驱除蒙古之后，与蒙古有深厚婚姻关系的高丽王朝，也摇摇欲坠，就在1392年，李成桂取而代之，成立朝鲜王朝，新王朝坚持儒教立国，尊奉朱子，输入皇明编成的《性理大全》，他们也和中国一样实施庙学制度，在汉城设立国学成均馆，境内各郡县皆设立乡校。如此一来，结合了杜诗与朱子崇拜的"翠屏宜晚对，白谷会深游"一联，便成了士林仰望的对象。《韩国文集丛刊》中，各家文集所记载的例子，就有下列之多：

1. 李贤辅为陶山书院西翠屏峰，命名为"晚对"

退溪先生李滉（1501—1570）的陶山书院，是朝鲜王朝最知名的书院，位于安东府礼安县，现在安东市将政区重划，把陶山书院移出礼安县，划入直辖的陶山面，书院址就在陶山面退溪里。

从陶山书院起，沿洛东江向南，经汾川村到月川书堂约3公里间，自古有不少儒林的名所。在朝鲜时代，也有人将它比拟为朱子的武夷精舍，见李颐淳（1754—1832）《游陶山九曲，敬次武夷棹歌韵十首，并序》：

世称陶山为武夷，夫武夷在闽越之中，而晦庵朱文公之所卜筑也；陶山在东海之隅，而吾祖文纯公之所盘旋也。地之相去，万有余里；世之相后，五百有余岁，而二山之相与齐名者，政以杨恒叔所云："地因人胜"同故也。然其地之胜，亦有不相远者，以二先生所著杂咏观之。武夷之十二诗，陶山之十八绝，不翅节节相符。而况二山皆有可舟之胜，故陶山集中有和九曲诗，有次棹歌十首诗，则其于七台三曲之间，虽无所谓九曲名称，而言外之意有若可以妄想乎！余观夫洛川之水，自清凉至云岩，出入吾境凡四、五十里之间，多有名区胜境，而陶山居其中，上下皆能管领，为一洞天矣。试尝就中举其成曲而最胜者，窃依武夷九曲之例而分之。云岩为第一曲，鼻岩为第二曲，月川为第三曲，汾川为第四曲，濯缨潭在汾川、川沙之间，虽不成曲，是陶山书堂之所在，则据以武夷精舍在五曲之义，当为第五曲。其六川沙，其七丹砂，其八孤山，其九清凉，曲曲皆是先生题品吟赏之所及也。[1]

李颐淳是退溪李滉的后人，他将陶山书院以南和以北的洛东江水，比拟为武夷溪九曲，虽是附会，却也颇能代表朝鲜时人的想法，甚至是李退溪当年的想法，所以我在上面节录了大段引文。

事实上，在李滉生前，他的友人李贤辅（1467—1555）就把陶山书院西边的山，命名为晚对山，见《退溪先生文集考证》：在"西翠屏"条中，"坐对真宜晚"句下，即注云：

> 杜"翠屏宜晚对"，聋岩尝名此山为晚对。[2]

聋岩，为判书李贤辅的别号，他七十七岁时回到礼安县汾川里第，安享晚年，自号聋岩。在他的建议下，陶山书院西的翠屏山，被命名为晚对山。须注意的是，原来命名翠屏，已经是使用杜甫诗了。

2. 宋川至新建"晚对亭"

又有宋川至的晚对亭，见吴沄（1540—1617）《晚对亭记》：

> 宋上舍川至顷年筑小室于林丘之东畔，架二间以楼之。青山绿水，烟云鱼鸟，晓夕几案物也，而尚不名其亭，虽非造物者之增损，亭斯境者无乃无颜乎？余偶过登临，溪风忽起，山雨一洗，淡妆浓黛，薄暮益奇。忽记杜少陵"翠屏宜晚对"之句，请名之以晚对，复次壁间晦甫诸君五言二律，以答其勤焉。[3]

宋上舍，名福源，字川至，冶炉人。1585年为生员，久不第，在庆尚北道荣川县（荣州县）筑晚对亭，实为小楼。吴沄作记之后，又题二诗，其一为：

---

[1] 李颐淳：《后溪集》卷二，见《韩国文集丛刊》（正编第269册），韩国古典翻译院1989年版，页33a—38b。

[2] 柳道源：《退溪先生文集考证》卷二，见《韩国文集丛刊》（正编第31册），韩国古典翻译院1989年版，页30a。

[3] 吴沄：《晚对亭记》，《竹牖先生文集》卷三，见《韩国文集丛刊》（续编第005册），韩国古典翻译院2005年版。按：吴沄，字大源，号竹牖、栗溪、白岩，高敞人。

路迷疑别境，山拥只君庐。酾叠酒为阵，枕流风是梳。沙明屏迭翠，月白室兼虚。晚对题新扁，从今免索居。

权斗文（1543—1617）《次宋川至新构晚对亭韵二首》[1]即次其韵：

世乱思城郭，能来此结庐。川怜长练绕，山爱翠鬟梳。食力真为实，求名乃是虚。菟裘吾亦卜，终必筑幽居。（权斗文第一首）

裴应袈（1544—1602）《题晚对亭》[2]亦同咏居字韵。

3. 李显益"华阴精舍"旁有影翠峰

清州的青川，其支流有华阳洞，华阳洞的所在，据李显益（1678—1717）《游俗离山记》所记为：

余曰：行远自迩，虽为入道之法；后山先水，是得智仁之序。吾欲姑舍俗离，先访华阳，遂直向清州之青川。有书院，专祀尤庵而置画像，农岩金丈作赞。由青川北行二十里，入华阳洞。[3]

据《海东地图》之《清州牧图》有青川面，东有书院及华阳洞，如此文所记。又，今韩国Naver地图在36°39′50.90″北，127°49′16.65″东，有华阳溪谷的标记。李显益初游时才二十九岁，因父亲为沃川郡守始来一游，后来他在这里建了三间精舍，因为地当太华山之南，故称为华阴精舍，精舍所对之山峰，取名"影翠峰"，取朱子《晚对》诗"苍崖蠹寒空，落日明影翠"之语。

---

[1] 权斗文：《南川先生文集》卷一，见《韩国文集丛刊》（续编第005册），韩国古典翻译院2005年版，页8b—9a。按：权斗文，安东人，字景仰，号南川。

[2] 裴应袈：《安村先生文集》卷一，见《韩国文集丛刊》（续编第005册），页4a。按：裴应袈，星州人，字汝显、晦甫，号安村。

[3] 李显益：《游俗离山记》，《正庵集》卷七，见《韩国文集丛刊》（续编第060册），韩国古典翻译院2008年版，页6a—10b。不过，永春县（今丹阳郡永春面）亦有太华山，两地相距直线距离78公里，不知孰是。

4. 忠州云谷书院内有"晚对亭"

宋德相（1710—1783）《云谷书院诗轴序》：

> 我晦翁夫子，盖孔子后一人也，四海九州岛之内，孰不尊亲？而其
> 至诚信服，则又无如我东儒士；故国学邑校之外，俎豆我夫子者，殆不
> 可一二数也。若忠州之云谷，以地名之偶合于夫子之居，寒冈郑先生始
> 议立祠，崇祯后庚子，士林乃创建院宇，崇奉夫子，侑以郑先生矣。[1]

忠州云谷书院，据1899年本《忠州郡邑志》，页32，《校院门》
有："云谷书院，在州西一百十里枝内面，今废"之记载。枝内面在申
尼面西方，接近忠州属县阴竹县的交界，我以美军绘制的L752五万分
之一地形图详细比对之后，在Google Earth Pro上标记了最可能的地址，
定为36°57′22.55″北，127°45′32.05″东一带。

忠州云谷书院中有晚对亭，见高敬命（1533—1592）《次云谷杂
咏》[2]，盖次朱熹之韵，其第八首为《晚对亭》：

> 远峰递隐见，晚与亭相对。伫立澹夷犹，衣裾扑空翠。

5. 李象靖（1711—1781）重修宋川至"晚对亭"

宋川至建晚对亭之后，到了李象靖（1711—1781）加以重修，见
李象靖《晚对亭重修记》：

> 亭在龟城之林皋上，故上舍宋公之所构而白岩吴公之所锡名
> 也。上舍公生讷翁之庭，而游啸皋朴先生之门，以文学行谊重于
> 乡。其置斯亭，实在万历壬辰之后。方是时，干戈新定，疮痍甫
> 起。而乃玩心高明，优游自适于林壑之中，不以丧乱扰攘之故而害
> 其萧散幽静之趣，高风远韵，犹可想象于数百载之后矣。

---

[1] 宋德相：《果庵先生文集》卷九，见《韩国文集丛刊》（正编第115册），韩国
古典翻译院1993年版，页9b—10b。
[2] 高敬命：《霁峰集》卷一，见《韩国文集丛刊》（正编第42册），韩国古典翻译院
1989年版，页45a，《次云谷杂咏》组诗第八首。按：高氏为长兴人，号霁峰、苔轩。

336

名亭之意，吴公记之详矣。然亦喜其草创于患难之余而未暇及于玩乐之实。盖杜子之为是诗，亦只为景物吟弄之资耳，未足以语于道。而至晦庵夫子引以名武夷之亭，退陶先生取而咏翠屏之趣，则寄意于仁智动静之乐，而与鸢飞鱼跃、天云光影，周旋于俯仰顾眄之顷。上舍公之构是亭与吴公之所以名，意其有见于斯也与！[1]

龟城为荣川县古名，今称荣州市，宋川至所建之书院已无遗址，以荣州乡校为代表，地址为36°49′50.37″北，128°37′45.38″东。

6. 李象靖的"高山精舍"有"晚对岩"

李象靖本人也建了高山精舍，始建于丁亥（1767，乾隆三十二年）[2]，三年后，己丑（1769，乾隆三十四年）才建成，作开基告文时他已经五十七岁，入住时将近六十。李象靖是熟悉杜诗的人，他在精舍未完前，曾以杜诗"何时一茅屋，送老白云边"致慨，而写下"百年独抱栖云志，今日方成送老家"（《看高山亭役有作》，3：15a）之句。李象靖是忠清南道韩山县人，不过，他出生在安东府一直面的苏湖里，这里有朝鲜中宗时代大儒徐嶰（1537—1559）的故居苏湖轩，对他影响不小，李象靖曾经在邻近的鲁林书院讲学，五十七岁时开始兴建高山精舍，他自己作了序记，题为《高山杂咏并记》[3]：

雾月之下有翠壁，高可数十丈，广如之，侧柏丛生其上，苍郁可爱。水发源两山之间，并崖而下，至公山之南，则野尽山高，岩壑峭蒨。水中乱石齿齿，三折而至翠壁下，汇而为潭，演漾泓渟，洁清绀绿，可以方小舟。又三折而入于洛，前后为曲者凡七。圆秀遂陨而南下，东转为中阜，正当第四曲。后高渐低，至尽处则左右微凹，中成小陀，前皆结以岩石，对壁临流，最为一山佳处。岩曰晚对，潭曰光影，晚对之东，两崖谼谽……岁己丑（1769，乾隆三十四年）十有二月嘉平日主人记。

---

[1] 李象靖：《晚对亭重修记》，见《大山集》卷四十四，页35a—36b。
[2] 李象靖高山精舍始建于丁亥（1767，乾隆三十二年），见《高山精舍开基告文》，《大山集》卷四十六，页24。又见《病卧寄董役诸君》："自笑吾生拙，三年屋未完。"《大山集》卷三，页15a—b。
[3] 李象靖：《大山集》卷三，页15b—19b。

诗云：

> 巉崖半面倚寒空，夕影离离元气中。不管浮云舒卷事，苍然一
> 色古今同。（晚对岩）

7. 申体仁字号及锦山书院溪山之名，皆得自"翠屏宜晚对"

见申体仁（1731—1812）《锦山形胜记》：

> 而或携杖缓步，对壁临流，盘桓歌咏，亦自不恶。名其壁曰晚对，
> 浦曰咏归，实志其兴也……岁丙午（1786）季春月日，锦渊主人书。[1]

申体仁是朝鲜鹅洲人，他五十二岁后，回到锦山，建锦渊精舍，自号晦屏，现有锦山书院遗址，在庆尚北道义城县凤阳面龟尾里（경상북도 의성현 봉양면 구미리，36°18′20.82″北，128°35′34.10″东），《锦山形胜记》就是记载锦山的形胜以及他的讲学游习之所，晦屏的"屏"字，来自"翠屏宜晚对"的"屏"，他散步的溪旁山壁，命名"晚对"。

8. 南一运所居命名"晚对轩"

南一运（1755—1820）自号"晚对"，所居亦称晚对轩，见其子南公寿（1793—1875）所撰《先考府君遗事》云：

> 所居窗前手植一梅一榴，取朱子晚对之义扁其轩。[2]

9. 崔南复营建书院，西楼名"晚对"

崔南复（1759—1814），字景至，号陶窝者，月城人（今庆州市），在庆州取废弃僧舍，营建书院，据柳台佐（1763—1837）《成均生员陶窝崔公行状》云：

---

[1] 申体仁撰：《晦屏集》卷七，见《韩国文集丛刊》（续编第093册），韩国古典翻译院2010年版，页24a—29a。
[2] 南公寿：《先考府君遗事》，《瀛隐集》卷六，见《韩国文集丛刊》（续编第120册），韩国古典翻译院2011年版，页18a—22b。

西为楼曰晚对，东为轩曰偶爱，亦武夷杂咏语也。置冠童肄业，斋二间名以亦乐，与之玩赜图书，讲讨经史。或酣畅赋诗，或雅歌投壶，悠然有自得之趣。[1]

以上九个例子，主人都很知名，各个事例的发生地，集中在忠清道和庆尚北道，其他各道都没有出现，是非常有趣的现象，朝鲜时代把儒家称为士林，从上述现象看来，忠清和庆尚北道是士林最多、儒学独胜的地区，名实不愧。下面的表格显示了上述九个位置和屏山书院的位置。

	项 目	代 表 位 址
1	礼安县陶山书院晚对山	36°43′37.75″北，128°50′29.55″东
2	荣川县宋川至晚对楼（同5）	36°49′9.47″北，128°36′48.51″东
3	清州李显益之影翠峰	36°39′50.90″北，127°49′16.65″东
4	忠州云谷书院晚对亭	36°57′22.55″北，127°45′32.05″东
5	李象靖重修宋川至晚对楼（同2）	36°49′9.47″北，128°36′48.51″东
6	眉川李象靖高山书院晚对岩	36°30′19.40″北，128°40′38.51″东
7	义城县申体仁锦山书院晚对壁	36°18′20.82″北，128°35′34.10″东
8	宁海县南一运晚对轩	36°32′30.41″北，129°24′50.39″东
9	庆州月城崔南复晚对楼	35°49′39.88″北，129°13′24.96″东
10	安东河回村屏山书院晚对楼	36°32′25.48″北，128°33′9.66″东

四、安东屏山书院

上述以"晚对"为名的朝鲜轩、亭、山、壁，现在都已经不复存在，或者名称改变，只有安东河回村的屏山书院，仍然是名气极高的景点。

屏山书院位于朝鲜时期安东府丰山县河回村（今庆尚北道安东市丰川面屏山街道386号），主祀柳成龙。柳成龙（1542—1607），号西厓，他出

---

[1] 柳台佐：《鹤栖集》卷十八，见《韩国文集丛刊》（续编第107册），韩国古典翻译院2010年版，页1a—7b。

生于义城县，三十岁时（1572）到洛东江西岸的翔凤台，矢志建立书堂，三十五岁那年完成"远志精舍"，读书其中。壬辰（1592）倭乱发生时，他辅佐宣祖大王撤离汉城，不久便升任领相，是击败日本、保护了朝鲜王朝的功臣。不幸在戊戌（1598）年被诬而自劾归；己亥（1599）二月，他返回河回，自此居乡讲学不出。死后，在光海君六年四月奉安于屏山书院。

题咏屏山书院者，络绎不绝，有金如万（1625—1711）《次权灵山（权斗经）题晚对楼韵二首》[1]、权泰时（1635—1719）《屏山晚对楼咏朱子晚对亭诗，仍以苍翠蠹寒空为韵，赋五绝示同志》[2]、权圣矩（1642—1708）《自潭上归院次伯会韵八首》之《晚对楼偶吟》[3]、权矩（1672—1749）有《屏山十绝》，权德秀（1672—1759）次其韵[4]。其中朴泰茂（1677—1756）《登屏山晚对楼》，写景尤切，录如下：

> 祇谒屏山庙，登临晚对楼。层壁当檐近，平波上槛流。了得名区债，浑忘远客愁。水云永绵邈，怊怅下沧洲。[5]

姜世晋（1717—1786）《屏山书院》诗最晚出，写柳成龙事最详正，故录之：

> 迭迭翠屏浓复阴，先生庙貌此间寻。壬辰年际勋劳大，退老门墙造诣深。枫叶高低九秋色，湖山俯仰百年心。孤吟晚对楼头月，一壑烟云满我襟。

［1］金如万：《秋潭先生文集》卷一，见《韩国文集丛刊》（续编第037册），韩国古典翻译院2007年版，页1b。权斗经（1654—1725），字天章，号退陶，安东府人，时为灵山令，故称权灵山。

［2］权泰时：《山泽斋文集》卷二，见《韩国文集丛刊》（续编第041册），韩国古典翻译院2007年版，页14b—15a。权泰时，字亨叔。

［3］权圣矩撰：《鸠巢先生文集》卷一，见《韩国文集丛刊》（续编第044册），韩国古典翻译院2007年版，页27a—b。伯会，即权择于，丰山县北樊谷里人。初名斗春，后更名昌运，改字伯会；与权斗经同祖父。

［4］权德秀撰：《逋轩先生文集》卷一，见《韩国文集丛刊》（续编第057册），韩国古典翻译院2008年版，页11a—12a，《次屏谷屏山十绝》，屏谷即权矩之别号。

［5］朴泰茂：《游清凉小白山记行》，《西溪先生集》卷一，见《韩国文集丛刊》（续编第059册），韩国古典翻译院2008年版，页5a—12a。

屏山书院的得名由来，和所有朝鲜时期的书院一样，都与朱熹位于武夷五曲的大隐屏及晚对亭有关，当然，屏山书院的选址，也恰如杜甫"翠屏宜晚对，白谷会深游"所咏的一样，见下面。

屏山书院，地址为36°32′25.88″北，128°33′9.39″东

屏山书院晚对楼，地址为36°32′25.48″北，128°33′9.66″东

　　韩国的楼有两种建筑法，照片中的格局，在书院和乡校中颇为常见，它不设四壁，便于游观和雅集，和中国建筑中的亭的概念比较接近，但中国的亭子没有它宏敞。由于它是长方形的建筑，正面很清楚，再请注意杜甫诗的写法，是"翠屏宜晚对"，这座楼的建筑格局，就是面对如屏之山而建，正面对山，登楼者真的可以晚对。（见下图）道光年间，权㙫（1800—1873）记载他坐在晚对楼上的经验，可为代表，见其《请状碣文日记》：

晚对楼的结构与向山性格

　　　　壬辰（1832，道光十二年）三月十一日，……遂拜辞出门，东去屏山书院谒庙，西厓先生主享，修岩先生柳公其配也。退坐晚对楼，苍壁如屏，河流一带，萦回其间，而苍然水色与楼之栏干齐，蔼然有仁智之乐，永日忘归。[1]

　　流经晚对楼下的就是洛东江，洛东江是韩国最长的河川，根据韩国

---

[1] 权㙫：《请状碣文日记》，《龙耳窝集》卷七，见《韩国文集丛刊》（续编第123册），韩国古典翻译院2011年版，页7b—8a。

官方的网站"韩国民族文化大百科辞典"记载，本流长525.15公里，总流域面积23 860平方公里。不过，在多山的韩国土地上，经常是流在山谷中，就如下图所见，两崖夹水，有白谷的意象，所以，又贴切了"白谷会深游"的诗句。[1]

流经屏山书院前的洛东江，拍摄点为36°32′19.05″北，128°33′12.14″东

百余年来，世界各国无不强调民族主义，韩国自然也不例外，传统地名中带有浓厚中国古典文化的，已经被大幅修改。以本文所举出的十处利用了"翠屏宜晚对，白谷会深游"的地点，朝鲜时期的相关记载所使用的山名、水名、城邑名改变极多，每一个都要经过千回百转的查证，才能得知现在的所在，对于研究者来说，十分不便。不过，屏山书院的晚对楼，仍然在它的说明牌上，记载着楼名源自杜甫诗句，不绝的参观人潮中，也不断有教师为学生解释杜诗，形成了良好的文化教育氛围。

而且，韩国人利用晚对楼，将屏山书院所在的安东市河回村，打造

[1] 朝鲜人对这两句十分喜爱，甚至取以为字号，如宋时烈《李修撰晚夏传》所载"李君冕夏（1619—1648），字伯周，一字从周，德水人……君尝自号白谷，亦曰深游子，盖其所居是白鸦谷，故因取杜诗白谷会深游之意云"是也。《宋子大全》卷二一五，见《韩国文集丛刊》（正编第115册），韩国古典翻译院1993年版，页4a—7b。

成为韩国最知名的文化旅游景区，由下图可见，由左上方的河回村观光起点，到左下方的柳成龙远志精舍与柳氏宗家，到右下方的屏山书院，联结成一个精致而深厚的文化团块，游人如织。

晚对楼入口石阶之右，有写着杜诗的解说牌

安东市河回村的全体观光规划

五、结论

杜甫的一首《白帝城楼》诗，经过南宋朱熹的提倡，又在韩国朝鲜时代深受欢迎，现在安东市河回村"晚对楼"，每天仍有众多游人读着"翠屏宜晚对，白谷会深游"的诗句，而充满了古典的想象，可以说是一个利用古典诗词营造文化旅游的成功案例。

这首诗的原创地在夔州奉节县，虽然白帝山周边的地形因为水位升高而有所改变，已经不是杜甫当年所见的原貌，但是，如果能掌握杜诗的本意，结合现代犹存的现地条件，在作诗现场重建晚对楼，把杜甫原诗刊刻在上面，把宋、清和朝鲜所建的晚对遗址，用地图展示出来，不但可以提升白帝城观光的文化高度，也可以成为全国精致观光的建设典范。

【作者简介】 台湾"中山大学"中文系特聘教授，博士生导师。

编　后　记

　　中华诗词研究院与复旦大学中文系联合主办的第五届"中华诗词古今演变研究"学术研讨会，于2020年10月23日至24日在上海隆重举行。因会议期间恰值重阳节前夕，莅会代表于23日19时至21时在九棵树（上海）未来艺术中心观赏了上海音乐学院杨赛教授组织全国音乐专业人士演唱的"佳节又重阳"诗词音乐会。研讨会于24日上午9时在奉贤区图书馆报告厅正式开幕，中华诗词研究院院长杨志新先生与上海市教委原副主任李瑞阳教授分别致辞，海峡两岸50多位学者参与盛会，先后发表并评议了51篇论文，重点围绕中华诗词古今演变研究的会议主题，从三个方面进行了深入细致的探讨和交流，即以诗体研究为中心的源流关系梳理，中华诗词古今演变的全景式考察和贯通中外、走向未来的理论场域研究。研讨会采取现场与线上相结合的方式，分五场进行，其中第二场、第三场为视频专场。参会代表既有中国古代文学研究专家，也有长期耕耘于中国现当代文学研究领域的学者。老中青三代学者跨越空间的交流，多种观点的碰撞，有力推动了相关研究向纵深拓展。研讨会闭幕式由复旦大学黄仁生教授主持。他简略报告了本届学术盛会从筹备到最终采取现场与线上相结合从而取得圆满成功的过程，并表示，是主办双方领导的支持，各位专家的积极参与，各位主持人、评议人的认真负责的工作，共同促成了本届研讨会的成功举办。接下来，中华诗词研究院学术部副主任莫真宝博士总结了近六年来与复旦大学联合推动中华诗词古今演变研究所取得的丰硕成果，对黄霖教授、黄仁生教授的鼎力支持和辛勤付出深表敬意。复旦大学中文系副主任段怀清教授高度评价了本届研讨会的学术品质，肯定《中华诗词研究》辑刊所坚守的学术取向与水准，认为中华诗词研究院与复旦大学中文系应继续开展深入合作，使这一平台在取得创新成果的同时，培养出更多的后继才俊。最后，中华诗词研究院院长杨志新先生发表了闭幕寄语，期待海内外学者继续关注与支持中华诗词研究院与复旦大学联合搭建的这一学术平台，使中华诗词古今演变研究学术研讨会和《中华诗词研究》辑刊能够"更上一层楼"。

《中华诗词研究》第七辑的稿件，主要采自《第五届中华诗词古今演变研究学术研讨会论文集》，虽然早在两年前就已初步编成，但由于种种原因，一直没有发排付梓。其中有的稿件或已在他刊发表，或因新发现材料而有所修改，因而今年重启编刊工作时，不能不进行一些调整。最终入选的18篇论文，分别编入如下四个栏目。

"诗学建构"栏所收上海大学资深教授董乃斌《诗歌叙事传统的"技""道"与伦理》认为，"中国诗歌叙事传统源远流长，既发展变化，又一以贯之"，他从"技巧法度""作者主观思想及内心感情世界""叙事伦理"三个层面，详细梳理了诗歌的叙事传统和特色，理论与材料并重，颇富启发意义。复旦大学中文系现代文学专家张新教授的《旧诗句法与兴的观念对新诗的影响》，关注新旧诗体的各自性质及相互关系，通过这种以旧参新的影响式研究，拓展了跨时期文学研究的多元视域，表达了对构筑新诗、旧诗携手共进之诗歌平台的美好愿景。

"诗史扫描"栏一直是《中华诗词研究》编排的重心。本辑萃集的10篇论文，基本上出自中青年学者之手，并且其视角皆聚焦于近代、现代、当代。前六篇由江西师范大学讲师赵家晨、中国艺术研究院研究员秦燕春、复旦大学博士研究生李肖锐、北京体育大学教授王巨川、中华诗词研究院编辑部职员马骁、吉林大学副研究员赵郁飞执笔，分别就沈曾植、黄侃、劳思光、老舍、钱钟书、刘柏丽等诗词作家进行专门研究（其中秦燕春合论黄侃与劳思光的"无题诗"等问题，李肖锐专论黄侃的诗论与创作），各有新见；而由苏州科技大学副教授李昇执笔的第七篇，虽然前二节着重考察现代多位诗人新旧体诗并创、合刊的现象与深意，但至第三节则以沈家庄的新旧体诗合集《三支翅膀》为例，讨论其当代意义与价值，表面上也含有作家论的意味，而实际上是由此阐发一种文学现象在现当代的演变。由上海大学讲师王春、复旦大学博士研究生王愈龚执笔的第八、九篇，分别就学界关注较少的晚清诗歌流派（蜀派）与民国诗词社团（武进"兰社"）进行中观审视，其选题与观点令人耳目一新。最后一篇为浙江音乐学院池瑾璟副教授、浙江师范大学音乐学院杨和平教授合写的《中国近现代古诗词歌曲研究》，是基于视域融合的角度而对中国近现代古诗词歌曲进行再诠释。古代诗词本来因为合乐而称为乐府，但两位作者讨论的对象不是曾经依古谱演唱的诗词，而是与西方音乐体裁及其作曲技法相结合而创造的一种新的音乐文化形式。所谓"和诗（词）以歌"，是对传统文化的创新性发展。该文以新颖的选题、有深度的论述，而获中华诗词研究院颁发的第二届屈原诗学奖（诗学论文奖）。

接下来所收江西社会科学院研究员胡迎建、上海体育大学副教授杨剑锋、复旦大学博士研究生汪芬、新加坡南洋理工大学博士研究生刘天禾四文，实是从"诗史扫描"栏抽出来，而置之于新设之"诗歌演变"栏，其着眼点为指向于"今"的"嬗变""转变""演变"。尤其胡迎建、汪芬、刘天禾三文，皆跨越古今，却又梳理得简明、清晰且得体，殊属不易。

就"中华诗词古今演变研究"的范围而言，理应包括中国境内诗歌的古今演变与域外汉诗的古今演变这样两个大的向度，而统合乃至推动二者关系研究的最佳途径就是从开展中外汉诗交流研究入手，由此才能把本来属于外国文学的汉诗与中国诗歌的演变紧密联系起来。这种联系不仅包括发源于中国的诗词体裁形式在域外的传播、接受与发展，而且更应重视中外诗人的交往、酬唱以及相互影响。相对而言，关于中国境内诗歌的古今演变研究已有较多颇具深度的成果，而域外汉诗历史悠久的国家则不受重视，其相关研究也较为沉寂与滞后。为了弥补这种缺憾与不足，本丛刊从第一辑起就设有"域外汉诗"栏，因颇受读者推赞，而沿至第二辑、第三辑；自第四辑起，更名为"中外交流"栏，不仅研究范围有所扩大，而且有利于增强作者、编者审视过程中的主观能动性。本辑所收复旦大学教授黄仁生与台湾"中山大学"特聘教授简锦松二文，或不限于域外汉诗，或算不上域外汉诗，但都是选取中外汉诗交流的个案作细致考察与深入阐释。前者论述嘉兴诗人叶松石于中日建交后不久赴东京任教期间，与日本著名诗人大槻爱古、中村敬宇的交往及唱和，不仅对于研究近代中日汉诗交流具有重要意义，而且为汉诗的跨国唱和提供了成功的经验与经典性案例；后者继续运用其现地研究的方法，从韩国庆尚北道安东市现存知名的屏山书院前楼命名为"晚对楼"说起，考述杜甫《白帝城楼》"翠屏宜晚对，白谷会深游"诗句所指以及经过南宋朱熹的推崇而在韩国的广泛传播与接受，打破了时间、空间的限制，引人入胜，不仅揭示了朝鲜王朝时期汉诗人对杜诗的尊仰与仿效（此属于更深层次的汉诗交流），而且具有通过古典诗词营造文化旅游氛围的现实意义。

值本辑梓行之际，回顾当时，曾莅临现场参会的还有中华诗词研究院副院长王锡洋、中华诗词研究院原副院长蔡世平、中华诗词研究院编辑部副主任王贺、北京大学教授周兴陆、华东师范大学教授胡晓明与朱惠国、上海戏剧学院教授黄意明、深圳大学教授沈金浩与黄永健、南京财经大学教授石钟扬、安徽大学教授吴怀东、四川师范大学教授赵义山、淮阴师范学院副教授杜运威、淮阴工学院讲师丛海霞、郑州航空工业管理学院副教授许菊芳、佛山科学技术学院研究员严艳、苏州大学博物馆馆员付优、上海名家教育进修学院教授谢建红、上海市城市建设工程学校副教授朱铁武、上海社会科学院助理研究员张晴柔等。以视频方式参会发言的有北京师范大学教授于雪棠、清华大学图书馆信息技术部主任张成昱、吉林大学教授马大勇、中南大学教授孟泽、上海外国语大学教授史伟、广东外语外贸大学教授陈恩维、合肥师范学院副教授李建平、广州大学讲师雷淑叶、重庆工商大学讲师丁晓妮等。

此外，2020年10月24日13时许还有一位以视频方式参会发言的胡建次教授。此后不久发表的简讯《贯通古今，兼顾中外——第五届"中华诗词古今演变研究"学术研讨会隆重举行》中报道说："云南师范大学胡建次教授的《21世纪以来中国传统词学古今演变研究述论》，从'对传统词史演变的综合考察''对传统词体演变的辨析''对传统词作艺术风格演变的观照''对传统词学流派演变的论说''对传统词学理论批评演变的探讨'五个方面，以宏观的视野展示了21世纪以来传统词学古今演变研究所取得的成绩，标示出传统词学研究取得新的跨越。"然而不幸的是，过了不到一年，这位尚在英年的同道竟于2021年10月6日病逝，享年仅53岁。特记于此，以示悼念！

　　本辑从稿件的遴选到编校审订，几经波折。复旦大学黄仁生教授继续承担了主要的编务工作，中华诗词研究院学术部副主任莫真宝博士一如既往地推动辑刊的存续，并参与稿件的选编与审订，上海大学讲师王春在编辑过程中做了许多具体的编务工作，中华诗词研究院学术部殷鑫、唐山师范学院讲师王凯、新加坡南洋理工大学博士研究生刘天禾诸君帮助校对清样，皆认真负责。

编　者

谨识于癸卯冬至